MIREILLE CALMEL

Mireille Calmel est née en 1964 dans le Sud de la France. À l'âge de huit ans, elle tombe gravement malade. Passant son enfance d'hôpital en hôpital, elle trouve la force de vivre grâce à la lecture et à l'écriture. Puis elle guérit, lentement. Elle écrit des chansons, des pièces de théâtre et chante dans les bals. En 1995, elle commence la rédaction de son roman *Le lit d'Aliénor*, en vivant grâce au RMI. Cinq ans plus tard, elle envoie son manuscrit aux éditions XO : Bernard Fixot est conquis. Le livre est vendu à plus d'un million d'exemplaires et traduit dans sept pays européens.
Elle vit aujourd'hui en Aquitaine avec son mari et ses deux enfants.

LE LIT D'ALIÉNOR

* *

MIREILLE CALMEL

LE LIT D'ALIÉNOR

**

XO Éditions

© XO Éditions, 2002
ISBN : 2-266-12688-1

DEUXIÈME
PARTIE

1

Les deux semaines qui précédèrent le départ ne furent qu'une suite ininterrompue de disputes entre Louis et Aliénor, tandis qu'une exaltation de plus en plus folle gagnait le palais, la Cité et le pays entier. On ne pensait plus, ne parlait plus, ne vivait plus que par la croisade.

Aliénor augmentait chaque jour le nombre des chariots. C'était tel coffret à bijoux oublié, tel présent pour le basileus Comnène à Constantinople, tel autre pour son oncle à Antioche, telle malle emplie de toilettes, telle personne recommandée pour sa bravoure ou ses multiples talents d'amuseur. Bref, de cent soixante-dix chariots, on en était passé à plus de deux cents en moins de vingt jours.

Louis était furieux. Il tempêtait, grondait, menaçait, pour finalement s'effondrer en prière et supplier Dieu tout-puissant de rendre à sa femme une raison qui lui faisait défaut. Pour comble d'orgueil, cette dernière avait fini par lui signifier que le Très-Haut Lui-même accordait grâce à ses prétendus caprices, puisqu'il ne manifestait aucun courroux à son égard. Mieux, Il avait facilité jusqu'alors leurs démarches. Louis était désespéré, désemparé et profondément vexé. Quoi de plus naturel en conséquence qu'il se tournât vers Béatrice de Campan. Elle se faisait de plus en plus présente auprès de lui et se faufilait dans ses pas. Aliénor ne disait rien. Bien au contraire ! Que cette gourde s'occupe de Louis lui laissait le champ libre pour ses retrouvailles avec Bernard de Ventadour.

Le grand jour arriva enfin !

En ce 12 mai 1147, la cour se rassembla une ultime fois dans l'abbaye de Saint-Denis. La foule se referma derrière elle telle une vague gigantesque qui interdirait à tout navire de rebrousser chemin.

Le pape Eugène III nous attendait auprès de Bernard de Clairvaux et de l'abbé Suger, qui rayonnait du poids de sa responsabilité. Il demeurait pour veiller sur la France. Ce fut une cérémonie à la mesure de la quête des Francs : sobre et somptueuse à la fois. Il montait une telle ferveur dans l'air ambiant qu'un immense élan d'amour et de fraternité gonflait les cœurs et les courages. Jamais on n'eût pu penser en découvrant pareille émulation que nous partions au-devant de la mort.

Celle qui guettait nombre d'entre nous, et celle plus injuste que nous allions donner pour convertir les infidèles. Je ne pouvais m'empêcher de ressentir au fond de moi cette étonnante contradiction. J'étais gagnée autant que les autres par ce vertige, et tout à la fois révulsée par ce que je m'apprêtais à faire, complice de ce Dieu de mensonge qui associait l'amour à la boucherie, la punition à la Rédemption, le martyre à la vérité du Christ. Pour trouver un équilibre entre ces vagues qui tour à tour m'entraînaient du dégoût de moi-même à l'excitation, je serrais la main de Jaufré de toutes mes forces, me raccrochant à sa terre, comme un arbre qui sentirait la tempête le tordre pour le déraciner. Ma seule raison, ma seule excuse, c'était lui désormais, lui et l'Angleterre !

Et puis soudain, alors que j'en étais là de ces bouleversements intérieurs, survint la lumière. Eugène III avait remis la besace et le bourdon bénits aux époux royaux, et Louis s'avançait pour ramasser le gonfanon rouge et or brodé de fleurs de lys que, toutes, nous avions confectionné durant des jours. Bernard de Clairvaux en avait recouvert l'autel. Au moment où Louis se penchait au-dessus de l'étoffe, un prisme de couleurs semblable à un arc-en-ciel l'inonda tout entier. Un murmure roula dans l'abbatiale. Aveuglé par la lueur qui le nimbait, Louis prit l'étendard entre ses mains, se retourna lentement et l'éleva devant la foule. Jamais encore je n'avais vu pareille chose. Moi qui savais le moyen de créer la magie, j'étais éblouie par cette lumière qui avait suivi le mouvement du roi et transperçait à présent l'étoffe et ses mains en de multiples rayons jusqu'à terre, le baignant lui et la bannière d'une aura magnifique.

Je n'eus pas le temps de me poser davantage de questions sur la provenance de cette énergie. Elle disparut aussi soudainement qu'elle était venue. Mais, pendant un long moment, la robe de bure du roi resta pailletée de poussière dorée, tandis que son regard empli d'une douceur extrême semblait s'évaporer dans un songe merveilleux. Des voix autour de moi murmurèrent :

— C'est un miracle ! Dieu vient Lui-même de bénir sa bannière !

Si je n'avais bénéficié de l'enseignement de Merlin, sans doute aurais-je pensé la même chose. Pourtant, je n'y parvenais pas. Au milieu de toutes ces questions qui m'assaillaient était une certitude. La lumière n'avait pas cueilli l'étoffe, mais le roi lui-même. Était-ce pour me signifier que sa mort était une injustice ? Si ce n'était Dieu qui l'avait béni, était-ce Merlin ? Je n'avais pas de réponse. Je décidai de m'en remettre au destin. Si la mort du roi était une faute, Merlin ou mère n'aurait qu'à me le dire ! Ils avaient su l'un et l'autre apparaître sous le porche de Sainte-Geneviève pour me ramener à la vie. Ils étaient donc en mesure d'exprimer clairement quelle route je devais suivre. S'ils ne le faisaient pas, alors, je remplirais ma mission. Mêlant ma voix à celle de mes compagnes, j'entonnai le long chant du départ, le cœur gonflé de certitude et de paix.

Nous étions au beau milieu de la Hongrie, et Louis commençait à se mordre les doigts d'une lacune dans ses plans : lors de la première croisade, les Francs avaient eu soin de se frayer plusieurs itinéraires pour ne point être gênés par le ravitaillement. Or, Conrad, l'empereur d'Allemagne, parti quelques semaines avant nous, nous précédait sur la même route et l'on ne trouvait pour se nourrir que ce que son armée avait laissé et que les habitants marchandaient à prix d'or.

Louis rejetait la faute sur le grand nombre des parasites qui encombraient la suite de la reine, mais cela ne servait à rien. Force lui était de reconnaître qu'il avait commis une erreur. De fait, l'enthousiasme du départ avait cédé la place à une fort mauvaise humeur dans les rangs. Pour comble, les vassaux aquitains soutenaient leur duchesse et rejetaient sur lui toute la responsabilité de cette carence.

Geoffroi de Rancon, le seigneur de Taillebourg, s'était opposé à lui la veille. Ils étaient quelques-uns, et non des moindres, à avoir soutenu le projet de partir par la mer lors de la première assemblée à Étampes, acceptant par là l'offre généreuse de Roger de Sicile qui invitait les croisés à relâcher chez lui. Louis leur avait alors répliqué que celui-là était un fourbe, un « Normand », qui voulait exploiter cette alliance dans un but politique non avouable. La proposition avait été écartée après nombre de débats houleux au cours desquels, justement, Geoffroi de Rancon avait souligné le risque de mauvais ravitaillement. L'Aquitain avait ce jourd'hui la part belle ! Et, s'il n'appréciait pas plus que ses compagnons le luxe qui entourait les proches de la reine, il ne pouvait admettre que le roi rejette sur elle une erreur prévisible.

Pour l'heure, commis à l'approvisionnement de l'avant-garde, Geoffroi de Rancon ruminait devant une étable proche du campement des Francs. Quelques vaches dans l'enclos voisin levaient sur lui un œil brumeux, peu habituées sans doute à ces mantels de voyage qui couvraient les cottes de mailles. Plusieurs de ses compagnons, familiers du vocable local, négociaient fort cher des vivres à l'intérieur de l'édifice. La discussion se prolongeait, comme chaque jour depuis trois semaines. Geoffroi en avait assez. Il devait parler à la reine ! D'un pas vif, il pénétra sous la bâtisse et signifia à ses compagnons d'accepter la dernière offre. Tant pis pour les finances royales ! Il savait ne pouvoir de toute façon marchander beaucoup plus.

Plantant là ses amis chargés des derniers détails, il se dirigea pesamment vers le campement et s'approcha du feu gigantesque au-dessus duquel tournait un mouton entier. Assises sur un tapis épais posé à même le sol, la reine et ses dames suivaient d'un regard las les mouvements de la broche tout en se berçant des voix des troubadours qui se relayaient auprès d'elles.

Geoffroi de Rancon s'installa non loin, à côté d'Uc de Lusignan qu'il appréciait et qui, tout en graissant la lame de son épée, se réjouissait des chansons de Jaufré Rudel.

— Tu as mauvaise mine, mon ami, constata Uc.

— Nous nous faisons plumer comme de vulgaires poulets, maugréa Geoffroi.

— Qu'en pense le roi ? demanda Uc, qui trouvait lui aussi que les villageois abusaient largement de leur avantage, mais préférait éviter de sombrer dans la querelle.

— Il tempête, mais non contre Conrad et son armée ! Contre ça !

Il désigna d'un mouvement de menton l'attroupement des dames et ajouta d'un ton amer :

— Il n'a pas seulement adressé un bonjour à notre dame Aliénor depuis notre départ. Il rumine et, sitôt le bivouac établi, se retire dans sa tente pour y allumer des cierges et prier ! Bel exemple !

— C'est Dieu que nous allons chercher, Geoffroi !

— Certes ! Mais avec ça, mon bon ami ! Avec ça seulement !

Il passa un index sur le fil de la lame et y laissa une traînée de sang. Uc se contenta de sourire et de l'essuyer d'un revers de manche. Il savait que le sire de Taillebourg avait raison. Mais on ne changerait pas Louis. Du mélange du feu et de la glace ne pouvaient naître que des larmes.

Geoffroi suivait le fil de ses réflexions. Il ne voulait pas s'opposer à sa duchesse, mais il lui peinait qu'elle portât la responsabilité de la mauvaise marche de leur aventure.

— Il faut lui parler, Uc ! Il n'est point trop tard pour que ces dames rebroussent chemin.

— Essaie toujours, fol que tu es, s'amusa Uc de Lusignan.

Geoffroi se leva en soufflant comme un bœuf et alla s'incliner devant la reine, lui murmurant quelques mots à l'oreille. Aliénor hocha le menton et lui tendit sa main gauche pour qu'il l'aide à se relever. D'un geste gracieux du poignet, elle l'invita à entrer sous sa tente.

Ils y restèrent un long moment, leurs voix étouffées par la mandore de Jaufré qui glissait ses accords en une plainte savoureuse. Il me regardait en souriant tendrement, et, à chacun de ses gestes sur le manche de bois, un frisson courait le long de mes reins.

Quelques minutes plus tard, Geoffroi de Rancon ressortit de la tente le front soucieux, suivi d'une Aliénor aussi gaie que précédemment, ce dont je conclus que leur échange avait laissé chacun sur ses positions. Je n'appris que plus tard qu'il avait tenté de la convaincre de faire rebrousser chemin à une partie non négligeable des chariots inutiles au combat. Son unique souci, disait-il, était d'épargner à sa duchesse de souffrir le mécontentement du roi, ce à quoi Aliénor avait répondu avec son insolence coutumière : « Grand bien lui fasse ! Plus il sera rageur, mieux il maniera l'épée ! »

Le même refrain se répéta chaque soir pendant une semaine. Et puis un matin, au sud de Vienne, on fut rejoint par une troupe d'hommes couverts de poussière. C'était Bernard de Ventadour, avec une vingtaine de compagnons, bateleurs pour la plupart, italiens pour beaucoup, qui demandaient à se joindre à l'équipage. Le roi fronça du sourcil, mais ne trouva rien à objecter. Tous étaient de noble famille et voulaient occire du Turc. En outre, l'un d'eux, un nommé Felipe Fordio, avait en poche un message de Sa Sainteté Eugène III en personne, qui recommandait sa lame agile et combative pour toute entreprise vouée à la Très Sainte Gloire du Seigneur.

Louis ne desserra pas les dents jusqu'à l'étape. Il avait surpris le coup d'œil du troubadour vers la reine et l'avait vue rosir sous le soleil de juin. Il n'était pas difficile de comprendre que ces deux-là s'aimaient toujours. Il se jura d'y mettre bon ordre et de faire surveiller le pavillon de la reine afin qu'il n'abrite pas d'amours illicites dont, de nouveau, il serait la risée.

Aliénor s'indigna comme il se doit de trouver un garde devant ses tentures dès que le campement fut monté et se précipita chez son époux pour lui demander des comptes. Louis la toisa d'un regard noir.

— Je crains pour vous, Aliénor. N'est-ce point le rôle d'un époux de protéger sa femme ?

— Et quel danger craignez-vous, par tous les saints ? demanda Aliénor, comprenant qu'attaquer de front ne servirait à rien.

Louis avait l'âme d'un prêtre, certes, mais avec ce regard-là, il était capable de tout.

— On rapporte que certains soudards avinés ont violé des dames de petite noblesse dans leur bivouac et ce, pas plus tard qu'il y a trois lunes. Je ne saurais tolérer qu'un pareil forfait vous atteigne.

Aliénor avait reçu elle-même la plainte de ces damoiselles qui, du reste, n'auraient rien trouvé à y redire si elles n'avaient fait l'objet d'une chanson de corps de garde dès le lendemain, qui n'épargnait rien des détails de leur résistance peu farouche. Il eût été de mauvais goût de minimiser l'incident auprès du roi, déjà agacé par ces mouvements de jupons dans le campement.

Elle se contenta donc de le remercier de sa présence d'esprit et s'inclina en une profonde révérence, qui exposa son décolleté avantageux. Piqué aux sens par la jalousie que lui inspirait la présence de l'ancien amant de la reine, il sentit une ardeur violente lui brûler les cuisses.

— Je serais rassuré, ma dame, si cette nuit vous dormiez à mes côtés.

Aliénor marqua un temps de surprise en redressant la tête. Ce n'était pas ainsi qu'elle avait imaginé ses retrouvailles avec Bernard.

Elle objecta :

— Sire, cela fait si longtemps…

— Raison de plus pour me montrer votre attachement.

Le roi affichait un petit sourire cruel qu'elle n'aima pas. Pourtant, elle lui sourit et murmura avant de sortir :

— Votre Majesté ne pouvait me faire plus grand plaisir.

Resté seul, Louis saisit entre ses doigts un lacet de cuir et le fit claquer sur le sol à quelques pas de sa paillasse. Il gronda, en crispant ses doigts sur la lanière :

— C'est ce que nous allons voir, catin !

— Déshabillez-vous, Aliénor.

L'ordre la saisit à peine retombés les pans de toile. Une chandelle brûlait qui faisait danser l'ombre du roi sur les parois de la tente. Il était debout, face à elle, torse nu, sa croix d'ébène plombant sa poitrine blanche.

Un frisson parcourut l'échine de la reine. Elle n'aimait pas ce ton, mais décida dans tout son orgueil de ne pas y prendre garde. Depuis que Bernard était proche, elle se sentait vulnérable. Il lui fallait apprivoiser le roi pour mieux le rouler. Elle s'exécuta et se retrouva nue face à lui. Louis lui désigna le prie-Dieu.

— Agenouillez-vous.

Bien que surprise, elle obéit encore. Louis lui mit entre les mains un chapelet de cornaline, et Aliénor les joignit en une prière.

— Vous voulez me satisfaire, Aliénor ? Alors, priez ! Et qu'aucune autre plainte ne franchisse vos lèvres avant que j'en aie assez.

Et tandis que les Pater noster glissaient entre les dents de la reine, il enroula la lanière de cuir autour de son poing et la leva. Elle s'abattit sur les reins de la jeune femme en un sifflement aigu qui lui arracha un cri de surprise et de douleur. Elle ferma les yeux et serra les dents tandis qu'un second coup atteignait ses épaules.

Elle objecta d'une petite voix :

— Vous me faites mal, Louis.

— Vraiment ? La douleur est bonne pour le repentir, répliqua-t-il d'une voix cruelle en frappant plus fort.

Aliénor laissa échapper un cri. La lanière lui déchirait la peau. Elle tenta de se relever en s'aidant du montant du prie-Dieu, mais Louis l'en empêcha en appuyant de tout son poids sur ses épaules.

— Assez ! ordonna-t-elle en se tournant vers lui.

Le visage du roi l'effraya. Il ressemblait à une de ces gargouilles au portail des églises et dans ses yeux brûlait un feu diabolique.

— Priez, Aliénor ! siffla-t-il entre ses dents. Ne m'obligez pas à appeler la garde pour vous y contraindre !

— Vous êtes devenu fou !

Il partit d'un rire gras. Aliénor sentit des larmes lui piquer les yeux. Louis, si fragile, si frêle, si dévot, lui faisait peur soudain, comme jamais elle n'avait eu peur. Elle cacha son visage dans ses mains et serra ses poings gelés sur les perles du chapelet. Elle se mit à prier de toute son âme pour que cela s'arrête. Mais Louis frappait, frappait et frappait encore tandis qu'elle ravalait ses larmes.

Il lâcha la lanière de cuir lorsque le dos blanc ne fut plus qu'une plaie sanguinolente. Alors, il retira ses derniers vêtements et vint s'agenouiller derrière elle. Il la pénétra avec la même violence en joignant ses mains sur les siennes pour mieux la tenir à sa merci et assouvit son plaisir malsain, le visage de Bernard de Ventadour crucifié devant les yeux.

Puis il se roula en boule sur sa paillasse et s'endormit aussitôt.

Aliénor attendit que des ronflements soulèvent sa poitrine pour oser bouger son corps mutilé. Elle se retint de gémir et rassembla ses vêtements en silence. Elle s'habilla de même et, se forçant à redresser la tête, parvint à regagner sa tente sans rien laisser paraître.

Là, humiliée, écœurée et meurtrie, elle se jeta sur ses couvertures et se mit à pleurer à gros sanglots.

C'est sa chambrière qui vint me prévenir à l'aube. Je la trouvai couchée sur le ventre, les yeux cernés. Elle me raconta tout, et je constatai que son humiliation avait fait place à un désir profond de vengeance. Ce qu'elle avait toléré d'un moine, elle ne le supporterait pas d'un bourreau.

Pour l'heure, j'allai chercher dans mes affaires un onguent contre les coups que j'avais eu soin d'emporter, pensant que ceux-ci ne manqueraient pas durant le voyage, et enduisis généreusement son dos.

Aussitôt apaisée, elle décida d'agir comme si de rien n'était. Le roi comptait sans doute la voir défaite et soumise, elle allait lui prouver que le sang aquitain n'était pas celui d'une brebis. Je l'aidai à s'habiller sans toutefois serrer les lacets de son corsage et, quelques instants plus tard, à l'office, elle s'agenouilla comme les autres devant la croix de bois de six coudées de haut qui symbolisait l'Église en tout lieu. Pour montrer sa supériorité, elle se plaça à gauche du roi et, sans seulement accuser une grimace qui eût pu trahir sa douleur, elle le toisa d'un de ces regards hautains dont elle savait jouer. Louis blanchit comme un linceul. Je me demandai un instant lequel des deux était véritablement la victime.

Les problèmes de ravitaillement se poursuivirent jusqu'en Bosnie. Chaque fois le même rituel se répétait : l'armée de Conrad avait épuisé les vivres des habitants, et il fallait marchander à prix d'or pour obtenir de maigres rations. Geoffroi de Rancon et quelques autres seigneurs proposèrent de modifier l'itinéraire plus en amont afin de mieux réorganiser leurs ressources, mais Louis s'y opposa, s'entêtant dans sa version : si l'on manquait de nourriture, c'était la faute de toutes ces bouches supplémentaires et inutiles, non aux Allemands ! « Que chacun et chacune en assume les conséquences ! » ajouta-t-il à la volée, se réjouissant des plaintes de jour en jour plus fréquentes que recevait la reine. De plus, même s'il présentait des inconvénients, ce tracé avait été établi avec l'accord de Conrad et des dirigeants des royaumes traversés. Les villes avaient été averties du passage des croisés et étaient préparées. Débarquer dans quelque endroit à l'improviste risquait d'être interprété comme un acte de pillage et de compromettre la bonne entente avec nos alliés. On ne changea donc rien.

Louis persista aussi dans sa surveillance. Chaque soir, un garde se plaçait devant la tente d'Aliénor avec ordre de ne laisser entrer quiconque. Bernard de Ventadour logeait avec ses comparses et nous-mêmes dormions à plusieurs dans la même tente. Seuls la reine et le roi avaient chacun leur bivouac. Quelques jours après l'incident, Louis s'annonça au pied de la paillasse de la reine. Aliénor, qui venait de s'y étendre, se mit à trembler. Son dos gardait encore de fines traces bleutées qui lui faisaient mal suivant ses mouvements. Mais Louis était calme.

— Ma mie, murmura-t-il, faisons la paix de Dieu, voulez-vous ?

Malgré le dégoût qu'il lui inspirait désormais, elle opina du menton, craintive.

Louis releva les couvertures et s'y glissa tout habillé. Il ne la toucha pas cette nuit-là, se contentant de sa présence, mais Aliénor ne put fermer l'œil tant elle craignait qu'un accès de folie ne le reprenne.

Le lendemain soir, elle avisa que le garde n'était pas à son poste. Elle songea un instant à faire quérir Bernard mais se méfia. Ce pouvait être une ruse du roi. En effet, il survint au milieu de la nuit. Il se dévêtit et chercha son ventre avec douceur. Aliénor réprima à grand-peine un haut-le-cœur lorsqu'il prit ses lèvres, mais se ressaisit aussitôt. Il était le roi et de surcroît son époux ! Elle se laissa aimer comme une de ces poupées de chiffon avec lesquelles jouait la petite Marie.

Dès lors, le roi fit transférer son prie-Dieu sous la tente de la reine et passa avec elle les nuits qui suivirent. Béatrice, qui avait espéré forcer sa porte au fil des jours, serra les dents avec colère.

Aliénor ne rêvait en ses nuits que d'une seule et même chose, cette cité de Constantinople qui se rapprochait tandis que nous traversions la Croatie, puis la Serbie, alourdissant à chaque halte la charge du voyage.

Dans les territoires du basileus Manuel Comnène, le roi avait pensé trouver meilleur approvisionnement, ce dernier l'ayant assuré de son soutien plein et entier, mais, là encore, il fallut se rendre à l'évidence : Conrad emportait tout sur son passage, et Louis força l'allure. Il lui tardait de découvrir la fraîcheur des jardins dont on décrivait la splendeur dans les récits des premiers croisés, mais aussi de rejoindre cet Allemand impétueux qui lui avait fraternellement promis son aide et le réduisait finalement à la mendicité. Il aurait deux mots à lui dire. Peu avant Andrinople, on dut laisser deux chariots trop lourdement chargés, qui brisèrent leur essieu sur une route caillouteuse. Louis décida que les réparer prendrait trop de temps et abandonna quelques tentes.

De trois par bivouac, nous nous retrouvâmes à cinq, ce qui augmentait la promiscuité et la chaleur. L'été et le début de l'automne s'étiraient en une canicule qui nous couvrait de poussière brûlante. La sécheresse sévissait dans les terres, et l'ordre était donné de n'utiliser l'eau que pour boire. Notre dernière véritable toilette n'était plus, au terme des cinq mois que durèrent notre cheminement, qu'un lointain souvenir. Les cheveux collaient à nos coiffes et, bien que brossés assidûment chaque soir, ressemblaient à des brins de paille poisseux.

Il était temps que cela s'arrêtât. Et s'il n'y avait eu quelques baignades providentielles, bien que tout habillées, dans des rivières au sud de Nis, Sofia et Andrinople, je peux affirmer que plus d'une, moi comprise, aurait lavé sa poussière d'un torrent de larmes.

Enfin, un matin, elle nous apparut derrière les collines. Un cri de joie courut dans les rangs. Constantinople ! Et, avec elle, l'assurance de quelques moments volés et interdits.

Aliénor et Bernard échangèrent un regard complice qui par grâce échappa au roi, et je fis rouler autour de mon index la bague ornée d'améthyste que m'avait confiée Geoffroi d'Anjou.

Quelques heures plus tard, la longue caravane que nous formions s'annonçait aux portes blanches de la ville de lumière.

Nous étions le 4 octobre 1147.

2

Allongée entre la mer de Marmara et le célèbre golfe de la Corne d'Or, Constantinople surplombait une étendue marine d'une transparence d'émeraude. Les rues étaient droites et fleuries en abondance. Les façades blanches aux lignes douces renvoyaient les couleurs des jardins comme autant de joyaux. Nous visitâmes le palais de Daphné qui comportait les appartements privés du basileus et de sa famille, la Porphyra où les impératrices mettaient au monde leurs enfants, et tant d'autres encore qui servaient aux audiences les plus solennelles. Chaque bâtiment était sublime de colonnes triomphales, de marbres décorés à la feuille d'or, de portiques et de dômes. Tous étaient reliés par une série de terrasses à la côte où le basileus avait son port particulier. Cet enchevêtrement d'édifices dominait le port de Boucoléon où grouillait une population sale et puante, mais qui ne parvenait pas à ternir la somptuosité de l'ensemble.

Quant à l'intérieur des palais, ce n'était qu'éblouissement, là des tapis si épais que l'on s'enfonçait jusqu'à la cheville, là des lustres en forme de dôme de cristal, là encore des tentures lourdes brodées d'argent et d'or, des rubis, des saphirs, des émeraudes enchâssés dans les moulures des meubles, des cassolettes d'argent dans lesquelles brûlaient des parfums aux accents de vanille et d'orange, et partout, partout comme une marée humaine, des serviteurs, eunuques pour la plupart, qui satisfaisaient à vos moindres demandes, empressés et silencieux.

Le basileus était aussi beau et racé qu'on le prétendait : de grands yeux noirs en amande dans un visage triangulaire aux traits fins, mais des épaules massives et un torse musclé sur des hanches étroites et des jambes bien plantées. Il avait épousé l'année précédente la belle-sœur de l'empereur Conrad, qui avait déjà repris la route, au grand désespoir de Louis. Cette jeune femme, Berthe de Sulzbach, sans grâce et massive, s'assortissait aussi mal avec le basileus qu'une chèvre avec un léopard.

Bref, après ces longs mois de poussière et de souffrance, tant morale que physique, c'était comme si brusquement nous entrions dans un paradis de grâce et de somptuosité. Nos compagnes avaient retrouvé dès leur arrivée le bonheur des bains parfumés aux huiles rares et suaves. Nous étions logés, ainsi qu'Aliénor et Louis, en dehors des murailles, dans une vaste résidence entourée d'un immense jardin qui faisait à la fois office de rendez-vous de chasse et de lieu d'accueil pour les visiteurs de prestige. Plus loin s'étendaient des bois dans lesquels moult animaux sauvages ramenés par le basileus agrémentaient les parties de chasse.

Le banquet offert à Louis par Manuel Comnène dépassa en magnificence tout ce que j'avais connu. Pas moins d'une douzaine d'entrées parmi lesquelles des grenouilles frites, du caviar, dont on faisait ici une incroyable consommation, du chevreau farci et maints autres mets arrosés de sauces onctueuses au coriandre et à la cannelle. Quant aux vins de Grèce, plus légers et parfumés que les vins de France, ils coulaient au palais en un enchantement qui nous laissait gaies et ravies. Il y eut même un de ces fakirs dont nous savions l'existence par quelque récit, mais que nous n'avions jamais vus. L'homme marchait sur un lit de braise incandescente, puis se couchait sur des tasseaux de verre pilé, soulevant de petits cris d'horreur puis d'admiration chez mes compagnes. Pour ma part, habituée que j'étais à la magie et aux substances employées pour de pareils artifices, je conservais plutôt un œil sur le maître de céans qui me semblait autrement plus intéressant.

Tout charmeur qu'il était, Manuel Comnène ne me fascinait pas comme les autres dames. Derrière son œil à la paupière de velours, il y avait un autre personnage, que je sentais vil, fourbe et malsain, qui s'entourait de fioritures pour mieux cacher sa perversion. Dès ce premier soir je sus que je devais me tenir sur mes gardes. Il me faisait penser à cette mosaïque enchâssée sur un des murs de Sainte-Sophie : elle représentait Satan penché au-dessus d'une jouvencelle effrayée qui serrait entre ses bras un nouveau-né.

« On ne pactise pas avec le diable ! » songeai-je en souriant.

C'était pourtant ce que je me devais de faire.

Pour l'heure, il divertissait à merveille Aliénor, qui ne songeait plus à regarder le triste Bernard de Ventadour convié avec ses comparses à cette même table. Manuel Comnène était un homme extrêmement cultivé, qui parlait sept langues, dont la nôtre. Passionné de théologie, de géographie et même d'études astrologiques, il excellait aussi dans le domaine de la médecine et faisait souvent référence avec un talent emphatique aux plus prestigieux philosophes grecs. Il ne lui était dès lors aucunement difficile de séduire Aliénor, qui n'avait eu depuis cinq mois d'autres conversations que celles, assommantes, liées à la question de survie quotidienne et les récriminations de ses dames de compagnie.

Une semaine s'écoula ainsi où nous fûmes pris dans un tourbillon de festivités grandioses. Ce qui nous avait semblé amusant dans les propos fleuris des hauts dignitaires commençait à nous agacer. Cette politesse exquise paraissait cacher quelque chose. Mais Aliénor et Louis ne s'en plaignaient pas. C'est à peine si Aliénor, feignant de succomber au charme du basileus pour détourner les soupçons de son époux, put rencontrer Bernard. Les recoins des jardins luxueux les masquaient aux regards, mais le temps leur manquait pour de plus longues étreintes.

Je me rapprochais insensiblement de Manuel Comnène grâce à Aliénor qui ne pouvait se passer de ma compagnie, et devisais autant qu'il m'était possible avec lui. Sa passion pour l'astrologie, qui rejoignait mes propres connaissances druidiques, était un merveilleux prétexte pour multiplier les tête-à-tête. Au cours d'un de ces apartés, je glissai d'une voix enjouée, en faisant tourner la bague d'améthyste autour de mon doigt :

— J'aurais grand plaisir à échanger propos d'autre nature avec personne aussi amène que vous, Votre Illustrissime, toutefois, cela ne saurait se départir de quelque discrétion.

Le basileus eut un sourire désarmant pour autre que moi, mais qui démontrait bien qu'il comprenait ma pensée. Il n'ajouta rien pourtant, et ce ne fut qu'au soir tombé, après un de ces interminables festins, qu'un eunuque se présenta pour me conduire en audience.

Je ne fus pas reçue dans les appartements royaux. Mon guide, à la stature imposante, me fit faire le tour du palais et pénétrer dans un bâtiment qui semblait s'enfoncer à l'intérieur des murailles de la ville. Depuis une petite fenêtre agrémentée de barreaux, je pus voir que nous surplombions la

Corne d'Or et que se devinait un morceau de l'oasis environnante. Soulevant une épaisse tenture, l'eunuque s'effaça pour me laisser passer. La courtine retomba derrière mon dos, et j'entendis son pas s'éloigner. Il n'avait pas dit le moindre mot.

Je me trouvai seule dans une pièce assez petite compte tenu de ce qu'il m'avait été donné de voir depuis mon arrivée à Constantinople. Elle était richement meublée, surtout par un divan aussi large qu'un lit sur lequel trônaient des coussins aux couleurs chatoyantes et aux pompons dorés. Ils recouvraient presque entièrement le dessus de peau de léopard qui laissait mollement pendre une gueule ouverte sur le côté.

— Jamais ce lieu n'a autant qu'en cet instant servi d'écrin.

La voix doucereuse me fit sursauter. Le basileus était entré à son tour, discret comme un chasseur qu'il était, faisant à peine frissonner les lourdes tapisseries au mur. Je lui souris, frappée par son élégance. Il était habillé à l'orientale d'une vaste chemise qui dévoilait un torse viril et foncé, ceinturé par un de ces gilets courts rehaussés de fils d'or en arabesques. Un saroual vert pomme arrondissait des jambes musclées jusqu'aux pieds chaussés de babouches. Il était superbe.

— Il est vrai que je ne m'attendais pas à pareil accueil, murmurai-je tandis qu'il s'avançait vers moi.

— Asseyons-nous, voulez-vous ?

Le ton était enjoué, prometteur. Je dus me faire violence pour ne pas sortir de la pièce. Cet homme, malgré tout son charme, me répugnait. Je hochai la tête, mais au lieu de m'en remettre au moelleux de la banquette qui risquait fort de me perdre, je m'assis sur un tabouret aux pieds croisés en X. Le basileus s'amusa de ce qu'il prit pour quelque coquetterie française. Notre réputation était de jouer les précieuses pour mieux nous faire aimer. Dans un premier temps, cela me servait.

Je fis glisser de mon doigt la bague et la lui tendis en souriant.

— Quelqu'un m'a chargé de vous remettre ceci, qu'il supposait à votre goût.

Son sourire se figea un instant et je compris qu'il venait de saisir le véritable but de ma visite. Sa déception ne dura pas. Il saisit délicatement le bijou, laissant ses doigts s'attarder sur les miens, puis alla s'asseoir en tailleur sur le divan.

— Je vous écoute, murmura-t-il.

— Il semble, Votre Illustrissime, que des rumeurs courent jusqu'en nos murs et que vos alliances avec ces Turcs contre lesquels l'ost royal s'est mis en croisade ne font aucun doute.

— Bruits de corridor, se défendit-il en souriant.

Son regard glissa sans vergogne sur mon décolleté.

— Et s'il me plaisait, à moi, que ces termes soient exacts…

— En ce cas, je ne saurais risquer de vous déplaire, douce colombe. Qu'attendez-vous de moi ?

— Les Turcs ne vous pardonneront pas d'avoir approvisionné leurs ennemis, à moins de conclure avec eux quelque arrangement. J'ai dans l'idée que vous avez déjà dirigé l'empereur Conrad, votre illustre beau-frère, vers des territoires qui manquaient de sécurité…

Un éclair passa dans son regard, qui confirma mon propos. J'avais marqué un point. Le basileus devait se demander d'où je tenais mes informations, mais il se contenta de m'inviter à poursuivre.

— Il me paraît évident que cette croisade vous sert pour des raisons économiques, car vous vendez à prix d'or les marchandises dont nous avons besoin. Cependant, elle nuit à vos marchandages et, pis encore, à vos amis. Or il suffirait de peu pour qu'elle n'atteigne pas sa destination. Que le roi de France succombe briserait bien des élans, ne pensez-vous pas ?

— Quel intérêt y auriez-vous ? Vous, une fervente chrétienne ?

— Je pourrais vous retourner le compliment, Votre Illustrissime.

Il sourit de nouveau, dévoilant des dents d'un blanc de perles.

— Soit. Peu m'importent vos motifs tant votre beauté pareille à ces fleurs rares et délicates embaume le parterre de mes sens. Vous voulez la mort du roi de France, mais ce n'est pas chose aisée, vous en conviendrez.

J'avais déjà songé à cela et entrevu l'endroit propice à l'aide de quelque magie. Il ne se trouvait pas pour l'heure sur notre itinéraire, mais si j'ignorais encore pourquoi, je savais que nos pas nous y mèneraient. Ma réponse fusa aussitôt :

— Il est des défilés dans les gorges de Pisidie où il serait facile de tenter une embuscade. Je me fais fort d'isoler le roi avec l'arrière-garde. À la seule condition que vous m'assuriez la vie sauve pour la reine Aliénor et ceux qui franchiront la passe dans son sillage en avant-garde.

— Et qu'adviendra-t-il ensuite ?

— La reine et le reste de son armée rejoindront Antioche, d'où ils embarqueront pour regagner la France.

— Cela me paraît trop bien pensé pour une aussi charmante personne. Mais, douce et merveilleuse fleur au jardin de mes délices, qui vous permet de croire que les Turcs ont besoin de vos manigances pour défaire l'armée de votre bon roi ?

Il étalait un rictus de plaisir dans la fossette de sa joue droite. Je le cueillis avec une lueur de malice au creux de mes prunelles :

— Je ne doute point qu'ils soient à même de lui infliger quelques pertes sévères, quant à défaire le roi, il faudrait qu'ils puissent franchir sa garde et l'affaiblir par le flanc. L'armée de France est bien organisée. Non, Votre Illustrissime, vous savez que la tête de Louis VII est au prix de ma trahison.

— Que m'offrez-vous en échange de ce pacte ?

Un frisson de dégoût me parcourut.

— L'assurance que vous vendrez un bon prix à vos chers amis l'information que je vous donne.

Il se leva et s'avança vers moi comme un félin. Je me redressai de même et, drapée de toute ma résolution, ne bronchai pas lorsqu'il s'arrêta à quelques centimètres de mon buste. Sûr de son pouvoir, il m'enlaça tendrement et chercha ma bouche, mais je le repoussai fermement.

— Si l'honneur que vous me faites est bien grand, Votre Illustrissime, je n'ai pas pour habitude de mêler les jeux de l'amour aux affaires.

Et je me dirigeai résolument vers la porte pour sortir. Il me retint par le bras.

— Nous n'en avons pas fini, vous et moi.

Le ton était perlé de dureté. Le basileus n'avait pas coutume qu'on lui refuse quoi que ce soit. Je me retournai lentement et, armée de mon plus charmant sourire, lui lançai :

— Je m'en tiendrai à cet engagement qui mettra le roi à merci, je vous laisse soin d'en faire usage. Cela me suffit pour ma part. Il est fort tard, souffrez qu'après cette journée je prenne une nuit de repos.

— Si vous m'assurez de revenir quelque autre soir dès lors que je vous enverrai chercher.

Sa poigne me broyait le coude, et son regard brillait de colère, même si le ton demeurait trompeur. Sottement, je préférai l'honnêteté :

— N'insistez pas, Votre Illustrissime. Autant j'ai un immense plaisir à nos échanges de vues en matière d'astrologie ou de théologie, autant et contrairement à la réputation que l'on fait des dames de France, je n'appartiens qu'à un seul et ce ne peut être vous.

— Les Comnène prennent toujours ce qu'il désirent !

D'un geste violent, il m'attira contre lui. Ma main s'envola dans le même élan, et une gifle retentissante lui égratigna le visage. Surpris par la force que j'avais déployée, il me lâcha. Je reculai jusqu'aux tentures, et lui lançai effrontément avant de disparaître derrière elles :

— Apprenez qu'en France un arrangement ne vaut que lorsque les deux parties y ont intérêt. Que le sommeil vous soit doux, Majesté !

Je retrouvai sans peine mon chemin jusqu'au Philopation éclairé par une lune ronde comme une orange. L'aube ne tarderait point. D'un pas décidé, je me dirigeai vers l'endroit où étaient logés les troubadours. Cette fois, je voulais parler à Jaufré, mes actes étaient trop lourds pour moi seule, et il avait le droit de savoir.

Je n'eus pas besoin d'aller jusqu'à sa chambre. Il attendait, adossé contre un arbre, le visage sombre, sans doute inquiet de ce que je pouvais faire chez le basileus. Me reconnaissant, il sortit de l'ombre qui l'enveloppait. Je me dirigeai vers lui.

— Viens, lui dis-je doucement.

Mon cœur brûlait d'une infinie tendresse. Je lui pris la main et l'entraînai jusqu'au sommet de la falaise formée par les remparts. Le Bosphore à nos pieds ronronnait comme un jeune chat enveloppé de reflets d'argent et de pourpre. On eût dit une parure de pierres précieuses. Je m'assis, les pieds ballants, sur le parapet, il entoura mes épaules de son bras. J'étais lasse.

— Regarde, murmurai-je, le fleuve est dans un écrin de douceur. Le temps est venu où je n'ai plus à me taire, Jaufré. Je t'aime comme jamais je n'aurais cru que l'on puisse aimer. Jamais un autre ne pourra prendre cette place, jamais un autre ne pourra me donner plus de bonheur que ton regard sur mes joues et tes lèvres sur les miennes. Regarde-moi, prince de Blaye, chair de ma vie, et pardonne-moi de n'être pas celle dont tu fais tes chansons. Rien n'est ce que tu imagines, Jaufré. En vérité, je ne suis pas seulement une dame de compagnie de la reine. J'intrigue à la cour de France pour le comte d'Anjou et le royaume d'Angleterre. Ce soir, je viens de trahir mon roi.

Je m'attendais à des questions, à un mouvement de sa part, mais il ne dit mot. J'enchaînai dans un soupir résigné :

— Dans quelques semaines, Louis s'effondrera sous le glaive ennemi dans une embuscade commanditée par le basileus. Moi seule en serai responsable, pour libérer Aliénor du mariage et lui permettre d'épouser Henri Plantagenêt, comte d'Anjou, auquel elle est destinée depuis longtemps, bien avant que son père ne meure, empoisonné sur les chemins de Compostelle par un des soudards d'Étienne de Blois. Mes ennemis sont nombreux, Jaufré, parce que j'ai pouvoir sur Aliénor et influe sur ses décisions, mais aussi parce que je suis née d'une race dont l'origine se perd dans la nuit des temps. J'ai reçu l'enseignement des grandes prêtresses d'Avalon et des druides. Nous sommes peu aujourd'hui à détenir ce savoir millénaire hérité de nos pères, ces survivants de la très ancienne île de l'Atlantide. Mes croyances ne sont pas les tiennes, elles viennent d'une autre lumière que celle de ton Dieu. Elles savent toutes les magies du monde et comment les utiliser pour préserver notre lignée. J'appartiens à mon devoir, celui pour lequel je suis née, et rien ne doit m'empêcher d'accomplir mon destin. Pas même l'amour d'un homme.

— Pourquoi ne m'avoir rien dit ?

— Parce que t'aimer me rend vulnérable. À travers toi il était facile de m'atteindre. Lorsque Béatrice de Campan s'y est essayée, j'ai compris que je n'avais pas le droit d'exposer ta vie, pas plus que je ne pouvais risquer de te perdre. T'éloigner, c'était te protéger et me garantir aussi. J'avais tort, je le sais aujourd'hui. Pardonne-moi le mal que je t'ai fait. Tu ne peux imaginer quelle a été ma souffrance, combien de fois j'ai dû lutter contre mon cœur déchiré par l'envie de te rejoindre. Pas un instant je n'ai cessé d'avoir les yeux sur toi, tandis que je m'interdisais, au nom de ce que je suis, d'avoir seulement besoin de ton sourire et de ta voix. Pas un instant je n'ai cessé de t'aimer, repoussant sans relâche les autres hommes quand mon ventre appelait la caresse, pour ne pas cesser un instant, un seul, d'être tienne.

— Une fée…

— Qui fait du mal quand elle ne voudrait que le bien.

Il esquissa un sourire léger comme une brise. Il tourna vers moi son visage creusé, et je lus dans ses yeux les larmes que je n'avais pas senties couler sur mes joues. Je murmurai doucement, comme une prière :

— Je t'aime.

— Comment as-tu pu douter de moi au point de me cacher cela pendant dix années ? soupira-t-il douloureusement.

— Sans doute avais-je peur, au-delà de tout ce que tu peux imaginer. Peur que tu ne me rejettes, peur de n'être pas digne de toi ou encore de faillir à mon devoir. Peur de moi. Rien n'est jamais simple, Jaufré.

— Denys sait-il pour le roi ? demanda-t-il enfin.

— Oui.

— Il ne t'a pas trahie…

— Il sait que ma cause est juste.

— Et sur quoi se fonde-t-il pour déterminer si la mort d'un homme est juste ou non ?

— Sur l'acharnement de mes ennemis à me perdre, depuis qu'ils ont assassiné le duc Guillaume pour qu'il ne rende pas publiques les fiançailles de sa fille avec le futur roi d'Angleterre. Je dois à sa mémoire de lui rendre justice.

— Qu'en pense Aliénor ?

— Elle ne sait rien.

Il y eut un silence, dans lequel passèrent des cris stridents d'oiseaux de mer. Un son de corne déchira la lumière brûlante qui embrasait de sang l'étendue du ciel et de la baie. Puis il glissa un bras lourd autour de mes épaules et m'attira contre lui. Mon cœur se gonfla d'un bonheur sauvage.

— Faut-il que je sois fou pour accepter pareil héritage, dit-il à mon oreille. Faut-il que je sois fou pour t'aimer ainsi. J'ai toujours su que tu n'étais pas comme les autres, soupira-t-il en cherchant mes lèvres.

Sa bouche avait un goût de larmes, mais peut-être était-ce la mienne. Peu importait au fond. Plus rien désormais ne pouvait nous séparer. Je n'avais plus à mentir, à tricher. Le sourire de Denys vint cueillir ma pensée.

« Merci, pensai-je, merci mon doux ami, sans toi je n'aurais jamais eu le courage. » Très loin au-dessus des nuages il me sembla voir un visage qui nous regardait, celui de Marjolaine, dont les yeux pétillaient de tendresse, puis, aussi doucement qu'il était apparu, il s'effaça dans l'ovale grandissant du jour.

Manuel Comnène se montra courtois et attentionné, comme si rien ne s'était passé lors de notre entrevue. À l'exemple des jours précédents, il y eut des courses dans l'hippodrome, avec des chevaux superbes qui faisaient la gloire de la cité, de génération en génération.

Nous entamions le milieu de la deuxième semaine, sans que je fusse inquiétée le moins du monde par d'autres avances, lorsque nous eûmes la surprise d'accueillir un hôte de marque : Abū al-Walīd ibn Ruchd, plus connu en Andalousie arabe sous le surnom d'Averroès. Louis tiqua lorsqu'il le découvrit à la table du basileus. L'homme était musulman, et c'était là une insulte au fondement même de la croisade. Pis, presque un aveu du basileus concernant ses accointances avec les Turcs. Manuel Comnène ne se départit point de son sourire et expliqua à nos mines glacées le sort que l'on faisait en son pays au philosophe poussé par les docteurs coraniques ; le sultan local avait censuré ses écrits qui commentaient Aristote en le tirant vers le rationalisme et le matérialisme. Cela n'avait pas pour autant arrêté l'imprudent dont les livres avaient franchi les frontières dans le plus grand secret. Averroès s'était vu exiler et menacer de mort par les délateurs. Connaissant la merveilleuse bibliothèque de Constantinople, il avait demandé asile au basileus, promettant de se faire chrétien si on lui en ouvrait les portes. L'homme devait avoir mon âge à deux ou trois ans près et portait sur les êtres et les choses un regard droit, franc et lucide. Il me parut d'emblée sympathique, et, bien que je sache la fourberie du maître de céans, je lui accordai pour cette fois la plus grande crédibilité. Louis et Aliénor firent de même.

Ce soir-là, je reçus un billet du basileus qui ressemblait à un ordre : « Venez… » Pour toute réponse, je gratifiai l'eunuque chargé du message d'un sourire et d'une fin de non-recevoir avant de m'endormir dans les bras tendres de Jaufré.

— L'orangeraie est aux portes sud de la ville. Vous devriez y aller goûter quelques-uns de ces fruits qui portent en leur joviale rondeur un peu de ce soleil qui vous sied, Votre Majesté.

Le basileus s'inclina devant Aliénor en la conduisant devant la croisée d'où l'on apercevait le verger dont il lui parlait avec tant d'enthousiasme. Il était vrai que, depuis notre arrivée, elle n'avait pas eu loisir de s'y rendre, trop occupée par les festivités orchestrées par son hôte. Aliénor s'inquiéta pourtant :

— On rapporte avoir aperçu quelques turbans dans ces parages. Ne craignez-vous point que ce soient des Turcs ?

— Pas un de ces misérables chiens n'oserait s'avancer jusque-là, soyez-en sûre, Votre Majesté, ou sur ma vie je ne vous y convierais.

— Nous servirez-vous de guide ?

— Hélas ! Plusieurs affaires retiennent mon attention au palais, mais quelques-uns de mes serviteurs seront tout entiers à votre écoute.

— Je vais suivre vos conseils, à condition toutefois que vous gardiez mon époux en vos murs. Ces promenades le rendent nerveux et il gâcherait sans conteste un si merveilleux échantillonnage.

— Ainsi sera-t-il fait, Votre Majesté. Il est des fruits que la prudence doit éloigner de certains regards.

Sur ces mots qui en disaient long sur ce qu'il avait pu surprendre de la complicité entre la reine et son troubadour, il souleva la lourde tenture et disparut derrière.

42

Ainsi que l'avait promis Manuel, le roi fut convié à une partie de polo, réservé aux hommes, et, escortées de Jaufré, de Bernard de Ventadour et de deux ou trois eunuques, Aliénor et moi nous enfonçâmes dans les allées fraîches et parfumées de l'orangeraie. Berthe, l'épouse du basileus, déclina notre invitation à la promenade pour cause de migraine, de même que nos compagnes, occupées à une chasse au trésor. Tout cela s'orchestrait parfaitement, aussi, profitant de l'aubaine, Aliénor et Bernard nous abandonnèrent-ils pour quelque recoin discret.

Le bras arrondi autour de celui de Jaufré, je savourais à sa juste valeur notre intimité dans la douceur du lieu.

— Je n'aurai de cesse de percer toutes les vertus de ces arbustes et de leurs fruits, murmurai-je en détachant une orange grosse comme deux fois mon poing.

— Attends, m'arrêta Jaufré en m'enlevant celle-ci des mains pour croquer dans la peau juteuse et en détacher un lambeau.

— Est-il vrai que certains ici les mangent sans les peler ?

— J'ai vu en effet notre hôtesse planter ses dents et dévorer le fruit tel quel, mais, pour ma part, je trouve l'écorce bien plus délicieuse en entremets, confite, ou en zeste dans le sucre candi.

Il me tendit l'orange dont le jus coulait entre ses doigts fins, et je mordis dans la chair à pleine bouche.

— Il est certain qu'elle a bien plus de parfum que celles de ton pays de Blaye.

Une pointe de nostalgie nous saisit tous deux à cette évocation.

— Te souviens-tu, Jaufré, murmurai-je, de cette première nuit dans les draps qui sentaient bon ces parfums qui nous enivrent aujourd'hui ?

— Comment pourrais-je l'oublier, ma douce ?

— C'était la première fois que je découvrais les vertus des orangers et voilà qu'aujourd'hui ils nous font un dôme.

J'enroulai mes bras tendrement autour de son cou, dans une invitation à l'abandon, pendant que quelque part Aliénor et Bernard consommaient leur étreinte.

— Éloignons d'abord les eunuques, dit-il en m'enlaçant.

Je tournai la tête pour découvrir avec étonnement que nous étions déjà seuls.

— Bah, s'amusa Jaufré, ils auront sans doute compris que nous n'avions plus besoin d'eux.

Sa bouche prit la mienne si voluptueusement que je me sentis fondre de plaisir. De sorte que je ne pris pas garde au bruissement des feuilles autour de nous. Ce n'est qu'en entendant le choc que j'ouvris les yeux. Jaufré s'écroula comme une poupée de chiffon entre mes bras, m'arrachant un cri de frayeur. Cinq guerriers turcs solidement armés nous encerclaient. Avant que j'aie pu réagir, ils se saisirent de moi. En un instant je fus bâillonnée et jetée sur une épaule massive. J'eus beau me débattre, rien ne fit lâcher le géant, tandis que, talonné par ses complices, il allongeait un pas de course vers la porte qui s'ouvrait sur le désert.

Ballottée dans cette posture, je vis avec terreur le corps de Jaufré effondré à même la terre. J'aperçus encore les silhouettes d'Aliénor et Bernard qui accouraient, alertés sans doute par mon cri de terreur, puis mon regard éperdu n'accrocha plus que le sol. On me coucha en travers d'un cheval à la robe plus noire que l'ébène, et je vis s'éloigner, dans un halo de poussière de sable, les remparts blancs de la ville.

3

L'intérieur de la grotte était glacial. On m'avait adossée contre la paroi ruisselante et peu à peu s'infiltrait en moi la froidure de l'eau qui suintait. La nuit endormait lentement la plaine et, de ma posture malheureuse, j'en apercevais un filet serti dans des écharpes de brume. On n'avait pas desserré mes liens ni même ôté ce bâillon qui m'écrasait les lèvres. J'ignorais ce que ces hommes attendaient, mais cela faisait plusieurs heures qu'ils étaient assis en cercle, jouant à un jeu que je ne connaissais pas, sans plus se préoccuper de moi que d'un rocher. Il était évident qu'ils étaient turcs, mais pas un instant je ne doutai que leur initiative soit celle d'un seul homme. Et je devinais sans hésitation qui se cachait derrière cette traîtrise.

Je m'étais tout d'abord sentie désespérée. L'image de Jaufré m'avait poursuivie durant tout le temps qu'avait duré le galop effréné des chevaux, jusqu'aux montagnes. Une heure, peut-être deux, je n'en avais pas vraiment idée. Le sable qui voletait autour de mon visage m'avait obligée très vite à respirer par saccades, le front cognant sans relâche les flancs musclés et humides du cheval. J'avais eu peur, puis une certitude m'était venue. Jaufré était vivant, j'en étais sûre, et devait en cet instant s'effarer auprès d'Aliénor et de Bernard de la soudaineté de l'attaque. Ils en avaient sûrement rendu compte au basileus qui, les ayant assurés de son étonnement, avait mis en branle ses gens pour partir à ma recherche. Paroles de fourbe ! Il ne ferait rien d'autre que brasser du sable pour donner l'illusion. D'ailleurs, tout n'était qu'illusion à Constantinople.

La nuit était froide à présent et recouvrait entièrement le plateau. Un des sbires se leva et prononça quelques mots qui ressemblaient à des ordres. Lors, le groupe s'activa, comme si brusquement, après ces longues heures d'immobilité, il fallait se hâter. On me souleva comme un vulgaire fétu de paille et me jeta sur une épaule massive. L'odeur de cuir âcre qu'elle dégageait m'indiqua que c'était la même que précédemment. C'était le seul repère qui me restait. Ces hommes se ressemblaient tous par leur tenue et par ce tissu qui enveloppait leurs visages pour ne dégager qu'un regard sombre. De nouveau, on me coucha en travers de la croupe du cheval. La folle course reprit. J'étais gelée, courbaturée et meurtrie jusque dans l'âme.

Le temps me sembla aussi long qu'à l'aller, et, lorsque les chevaux ralentirent leur allure, je me mis à l'écoute des bruits environnants. Mon cœur bondit dans ma poitrine : mon instinct ne m'avait pas trahie. Les parfums et le clapotis de l'eau sur la coque des felouques me confortèrent définitivement. Nous étions de retour à Constantinople, au pied de la Corne d'Or, à moins que ce ne fût sur l'autre rive de la presqu'île.

Malgré l'obscurité, je devinai toute proche la masse imposante des remparts, et cela avait quelque chose de rassurant. Enfin on arriva à destination. L'homme me déchargea, au moment où une porte s'ouvrait à même la pierre.

Nous traversâmes un long corridor éclairé par des torchères et ponctué de toutes petites meurtrières destinées à renouveler l'air plus qu'à défendre la forteresse. Puis une myriade de parfums saisit mes narines ensablées. On me déposa dans une pièce richement décorée. Une femme voilée m'attendait, que je ne connaissais pas. Elle donna un ordre d'une voix dure, et aussitôt on défit mes liens. Je m'écroulai sur le sol, engourdie par le froid et l'immobilité. Le simple fait de bouger dardait dans tout mon être des milliers d'aiguilles, mais pour rien au monde je n'aurais lâché une plainte. La femme s'approcha et détacha mon bâillon. Les sbires se retirèrent. La femme me déshabilla avec des gestes délicats, elle me souriait et me parlait doucement avec un fort accent. J'étais épuisée, pourtant je parvins à comprendre quelques bribes. Son babillage était un mélange de grec et de latin avec une pointe de je ne savais quoi qui le rendait difficile à interpréter. Elle me disait de me détendre, de me laisser faire, qu'elle allait bien s'occuper de moi, que son maître lui avait demandé d'être à mes ordres et de me parer. Du moins était-ce ce que je compris.

Elle m'aida à entrer dans une bassine d'argent, puis fit couler sur mes épaules une eau chaude et parfumée, me débarrassant de toute la poussière qui me collait à la peau et aux cheveux, enfin me sécha vigoureusement. Ma nudité lui plaisait sans doute. Noiraude au possible, elle devait peu souvent avoir l'occasion de contempler un poil doré comme le mien. Elle me regardait avec convoitise, et m'invita à m'allonger sur un parterre de peaux. Je n'avais qu'une envie, lui obéir, tant j'étais éreintée. Elle entreprit de me masser les épaules, le dos et les cuisses, et je finis par m'endormir d'un sommeil sans rêve.

— Je ne crois pas un seul instant qu'il s'agisse de Turcs !

Denys frappa rudement du poing sur la table de bronze. Jaufré l'avait fait venir dès qu'on lui eut raccommodé sa blessure, un mauvais coup qui lui avait entaillé l'épiderme du crâne. Aussitôt après l'incident, les eunuques, réapparus comme par enchantement, l'avaient ramené au palais. On l'avait laissé aux mains d'un apothicaire, tandis que la reine fonçait, telle une furie, au palais de Justinien où le basileus recevait ses audiences. Elle avait hurlé si fort à la face de celui-ci que les murs en avaient retransmis la clameur dans tout l'édifice, habilement aidés par les témoins de la scène. Fol inconscient avait-il été de les envoyer en pareil endroit, il devait réparation à la couronne de France de la perte immense de son amie, et Aliénor ne repartit qu'avec l'assurance que tout serait mis en œuvre pour la retrouver au plus tôt. D'ailleurs, Manuel Comnène ne comprenait pas comment on avait pu de la sorte forcer la porte Pêghé et s'introduire dans l'orangeraie. Une enquête serait menée sur-le-champ, et les coupables, qu'ils soient turcs ou non, seraient décapités sans autre forme de procès.

Aliénor avait averti Louis, et, sous le coup de l'émotion, toute la délégation française s'était retirée dans ses appartements pour prier. Jaufré ne songeait pas, quant à lui, à attendre l'aide du basileus. Il ne faisait confiance qu'à un seul : Denys.

— Si ce ne sont les Turcs, qui ? demanda-t-il au connétable dont le front soucieux marquait une ride de colère.

— Comnène. Ce fourbe ne recule devant rien pour posséder ce qu'il désire. Il se sera servi de ces chiens pour l'obtenir et nous rouler.

Jaufré se laissa tomber sur un banc. Il se sentait responsable. Denys posa une main fraternelle sur son épaule.

— Ne te reproche rien, mon ami, lui dit-il, devinant ses pensées, je m'attendais à quelque traîtrise, mais faisais confiance à sa prescience. Il semble qu'elle se soit laissé berner. C'est dire si l'homme est dangereux.

— Si seulement j'avais porté quelque arme à cet instant.

— Tu es son cœur et moi son bras. Si quelqu'un doit se reprocher quelque chose, que ce soit moi, de n'avoir pas été là, quand j'avais fait promesse de veiller sur elle. Mais il ne s'agit plus de se lamenter. Tu vas parcourir Constantinople avec tes amis troubadours. Certains d'entre eux parlent et comprennent la langue locale. Qu'ils prêtent l'oreille. Si Comnène l'a fait enlever, nul doute qu'il cherchera à la rejoindre ; lors, je serai là avec quelques hommes sûrs pour trouver l'endroit où il la détient prisonnière.

— Et s'il lui venait l'envie de la découdre ? demanda Jaufré d'une voix troublée par l'angoisse.

— Pour l'heure, je crains davantage pour sa vertu que pour sa vie, murmura Denys. Et Loanna n'est pas femme à se laisser assassiner sans rien tenter !

Jaufré leva vers Denys un regard curieux. Il découvrait soudain combien j'avais eu raison de me reposer sur lui tant de fois. Il semblait tellement sûr de lui, tellement protecteur, que cela le réconforta.

— N'aie crainte pour ta belle, elle est mieux armée que toi et moi, et quand bien même, je te fais serment que nous la retrouverons, dussé-je y laisser la vie. Allons, nous avons à faire et chaque minute compte. Sonne le rassemblement de ceux que tu sais fidèles, mais que la reine reste en dehors de nos engagements. Elle est trop vive, et risquerait fort de déclencher un incident en déboulant avec des accusations plein la bouche. Il vaut mieux que le basileus ne se doute de rien.

Je m'éveillai avec la sensation d'un regard sur mes reins qu'une légère fraîcheur me rappela nus. Je me retournai brusquement et vis le basileus, assis à mes côtés avec désinvolture. Une sourde colère m'envahit, avivée par le repos réparateur. D'un geste vif, je remontai sur mon corps les fourrures qui m'entouraient et le cueillis d'un œil noir. Il éclata de rire et, saisissant une coupe sur une table, y versa un vin de cannelle.

— Voilà une heure que je regarde frémir cette croupe aussi somptueuse que celle d'un de mes meilleurs pur-sang. Vous êtes encore plus belle avec cette seule robe que parée de tous vos joyaux, damoiselle.

Le ton était moqueur et vexant. Manuel avait toujours eu plus de considération pour ses chevaux que pour les femmes. Il me tendit la coupe en révélant dans un voluptueux mouvement du menton tout l'éclat de ses dents de perle. J'avais soif. J'acceptai son présent.

— Vous ne paraissez pas surprise, délicieuse fleur de mes plus beaux jardins.

— En quoi le serais-je ? Il y a déjà longtemps que je sais votre fourberie. Que comptez-vous faire de moi ?

— Vous aimer, jusqu'à vous perdre. Ensuite, je vous rendrai à vos gens, qui seront alors convaincus de ma bonne foi et s'en iront sur des chemins difficiles, comme ce cher Conrad.

Je le toisai d'un regard de défi :

— Vous ne me posséderez pas davantage aujourd'hui qu'hier. Ou vous mourrez !

— Que nenni, belle dame. Vous avez bien trop besoin de moi pour accomplir vos noirs desseins. Et je vous dompterai quand bon me semblera comme la plus insoumise des juments, soyez-en sûre.

Un frisson me parcourut l'échine tandis qu'il avançait une main pour déplacer une mèche de cheveux qui couvrait mes seins. Je le repoussai résolument, les dents serrées. Il éclata d'un rire mauvais et se leva en dépliant ses longues jambes.

— Ce soir, tu seras mienne et tu crieras comme une jeune chienne !

Sur ces mots, il s'en fut soulever la lourde tenture et disparut derrière. J'ignorais combien de temps je m'étais assoupie, mais la pensée de quelque répit jusqu'à ce qu'il revienne me rassura. J'avais ainsi loisir de préparer à ce maudit quelque tour de ma façon. Un pas léger me fit sursauter. La jeune femme qui s'était occupée de moi était là de nouveau, sans que je l'aie vue entrer. Je n'avais pas quitté des yeux le passage par lequel avait disparu le basileus. Il en existait assurément un autre. Je me promis de vérifier et de chercher le moyen de sortir de ce trou. Elle tenait entre ses mains une splendide robe orientale de couleur orangée, toute de voile brodé de fils d'or et d'argent. Je la laissai me vêtir. Tout était préférable à cette nudité qui m'exposait aux fantasmes de son maître. Cet homme était malsain.

Que n'avait-il jeté son dévolu sur Béatrice ! Elle n'aurait fait aucune difficulté à se laisser pervertir. Elle était aussi noire que lui. Cette petite peste devait jubiler à cette heure d'être enfin débarrassée de moi.

Depuis que nous avions quitté la France, elle avait été obligée de se tenir tranquille mais je savais qu'elle ressassait sa haine et attendait son moment. De plus, elle n'avait eu aucun tête-à-tête avec le roi avant notre arrivée ici, où, la nuit, elle le rejoignait dans les jardins. Par hasard un soir, Jaufré l'avait aperçue s'enfonçant dans un fourré, et Aliénor m'avait assuré que Louis n'était pas venu en sa couche cette nuit-là, prétextant le besoin de prier à Sainte-Sophie. Je ne savais trop si elle était finalement devenue sa maîtresse ou s'il se contentait de l'aimer à sa façon, avec le cœur et les yeux, mais il me paraissait évident que cette garce ne perdrait aucune occasion de le gagner à sa cause. Si elle avait pu se douter un instant, un seul, que par là même elle faisait mon jeu, sans doute s'en serait-elle abstenue.

Pour l'heure, j'avais faim et encore soif. Je demandai à rester seule et, s'inclinant pour me signifier qu'elle était à mes ordres, la jeune femme s'effaça derrière les tentures. Je lui emboîtai le pas et aussitôt se croisèrent en travers de mon chemin les lances de deux solides colosses qui m'interdisaient le passage. Puisque j'étais prisonnière, je n'avais plus qu'à reprendre des forces. Une coupelle emplie de fruits juteux et mûrs à souhait m'attendait, ainsi que bon nombre de pâtisseries huileuses qui ressemblaient à des dentelles. Plusieurs vins aux arômes différents se bonifiaient dans des carafes. Je m'en rassasiai jusqu'à éprouver le sentiment d'être en pleine possession de mes moyens.

Je fis ensuite le tour de la pièce. À certains endroits, de l'eau suintait des murs sur lesquels des tapisseries montraient le basileus dans des scènes galantes, entouré de femmes et de jouvenceaux. Il ne semblait pas y avoir de passage dans la muraille, mais j'avisai plusieurs ouvertures rectangulaires qui amenaient de l'air. Je plaquai mon œil sur l'une d'entre elles. La mer scintillait sous la lumière d'une journée radieuse. Nous étions près du port, j'entendais les clapotis contre les coques et des voix qui se répondaient. Mais quel port ? Celui de Boucoléon, ou celui qui servait aux navires marchands ? Je tentai de trouver d'autres indices, mais la même image se répétait à chaque meurtrière.

Je pouvais bien sûr utiliser ma magie pour sortir, mais je la savais de courte durée. Me rendre invisible aux regards aurait suffi pour franchir les lances, mais ensuite, si je m'étais heurtée à quelque muraille ou porte secrète, il n'était pas sûr que j'aie la force de conjuguer différents sortilèges. Je craignais d'être prise au piège. Le basileus avait raconté quelques jours auparavant le sort réservé à une sorcière qui se servait de charmes pour envoûter ses amants. On lui avait arraché la langue, puis on l'avait brûlée vive sur l'hippodrome, face à une foule venue nombreuse la maudire. Si quelqu'un ici découvrait ce que j'étais, nul doute que le basileus me ferait le même sort. Je résolus donc de n'utiliser la magie qu'en dernier recours. Il devait y avoir un moyen d'obliger Comnène à me relâcher.

J'avisai une petite dague recourbée qui servait à éplucher les oranges. Elle n'était pas tranchante, mais cela pouvait s'arranger. Je passai un doigt sur le fil de la lame et murmurai :

« Que l'acier polisse et polisse encore jusqu'à devenir miroir à la coupure plus fine que le plus fin cristal. »

Un instant plus tard, j'avais contre mon sein une arme plus acérée que toutes celles de l'ost royal. Puis, me laissant tomber sur les peaux de bêtes, je me concentrai lentement jusqu'à avoir devant les yeux le visage de Jaufré, un bandeau autour de la tête. J'en fus rassurée. Ainsi, mon instinct ne m'avait pas trahie. Denys m'apparut lui aussi. Ils étaient tous deux à ma recherche. Une confiance infinie m'envahit, lors, je m'enfonçai une nouvelle fois dans un sommeil réparateur. J'allais avoir besoin de toutes mes forces.

Lorsque je m'éveillai, je compris qu'il ne me faudrait point attendre trop longtemps. J'étais seule encore, mais un coup d'œil dans les renfoncements de pierre me montra une eau rouge sang. Le soleil déclinait.

Le basileus ne tarderait pas. Je vérifiai que la dague était contre moi, puis songeai qu'elle serait plus discrète dans les plis des fourrures. Je n'aurais qu'à faire semblant de dormir et patienter. Lorsqu'il se pencherait vers moi, je glisserais l'arme sous sa gorge et l'obligerais à me relâcher. Cela semblait simple, trop, soupirai-je.

« Mère, pourquoi est-il plus facile d'entrevoir le destin des autres que le sien ? »

Bientôt, le murmure de pas feutrés me parvint. Mon cœur s'accéléra. J'étais prête. Je m'allongeai sur le ventre, serrant de toute ma force le manche du poignard. Les lourdes tentures retombèrent.

Manuel s'assit près de moi.

— Tu ne dors pas, je le sais.

Il posa une main impertinente sur mes chevilles et remonta les voiles de la robe pour dénuder mes jambes d'une caresse. Mon cœur battait à me faire mal. Il remonta encore et dévoila mes fesses. Les doigts tracèrent des arabesques sur leur courbe, puis, sans que rien m'y prépare, une claque retentissante les empourpra. Il n'en fallut pas davantage pour enflammer ma colère. D'un bond, je me redressai et lui plaquai l'arme sur le col.

Surpris, il eut un mouvement de recul vite maîtrisé, puis éclata de rire. Je sifflai :

— Ce petit jeu est terminé, sale pourceau. Nous allons sortir d'ici ou je tranche sans hésiter cette gorge infâme !

— Sais-tu, exquise tigresse, que j'ai pris souvent grand plaisir à mater de la main quelques-uns de ces félins. Leurs griffes sont bien plus acérées que les tiennes, s'amusa-t-il.

J'enfonçais d'un geste déterminé la pointe de la lame et fis jaillir une perle de sang.

— N'en sois pas si sûr.

— Ah non ?

Avant que j'aie pu seulement imaginer la parade, je me retrouvai couchée sur le dos, le poignet ganté d'une main d'acier. Le basileus ricanait. Je n'étais pas de taille à lutter, il le savait. Mon autre main restait libre. J'avisai dans un dernier sursaut de rage la coupe vide qui traînait encore sur le lit. Je m'en emparai au moment où ses doigts faisaient tomber des miens la dague inutile et en cinglai le visage ricanant. Le verre se rompit sous l'impact, entaillant la joue droite du basileus de la tempe à la commissure des lèvres. Il poussa un grognement de rage et, tandis que son visage s'inondait d'un flot de sang frais, me balança une gifle qui me coupa le souffle. Puis, maugréant quelques mots incompréhensibles, il m'arracha le verre brisé avant de se redresser de tout son orgueil. Le sang coulait de sa blessure et gouttait sur les voiles de ma robe. Il porta une main à l'estafilade et en testa la profondeur. Nos regards s'affrontèrent un instant. Le sien me fit peur. Il était devenu froid et cruel. Portant à ses lèvres ses doigts sanguinolents, il les lécha avec un sourire de chasseur.

Je n'osais plus bouger, quelque chose en moi implorait la magie pour qu'elle vienne à mon secours, mais je ne trouvais ni les mots ni le sortilège pour échapper à cet homme. Comme si quelque chose en lui me fascinait malgré tout. Peut-être ce sentiment étrange que nous étions à présent unis par le sang. Celui de Louis et le sien se mélangeaient tout à coup. Peut-être était-ce là le prix de ma trahison. Je murmurai, les dents serrées :

— Qu'on en finisse. Vite !

— Et ensuite tu mourras, ajouta-t-il froidement avant de se coucher sur moi.

La douleur m'arracha un cri tandis qu'il fouillait mes cuisses molles, mais je fermai les yeux et songeai à Jaufré. Partir loin, loin, ne pas me laisser souiller par ses grognements de bête, ne pas me laisser prendre l'âme à son jeu. N'être qu'une paillasse sans vie qui ne lui apporterait rien de ce qu'il avait pu imaginer.

Sa besogne achevée, il se leva et saisit sur une table un de ces voiles de soie qui servaient à essuyer les fruits avant de les croquer. Il sécha sa plaie d'un geste furtif. Je ne bougeai pas. J'avais appris à m'extraire des événements lorsqu'il le fallait. Réintégrer mon corps me ferait mal. Je ne voulais pas qu'il s'en aperçoive.

Le silence pesait sur nous comme un ciel plombé. Il sortit comme il était entré, sans plus un mot ni un regard. Je poussai un long soupir de soulagement. Mais je savais aussi que la sentence était tombée avec les plis des tentures. Je devais m'enfuir au plus vite. Je n'étais pas de taille à lutter contre lui.

La jeune femme apparut comme par enchantement, portant un broc rempli d'eau fumante. J'eus soudain la certitude qu'il existait une autre entrée que celle visible ; elle n'était pas dans la pièce pendant qu'il me violait. Consentirait-elle à m'aider ? Elle s'approcha et épongea mes cuisses de leur souillure. Mon ventre me faisait mal. Mais cela n'avait aucune importance. Le temps m'était compté. Je me glissai dans le baquet d'argent et la laissai me frictionner. Puis, plantant mon regard dans le sien, je murmurai comme une prière, dans un grec approximatif :

— Je vais mourir. Aide-moi.

Elle secoua la tête, et je perçus une larme dans ses yeux. M'aider, c'était se condamner aussi, sans doute. Le basileus ne pardonnerait pas. J'insistai pourtant :

— Montre-moi la porte. Ensuite va-t'en.

Elle me désigna du menton l'issue drapée par laquelle on allait et venait, mais je secouai la tête.

— L'autre. Je t'en prie.

Elle baissa les yeux, puis lentement me tourna le dos et souleva une tapisserie. Une de celles qui montraient le basileus en ardente compagnie de plusieurs femmes. Elle disparut derrière.

— Merci, murmurai-je.

Elle ne m'entendait plus. Je sortis du bain et me séchai sommairement. Je m'avançai jusqu'à l'endroit désigné, mais ne trouvai qu'un mur derrière la toile. Je passai mes doigts sur l'aspérité des pierres et fis bouger l'une d'elles, qui découvrit un passage. Un long corridor s'enfonçait dans la muraille. Je revins vers la couche et enfilai la robe que la servante y avait déposée en partant. Il fallait que je sache ce qui m'attendait au bout du tunnel. Je me risquai derrière la tapisserie.

Je marchai longtemps sans croiser âme qui vive, puis j'entendis des rires et des bruits. Une meurtrière dans le mur laissait filtrer de la lumière. Je plantai mon regard dans l'ouverture et soupirai de découragement. Une dizaine de gardes du basileus jouaient aux dés et buvaient à la régalade dans une pièce sur laquelle sans aucun doute s'ouvrait le passage. J'étais prise au piège. Je pouvais essayer de disparaître derrière quelque enchantement, mais j'ignorais ce qu'il y aurait après cette salle. Une porte barrait mon regard. Je me résolus à garder les yeux braqués dessus pour tenter d'en voir davantage. Un long moment s'écoula. J'étais gelée. Enfin la porte s'ouvrit sur une femme vêtue de voiles qui riait aux éclats en se pendant au cou d'un garde du basileus. L'un et l'autre étaient ivres. De la musique me parvint, et, tordant le cou à me briser la nuque, j'aperçus loin derrière eux un coin de comptoir, et quelques gueules. Une taverne ! C'était une taverne. Une de celles du port sans doute. Je ne savais si je devais me réjouir ou non, mais d'être brusquement si proche d'un monde connu me réconforta. Ne me restait plus qu'à trouver le moyen de m'y glisser et de m'y fondre.

— N'y pense pas, murmura la voix derrière mon dos.

Je frémis jusqu'à la pointe des pieds. Je ne l'avais pas entendu venir, mais c'était devenu une habitude ; le basileus était un félin. Je me retournai. Sur son visage que masquait la pénombre se lisait ma signature dans un mince filet. Il ne saignait plus, mais la cicatrice persisterait. Je ne dis rien. D'ailleurs, qu'aurais-je pu dire ? D'un mouvement galant du poignet, il m'invita à refaire le chemin inverse. J'obtempérai. Il fallait gagner du temps. Je revins dans ma prison sans un mot. Une table y avait été dressée et des poulardes rôties côtoyaient caviar et cuisses de grenouilles. Quelques artichauts étaient disposés dans des coupelles garnies de crustacés. Je me rendis compte que j'avais faim et aussi que l'heure n'était pas encore venue de mourir. Manuel Comnène laissa retomber la tapisserie derrière lui. La lumière me fit plisser les yeux. Je m'étais habituée à ce tunnel sombre.

— Assieds-toi, ordonna-t-il.

J'obéis et m'installai face à lui, à même le tapis moelleux.

— Tu dois avoir faim, mange, insista-t-il, affable.

Du prédateur de l'instant passé il ne restait rien. Manuel Comnène était redevenu le séducteur. Sans doute, pensai-je, n'a-t-il pas eu satisfaction. Je décidai d'en apprendre davantage. Je plongeai mes doigts sur une fourchette à deux dents et me servis copieusement de caviar. Manuel versa dans un gobelet d'or une rasade de vin d'orange. De voir qu'il avait banni le verre de son service me fit sourire et je saisis le gobelet avec un petit air amusé qui alluma une étincelle dans son regard. Il passa un doigt sur sa joue et prit le parti de sourire à son tour. Il avait compris.

— Qu'allez-vous faire de moi à présent ?

— Te tuer.

Il avait dit cela calmement, sans haine, en déchiquetant une cuisse de poularde.

— La mort ne m'effraie pas.

Il éclata de rire, puis frappa dans ses mains en se tournant vers la porte voûtée. Un des gardes entra, portant un plat d'argent recouvert d'une cloche qu'il déposa devant moi. Le basileus continuait de ronger à petites bouchées son morceau de viande. Je soulevai la cloche et y découvris avec horreur la tête tranchée de la jeune servante. Ses yeux grands ouverts traduisaient encore la soumission à son sort. Un haut-le-cœur me prit, que je contins avec peine. Je reposai la cloche. Mes mains tremblaient. Je me sentais pâle, mais je soutins le regard du bourreau. Manuel semblait indifférent. Presque moqueur. Je repoussai d'une main que je voulus ferme ce plat qui me bouleversait et m'obligeai à prendre une cuisse de poularde et à y planter mes dents, comme si de rien n'était. À ce jeu-là, je refusais qu'il soit vainqueur. Je demandai simplement, d'un air faussement détaché :

— Pourquoi ?

— La désobéissance est toujours punie.

Encore une fois il n'avait pas de haine. Il respectait sa loi, et profitait du fait pour me montrer qui était le maître.

— Elle n'avait pas désobéi, mentis-je, je l'ai surprise à entrer par là.

— C'est sans importance. Cela n'aurait pas dû être.

— Je vous croyais juste, mais je ne vois en vous que traîtrise.

— C'est ainsi que tu me désirais lorsque tu es venue à moi, ne l'oublie pas.

— Quand dois-je subir le même sort que cette malheureuse ?

J'avais besoin de savoir, pour me préparer.

— Lorsque j'en aurai assez de te prendre, répondit-il d'une voix neutre.

Je portai avec dédain la coupe à mes lèvres. Cette idée ne me plaisait pas, mais elle me donnait au moins le temps d'échafauder un plan. Soudain, il se pencha vers moi et saisit mon poignet. Je ne me dégageai pas. Cela n'aurait servi à rien. Il y avait du désir dans ses prunelles, et aussi une prière, qu'il laissa échapper dans un murmure :

— Sois mienne et je dépose à tes pieds cette vie que tu méprises. Je te veux, Loanna de Grimwald, mais non comme une morte. J'aime trop l'amour pour forcer un corps sans âme. Laisse-toi séduire.

— Ce n'est pas avec de tels procédés que vous y parviendrez. De plus je n'appartiens qu'à un seul, je vous l'ai dit.

— Ce troubadour insipide ? Je doute fort qu'il sache te faire jouir !

— Davantage que vous ne le pourrez jamais.

— Alors, il mourra.

Mon cœur se mit à cogner furieusement. Toucher Jaufré, c'était pire encore que de subir toutes les injustices. Mais je ne voulais pas qu'il sache qu'il pouvait m'atteindre à travers lui. Je répliquai en souriant :

— Est-ce là la seule manière que vous connaissiez pour vous faire aimer ? Je vous plains, seigneur Comnène. En France, les hommes ont des arguments bien plus tendres et convaincants. Mais sans doute la chevalerie n'est-elle pas de votre monde.

— Je t'accorde une nuit pour réfléchir. Lorsque je reviendrai, tu seras mienne, totalement.

— Si je refuse ?

— Je t'amènerai ton troubadour et l'émasculerai devant toi ; ensuite, je te prendrai une dernière fois tandis qu'il se videra de son sang. Enfin je trancherai ta gorge et placerai ta tête sur ce guéridon, face à lui, pour qu'il contemple toute sa détresse avant de mourir.

— Puisse Dieu vous pardonner.

— Si Lui ne le fait pas, Allah le Grand le fera !

Il se leva et me salua, puis rejetant sur ses épaules l'ample cape de soie verte qui recouvrait son torse nu, il sortit.

Je n'avais plus le choix. Je devais m'enfuir d'ici, mais je ne pouvais le faire seule. Je saisis la coupelle dans laquelle reposaient les œufs noirs d'esturgeon et les répandis sur le sol en un cercle suffisamment grand pour que je m'installe à l'intérieur. Je m'agenouillai en son centre et murmurai doucement des incantations. Il ne restait plus qu'à espérer que Jaufré soit à l'écoute et que personne ne me surprenne.

— Entends-tu ?

Jaufré posa sa main sur le bras de Denys pour lui intimer de se taire.

— Quoi donc ? demanda celui-ci en prêtant l'oreille.

Mais, autour d'eux, seul le bruit de l'eau contre la coque des felouques dérangeait leurs pas.

— Il m'a semblé, comme un murmure, entendre sa voix ; je deviens fou, se lamenta Jaufré.

— Allons, courage.

Jaufré hocha la tête, l'air malheureux. Ils avaient sillonné la ville, questionné, fouillé dans les recoins les plus malfamés en vain. Pourtant, ce soir au dîner, un espoir fou l'avait submergé lorsqu'il avait vu apparaître leur hôte, le visage tuméfié par une méchante blessure. Aux questions de son épouse, il avait répondu que c'était la caresse d'un félin avec lequel il avait voulu jouer, et il dut raconter son aventure à ces dames qui tremblaient en buvant ses paroles. Mais Jaufré était certain que l'homme mentait. Aliénor avait osé reprocher au basileus de passer plus de temps avec ses fauves qu'à chasser l'infâme gibier qui lui avait ravi sa dame de compagnie. Sans se départir de son sourire, Comnène avait assuré que ses meilleurs hommes parcouraient la contrée et qu'avant longtemps elle serait ramenée. Puis, comme s'il s'était agi d'une sentence, il avait ajouté : « Prions Dieu, Majesté, pour qu'elle soit vive encore lorsque cela viendra. » Jaufré avait frémi. Tout de suite après le dîner, il s'était faufilé sur les traces du basileus, qui avait rejoint ses appartements et semblait ne plus devoir en bouger. Denys ensuite avait conforté son impression. Le basileus, qu'il suivait comme son ombre, n'avait pas quitté les Blachernes de la soirée. Ce n'était donc pas un tigre qui l'avait ainsi marqué. Cela ne pouvait vouloir dire qu'une chose : que j'étais tout près de là, cachée habilement. Il suffisait de savoir où.

Pour l'heure, ils se dirigeaient vers le port où Geoffroi de Rancon, Uc de Lusignan et leur interprète les attendaient. Ils avaient appris que des gardes du basileus avaient décapité une jeune femme dans une ruelle, abandonnant contre un mur ce qui restait de son corps et s'en retournant avec leur trophée dans un sac à grain en direction du palais. Un jeune garçon, témoin de la scène, s'était enfui en courant de peur qu'on ne s'en prenne à lui et avait atterri, horrifié, dans les jambes de l'Aquitain avant de raconter, contre quelques pièces d'or, sa sinistre aventure. La pauvre femme, une autochtone, n'avait pas même crié, se contentant de se signer et de tomber à genoux. Lorsque Geoffroi de Rancon arriva sur les lieux, guidé par la main tremblante du jouvenceau, le corps n'était plus là ; seule une flaque de sang attestait ses dires.

C'était bien faible pour envisager une quelconque relation avec leur affaire, mais, faute d'indice, toutes les directions étaient bonnes.

Les deux hommes reprirent leur marche en silence. Jaufré s'était armé par prudence, les ruelles sales du port étaient des coupe-gorge idéaux, d'autant plus que la pression ne cessait de monter entre les Français et les Byzantins. Il ne se passait

pas un jour sans que des incidents se produisis-
sent, et l'enlèvement de la veille n'arrangeait rien.

— Encore, dit Jaufré. Écoute !

— Je n'entends rien, je te l'assure. La brise
s'est levée. Sans doute est-ce son souffle qui te
joue des tours.

Mais Jaufré s'était arrêté et semblait tout entier
possédé par ce qu'il percevait. Il saisit le bras de
Denys et lui fit face :

— Elle est là tout près. Je l'entends qui me
parle. Je t'assure, Denys. Sa voix coule en moi
comme une source. Elle est en danger. Attends.

Denys à présent faisait silence. Lui revenaient
en mémoire les pouvoirs de cette magie dont il
ignorait l'origine.

— Viens, lui dit Jaufré. Allons chercher nos
compagnons. Elle est quelque part dans une des
tavernes du port. Elle nous enverra un signal.

— Si ce que tu dis est vrai, il faut prévenir
Geoffroi de Rancon. Qu'il prête l'œil au moindre
détail. Hâtons-nous.

Prenant leurs jambes à leur cou, ils se dirigèrent
vers le lieu du rendez-vous.

Je voyais leurs visages défiler dans la nuit,
comme portés par le vent.

« Presse-toi, mon amour, mais sois prudent »,
murmurai-je.

Je faisais corps avec lui, et son esprit me répondait sans que les mots aient besoin de franchir ses
lèvres. Je devinais où ils se trouvaient à présent et
pouvais les guider. Mais comment repérer la
taverne qui me dissimulait parmi les dizaines qui

se côtoyaient sur le port ? Une idée me vint, qui m'obligerait cependant à briser le cercle et à perdre tout contact avec Jaufré. Tant pis. L'aube ne tarderait pas, il fallait en finir. Vite. Je laissai Jaufré et Denys atteindre Geoffroi de Rancon, Uc de Lusignan et Bertrand de Monfaucon près de la jetée, et lui soufflai une dernière fois :

« Affirme-leur que vous avez eu des informations par une servante du basileus. Un des gardes royaux sortira d'une taverne. Entrez-y, vous y verrez une porte basse en bois dans un mur de pierre, probablement à droite du comptoir. Plusieurs sbires sont en faction dans la pièce. Vous devrez sans doute entrer en force. Les Byzantins ne vous soutiendront pas. Je vous attendrai là. Soyez prudents, mais hâtez-vous. »

Je quittai lentement ma léthargie et repris contact avec la réalité. Rien n'avait changé dans la pièce. Les gardes derrière les tentures restaient égaux à eux-mêmes, fidèles serviteurs qui ne voyaient ni n'entendaient rien. Ils devaient me supposer endormie. Je sortis du cercle en dénouant mes jambes endolories par la transe et pris soin de rassembler en un petit tas le caviar dont je m'étais servie pour m'isoler. Il ne fallait surtout pas que le basileus puisse se douter de mes origines.

Je fus bientôt devant l'autre issue secrète. Dans la pièce, les hommes n'avaient pas bougé. J'eus simplement l'impression que la garde avait été renforcée, certainement parce que j'avais découvert le passage. J'appelai de toutes mes forces.

Presque aussitôt, je me trouvai face à un sbire qui pointait sur moi une épée fine et légèrement recourbée.

— Que fais-tu là, chienne ! Retourne dans tes appartements !

L'homme était peu commode. Je pris un air enjôleur et lui glissai en confidence :

— C'est que je souhaiterais parler à ton maître. J'ai réfléchi à son offre et suis prête à me soumettre à son désir. Je ne sais comment l'appeler à moi. Il serait satisfait pourtant de me rejoindre. Ne pourrais-tu le faire prévenir ?

— Va ! Retourne d'où tu viens !

La muraille se referma sur ces dires. Je glissai un œil contre l'ouverture. L'homme lança quelques mots, qui furent aussitôt suivis d'un rire gras et collectif dont je préférai ne pas imaginer la haute portée. Puis l'un d'entre eux se leva et sortit. Nul doute qu'il s'en allait rendre compte au basileus de mes résolutions. Il me restait à espérer qu'il passerait par le port et non par quelque autre chemin secret dont cette ville semblait regorger.

— Là !

Bertrand de Monfaucon pointa un doigt en direction d'une porte qui venait de s'ouvrir.

— Laissons-le s'éloigner, ordonna Geoffroi de Rancon.

L'homme ne les avait pas remarqués. Lorsqu'il partit au grand galop sur les chemins pavés du port, les cinq hommes s'avancèrent à visage découvert. Comme de bons camarades, ils entrèrent dans la taverne en riant et plaisantant, essuyant les regards hostiles et quelque peu surpris des marins byzantins qui se trouvaient là. Faisant mine d'avoir déjà trop bu, ils allèrent se vautrer sur quelques divans d'où ils pouvaient embrasser d'un coup d'œil la pièce étroite et longue. Une putain au trémoussement langoureux s'avança pour leur servir du vin de cannelle. Ils la repoussèrent fermement, puis s'employèrent à vider leurs verres. Ils attendirent que les regards curieux se détournent d'eux et, au bout de quelques minutes, profitant de l'effet de surprise, bondirent de concert, l'épée au gant. En deux enjambées ils atteignirent la porte. Uc de Lusignan se campa, l'œil dissuasif, devant les mines étonnées des marins tandis que ses compagnons ouvraient la porte et pénétraient dans la pièce. Les gardes du basileus eurent à peine le temps de dégainer leurs armes que déjà les Français étaient sur eux. Mon cœur bondit à la vue de Jaufré qui faisait tournoyer son épée tout en me cherchant du regard. Je frappai de toutes mes forces contre la pierre, hurlant ma présence dans la meurtrière. Soudain, le passage pivota et je me retrouvai dans la bataille.

Denys était aux prises avec l'homme qui m'avait apostrophée précédemment et semblait commander la petite troupe. Les éclats métalliques des lames qui se frottaient avec violence projetaient des étincelles, quand il m'aperçut enfin. Tout en esquivant un coup habilement porté à son flanc, il hurla à l'attention de Jaufré :

— Emmène-la ! Vite !

Bertrand de Monfaucon nous fit un rempart de sa lame. Il restait quatre hommes sur les sept que j'avais pu compter dans la pièce, mais tous se battaient avec acharnement. Me laisser partir signait leur arrêt de mort par la main de leur maître, aussi déployaient-ils toute leur énergie pour s'assurer la victoire.

— Viens ! cria Jaufré, et ensemble nous pénétrâmes dans la taverne.

Les marins s'étaient levés et certains avaient sorti coutelas et poignards courbes. D'autres avaient brisé des bouteilles et présentaient leurs tessons en guise d'arme. Ils étaient peu nombreux, six à peine, mais avaient l'expérience des mers où constamment ils devaient défendre leurs navires contre les pillages. Ces hommes savaient se battre. Pour l'heure, ils entouraient Uc qui, avec son air sauvage et son épée massive, les empêchait d'avancer.

— Nous n'en sortirons pas, grogna Jaufré.

Leur haine des Francs et cette tension qui montait depuis notre arrivée dans la ville trouvaient dans cet affrontement une raison de vengeance, même s'ils en ignoraient le fondement.

Uc appela à la rescousse et aussitôt Bertrand de Monfaucon s'annonça, qui fonça au milieu du rempart humain en hurlant :

— Que Dieu reconnaisse les siens !

Tandis que tous deux mataient les marins, j'avisai un passage entre les belligérants. Dessinant de toute la force de ma pensée une aura protectrice sur nous, j'entraînai Jaufré vers l'extérieur.

— Fuyons ! me lança celui-ci en déboulant sur le quai.

Je courais derrière lui jusqu'à la rue suivante, quand un frisson me glaça l'échine, figeant mon pas.

— Que se passe-t-il ? interrogea Jaufré en s'arrêtant à son tour.

— Denys, gémis-je, les larmes aux yeux.

J'esquissai un mouvement pour revenir en arrière, mais Jaufré me retint :

— Non, ce serait folie ! D'ailleurs, les voici.

Trois hommes accouraient en effet vers nous, et je devinai une forme sombre sur l'épaule massive de Geoffroi de Rancon. Mes jambes se mirent à trembler.

— Pressons, implora Jaufré, il faut nous cacher !

Mais je ne pouvais bouger. J'étais pétrifiée par cette douleur qui me prenait le flanc.

Bertrand de Monfaucon arriva le premier. Il était pâle. Il murmura :

— C'est Denys.

Mais je savais déjà. Geoffroi de Rancon s'avança à son tour et déposa son fardeau à mes pieds. Je tombai à terre pour amener délicatement sur mes genoux sa belle tête si blanche soudain dans l'écarlate du sang. Un silence de mort succédait à la folle cavalcade. Denys haletait, les yeux fermés. Son crâne avait explosé sous l'arme de son adversaire. Un instant d'inattention à regarder en arrière pour surveiller ma fuite et c'était à présent lui qui fuyait, l'âme détachée de tout.

J'éclatai en sanglots. Avec une rage dont jamais je ne me serais crue capable, je secouai son corps inerte.

— Non, tu ne peux pas m'abandonner ! Tu n'as pas le droit, pas encore ! Je t'en prie ! Mère, hurlai-je dans le vent qui se levait, épargne-le ! Merlin, aide-moi !

Mais rien ne répondit à mes larmes. Les hommes n'osaient plus prononcer un mot, pourtant Jaufré me prit par les épaules et chuchota :

— Tu ne peux rien à présent. Il faut partir. Je t'en prie.

Je serrai dans mes bras avec toute la force de cette vie que l'on m'avait transmise celui qui ne me protégerait plus tandis que son souffle se saccadait. Il ouvrit les yeux, et je perçus sur ses traits l'ébauche d'un sourire. Je me penchai vers son souffle et recueillis comme une plainte ce dernier sursaut :

— Je t'aime...

4

Tout était allé très vite. J'avais refusé qu'on abandonne le corps de Denys à ces fourbes. Geoffroi l'avait chargé sur ses épaules, tandis que l'on m'entraînait dans les ruelles sombres qui remontaient vers la ville. Un instant, on avait dû se cacher, des sabots de chevaux piétinaient les pavés en nombre. Le basileus avait sans doute découvert ma fuite et la tuerie dans l'auberge. Nous étions parvenus au Philopation grâce à l'habileté de Geoffroi de Rancon qui avait étudié de près la cartographie de la ville. Là, on me couvrit d'un mantel sombre et, escortée de mon escouade, je gagnai le campement de l'ost, alors que le jour se levait sur Constantinople.

Au milieu de l'armée royale, j'étais à l'abri de tout danger. Le corps de Denys fut déposé sur un lit de peaux. De peur que le basileus ne cherche à se venger de ma fuite sur Jaufré, je l'implorai de rester à mes côtés. J'étais anéantie. Non par ce que j'avais enduré en captivité, mais par cette mort que je refusais. C'était comme si une partie de moi s'était détachée à jamais. Pour la troisième fois, Denys m'avait protégée. Trois, comme le chiffre des anciens rites : l'eau, l'air et le feu unis sur la pierre du temps. Trois, comme cet enchevêtrement d'amour que nous formions, Jaufré, lui et moi. Trois, comme ces vies que l'on avait reprises pour que j'aie le droit d'exister. Je me faisais horreur !

Je n'eus pas le courage de faire le récit de ma séquestration aux chevaliers, qui le réclamaient comme une preuve, enfin, de la traîtrise du basileus. Je n'avais plus envie de rien, si ce n'était de quitter cette contrée au plus tôt. Je demandai à Geoffroi de Rancon de prévenir Aliénor. Qu'elle vienne. Il fallait éviter tout incident diplomatique. Pour l'heure, nous avions encore besoin de Comnène. Il savait que les Francs ne risqueraient pas de compromettre cette entente.

Je restai au chevet de Denys. Ce que je n'avais pas voulu pour mère me brûlait les entrailles pour lui. J'avais beau me répéter qu'il n'était plus qu'un corps sans âme, je n'arrivais pas à le quitter, comme s'il pouvait me protéger encore par sa seule présence physique. Je ne parvenais pas à penser, comme je le sentais par la magie de mère, qu'il serait toujours là, près de moi. Jaufré me laissa seule. Avec les amis du connétable, il s'en alla prier. L'on fit prévenir les deux frères de

Denys. Ils ne manifestèrent pas le moindre chagrin. Je n'en attendais pas moins de leur haine, mais je songeai au vieux vicomte, en France, que la nouvelle poignarderait.

Aliénor vint aux alentours de sexte, m'apportant des vêtements. Elle avait dû prendre sur elle pour ne pas monter à l'assaut des Blachernes et pourfendre l'infâme. Le roi l'avait fait taire. Geoffroi de Rancon avait trouvé les mots. Il fallait abréger le séjour, prétexter que l'on n'avait que trop tardé. Le basileus ne s'y tromperait pas, mais, enrobée de phrases fleuries et de compliments, cette décision paraîtrait naturelle. Pour ce qui était de moi, feindre que nous n'avions aucune nouvelle était la meilleure solution. Il suffisait de prétendre que l'on s'en remettait à la diligence du basileus pour me retrouver. D'ailleurs, il ne restait nul témoin vivant de l'échauffourée de la nuit précédente qui eût pu impliquer les Francs.

La fourberie avait ici son royaume, il fallait user de ses armes.

— Loanna, ma douce…

Je tournai vers Aliénor mon visage défait. Les larmes ne coulaient plus, mais elles avaient laissé leurs grands sillons de sel sur mes joues. C'était à l'intérieur qu'elles s'épanchaient, à l'intérieur que j'avais mal.

Aliénor vint s'agenouiller à mes côtés et posa avec tendresse un baiser sur les mains jointes de Denys, puis, m'entourant de ses bras, elle se mit à pleurer contre mon épaule. Nous nous berçâmes longtemps de ces mouvements instinctifs de roulis.

Elle avait mal aussi, je le savais. Elle avait aimé Denys, pour la vie qu'il m'avait épargnée et aussi pour toutes ces nuits où il l'avait aidée à supporter l'indifférence du roi.

Lorsque Louis entra à son tour, quelques longues minutes plus tard, c'est ainsi qu'il nous trouva, unies par la même souffrance. Il ne dit mot, traça un signe de croix dans l'air, puis s'en alla se faire raconter tous les détails de cette nuit tumultueuse par nos compagnons d'infortune. Il demanda ensuite qu'un office soit célébré sous la croix immense que les chariots avaient apportée jusqu'ici, et qu'au pied de cette croix dressée, laissée comme un emblème de notre passage, on enterre le connétable de la reine.

Je ne pus dire un mot avant que le corps de Denys, enveloppé dans des peaux, ne fût recouvert de ce sable doré et chaud.

Alors seulement, je demandai à voir le roi, seule à seul.

— Parlez, damoiselle de Grimwald.

C'était la première fois que j'étais seule avec lui. Louis VII me regardait avec pitié et admiration aussi, je le découvrais sans gloire.

— Sire, peu importe ce que le basileus a fait avant ce jour. J'ai payé de ma chair le désir que je lui inspirais, mais je n'ai pas en moi celui de la vengeance. J'implore Votre Majesté de ne pas compromettre vos relations avec cet homme, pour la bonne poursuite de notre entreprise. Ma modeste personne appartient au Seigneur. Il a choisi de nous éclairer par ce fait sur la traîtrise de notre hôte, que Ses enseignements nous préservent et ne nous égarent point.

— C'est vous, damoiselle, qui me parlez de Dieu en ces termes ?

Louis me fixait curieusement, comme s'il savait depuis toujours qui j'étais. J'affrontai son regard. Quelque chose de différent émanait de lui en cette heure. Mais sans doute était-ce ma douleur qui me faisait sentir la sienne, permanente, impalpable, de n'être pas véritablement à sa place sur le trône de France.

— Peu importe l'opinion que vous avez de moi, Majesté. Je suis votre servante. Toutefois, le mal qui par ma faute a été commis ne doit pas rejaillir sur les nôtres.

— Vous n'êtes pas responsable de l'abomination de cet homme. Je m'en méfie depuis le premier jour. N'ayez crainte. Nous partirons après-demain. J'ai vu le basileus ce matin et lui ai fait part d'une escarmouche qui avait éclaté dans la nuit ici même, au campement des Croisés. J'ai prétendu que les chevaliers n'en pouvaient plus d'attendre et de s'amollir, justifiant ainsi ma présence et celle de la reine pour apaiser les esprits. Pour l'heure, reposez-vous. Le moment venu, ce chien paiera, soyez-en sûre.

— Puisse Dieu vous entendre, Votre Majesté.

Il en fut fait ainsi. Je ne revis pas Manuel Comnène, et deux jours plus tard, soit ce 30 octobre 1147, la longue caravane embarquait sur des barges à fond plat pour gagner Nicée. La veille du départ, Comnène avait annoncé avoir reçu des nouvelles de Conrad ; il venait, à ses dires, de remporter une éclatante victoire sur les Turcs en Anatolie. L'ennemi avait perdu plus de quinze mille hommes. Louis sembla enchanté, mais n'en crut pas un mot.

Alors que nous accostions sur la rive opposée à Constantinople, mes yeux accrochèrent une colonne de fumée noire qui montait comme un if dans le ciel dégagé de cette fin d'octobre. Elle provenait de notre ancien campement. Jaufré à mes côtés croisa mon regard, et c'est à l'intérieur du sien que je pus lire l'horreur. La croix de bois que nous avions plantée solidement brûlait en un bûcher gigantesque. L'odeur fétide qui s'en dégageait avait un odieux parfum de chair humaine brûlée. Pas un instant je ne doutai que ce fût le corps de Denys, déterré de son tombeau de sable comme une injure portée à la foi chrétienne. Un acte de vengeance sordide, de fourberie, de cruauté et de sadisme. Une longue plainte me poignarda le ventre. Un silence de mort s'abattit sur l'ost tandis que, pétrifié, chacun suivait l'envol des volutes de fumée dans notre direction. Manuel Comnène nous indiquait le chemin. Il était pavé de sang.

Nous approchions de Nicée à petits pas, constamment sur nos gardes. C'est à ce moment que notre chemin croisa celui de Conrad et de ce qui restait de ses hommes. Les Allemands avaient été abandonnés par leurs guides byzantins alors qu'ils étaient engagés dans des défilés interminables, en plein désert d'Anatolie. Ils avaient essuyé pendant trois semaines les attaques répétées des Turcs, sans ravitaillement, puisqu'on leur avait assuré qu'il suffisait de huit jours à peine de nourriture pour arriver à bon port. Ils avaient bien réussi à glaner quelques vivres dans des villages isolés, mais trop peu pour satisfaire la faim et la soif. Conrad avait donc rebroussé chemin avec ses troupes exténuées et affamées. Il se préparait à interrompre la croisade. De la prétendue victoire annoncée par Comnène, il n'y avait trace. S'il fallait une preuve encore de sa connivence avec les Turcs, on l'eut avec ce spectacle affligeant.

Louis s'empressa de réunir son conseil. Je suggérai à Aliénor d'y participer et de proposer un itinéraire plus long mais qui nous garantissait des fourberies du basileus. On passerait par Pergame pour ensuite atteindre Éphèse, Laodicée et le port d'Adalia. De la sorte, on éviterait ces gorges désertiques où l'armée de Conrad avait laissé sa bannière. C'était une sage décision, d'autant plus que, vu le nombre de nos bagages, il ne fallait pas songer à disperser les troupes sur une trop grande longueur. On cheminerait désormais le plus près possible les uns des autres, en rangs serrés, ce qui permettrait d'offrir plus de résistance à l'ennemi. Louis s'étonna un instant de la stratégie de son épouse, puis, jugeant qu'elle était empreinte de bon sens, l'approuva, aussitôt suivi par la majorité du conseil. Ainsi fut fait. Au mieux de mes intérêts, car, sans le savoir, Louis signait avec cet accord son arrêt de mort.

Le comte de Maurienne et Geoffroi de Rancon eurent en charge l'avant-garde, dans laquelle nous nous trouvions avec la reine quelques dames, et les troubadours. Et, ainsi que ma vision l'avait annoncé, nous nous avançâmes vers les gorges de Pisidie, près du mont Cadmos. Nous les atteignîmes ce jour de l'Épiphanie 1148. Louis surveillait l'arrière-garde, et ordre fut donné de redoubler de vigilance. On s'apprêtait à passer dans d'étroits défilés où à tout moment les Turcs pouvaient nous attendre. Si Manuel tenait son pacte, avant la lune nouvelle Louis ne serait plus.

Geoffroi de Rancon guida son palefroi près du mien. Depuis la mort de Denys, il était proche de moi. J'ignorais ce qu'avait pu lui dire mon ami avant de mourir, mais c'était comme s'il se sentait en devoir de me protéger, et il ne se passait pas un jour qu'il ne vienne prendre de mes nouvelles. Je savais pouvoir désormais compter sur lui. Je profitai de l'aubaine pour suggérer :

— Nous ne devrions pas nous attarder dans ces gorges. Franchissons-les avec la reine avant que la nuit nous prenne. Les Turcs ne se méfieront pas. Ils ne sont pas prêts à nous voir partir de l'avant à bride abattue. Il faut mettre Aliénor en sûreté.

Il eut un sourire complice, puis murmura afin que seule je puisse l'entendre :

— Pourquoi donc pensiez-vous que j'aie demandé ce commandement, lorsque j'ai su notre itinéraire ?

Je lui lançai un regard surpris. Il ajouta :

— Denys n'aurait pas voulu que vous ne teniez point vos engagements, et une reine suffit à l'Aquitaine.

Sur ce, il talonna sa monture et lança le mot d'ordre. Moins d'une heure plus tard, notre groupe s'élançait au grand galop dans les gorges au risque de briser les jambes des chevaux, amputant d'une grosse partie de ses hommes l'armée royale. Avisant cela, alors qu'il n'était prévu de franchir le défilé que le lendemain, Louis s'empourpra. D'autant plus que, déboussolé par notre initiative et ralenti par les bagages, le gros de la troupe pensa qu'il fallait suivre et s'avança à son tour.

En moins de temps qu'il ne faut pour le dire, il fut cerné d'une horde de Turcs et pris sous une pluie de flèches sans pouvoir seulement adopter une position de repli. Les dames hurlèrent de terreur, et je pris un plaisir malsain à regarder en arrière tandis que nous sortions du défilé sains et saufs. Dans ce groupe assailli se trouvait Béatrice qui, souffrante depuis deux jours, voyageait dans l'un des chariots. Louis ne manquerait pas de venir à son secours et là…

J'avais payé assez cher le prix de sa mort et de ma trahison. Ainsi je serais libre.

— Il faut retourner en arrière ! Il est arrivé quelque chose, je le sens !

Aliénor s'insurgeait à l'encontre de son commandement. L'aube pointait dans un ciel clair. Des vautours tournoyaient au-dessus des gorges que nous avions quittées, jetant des cris stridents dans un ciel de flammes. Nous étions seuls, isolés du reste de l'armée. Geoffroi de Rancon donna l'ordre de faire demi-tour. J'avais hâte de constater de mes yeux la mort du roi.

Le spectacle nous souleva le cœur. Les chariots gisaient, roues brisées, toiles déchirées, renversés pour certains au milieu du charnier à ciel ouvert. Les hommes valides assistaient leurs compagnons blessés ou tentaient de protéger les mourants et les défunts du vol en piqué des charognards. Ceux-ci se précipitaient alors sans vergogne sur ces Turcs couchés que nul ne songeait à leur interdire. C'est à cet instant que je le vis se détacher du groupe. Mon sang se figea. Louis était blême, blessé, mais vivant !

Aliénor sauta de cheval et se précipita vers lui. Pourtant, il la repoussa du plat de l'épée. Autour de lui des hommes se rassemblèrent, l'arme au poing. Aliénor recula.

— Que signifie, Louis ?

— Veniez-vous vous assurer de mon trépas, ma dame ? Constatez qu'il n'en est rien.

— Louis ! bredouilla la reine, désemparée et effrayée.

Geoffroi de Rancon s'avança et fut aussitôt assailli par quatre seigneurs haineux qui le bloquèrent au bras, lui piquant leurs lames sous la gorge et criant au traître. Aliénor cria, les larmes aux yeux :

— Assez ! Assez, pour l'amour de Dieu ! Que s'est-il passé, Louis, pour que vous nous teniez en disgrâce ? Nous vous attendions sans savoir et étions morts d'inquiétude. Je vous retrouve sain et sauf par Dieu tout-puissant et vous voilà prêt à occire vos frères ! La folie se serait-elle emparée de votre âme ? Je n'en puis rien croire !

— Vous nous rendrez compte devant Dieu ! hurla Benoît de Montbassion, tandis que Robert de Dreux s'avançait à son tour, le visage empreint d'une expression cruelle.

— Voyez ceux que vous avez condamnés.

Il désigna d'un doigt accusateur les corps que l'on transportait vers les chariots pour les extraire de ce lieu. Aliénor porta une main à sa bouche. Elle venait de reconnaître dans les bras d'un soldat de Dieu Clothilde de Mareuil, la plus jeune de ses dames de compagnie. Elle se mit à trembler, puis, sous le coup de l'émotion, s'effondra d'un bloc.

— Portez les sels ! ordonna Louis, tandis qu'on asseyait la reine contre une roue de charrette.

J'étais accourue à son chevet, désemparée. Louis vivant ! Comment se pouvait-il ? Avais-je donc payé pour rien ? C'est alors qu'une petite voix que je connaissais bien appela :

— À l'aide ! Un homme est pris au flanc, il faut le tirer de là !

Et Béatrice parut, la coiffe en bataille, le pourpoint maculé de sang. C'est à peine si elle nous jeta un regard. Des soldats accoururent et s'efforcèrent de dégager l'homme écrasé par une roue de chariot.

Louis ordonna qu'on relâche Geoffroi de Rancon et apaisa les quelques seigneurs, dont son frère, qui exigeaient qu'on le décapite sur-le-champ pour haute trahison. Il estimait qu'il fallait sortir de ce coupe-gorge où les Turcs réorganisés pourraient de nouveau tenter de les anéantir.

— L'heure des comptes sonnera ! affirma-t-il en reprenant sa place.

Aliénor revenait lentement à elle. Elle pleurait toujours. Louis me lança un regard dont je ne pus déterminer s'il était un reproche ou un repentir. Il avait changé, mais je n'aurais su dire ce qui dans son attitude me permettait de l'affirmer. Je ne l'appris que plus tard, lorsque, trois heures après avoir chargé nos morts et rassemblé les chariots récupérables, nous gagnâmes les hauteurs de notre campement de la nuit. Louis ordonnait à présent d'une voix ferme, et pas un n'aurait eu le front de lui tenir tête. Les blessés furent soignés et apaisés par les dames qui avaient retrouvé leur courage, et l'on put boire chaud autour d'un feu afin de réconforter les âmes.

C'était Panperd'hu que Béatrice avait fait dégager à notre arrivée. Il avait une jambe abîmée et n'avait dû la vie sauve qu'à la toile du chariot qui lui avait couvert le corps en tombant, lui laissant seulement les yeux pour témoins entre les rayons de bois de la roue. Il nous raconta la scène tandis que nous lui installions quelques coussins derrière les omoplates :

— Le roi a forcé l'allure pour vous rejoindre avec l'arrière-garde. Dame Béatrice, qui était dans le chariot derrière le mien, criait à qui voulait l'entendre que la mort ne l'aurait pas. Elle a dressé son épée et a bondi sur un Turc qui s'approchait d'elle. Malgré la force de l'homme, elle lui a tranché la nuque, tournoyant autour de ses épaules où elle avait accroché ses jambes. Elle hurla encore en sautant à terre, appelant à la rescousse tout ce que les dames avaient acquis de courage. Certaines défendirent leur vie, d'autres se laissèrent massacrer, paralysées par la terreur ; l'une d'entre elles fut même emportée sur un cheval, je n'aurais su dire laquelle, car à ce moment le chariot a basculé et je me suis trouvé pris. J'ai d'abord tenté de me dégager, puis me suis résigné, d'autant que le roi était à présent engagé dans la bataille-là, devant mes yeux ébahis. Le moine soudain n'existait plus. Il maniait l'épée à tour de bras et nul ne pouvait le distinguer des autres, car il avait jeté bas tout ornement. Il ne portait que sa cotte de mailles, son épée et son bouclier, et sans doute les Turcs ne le reconnurent-ils pas. Un instant, ils furent côte à côte avec la dame de Campan et ils semblaient tous deux rayonner d'une lumière surnaturelle. Leurs lames tranchaient tant et tant que l'ennemi recula. Dame Béatrice se sépara de lui pour aller prêter main-forte à quelqu'une. C'est alors que le roi se trouva isolé, face à moi, coupé de ses hommes. Huit Turcs l'entourèrent et le forcèrent à prendre position sur un rocher en surplomb. Si vous l'aviez pu voir, ma reine, jamais vous n'eussiez pensé qu'il s'agissait du même homme. Il saisit des branches d'arbres qui pendaient à sa hauteur et d'un coup de reins les balança pour qu'elles fassent ressort et l'aident à sauter sur ce roc. Adossé à la paroi, il tint tête à ses assaillants, plus nombreux de minute en minute, que l'étrange lumière émanant de lui attirait. Il trancha des têtes, coupa des bras, perfora des torses, esquivant sans seulement s'en rendre compte les coups qu'on lui portait. Et puis, soudain, un rayonnement bleu tomba du ciel sur son épée. Ce fut la débandade dans les rangs ennemis. Abasourdis, ils détalaient comme du gibier que nos hommes, aiguillonnés par la main de Dieu, poursuivaient jusque sur les hauteurs. Pour sûr, Majesté, que, sans cette intervention divine, nous n'étions plus rien. Notre bon roi peut s'enorgueillir de cette faveur.

J'avais besoin d'être seule. J'avais cru Panperd'hu dans notre groupe de tête et ne me pardonnais pas qu'il fût blessé par ma faute. J'abandonnai Jaufré et Aliénor en sa compagnie. Cette dernière semblait désemparée. Elle m'avait confié tout à l'heure qu'elle ne comprenait pas ce qui s'était passé et ce que Louis lui reprochait. Elle avait pleinement confiance en Geoffroi de Rancon et l'oncle même du roi, le comte de Maurienne qui nous avait suivis, était au-dessus des soupçons dont on les accusait. Je prétendis n'avoir pas de réponse.

Je m'éloignai du groupe et trouvai refuge à quelques pas contre un rocher creux qui me masquait au reste de la troupe. Le spectacle était pitoyable. L'armée avait subi de lourdes pertes, bien moindres que celles de Conrad, mais c'était déjà trop. Des larmes me vinrent, que je cachai dans mes genoux. J'étais lasse d'un seul coup, lasse de ne plus savoir. Panperd'hu prétendait que Dieu avait sauvé le roi. Où était alors cette vérité qui était la mienne et celle de ma race ? J'étais venue au monde pour servir l'Angleterre en croyant à la légitimité de ma mission, et aujourd'hui la chrétienté triomphait. Je ne savais plus. Denys était mort pour rien. J'avais été violée pour rien. Je m'étais perdue.

— Nul n'a le droit de prendre une vie. N'était-ce point ce que tu souhaitais pourtant ?

La voix douce et sereine me fit lever la tête. Devant moi, une chaude lumière encerclait une forme indistincte, dont je sus qu'elle ne m'était pas familière.

— Qui êtes-vous ? demandai-je d'une voix timide, m'attendant presque à quelque aïeul en colère.

— C'est sans importance, Loanna de Grimwald. Je suis venu t'apporter la paix. Tu détiens la clé des savoirs anciens, cherche en eux les réponses mais jamais ne te fourvoie dans cette démarche de haine et de mort que les vils admettent. Si tu n'y renonces pas, alors la punition de Dieu sera sur toi.

— Êtes-vous ce Dieu des chrétiens ? demandai-je, interloquée.

— Je suis cette force que tes pères ont créée, par leur savoir et leur amour des hommes. Ma voix n'est que la leur, car au tout début était le verbe.

— Mais l'Église…, bredouillai-je. N'est-elle pas trahison de cet amour ?

— Les hommes sont folie et périront de leurs actes. Toi, tu es différente, par ce que tu sais ainsi que les tiens. Ne trahis pas ce qu'ils t'ont enseigné.

— Je ne sais plus rien de ce que je suis.

— Reviens aux origines et tu retrouveras ta foi.

— Quelle foi ? Celle du Dieu des chrétiens ou celle des druides ? Sans parler de cet Allah vengeur que brandissent les Turcs !

— Celle de ton cœur, celle qui croit en l'homme et ne se sert pas d'un Dieu pour excuser ses faiblesses. L'univers est construit de force et d'énergie. Tu es une partie infime de cet univers. Quel que soit le nom que tu lui donnes, son énergie est au service de l'homme, tant que l'homme ne l'utilise pas pour se détruire et détruire ses frères.

— Et Louis ?

— Louis a fait appel à cette force, et c'est lui-même qui l'a générée pour empêcher la mort de celle qu'il aime. Ne sous-estime pas le pouvoir de l'amour. Ne te perds pas, Loanna de Grimwald, ou c'est la mémoire de cette terre qui sera perdue.

La lumière s'évanouit doucement, et je restai seule face à mes doutes.

— Je te cherchais. J'étais inquiet.

Jaufré fut là soudain. Il s'assit à mes côtés et me prit la main. Sa chaleur me fit du bien.

90

— Quelle était cette lumière ? Je ne te trouvais pas et soudain j'ai vu cet endroit qui semblait rayonner de soleil. J'ai su que tu étais là. C'est comme si quelqu'un m'avait guidé.

— Je t'aime, répondis-je simplement en me souvenant des dernières paroles de mon visiteur.

— C'est un peu court comme explication, s'amusa Jaufré, mais je m'en contenterai.

— Je me suis égarée, j'ai mis un pied dans la laideur du monde. Mère n'est plus et l'Angleterre est un port que dame Mathilde cherche à atteindre non plus au nom des anciennes traditions et pour le bien de son peuple, mais pour sa seule ambition. Je n'aurais jamais dû accepter que la mort de Louis en soit le prix. J'ai manqué de discernement. J'ai trahi les miens. Et perdu Denys.

— Mais je suis là...

Jaufré me regardait avec amour et tendresse. Je lui souris :

— Tu es là ? mon aimé, mais sais-tu seulement le poids de mon engagement ? Je ne pourrai être libre de mes choix que lorsque mon destin sera accompli, et celui-ci a basculé dans ces gorges. Aliénor est toujours l'épouse du roi de France quand l'Angleterre attend qu'elle lui donne un héritier.

— Crois-tu que ce soit véritablement là la route qu'elle doive suivre ?

— L'enfant se nommera Richard, et ranimera au cœur des hommes la bannière d'espoir qui manque à son peuple, je le sais depuis toujours.

Mais sans moi, rien, tu entends, rien ne peut se construire.

— Alors, faisons confiance à la foi qui te porte.

— Quel qu'en puisse être le prix ? demandai-je doucement.

— Tu as déjà payé, me rassura Jaufré en posant un baiser sur mes lèvres.

Mais quelque chose en moi ne parvenait pas à le croire.

Nous restâmes cinq jours sur ce plateau d'où l'on pouvait voir venir toute attaque, mais les Turcs ne se montrèrent pas. On enterra nos morts et soigna les blessés, afin qu'ils puissent reprendre la route. Geoffroi de Rancon prit sur lui seul la responsabilité de l'initiative qui avait failli perdre l'armée chrétienne, expliquant tant bien que mal qu'il y avait eu confusion et qu'il était persuadé que l'ordre avait été de passer avant le lendemain. Le roi refusa qu'on le condamne. Il avait besoin d'hommes d'action, et le condamner c'était monter les Aquitains, en nombre dans les rangs, contre les siens. Cela aurait été une erreur de tactique qu'il ne pouvait se permettre. Toutefois, l'on garda rancune à Aliénor et à ses féaux d'avoir, par leur initiative malheureuse, manqué perdre le roi. Le Nord et le Sud étaient revenus à leurs anciennes querelles. Louis ignora Aliénor, et, pendant ces jours où chacun eut à faire pour réparer les dégâts, ils ne se croisèrent que par obligation ou hasard. Par contre, sur ses traces sans cesse, Béatrice de Campan suivait, silencieuse. Elle semblait transformée. Peut-être cet étrange ancêtre avait-il eu raison de me rappeler de ne point sous-estimer l'amour. Par lui seulement les choses devaient être. Entre Louis et Aliénor, il ne restait que le devoir. Et lui seul ne pouvait suffire désormais. Je me sentis apaisée. Rien n'était encore perdu pour l'Angleterre.

La longue route reprit. Le 7 mars 1148, nous arrivâmes à Adalia où Louis prit la décision de se rendre à Antioche par mer. Jamais avec un convoi aussi lourd nous n'aurions pu traverser par la terre. À contrecœur, il envoya des messagers à Constantinople pour obtenir des vaisseaux. Comnène lui en promit, mais une fois encore ne livra que la moitié de ceux prévus et payés. Il expliqua que les autres allaient suivre et, force étant de se plier au dire de ce fourbe, l'ost se scinda en deux groupes. Le roi, Aliénor et la plupart des chevaliers s'embarquèrent. Les autres, éreintés et affaiblis, choisirent d'attendre. Sibylle de Flandres fut de ceux-là pour demeurer auprès de son époux blessé.

Avec Jaufré, Geoffroi de Rancon, Béatrice de Campan, ainsi que cinq cents autres dont les troubadours si indispensables au cœur d'Aliénor, je fus du premier voyage.

En voyant les mains de nos compagnes escorter notre départ de grands gestes chaleureux depuis le quai, j'eus le sentiment que nous ne les reverrions pas. Mais avions-nous le choix ? Cela faisait déjà cinq mois que nous avions quitté le basileus. Nous ne pouvions tarder davantage.

Je m'installai à côté d'Aliénor et détachai mon regard de la côte. Nous voguions vers la Syrie et je savais qu'elle n'avait en cet instant qu'une seule pensée : son oncle Raymond. Raymond qui l'attendait à Antioche.

5

Antioche était un jardin. Un somptueux jardin de délices. Raymond de Poitiers y avait implanté un peu de la superbe des siens, avec cette chaleur propre aux gens du Midi. Aliénor s'y sentit tout de suite chez elle. Quant à leurs retrouvailles, elles furent à la mesure de son attente. Raymond avait mûri, ses épaules s'étaient élargies et, pour ne l'avoir connu que dans le souvenir d'Aliénor, je décelai sans difficulté en lui l'homme qui l'avait fait se pâmer. Son épouse, cette Constance qui lui avait servi d'échappatoire, était jolie, assurément. Même Aliénor fut obligée de le reconnaître. En outre, elle était fine et intelligente. Il n'avait pas dû être difficile de s'y attacher.

Pourtant, il suffisait de regarder Raymond à la dérobée pour se rendre compte que, sous son apparente légèreté, il vibrait de chacune des œillades qu'Aliénor lui lançait au cours d'une conversation des plus protocolaire. Non, Raymond n'avait pas oublié, ni le goût, ni la verve, ni la passion qu'il sentait sous cette gorge qui avait pris de l'ampleur. Quant à mon amie… Je connaissais trop cette fossette au coin de sa joue et cette étincelle dans sa prunelle.

En cet instant où nous étions attablés et discutions de politique, Aliénor se demandait combien de temps il faudrait à Raymond pour gommer en lui jusqu'au nom même de Constance. C'était comme si toutes ces années étaient effacées d'un coup par le souvenir de ces jeux d'enfant où elle poursuivait Raymond dans les couloirs de l'Ombrière, traquant le moindre de ses souffles pour s'en faire aimer. Le jeu reprenait, peut-être parce que depuis trop longtemps Aliénor avait cessé de vibrer, peut-être parce qu'elle sentait sous le torse épais de son oncle brûler la même passion qu'autrefois.

Bernard de Ventadour était un bon amant, mais trop sage, trop courtois. Elle l'aimait, certes, mais jamais elle n'avait ressenti pour aucun homme que Raymond ce sentiment bestial qui pousse un corps vers un autre. Et je savais qu'elle ne partirait pas d'Antioche avant de l'avoir assouvi encore une fois.

Je n'étais pas la seule à guetter les signes de cette complicité. Béatrice allait de l'un à l'autre, et, fine comme elle l'était, je compris qu'elle aussi savait. Louis l'avait fait installer non loin de lui et se tournait aussi fréquemment vers elle que vers la reine, donnant plus de chaleur dans ses propos à l'une qu'à l'autre. De sorte que, si l'on n'avait su qui était la reine de France tant son panache était étincelant, certains auraient pu se méprendre.

À mesure que la soirée s'avançait, un plan germait dans mon esprit avec cette voix qui ne me quittait pas et qui répétait : « Ne sous-estime pas les pouvoirs de l'amour. » Plus le temps passait sur elle et plus j'en comprenais le sens. Louis n'aimait plus Aliénor et même, depuis cette algarade qui avait failli lui coûter la vie, il la détestait, c'était visible. Ignorer la place que Béatrice avait prise dans son cœur, c'était manquer de discernement, pourtant mon instinct me disait qu'elle n'était encore que sa maîtresse spirituelle.

Je m'entêtais à croire qu'elle ne savait rien de mon rôle véritable auprès d'Aliénor. Elle me détestait, soit, tout comme Étienne de Blois qui savait l'origine druidique de mère et les coutumes de la Grande-Bretagne, mais n'avait aucune preuve véritable que je pratiquais encore leurs rituels. Tous deux voulaient ma perte, l'une parce que j'avais pris sa place auprès de la reine, l'autre pour avoir été envoyée par Mathilde auprès d'Aliénor. Or, s'ils jouaient en apparence le même jeu, il était un facteur qui les dissociait, c'était l'amour que Béatrice portait à Louis. Cet amour vrai qu'elle-même ne pouvait contrôler et qui devait être le seul sentiment sincère que cet être fût capable d'éprouver. Et Louis se refusait. Par respect pour l'engagement nuptial qu'il avait contracté au regard de l'Église, mais aussi parce qu'il exécrait cette faiblesse de sa chair à rechercher le plaisir.

Il me suffisait alors de réunir Aliénor et Raymond et de donner ainsi à Louis les derniers arguments qui lui manquaient pour faire sienne Béatrice. Je me frottai les mains avec satisfaction. Ma rivale allait me servir de pion pour atteindre mon but. Quelle ironie ! Quant à Étienne de Blois, son esprit étroit ne lui permettait même pas d'imaginer que Louis et Aliénor pussent se séparer et que, dans l'ombre, Henri attendait son heure. Quelle belle vengeance au fond que de piéger ses ennemis avec leurs propres faiblesses !

Lorsque je m'endormis cette nuit-là dans les bras de Jaufré, j'avais le cœur léger. Et, pour la première fois depuis sa mort, je ne rêvai pas de Denys hurlant de douleur dans un ciel de flammes, mais de son sourire tendre et moqueur. Il serrait Marjolaine contre son cœur.

Aliénor partit d'un rire frais en repoussant sur sa joue la mèche dorée qui lui balayait le visage. Raymond et elle s'étaient éloignés du groupe qui pique-niquait aux abords de la Grande Bleue. Innocemment, Aliénor avait demandé à s'approcher de l'eau et à mettre à la course ces chevaux qui piaffaient à force de s'engourdir sous le chaud soleil de juin, effrayant le flot incessant de mouches et de guêpes qui leur tournoyaient autour. Seul Raymond avait répondu à son offre. Les dames craignaient une insolation et se cachaient derrière de larges ombrelles. Savourant avec bonheur de n'avoir plus leur séant sur quelque monture, elles s'abandonnaient à une torpeur délicieuse. Les chevaliers faisaient rouler à terre quelques dés, la poitrine dénudée sous le joug du soleil.

Ici, avait affirmé Raymond, sur les terres de sa province, on pouvait se relâcher sans crainte. Pas un seul Turc ne s'était approché depuis des mois. À croire qu'ils avaient disparu. À ces mots, Louis avait laissé échapper un rire agacé. N'était-ce point Raymond qui écrivait aux croisés qu'ils devaient hâter leur départ, tant il redoutait pour sa ville, jusqu'à entendre le frémissement des narines turques sous les remparts ? Louis commençait à croire que ces phrases n'avaient été que fables dans le seul but de les attirer à Antioche, et la raison n'était pas difficile à imaginer. Pour autant qu'il pouvait en juger depuis trois jours, Raymond et Aliénor ne se quittaient pas. Simples retrouvailles, avait-il pensé tout d'abord. Mais il avait surpris malgré lui quelques attouchements, une main qui relevait une mèche, un regard qui s'appuyait sur une bouche, sur une gorge. Cela l'aurait sans doute laissé indifférent s'il n'avait pas entendu quelques murmures dans son dos. Ceux du Nord n'aimaient pas Antioche, ils se sentaient prisonniers de ces gens du Midi qui une fois déjà les avaient trahis devant l'ennemi. Que penser de la reine qui s'affichait ainsi ? N'était-elle pas capable de les perdre une deuxième fois ? Louis était sur ses gardes. Pourtant, il ne broncha pas lorsque, enfourchant leurs chevaux, Aliénor et Raymond s'éloignèrent seuls. D'ailleurs, comme une promesse, la main délicate de Béatrice venait de se poser sur son bras. Il aurait été bien incapable de résister à ces fers-là. Mais un frisson de colère le saisit en entendant le vent lui porter leurs rires.

— L'aimes-tu ?

Aliénor avait posé la question qui lui brûlait les lèvres depuis son arrivée. Ils tenaient à présent leurs chevaux par la bride et marchaient pieds nus sur la plage, laissant l'eau jouer entre leurs orteils.

— C'est une femme merveilleuse, répondit Raymond.

Il savait bien où voulait en venir sa nièce. Il avait toujours su ce qu'elle attendait de lui.

— Ce n'est pas ce que je te demande.

— Cela a-t-il vraiment de l'importance ? Ce n'est pas cela que tu veux savoir.

Aliénor soupira profondément. Comme il la connaissait bien malgré toutes ces années !

— Alors dis-moi, exigea-t-elle doucement, comme une prière.

Raymond figea son pas et la laissa s'éloigner un peu, pour mieux juger de sa silhouette fine encore malgré sa précédente grossesse. Aliénor se retourna. Le soleil lui fit cligner des yeux, et elle dut mettre une main en visière. Raymond secoua la tête en se mordant la lèvre, puis d'un geste déterminé il lâcha la bride de son cheval. En deux enjambées, il fut devant elle et glissa une main souple autour de sa taille. Aliénor rosit de plaisir. Ils s'affrontèrent un instant du regard tandis qu'elle nouait sans pudeur ses bras autour de la nuque puissante, puis Raymond l'attira vers sa bouche avec violence.

— Oui, dit-il simplement lorsqu'il la repoussa.

Aliénor éclata d'un rire léger.

— Oui quoi ?

— Oui, je t'aime encore, ma sauvageonne, et pas une ne t'arrive à la cheville.

— Pas même Constance ?

Il la souleva de terre et la porta dans ses bras comme un fétu de paille, tandis qu'elle s'accrochait à son cou de ses doigts noués.

— Pas même Constance...

— Et encore, ajouta-t-elle tandis qu'il la posait avec délicatesse dans un renfoncement de roche, au creux d'un lit discret de sable fin, tu n'as rien vu.

— Présomptueuse ! gémit-il.

Mais déjà il se perdait dans les lacets du corsage, furetant à pleines mains entre ses cuisses ouvertes que la jupe relevée découvrait avec impertinence au soleil. Aliénor cambra ses reins musclés par ces longues chevauchées et enserra à les broyer les mains épaisses entre ses jambes. Raymond se cabra et de nouveau leurs regards s'affrontèrent, puis il partit d'un rire joyeux et força les muscles à céder sous sa poigne de fer. Alors seulement, elle s'abandonna, jusqu'à n'être plus que cette enfant qui n'était pas encore une reine.

Louis la gratifia d'un regard ironique qu'il appuya d'un cinglant :

— L'air du large vous a fait grand bien, ma reine, vous avez le teint fort vif !

— Et du sable dans les cheveux, s'empressa d'ajouter Béatrice perfidement, en modulant sur le même ton : Sans doute ce vent du large qui se joue des coiffes les plus serrées.

— Vous auriez dû nous accompagner, dame Béatrice. Cela vous aurait fait grand bien aussi, lui lança la reine, feignant d'ignorer qu'elle avait encore le feu aux joues et au corps.

— Dieu m'en préserve, Majesté, s'inclina celle-ci. Pour rien au monde je n'aurais voulu défaire ce chignon qui, comme me l'a si agréablement fait remarquer notre bon roi, maintient ma nuque fraîche.

Louis pâlit. À quoi donc jouait sa dame de cœur ? Il se promit de réprimander Béatrice pour ce ton de défi qu'il n'aimait pas. Comment pouvait-il reprocher quoi que ce soit à la reine, si elle laissait supposer quelque connivence entre eux ? Il ne pipa mot tout le reste de la journée et se tint loin de l'une et de l'autre jusqu'au soir.

Le lendemain, une dramatique nouvelle nous parvint. La centaine de nos compagnons laissés à Adalia avaient disparu. Comnène avait tenu parole, et nos gens s'étaient embarqués pour nous rejoindre. Hélas, une tempête soudaine s'était abattue sur le navire non loin des côtes, et tout portait à croire qu'il avait sombré au large de la

Syrie. Raymond d'Antioche fit célébrer une grande messe en la cathédrale Saint-Pierre, à la mémoire des martyrs, et nombre d'entre nous s'en furent se recueillir sur la tombe de l'évêque Adhémar du Puy qui avait guidé les premiers combattants vers la reconquête des Lieux saints. Un voile de tristesse s'abattit sur l'ost royal. Chacun de nous avait perdu un être cher. Je ne pouvais quant à moi m'ôter de l'idée le visage souriant de Sibylle de Flandres. Et l'étonnante sensation qu'elle était encore en vie. Sans doute parce que je m'étais attachée à ses petits cris de terreur que les entraînements de Denys avant le départ avaient transformés en grognements de rage, comme à ses jeux de mots délicats qu'elle ponctuait de carmin sur ses joues diaphanes.

Quoi qu'il en fût, cette révélation nous laissa maussades et amers.

— Qu'y a-t-il, Loanna ?

Je m'étais redressée dans ma couche, réveillant Jaufré à mes côtés. Le bruit avait dû se répéter, pour en arriver à me tirer du sommeil. C'était comme un raclement tout près de ma porte. Je me levai, bien décidée à déterminer ce qui le provoquait. Je passai un vêtement sur ma peau nue et ouvris la porte, qui grinça sur ses gonds. Le corridor était sombre. On avait mouché toutes les torchères sauf une, qui répandait un halo vacillant sans toutefois pénétrer l'obscurité jusqu'à moi.

C'est alors que quelque chose m'agrippa les chevilles, m'arrachant un cri de surprise.

La pression n'avait duré que quelques secondes, et, tandis que Jaufré surgissait à mes côtés, je découvris le malheureux étendu au seuil de ma porte.

— Aide-moi, ordonnai-je à mi-voix.

Tous deux, nous traînâmes le corps d'épaisse stature jusqu'en ma chambre. Jaufré se hâta d'allumer les chandelles, me dévoilant les traits du visage qui râlait. Un frisson me glaça l'échine.

Aldebert de Montreuil, un des proches d'Étienne de Blois ! Que diable venait-il faire dans cette aile ? Si près de ma porte ? Il avait reçu une méchante blessure au flanc. L'homme était perdu, il n'était même plus assez conscient pour raconter sa mésaventure. Je reçus le dernier de ses râles contre mon épaule.

— Il est mort, dis-je simplement.

Je ne comprenais pas ce qui avait pu se produire. Il y avait peu de dangers ici, à Antioche. Quant à supposer que cet homme m'ait voulu quelque mal, qui en ce cas aurait eu la fâcheuse idée de le découdre devant ma porte ?

— Il faut prévenir la garde, avisa Jaufré.

Des bruits de pas s'amplifièrent dans le corridor. Quelqu'un venait. Au même instant, une pensée me traversa l'esprit, mais je n'osai y croire. Les pas s'arrêtèrent. Il est trop tard, pensai-je en avisant le sang qui couvrait ma tunique. Des coups violents frappés à la porte nous saisirent tandis qu'une voix tonitruante grondait :

— Par saint Denis, ouvrez au nom du roi !

Nous échangeâmes un rapide regard.

— Va ! lui glissai-je.

Jaufré ne bougea pas tout de suite, alors je murmurai dans un souffle :

— C'est un piège, va !

La voix reprit en même temps que les coups :

— Ouvrez, damoiselle de Grimwald, ou par saint Denis nous enfonçons cette porte !

Jaufré me lança un œil inquiet, mais, se fiant à mon instinct, il ramassa ses vêtements d'une main leste et ouvrit la fenêtre. Une lune pâle éclaira l'intérieur de la chambre. Nous étions logés au deuxième étage, au-dessus des douves. J'entendis un plongeon. Jaufré était bon nageur. À cet instant, la porte s'ouvrit et Robert de Dreux s'avança, l'épée au poing.

Je l'apostrophai calmement :

— Rangez ceci, mon ami. Vous arrivez trop tard !

On m'autorisa à me changer derrière un paravent, pour que la vue du sang ne choque pas les âmes sensibles, et je me rinçai abondamment les mains dans un baquet d'eau. L'aube n'allait pas tarder à faire chanter les coqs. Je poussai un soupir de fatigue.

Je m'étais fait piéger, c'était évident, mais dans quel but ? Et par qui ? Étienne de Blois ? J'en doutais. C'était trop gros, et pas véritablement dans ses pratiques. Il lui aurait suffi de me surprendre pendant mon sommeil avec quelques hommes de main. Un corps balancé ensuite dans les douves, et c'en était fini. Non, cela sentait trop la mise en scène et celle-ci avait une autre raison.

Je me présentai devant le frère du roi, l'air grave mais nullement coupable. S'il faisait partie du complot, il n'écouterait aucune de mes explications. Aussi, je m'abstins de commentaire.

— Allons-y, voulez-vous ?

Je sentis dans le ton de sa requête que je n'avais pas vraiment le choix. On avait enlevé le corps du malheureux, seule une large tache de sang témoignait encore de sa réalité.

Encadrée par les seigneurs de France, je fus conduite dans une pièce sans fenêtre où l'on m'enferma à double tour. Je me doutais de ce qui allait se passer durant ma captivité. On préviendrait Raymond, puisque nous étions en ses murs, puis le roi et la reine, et un tribunal d'exception serait constitué sur l'heure, pour assassinat certainement, et trahison sans doute, les deux allaient de pair.

Il me restait un peu de temps avant l'aube. Assez pour réfléchir et trouver une défense. Si on s'était donné tout ce mal, c'était que l'on avait suffisamment d'arguments pour me faire condamner. Par chance, ils n'avaient pas envisagé que Jaufré puisse être avec moi. Il était vrai qu'il ne venait me rejoindre qu'à la faveur de la nuit et repartait au petit matin. Il n'était pas bienséant chez les chrétiens d'étaler au grand jour ce que l'on savait et tolérait dans l'ombre.

Je m'installai confortablement dans un fauteuil et m'abandonnai à mes réflexions. Curieusement, je n'avais pas peur. Depuis que nous étions partis de France, trop de choses s'étaient produites. De plus, j'avais foi en la justice et en Aliénor.

Le roi et la reine siégeaient côte à côte, dans la grande salle de réunion où la veille encore la discussion avait tourné à l'aigre entre les partisans d'Aliénor et de Raymond, et ceux de Louis. Les premiers souhaitaient la reconquête d'Édesse ; les seconds se rendre à Jérusalem. Un bref de Conrad était arrivé sur ces entrefaites. L'empereur d'Allemagne avait réorganisé ses troupes et de nouveau s'engageait dans la croisade. Malgré cela, Louis n'en démordait pas. Il voulait se recueillir sur le tombeau du Christ. La discussion avait été houleuse, et un froid glacial avait salué chacun des partis en guise de bonsoir. Pour l'heure, on n'y songeait plus. Raymond était assis sur un trône de cuir recouvert de peau de léopard et avait l'air grave. Que l'on assassine impunément sous son toit ne semblait pas l'enchanter. Quant à Aliénor, elle me fixait avec de grands yeux perdus et inquiets. On me fit asseoir sur une chaise en face d'eux, et je reconnus sur le côté les chevaliers qui avaient pénétré dans ma chambre le matin même. Ils portaient sur le visage un rictus de satisfaction qui ne me disait rien qui vaille.

Raymond soupira de lassitude. Visiblement, cette situation l'ennuyait, d'autant plus qu'il me savait proche de la reine. Il ne s'adressa pas à moi comme je m'y attendais, mais à Robert de Dreux :

— Vous nous dérangez pour un fait gravissime, messire. Parlez. Il me semble que damoiselle de Grimwald a le droit de connaître les motifs de votre accusation.

Robert de Dreux s'avança, une rage sourde barrant les rides de son front. Il lança aigrement :

— Ce serait supposer qu'elle-même n'en sait rien.

— C'est le cas en effet, répondis-je en me redressant. Et, si Votre Majesté le permet, je serais heureuse de lui donner récit de ma mésaventure de cette nuit. Ensuite, j'entendrai ce dont on m'accuse.

Louis hocha la tête. Il ne pouvait empêcher que je livre les faits à ma façon, d'autant plus que, depuis notre entretien à Constantinople après la mort de Denys, j'avais eu l'impression d'être remontée dans son estime, et même que son regard s'était fait plus amical.

Je racontai les événements, n'omettant dans mon récit que la présence de Jaufré à mes côtés. Il n'était pas nécessaire qu'il soit impliqué dans cette affaire. Le frère du roi se récria :

— Elle ment, messire ! Voyez cette épée que nous avons ramassée dans sa chambre et que la reine elle-même a reconnu être la sienne. Elle est couverte de sang.

Je me mordis la lèvre. Ces chacals avaient bien monté leur coup. Et Aliénor aurait eu mauvaise grâce à mentir, mes initiales étaient gravées sur le pommeau, cette épée était un présent de Denys.

— Alors, damoiselle de Grimwald ? me lança le roi en plissant des sourcils.

— Pourquoi aurais-je tué cet homme ? Je le connaissais à peine et n'avais pas eu loisir d'échanger quelque discussion avec lui.

— Parce qu'il avait fait projet de vous dénoncer au roi.

Étienne de Blois s'avançait à présent. Je tournai vers lui un regard plein de curiosité. Qu'allait-il inventer, celui-ci ? Il s'inclina devant le roi et me désigna du doigt.

— Notre compagnon est venu nous voir il y a quelques jours. Il disait attendre quelque messager de Constantinople qui lui confirmerait ses soupçons. Il nous a affirmé que damoiselle de Grimwald n'avait pas été enlevée par le basileus Comnène ainsi qu'elle le prétendait, mais écartée par celui-ci afin de mieux trahir la couronne. J'en tiens pour preuve cette embuscade où nous autres tombâmes tandis qu'elle et la reine, ainsi que ces Aquitains de malheur, se sortaient vifs et sereins. Ce matin, notre défunt compère nous a assuré posséder les preuves qui lui faisaient défaut jusque-là et nous a remis cette bague. Vous ne pouvez nier, damoiselle de Grimwald, qu'elle vous appartient.

Il me la brandit sous le nez et je reconnus l'anneau au superbe cabochon d'améthyste que j'avais offert au basileus. J'allais devoir jouer serré !

— Je la reconnais en effet, affirmai-je en haussant les épaules, mais de quel droit vous avisez-vous d'en faire une preuve de culpabilité à mon encontre, messire de Blois ? Cette bague était restée à Constantinople, il est vrai, ainsi qu'un autre bijou que le basileus lui-même m'arracha au cours d'un affrontement où il me ravit certain bien plus précieux que tout l'or du monde. Votre Majesté, vous en avez personnellement reçu la confidence en son temps, lors, permettez que je ne m'y attarde point. De plus, vous n'avez pas oublié, je pense, la mort de Denys de Châtellerault que j'avais en estime et qui tomba pour me délivrer de l'enfer, de même que cet entretien sur son mouroir où je suppliai Votre Majesté d'éviter les représailles pour ne point risquer de compromettre les enjeux sacrés de notre combat spirituel. Quel être cruel et fourbe aurait ainsi sacrifié celui qui par deux fois déjà lui avait sauvé la vie ? Quant à prétendre, messire de Blois, que j'aurais pu livrer aux Turcs quelque renseignement concernant cette échauffourée où nos frères tombèrent, il eût fallu que je possède une connaissance infaillible des lieux où cela se produisit, en quoi je serais fin stratège et digne de commander vos troupes, ajoutai-je avec un sourire ironique. Mais aussi que Sa Majesté ait conservé l'itinéraire choisi quand nous étions à Constantinople. Or cette décision ainsi que le nouveau tracé de notre route, c'est vous-mêmes, messires de Blois et de Dreux, ainsi que d'autres avec Sa Majesté qui en décidâtes la nécessité après notre rencontre avec ce qui restait de l'armée de Conrad. Et, pour autant que je sache, aucune femme de la suite de la reine n'a été conviée à donner son avis ; pour finir, j'ignore quelle est la source de ce complot, mais je jure par devant Dieu que j'en suis innocente.

Pendant un court instant, il y eut un silence qui me laissa à penser que j'avais fait mouche. Le roi se grattait la barbe et Aliénor avait retrouvé quelques couleurs. Mais c'était compter sans Étienne de Blois, qu'avait rejoint le grand maître de l'ordre du Temple, Bertrand de Blanquefort. Ce dernier était donc aussi de mes accusateurs !

— Tout cela est en effet superbement mené, damoiselle de Grimwald, c'est la raison pour laquelle nous pensons que vous avez été aidée par quelqu'un de proche qui pouvait en tout état de cause influer sur les décisions du roi.

Je m'exclamai dans un rire agacé :

— Mais par Notre-Seigneur tout-puissant, qui, messire ?

— Sa Majesté la reine.

Un froid glacial couvrit la salle, me laissant bouche bée. Ce fut comme si tout s'était figé, puis Aliénor se dressa, revenue de sa surprise, et toisa Étienne de Blois d'un regard de haine :

— Comment osez-vous ?

Raymond avait blêmi et le roi lui-même tremblait, je le devinais, face à la détermination de ses féaux. Robert de Dreux et Bertrand de Blanquefort souriaient d'aise derrière Étienne de Blois. En un éclair je compris l'ampleur de cette machination. Ce n'était pas moi qui étais visée, ce n'était pas mon procès que l'on était venu faire, mais celui de la reine et, avec elle, de l'Aquitaine. Cette Aquitaine indisciplinée, vindicative, détestée par ces gens du Nord qui la voyaient de jour en jour devenir plus puissante et plus hautaine, cette Aquitaine qu'il fallait briser. Si Aliénor était accusée de traîtrise et condamnée, elle serait enfermée dans un couvent à notre retour en France, moi sans doute exécutée pour l'exemple, et le roi, débarrassé d'une épouse gênante, n'en conserverait pas moins la richesse de sa dot. Il ne resterait plus qu'à mater cette race superbe qui les insupportait de jour en jour davantage et laisser l'ordre du Temple piller ce qu'elle possédait de richesse.

Un haut-le-cœur me saisit. J'étais seule à pouvoir infléchir ce doute qui salissait la reine. Je savais qu'il suffirait de peu pour que le roi se range finalement au dire de ses barons. Lui aussi en avait assez de sa province et de ses emportements. Il était un juge qu'il ne remettrait pas en question : ce Dieu auquel il vouait sa vie.

Je m'allai agenouiller aux pieds du roi.

— Tout cela n'est qu'ignominie, Votre Majesté. J'ignore les véritables raisons pour lesquelles cet homme a été assassiné. Peut-être voulait-il m'avertir de ce complot même et l'a-t-on fait taire. Pour ma part, vous conviendrez qu'il ne s'agit plus seulement de mon innocence, mais de l'honneur de Sa Majesté la reine à l'égard du peuple de France et de la croix que nous portons tous. Aussi, afin de laver les souillures de ces paroles à jamais, j'en appelle sur mon front à l'épreuve de Dieu.

Il y eut un murmure derrière moi. Le visage de Louis s'éclaira d'un large sourire. Moi sur le compte de qui couraient les bruits les plus fols, j'en appelais à la justice divine. Fallait-il que je sois sûre de moi pour oser braver la peur. Il se tourna vers la reine qui s'était laissée tomber dans le fauteuil, pâle comme un linge. Aliénor sentait que c'était elle plus que moi que je voulais protéger, et cela la bouleversait. Raymond d'Antioche ne disait rien, mais son embarras faisait peine à voir. Quant à nos ennemis, je n'aurais su dire s'ils étaient satisfaits ou pas. Pour autant qu'il m'en souvienne, aucune femme encore n'avait été confrontée à ce jugement. Mais n'étais-je pas de la race qui créait les précédents ?

Louis se dressa et me releva d'une main qui était redevenue ferme. Je m'écartai pour recevoir sa sentence. Sa voix porta haut et clair :

— Damoiselle de Grimwald, votre souhait me réconforte et, puisque vous en appelez à Lui, je ne doute pas que vous serez lavée des soupçons qui pèsent sur vos épaules. Moi, Louis, roi de France, déclare que la sise dénommée Loanna, Bénédicte de Grimwald subira sans contrainte et de son plein aveu, en ce jour de grâce du 26 mars 1148, l'épreuve de Dieu à sexte précise, en présence du Seigneur d'Antioche, des dignes représentants de l'ost royal, et de toute personne qui en émettra le désir. Pour l'heure, nous vous laissons aller, mais

113

considérez que vous êtes sous la très sainte garde de notre Créateur.

— Qu'il en soit fait selon Sa loi, approuvai-je sereinement en saluant leurs altesses.

Puis, avec dignité, je toisai mes accusateurs et passai la porte.

Mon premier souci fut de savoir si Jaufré avait pu regagner sans encombre ses appartements. Je me glissai donc jusqu'à l'habitation blanche où étaient logés les troubadours. La rumeur de mon arrestation s'était propagée très vite. Je croisai avec amusement certaines œillades appuyées sur mon passage, auxquelles je répondis courtoisement par un salut de la tête. Il n'est de pire accusation que de se sentir coupable. Or, même si je l'étais, j'avais encore plus d'un tour dans le sac de mes ancêtres. Jaufré se précipita et m'entraîna à l'écart.

— On entend depuis l'aube les pires nouvelles, et te voici ! Que s'est-il passé ?

Je le lui racontai par le détail, mais, au lieu de se rassurer, il frémit :

— Nous sommes perdus !

— Regarde-moi, comte de Blaye, et ose penser que moi, Loanna de Grimwald, aie pu implorer les dieux sans être sûre de leur réponse.

Il poussa un soupir dont je ne savais s'il était de soulagement ou de résignation :

— Ai-je d'autre choix que de mourir de crainte sans cesse ?

Je serrai tendrement sa main dans la mienne, et murmurai, complice :

— Oui, mourir d'amour…

Il sourit et j'en fus rassérénée. Puis j'avisai un filet de sang au-dessus de son oreille, à l'endroit où sa blessure provoquée par le coup de cimeterre à Constantinople avait cicatrisé.

— J'ai été un peu sonné en plongeant, s'excusa-t-il en voyant mon visage inquiet. Fort heureusement, l'eau était froide et j'ai repris tout de suite assez de présence d'esprit pour regagner la rive. Sans doute quelque branche m'aura-t-elle égratigné dans ma chute. Tu serais étonnée de voir tout ce qui croupit dans cette eau…

— Comment es-tu rentré ?

— J'ai attendu l'aube dans les fourrés, puis, lorsque le pont-levis s'est abaissé pour laisser entrer les marchands et que le va-et-vient journalier a repris, je me suis mêlé au mouvement. Si certains se sont étonnés de me voir humide, pas un ne m'en a fait la remarque. Cette ville est une véritable passoire. Je commence à penser que la rumeur est fondée. On attendait davantage la reine que les Turcs par ici.

— Avant longtemps, crois-moi, j'aurai regagné la confiance du roi et mouché nos ennemis. Mais pour l'heure, repose-toi, mon aimé. Tu es pâle, et je ne voudrais pas que par ma faute tu aies attrapé quelque mal.

— Sois sans crainte. J'étais seulement fou d'inquiétude. Cela ira à présent.

Il m'embrassa tendrement, puis je m'éloignai. Il valait mieux qu'on ne nous voie pas trop ensemble jusqu'à l'exécution du jugement. S'ils se sentaient désarmés, nos ennemis risquaient fort de compromettre avec moi tous ceux qui m'approchaient.

J'étais bien trop préoccupée alors par le sort que l'on me réservait pour m'apercevoir de la véritable faiblesse de Jaufré. Depuis l'aube, une migraine lancinante ne le quittait pas. Confiant en mes pouvoirs, il alla s'étendre et dormit d'un sommeil peuplé de cauchemars, dont je n'appris que le lendemain qu'il était sorti migraineux.

Pour l'heure, une seule pensée m'obsédait et un désir inédit me conduisit aux portes de la cathédrale Saint-Pierre devant laquelle avant peu se tiendrait mon tribunal. Pour la première fois depuis que j'étais venue au monde, j'y pénétrai de mon plein gré et seule. Ce n'était pas tant cette image d'un dieu crucifié sur une croix que j'y venais chercher, mais quelque chose que je n'avais rencontré qu'à Brocéliande et derrière ce rocher dans le désert, cette énergie brute, puissante, des forces de la terre et du cosmos tout entier.

L'église était vide, des cierges étaient allumés dans de gros candélabres d'argent posés un peu partout dans les niches creusées à même les parois. Je me laissai guider par les rayonnements de l'énergie qui vibrait autour de moi. Confiante en ce que je ressentais, je tombai à genoux. Ce jourd'hui, j'avais besoin de cette énergie cosmique pour ne pas avoir peur à l'instant fatal, pour retrouver en moi tout ce que j'avais appris, pour éviter de me perdre une fois encore. Je savais qu'en anticipant les événements on parvenait mieux à les contrôler. Le jugement de Dieu reposait essentiellement sur la maîtrise de soi.

— Va-t-il mourir, mère ?

La question m'était venue spontanément. Nous étions sur la grand-place de Rouen, et des gens se pressaient pour tenter de voir l'homme, un manant épais et chevelu, qu'on accusait d'avoir détroussé des voyageurs dans une auberge. Personne n'avait retrouvé le fruit de son larcin, mais des témoins l'avaient vu s'enfuir, et bien qu'il niât le fait haut et fort, se prétendant marchand et présentant ses titres de négoce, la présomption était importante et l'homme avait été conduit devant Geoffroi d'Anjou. J'allais sur mes dix ans alors.

Geoffroi le Bel avait réclamé pour cet être le jugement de Dieu : s'il disait la vérité, il serait gracié, s'il mentait, il périrait par les flammes selon la volonté divine. L'épreuve était simple : l'homme devait s'avancer au-devant d'un brasier à l'intérieur duquel était une croix de métal. Lorsqu'elle n'était plus qu'une tache rougeoyante, on la sortait et la suspendait à un piton sur un mât, à hauteur de la bouche du condamné. Alors, l'homme devait jurer son innocence par trois fois sur la Très Sainte Bible et poser sa langue au centre de la croix. S'il portait ensuite trace de brûlure, il était perdu, car c'était preuve de sa trahison. Si au contraire, il n'avait aucune marque, alors on l'innocentait.

Je sentais ma petite main trembler dans celle de mère. Nous étions au premier rang. Mathilde avait prétendu que ce n'était pas la place d'une enfant, mais mère avait insisté. Il était rare que l'on fasse appel à ce tribunal, et cela pouvait m'instruire.

— Regarde, Canillette. Que vois-tu chez cet homme ?

Je le détaillai autant que je le pouvais, il me semblait fier et fanfaron. Je le lui dis.

— Ne vois-tu point ces cheveux collés au front et cette goutte qui glisse le long de sa tempe ?

— Si fait, mère. Il fait très chaud près du brasier.

— Ce n'est pas la chaleur qui en est responsable, mais la peur. Vois comme, malgré son assurance, il racle sa gorge. En cet instant sa bouche est plus sèche qu'un puits tari, et seule l'eau peut éteindre le feu. Il est perdu.

— Alors Dieu l'a condamné, mère ?

— Non, Canillette, il se condamne lui-même par le remords, car il redoute que Dieu ne sache la vérité. Il n'y a rien de divin dans cette épreuve, mais qui, à l'instant suprême, n'a pas eu peur de lui-même ? S'il était innocent, il aurait l'âme libre, ne craindrait pas le regard du Tout-Puissant, et sa salive ferait barrière à la brûlure, car il n'en manquerait point. Cet homme va mourir, peut-être est-il innocent de ce crime, mais il en porte d'autres qui le condamnent à son propre jugement.

L'homme porta la marque et, tandis qu'on l'attachait au mât, il se mit à vomir sur l'assemblée une foule de jurons et d'imprécations, puis un prêtre s'avança, bénit d'un grand signe de croix ce diable qui gesticulait malgré ses liens, et l'on déposa des sarments de vigne à ses pieds. Le feu du brasier se propagea et l'enflamma comme une torche.

— Je suis bien aise de vous trouver ici.

Je tournai la tête et, dans un mouvement de flamme, reconnus le roi qui s'était agenouillé à mes côtés. J'avais du mal encore à chasser de mon esprit la vision de mon souvenir, mais je me forçai à lui sourire.

— Pardon de vous avoir dérangée dans vos prières, mais, lorsque je vous ai vue agenouillée et comme auréolée de lumière, j'ai éprouvé le besoin de vous parler.

C'était inattendu, comme le fait de me trouver en ce lieu qui était plus sa maison que la mienne. Je m'aperçus avec stupeur que mes mains s'étaient jointes et que je devais donner effective-ment l'impression d'être en prière.

— Votre Majesté ne trouble rien en mon âme qui puisse avoir à réclamer le pardon. Mais je suis honorée que vous vous en inquiétiez.

— Nous n'avons pas souvent eu de ces moments, vous et moi, et je ne suis pas certain que nous soyons même amis.

— Vous êtes le roi.

— Un roi seul. Victime de son aveuglement et de sa trop grande foi. Qui selon vous a intérêt à me nuire ?

Je le regardai fixement. Il était sincère, préoc-cupé. Mais pourquoi diable me demandait-il cela à moi et en pareille circonstance ?

— Nul ne veut vous nuire, Majesté. Mais vous conviendrez avec moi que Sa Majesté la reine et vous-même n'êtes plus très proches l'un de l'autre.

Il secoua la tête, comme s'il ne comprenait pas.

— Certains dont j'ignore le nom ont intérêt à ce qu'elle reste à Antioche et vous abandonne ses terres. J'avais eu vent d'un complot de cet ordre à Paris avant la croisade et j'ai été sauvagement agressée alors, vous en savez la mésaventure.

— On m'a assuré qu'il s'agissait de malandrins...

— Certes, Majesté, pour ne point vous alarmer car je n'avais aucune preuve, mais une enquête menée par Denys de Châtellerault nous prouva le contraire. J'ignore, messire, qui se cache derrière cela, mais le but est clair, par la suspicion on essaie de diviser le peuple de France, et, lorsque cela sera, d'une part la croisade de Dieu sera achevée dans le sang, d'autre part sur vos terres régneront l'anarchie et la guerre. Vous pouvez empêcher cela.

— Comment ?

— Ce soir, je ne doute pas que Dieu Lui-même vous donnera réponse.

— Je suis las, murmura Louis comme pour lui-même en baissant son front sur ses mains jointes.

Le silence retomba lourdement sur nos corps agenouillés côte à côte. Il me fit pitié tout à coup. Au fond, qu'avais-je à lui reprocher sinon cet amour de Dieu, si grand qu'il lui interdisait tout autre ? Fallait-il que je sois liée à la Grande-

Bretagne pour nier la grandeur de cet homme ! Je posai avec douceur une main sur son bras. Il leva vers moi des yeux angoissés, comme si ce simple geste l'avait brûlé.

— Je ne crains pas le châtiment de Dieu, mais je suis inquiète pour Sa Majesté la reine.

— Si le Seigneur tout-puissant vous innocente, nous trouverons les coupables.

— Une fois encore, Majesté, je vous demande de n'en rien faire. Cet homme est mort, paix à son âme. Laissons la justice divine châtier les coupables. Si vous-même mettez à merci vos féaux les plus fidèles, c'en sera fini de l'unité des Francs. Elle est l'enjeu de ce complot. N'en faites pas le jeu, je vous en conjure.

— Tout criminel doit être puni, quel qu'il puisse être, grimaça Louis.

— Alors vous devrez aussi punir la reine, murmurai-je.

Il me lança un regard effrayé.

— Serait-ce…

Je ne lui laissai pas le temps de terminer sa phrase.

— Non, Majesté. Si elle est coupable, c'est de ce sang fier et noble qui est le sien, et d'amour aussi…

Je vis les belles mains blanches trembler tout à coup, comme prisonnières d'une fièvre que ses yeux trahissaient. Il demanda toutefois d'une voix ferme :

— D'amour, dites-vous… Souhaiterait-elle demeurer à Antioche ?

Son visage traduisait l'effort que lui avait coûté cette question. Je secouai la tête.

— Je l'ignore, Votre Majesté, mais des liens profonds unissent Aliénor et Raymond, intolérables, hélas.

— Je vous croyais son amie…

Il me dévisageait sans comprendre. J'eus un pâle sourire. En cet instant, je n'étais plus l'amie que du royaume promis.

— Je le suis, répondis-je amicalement. Mais je suis aussi la vôtre, Majesté, et, quoi qu'on ait pu dire et médire, je sais le prix d'un aveuglement. Aliénor devra oublier Raymond et regagner la confiance de ses vassaux.

— Je n'ai point de preuve de la trahison de la reine.

— Vous en aurez, Majesté, et dès lors je compte sur votre magnanimité pour écarter toute médisance.

— Je suis le roi ! me lança-t-il comme pour montrer qu'il resterait inflexible.

Mais je le cueillis d'un sourire narquois et ajoutai simplement :

— Peut-on condamner l'amour Majesté ? Vous-même en savez la souffrance et la joie.

Il laissa échapper un souffle de résignation. Enfin, comme s'il avait épuisé à l'intérieur de lui tout ce qui restait de volonté, il se signa, puis se leva gauchement en tanguant sur ses jambes trop longtemps pliées. Il me tourna le dos, sans autre mot, et je laissai pesamment retomber mon visage dans mes mains.

— Qu'ai-je fait, mère ? J'ai trahi ma meilleure amie.

Au même instant, une voix s'insinua dans mes oreilles, venue de nulle part et de partout à la fois :

— Mais tu ne t'es point trahie.

Alors une immense paix s'empara de mes bras, de mes jambes et de mon corps tout entier, tandis que carillonnaient à toute volée les cloches de la chapelle.

Le feu brûlait haut sur le parvis de la cathédrale Saint-Pierre, montant droit dans l'obscurité de cette fin de jour. Sur les marches du parvis trônaient les robes blanches des moines et des abbés qui encadraient Raymond, assis sur un siège haut. À sa droite se tenaient l'évêque d'Antioche et ses ministres. À sa gauche, le roi et la reine. Aliénor avait repris des couleurs. Comme je m'approchais fière et droite, laissant la chaleur du brasier me gagner, je pus me rendre compte que son assurance était factice. Elle avait dû pincer et repincer au sang ses joues blêmes pour les rosir.

Un frisson me parcourut et, cédant à une impulsion, je me retournai. Jaufré s'était frayé un passage dans la foule et me dévisageait tendrement. Il y avait tant de confiance dans ses yeux gris que mon cœur s'en trouva gonflé d'amour et de lumière. Mon tendre, très tendre aimé. Lui seul savait désormais. Je brûlais d'un feu plus vivant que celui duquel on extirpait à présent la croix rouge et fumante. Je la regardai sans peur, puis m'avançai vers le roi, qui s'était dressé à l'invitation de Raymond.

Louis me toisa et je m'agenouillai sur la première marche à ses pieds.

— Loanna de Grimwald, on vous accuse de crime sur la personne d'Aldebert de Montreuil. Êtes-vous prête à jurer sur les Très Saintes Écritures de votre innocence et à braver le regard de Dieu, ou plaidez-vous coupable au regard des hommes et vous en remettez-vous à leur justice ?

Sans hésitation, je lançai d'une voix que le vent porta jusqu'au sommet des flammes :

— Que Notre Seigneur tout-puissant me marque de son sceau si j'ai menti.

Je posai la main gauche sur la Bible recouverte de cuir et ornée de brochures d'or que me tendait l'évêque, et poursuivis, droit dans les yeux d'Étienne de Blois qui se tenait un pas derrière le roi avec ses acolytes :

— Que la volonté de Dieu s'accomplisse et clame mon innocence devant tous, et qu'elle emporte dans sa justice ceux-là mêmes qui sont les véritables assassins.

Étienne de Blois blêmit et se détourna aussitôt de mon regard comme s'il l'avait brûlé plus assurément que cette croix qu'un jeune novice me présentait maintenant au bout d'une lance.

J'eus un sourire confiant pour Aliénor, qui se signa, puis je m'approchai du symbole rougeoyant. Ma langue s'y posa sans crainte. Une seconde seulement, le temps de sentir s'assécher la salive au contact du feu. Puis je m'avançai vers mes juges et la leur tendis avec désinvolture.

L'évêque l'examina et s'en retourna chuchoter à l'oreille du roi, qui se leva à son tour pour vérifier ses dires.

Aliénor tremblait. Elle s'efforçait de garder son calme, mais je devinais ses efforts pour ne pas défaillir.

Louis me couvrit de ce sourire qu'il réservait à ses meilleurs jours, et je compris que mon instinct ne m'avait pas trompée. D'une voix forte autant que satisfaite, il annonça le verdict :

— Le Très-Haut a rendu Son jugement. Damoiselle de Grimwald ne porte aucune trace de mutilation. En foi de quoi je déclare, moi, Louis septième du nom, roi de France, que celle-ci est innocente des crimes dont on l'accuse. Dieu tout-puissant, j'en appelle à Ta loi ! Avant que ces cendres soient froides, que le véritable coupable soit châtié de Tes mains ! Qu'il en soit ainsi, pour la gloire de Dieu et le salut du monde !

Il y eut une clameur de joie dans l'assistance, et des bonnets furent lancés haut dans le ciel piqueté d'étoiles. Triomphalement, je me tournai vers la foule et, trouvant le regard de Jaufré dans lequel dansaient les flammes du brasier, je murmurai pour lui seul :

— Je t'aime.

Au moment où je rejoignais les proches de la reine, une silhouette voûtée recouverte d'un mantel nauséabond m'accosta pour s'effondrer aussitôt dans mes bras. Comme je tentais de la redresser, son capuchon tomba en arrière, découvrant sa chevelure emmêlée et ses yeux hagards. Je poussai un cri de surprise et d'effroi :

— Sibylle !

Ce fut seulement le lendemain que la comtesse de Flandres nous raconta. Ceux que nous avions laissés à Adalia dans l'attente d'un navire avaient été trahis. Lorsqu'un soir un émissaire se présenta pour les convoyer jusqu'au port, ils le suivirent sans méfiance. Sur les quais, de nombreux navires étaient accostés. Le temps de s'inquiéter de celui qui devait les prendre, ils étaient cernés de Turcs. Les hommes tirèrent l'épée et tentèrent de protéger leurs compagnes, mais ils furent vite submergés par le nombre. Sibylle comprit la première ce qui les attendait. Nombre de tonnelets s'entassaient sur le port, prêts à être chargés. L'ombre d'un bateau la dissimulant un instant aux regards ennemis, elle en profita pour se faufiler au milieu d'eux. En s'agenouillant pour se cacher, elle avisa à sa droite un fût renversé, vidé de son contenu. Elle s'y glissa en retenant son souffle. Les Turcs ne la cherchèrent pas. Elle entendit les hurlements de ses compagnes, se demanda pourquoi les quais étaient déserts, pourquoi personne ne répondait à leurs appels. Puis il y eut du mouvement sur un navire et elle comprit qu'on les embarquait. Un bruit de ferraille lui fit supposer qu'on levait l'ancre. Ensuite ce fut le silence, balayé par le mouvement de l'étrave fendant l'onde.

Elle resta longtemps sans bouger. Elle allait se décider à sortir, lorsque des voix lui parvinrent. Plusieurs hommes s'interpellaient, l'un d'eux annonça qu'il fallait jeter les corps à la mer, afin que ne subsiste aucune trace. Sibylle retint un cri, tandis que les « plouf » se succédaient. Pas un homme n'avait réchappé. Elle savait que l'un de ces corps était celui de son époux. Elle était transie de peur, de froid et de chagrin. De nouveau ce fut le silence. Long, interminable silence. Lorsque l'aube pointa, elle se risqua hors de son abri. Elle ne savait où aller. Que faire. Alerter ceux d'Adalia ? Et si c'étaient eux qui les avaient vendus ? Les Turcs étaient venus sur le vaisseau affrété par le basileus et repartis de même. Titubant, elle avait renoncé à paraître. Elle fouilla les alentours et trouva un vieux mantel dans lequel des rats avaient niché. Surmontant sa répulsion, elle s'en était couverte pour dissimuler ses atours, puis s'était cachée de son mieux, s'éloignant dès qu'on s'approchait d'elle. Par chance, le tonneau qui l'avait cachée avait contenu du poisson et l'odeur qu'elle dégageait n'attirait guère. Au bout de deux jours, elle ressemblait à une de ces mendiantes qui hantent les rues. Comme elles, elle tendit la main, fouilla dans les ordures pour se nourrir, l'oreille aux aguets. Une seule pensée l'obsédait : atteindre Antioche ! Une semaine s'écoula ainsi, puis, un matin, elle entendit deux marins parler de leur embarquement pour sa Terre promise. La nuit venue, elle se glissa dans les cales du navire qu'on avait chargé et s'oublia.

Elle n'était plus que l'ombre d'elle-même lorsqu'elle parvint aux portes de la ville. Nous rejoindre lui avait coûté son dernier effort. À présent, c'était comme si sa raison se perdait dans cette confession. Comme si de l'avoir baignée, toilettée et nourrie avait d'un seul coup annihilé son instinct de survie. Elle pleurait en poussant des cris qui nous glacèrent d'effroi. Puis elle sombra dans un délire où son corps secoué de spasmes fiévreux nous amena à attendre le pire. Deux jours passèrent ainsi. Lorsque Sibylle recouvra son calme, son regard n'était plus que vide et oubli. Elle nous reconnaissait à peine. L'apothicaire de Raymond insista sur un long repos et beaucoup de patience. Elle avait été choquée au-delà du possible. Il faudrait du temps.

Durant ces deux jours, je m'occupai davantage d'elle que de Jaufré ou de moi. Ce fut le roi qui me l'annonça : Étienne de Blois s'était écroulé sur son assiette la veille. Une méchante fièvre le clouait au lit, mettant ses jours en danger. Louis avait ponctué sa nouvelle de ces mots terribles :

— Qui sème le vent récolte la tempête !

Curieusement je les pris à mon compte. Qu'avais-je semé à Constantinople pour avoir signé l'arrêt de mort de tous ces malheureux ? Le basileus avait-il cru m'enlever avec nos compagnes ? Avait-il agi par pure vengeance, puisque ni le roi ni moi n'étions morts ? Ou avait-il simplement vendu un bon prix ces peaux blanches et ces minois rieurs dont se repaissaient désormais les Turcs dans leurs harems ? On nous avait servi une méchante fable en prétendant la nef du basileus disparue corps et biens. Tout n'était que fourberie. Quel rôle avait pu jouer dans tout cela l'homme qu'on avait assassiné à ma porte ? Il avait en sa possession la bague de ma trahison. L'avait-il reçue en échange de la sienne pour perdre nos compagnes ? Toutes ces questions me torturaient d'autant plus que je savais que jamais je n'aurais de réponse. Il était temps de partir d'Antioche. L'atmosphère y devenait empoisonnée. Pour comble, Aliénor s'était mis en tête de rester auprès de son oncle. Folie ! Tout n'était que folie !

6

Béatrice tournait et retournait, écrasant sous ses pas agacés le luxueux tapis qui s'ornait d'une scène de chasse au faucon. Elle avait fait venir l'homme de main d'Étienne de Blois dans sa chambre, mais depuis qu'il était là, prêt à prendre ses ordres, elle ne savait plus lesquels donner. Elle avait tant compté sur le jugement de Dieu pour m'écraser définitivement qu'elle se sentait désarmée, comme si le Tout-Puissant Lui-même désavouait sa vengeance. Les nouvelles étaient mauvaises. Étienne de Blois n'allait pas mieux et il avait fallu que Sibylle réapparaisse.

Mais cela n'était rien. Louis ne l'avait pas mandée depuis ce fameux jour ; pis, il semblait l'éviter. Agacée, elle l'avait fait suivre et avait découvert qu'il se rendait souvent au chevet de la comtesse de Flandres où je me trouvais aussi. J'avais gagné des faveurs qu'elle-même n'avait plus.

Des larmes de colère lui montèrent aux yeux. Elle en avait assez !

Brusquement résolue, elle se planta devant le balafré et, serrant les poings à en avoir les jointures des mains blanches, elle grommela entre ses dents de perle :

— Amenez-moi Loanna de Grimwald !

Un frisson me parcourut l'échine lorsque je vis s'avancer vers moi la haute stature de mon tourmenteur. Anselme de Corcheville m'inspirait toujours le même sentiment de panique. Davantage encore depuis la mort de Denys. Désormais, je devais me défendre seule. Ici pourtant je ne risquais rien. Nous étions en train de jouer au criquet dans le jardin somptueux d'Antioche, et j'étais entourée de gens.

Il s'inclina devant moi, puis sur un ton de fausse courtoisie me convia à le suivre auprès de Béatrice qui me demandait de lui faire la grâce d'un entretien. J'eus un instant d'hésitation. Il était peu dans les habitudes de la belle de faire exécuter ses caprices par une aussi désagréable figure. Toutefois, me souvenant qu'elle n'avait pas paru à la cour de Raymond depuis deux jours, j'en conclus qu'elle devait souffrir de quelque maladie la mettant dans l'incapacité de se déplacer. Prenant mon courage à deux mains et, me convainquant que mes pouvoirs magiques pouvaient me sauver s'il le fallait, j'acceptai l'invitation.

Il m'escorta jusqu'à la porte de la chambre de Béatrice, sans un mot. L'un comme l'autre n'étions pas dupes de la haine qui nous liait.

Béatrice était pâle dans sa robe d'un bleu lavé qui rappelait la couleur de ses yeux. Je pensais la trouver férocement digne, elle m'apparut lasse.

— Vous vouliez me voir ? demandai-je d'un ton affable.

Mais, comme moi, elle ne pouvait s'y méprendre. Je ne l'aimais pas, et c'était réciproque. Elle opina de la tête sans bouger du siège dans lequel elle était assise négligemment.

— Asseyez-vous, dame Loanna.

Le ton était résigné. Curieuse, je m'exécutai. Le silence se posa entre nous comme une barrière invisible, puis elle inspira profondément et leva son regard vers le mien. Je tressautai. Là brillaient des larmes que je devinai sincères. Elle se ressaisit aussitôt. Puis, s'enfonçant dans le dossier du fauteuil, elle murmura d'une voix qui tremblait un peu :

— Vous ne m'aimez pas plus que je ne vous aime, aussi irai-je droit au but. Je vous propose un marché. Rendez-moi Louis et je promets de ne plus me mêler de vos affaires ni d'essayer de vous nuire.

Elle déglutit péniblement et je compris que cet aveu lui coûtait.

— Ce que vous pensez de moi m'importe peu. J'aime le roi plus que moi-même et je ferais n'importe quoi pour ne pas le perdre…

Je la dévisageai en silence. Où était cette ennemie farouche qui œuvrait à ma perte ? Je n'avais
devant mes yeux qu'un animal blessé, au visage
marqué par la peur. Et en cet instant, malgré toute
la connaissance que j'avais de la fourberie des
êtres, je me laissai prendre à sa souffrance. Je ne
connaissais que trop le désarroi d'avoir dû éloigner Jaufré. J'approchai de ses doigts crispés sur
l'accoudoir du fauteuil une main amicale et la
posai sur son poignet. Elle tressaillit et se
détourna, comme si elle s'attendait à ce que je la
terrasse du verbe, mais je n'en avais pas envie.
Jamais je n'avais pu piétiner mes ennemis à terre.

— Louis ne m'appartient pas, Béatrice, murmurai-je amicalement. Il vous aime au-delà de toute
raison et, bien que celle-ci m'échappe, je ne ferai
rien, je vous l'assure, pour contrarier cette passion. Je n'ai jamais éprouvé d'estime véritable
pour Louis, pourtant depuis quelques lunes, j'ai
senti grandir en lui une force nouvelle qui est
celle d'un grand roi. C'est dans l'amour qu'il l'a
puisée. Le vôtre et celui de Dieu. Nous sommes
devenus amis, je crois, puisqu'il m'a fait l'honneur de prendre en considération par deux fois mes
suppliques, mais elles ne vous concernent pas.

Béatrice avait repris quelques couleurs et me
considérait à présent avec curiosité. J'enchaînai
dans un sourire :

— Nous ne serons jamais amies, vous et moi,
cependant je vais vous aider, parce que j'aime la
reine et qu'elle doit se ranger à la réalité de son

rôle. En échange, je vous promets que Louis sera vôtre, même si jamais il ne fait de vous une reine.

— Si vous n'avez rien à marchander, pourquoi m'aideriez-vous ? demanda-t-elle d'une petite voix où la surprise n'était pas feinte.

— Parce qu'à votre contraire, Béatrice, je répugne à voir les gens malheureux.

Elle baissa la tête, et du rouge glissa sur ses joues, qu'elle se hâta de dissimuler.

Je poursuivis hâtivement, au rythme de cette idée qui me venait et me semblait fort à propos :

— Ne croyez pas que je n'aie rien à y gagner. J'attends de vous en retour une promesse sur cette Bible que vous dressez comme une vertu.

Son œil un instant se fit cruel. Le serpent n'était qu'endormi, pensai-je, mais j'étais désormais maître du jeu et comptais bien utiliser ce providentiel avantage.

— Jurez par Dieu et tous les saints qu'à dater de cette heure vous vous tiendrez loin d'Étienne de Blois et de ses manigances.

Elle objecta, un brin de colère dans la voix :

— Je n'ai rien en commun avec cet homme !

Je la fis taire d'un geste las :

— Il suffit, Béatrice ! Gardez cela pour le roi ! Je sais, quant à moi, la noirceur de vos vices et combien cet homme vous attire par le démon qui est en lui. Si Louis venait à l'apprendre, il vous chasserait à jamais de son cœur, et il me semble que son amour prévaut sur vos bas instincts.

Elle me poignarda d'un regard de haine. Comment avais-je pu me laisser endormir par sa souffrance, pensai-je. Le loup ne devient agneau que pour pénétrer à l'intérieur du troupeau…

Elle se leva prestement et s'alla servir une rasade d'eau-de-vie de rose qui reposait dans un flacon de verre taillé aux reflets chatoyants. Un autre de ses vices, me dis-je en souriant intérieurement. Elle avala d'un trait son verre plein, puis me fit face, menton relevé en signe de défi.

— Soit ! Je jure sur le Très Saint Livre de ne plus intriguer d'aucune sorte avec cet homme. Cela vous convient-il ?

Je me levai à mon tour et lui souris de connivence. Mais je ne reçus en réponse qu'un visage fermé.

— Je ne vous aime pas, Béatrice, cependant je ne ferai rien pour vous nuire, si de votre côté vous cessez de vous acharner à ma perte. Considérons donc que nous ouvrons une trêve. Demain après l'office, Aliénor doit rejoindre Raymond dans le pavillon de chasse de celui-ci. Le roi doit rencontrer, quant à lui, un envoyé du comte de Toulouse qui, paraît-il, rejoint nos troupes pour poursuivre la croisade. C'est de ce répit dont vont profiter les deux amants. Il serait bon que Louis, et Louis seul, les surprenne et mette un terme à cette relation. Nul doute qu'après avoir vu sa femme en aussi galante posture, Louis ne jette ses remords au panier et ne vous prenne dans sa couche… C'est bien là ce que vous souhaitez, je crois, ironisai-je.

— Je dois vous remercier, je suppose, me lança-t-elle d'une voix aiguë qui traduisait son agacement.

— Inutile. Nous savons, vous et moi, que nous y gagnons toutes deux.

Comme je m'avançais déjà vers la porte, elle me cingla d'un légitime : « Moi qui vous croyais si proche de la reine ! » qui me fit mal.

Sans me retourner et parce qu'elle avait atteint un point sensible, je murmurai simplement :

— C'est pour cette raison que j'agis ainsi. Mais ce sont des choses qui vous dépassent.

Sur ces derniers mots, je sortis de la pièce. Quelque chose à l'intérieur de moi me donnait la nausée.

— Rhabillez-vous sur-le-champ et suivez-moi, ma dame !

Aliénor remonta sur ses seins la couverture de laine que ses ébats avec Raymond avaient rejetée au pied du lit. Elle était blême. Son amant affichait un regard gêné, mais nullement offusqué. Que Louis les ait surpris ainsi l'ennuyait, c'était évident, mais en même temps le soulageait. Pour autant qu'il aimât Aliénor de toute son âme, il savait que cette folie n'amènerait rien de bon dans son entourage, surtout depuis qu'Aliénor manifestait le désir de rester pour gouverner à ses côtés. Louis lui faisait désormais horreur, et à Antioche elle se sentait chez elle. De plus, Constance, courroucée par ces coucheries, avait diplomatiquement fait ses bagages et emmené ses enfants dans sa famille. Intelligente, elle avait jugé sans doute que c'était une passade dont il valait mieux taire les éclats. Raymond avait les mains libres, et Aliénor s'en était trouvée ragaillardie.

Et voilà que Louis était là, dressé devant elle dans tout son orgueil bafoué, même pas rouge de colère, si calme qu'elle sentait monter en elle la peur, cette même peur qui l'avait prise après qu'il l'eut fouettée au sang dans sa tente. Elle se serra un peu plus contre Raymond, espérant qu'il allait lui faire un rempart de son corps et de son amour, mais celui-ci s'écarta mollement.

— Obéissez, ma dame ! Votre époux est le roi de France.

Elle le dévisagea sans y croire. Ainsi Raymond la rejetait après l'avoir couverte de promesses et de caresses.

Elle lui lança un regard noir, puis, jugeant qu'il n'était plus temps d'accroître le ridicule de la situation, rejeta loin d'elle la couverture. Indifférente à leurs yeux baissés, elle revêtit sa robe de soie bleue, cette même robe que Raymond avait amoureusement fait glisser sur ses hanches. Elle frissonna, envahie soudain par un froid glacial. Mais peut-être n'était-ce que le souffle du silence qui pesait comme une menace, davantage encore que ne l'auraient fait des cris ou des injures. Louis attendait et Raymond ne bougeait pas.

— Allons-y, Sire, jeta-t-elle à Louis en retenant des larmes amères de désillusion.

Une fois de plus, Raymond l'avait abandonnée. Sans un regard vers lui, elle sortit du pavillon de chasse qui depuis deux semaines abritait ses amours interdites. Comme elle allait regretter l'asile de ces murs de torchis ! Louis lui saisit le bras ; elle se laissa entraîner au-devant du sentier, redressant fièrement la tête, serrant les dents. Après tout, elle était toujours reine de France. Allait-il dégainer cette épée qu'il portait au fourreau et la transpercer au plus secret de l'ombre ? Elle sentait sourdre en lui une rage profonde.

Louis arrêta son pas dans une clairière où les attendait son cheval. Aliénor remarqua que le sien, qu'elle avait rentré dans l'écurie de la bâtisse, était attaché par les rênes à un arbre. Cela la fit sourire. Ainsi, Louis avait eu le courage de se soucier de ces détails avant de les interrompre. Pourquoi leur avoir laissé le temps de s'aimer quand il aurait pu faire irruption dans la pièce et empêcher que cela n'arrive ? Depuis combien de temps était-il là, tapi ? Les avait-il regardés ? Cette pensée la fit rougir. Comme avait dû lui paraître bouillante cette union, quand il n'avait avec elle consommé que des lambeaux de plaisir ! Elle se dit qu'il devait souffrir de n'avoir pas su lui apporter ce que Raymond lui avait donné tantôt. Elle éprouva le besoin de le plaindre soudain et lui fit face.

— Louis, murmura-t-elle, dans un élan de spontanéité qui amena des larmes dans ses yeux.

Mais elle ne reçut en échange qu'un regard froid et dur comme l'acier, qui la fit reculer. Louis ganta d'une main de fer son coude droit et le serra à lui broyer l'os.

— Taisez-vous ! Votre seule voix m'horripile ! Demain, nous quitterons Antioche pour gagner

Jérusalem ! Priez, ma dame, pour que la vue du tombeau du Christ apaise ma colère et vous accorde le pardon. Pour l'heure et jusqu'à nouvel ordre vous resterez dans votre chambre.

Moins d'une heure plus tard, tandis que se refermaient sur elle les lourdes portes de sa chambre, Aliénor entendit les gardes du roi croiser leurs guisarmes dans le corridor. Elle était bel et bien prisonnière. Sa tension se libéra d'un coup, et un spasme lui contracta l'estomac. Les yeux brûlants de larmes, elle se laissa tomber sur le lit en se tordant de désespoir.

Louis vint me trouver après avoir consigné la reine. J'étais occupée à filer avec les dames de Constance auxquelles j'apprenais l'art de manier le rouet, que mère m'avait enseigné merveilleusement. L'entrée du roi fit taire les commérages des dames qui, de France ou d'Antioche, avaient en commun le goût des intrigues amoureuses et des médisances, choses que j'écoutais d'une oreille distraite.

— Puis-je vous entretenir un instant ? me demanda-t-il sur un ton qui se voulait courtois mais résonnait comme un ordre.

Les regards des femmes se braquèrent sur moi et, curieusement, je me sentis gênée de l'approche de Louis. Il avait si peu l'habitude de s'annoncer ainsi. Je posai ma bobine dans le panier qui attendait à mes pieds.

— Votre Majesté me fait trop d'honneur.

— Voulez-vous que nous vous laissions, Sire ? demanda en bégayant d'émotion une duchesse proche de Constance qu'Aliénor avait promis d'emmener à la cour de France.

Il ne fallait pas être futé pour comprendre qu'elle s'était éprise du roi. Mais celui-ci balança sa main en un geste agacé.

— Inutile. Dame Loanna doit se rendre auprès de la reine. Je crains fort qu'elle ne puisse demeurer plus longtemps en votre compagnie.

— Par tous les saints du paradis, s'exclama une vieille femme plus ridée qu'une prune sèche, notre bonne reine serait-elle au plus mal que vous vous avanciez jusqu'à nous en place d'un serviteur ?

Louis la dévisagea comme si soudain lui apparaissait l'incongruité de sa démarche. Fallait-il qu'il soit troublé pour n'avoir rien perçu d'étrange dans son comportement ! Il se força à sourire et, me prenant le coude pour m'entraîner vers le corridor, répondit d'un ton qu'il voulut léger :

— Certes, non ! Elle se plaint simplement d'une affreuse migraine et ne supporte en cet état que la compagnie de dame Loanna pour l'aider à faire ses malles. De fait, je tenais à lui donner personnellement quelques consignes.

Il s'enlisait. Je coupai court :

— Majesté, vous êtes le roi.

Cela seul justifiait tout acte et verbe. Aussitôt les museaux s'abaissèrent sur les rouets et les bobines. S'effaçant d'un geste de la main pour me laisser courtoisement passer dans l'embrasure de la porte, Louis me lança un regard reconnaissant.

Quelques minutes plus tard, j'étais dans un cabinet que Raymond avait mis à sa disposition, afin qu'il puisse s'entretenir à loisir avec ses féaux. Raymond avait beau être le seigneur d'Antioche, il lui restait au cœur les serments d'allégeance de sa jeunesse, de sorte qu'il se sentait encore aujourd'hui obligé envers celui qui avait été son roi. D'autant plus, sans doute, qu'il se sentait coupable de son amour pour la reine. Louis me parla sans détour, comme si ce secret lui brûlait la langue autant que l'esprit :

— Je vous sais gré de vos informations. Aliénor est désormais sous bonne garde dans sa chambre et n'en sortira que pour prendre la route dès demain. Vous n'êtes pas sans savoir que le conseil hier soir a décidé de l'issue de la croisade. Raymond s'est obstiné et la reine avait choisi de le suivre avec ses maudits Aquitains. Elle a même été jusqu'à prétendre que notre mariage était nul selon les lois canoniques. Grâce à vous, j'ai pu retourner la situation et prétendre qu'avant le départ de l'ost royal pour Jérusalem la reine aurait retrouvé ses sens et choisi de suivre son roi. Si je n'avais été certain de la surprendre avec Raymond, je n'aurais pas été aussi affirmatif. Je sais désormais ce que je vous dois. La reine repartira contrainte et forcée avec l'ost. Je compte sur vous pour la ramener à la raison. Il faut qu'elle convainque ses féaux de se rallier à elle. Il est hors de question qu'une stupide amourette ampute la bannière du Christ d'une partie de ses armes, déjà affaiblie par nos pertes.

— Il en sera fait selon vos désirs, Majesté. Je peux vous assurer que la reine sera docile. J'ai toutefois une faveur à vous demander, la dernière…

— Je vous écoute, marmonna Louis, considérant sans doute qu'il avait suffisamment pris sur lui pour la journée.

— Messire de Saldebreuil, votre chambellan, rapporte dans ses écrits le récit de notre périple avec une fidélité qui est tout à son honneur. Pourtant, je pense qu'un voile de pudeur sur ces événements serait plus à propos. Certaines vérités ne sont pas bonnes à écrire, et encore moins à figurer dans l'Histoire, Sire.

Un large sourire éclaira son visage tendu, tandis que je m'inclinais pour le saluer.

Il me releva d'une main ferme et me gratifia d'un généreux :

— Peut-on à ce point se tromper sur ses proches que j'aie tant prêté oreille à ces calomnies vous concernant ? Allez, dame Loanna, et soyez assurée de ma reconnaissance et de ma discrétion.

Comme je m'y attendais, je trouvai la reine en pleurs. Elle se jeta dans mes bras, secouée de soubresauts et de hoquets. Je patientai jusqu'à ce qu'elle s'apaise, vidée de ses larmes.

— Là, ma douce, c'est fini. Que croyais-tu donc ? Pouvoir t'installer ici, de façon illégitime ? Devenir la maîtresse attitrée de Raymond ?

Qu'aurait fait l'Église, selon toi, devant pareille obstination ? Regarde-moi, Aliénor.

Elle leva vers moi de grands yeux éplorés, en reniflant. Elle n'était plus qu'une jouvencelle, une toute petite jouvencelle. D'un doigt tendre, j'essuyai une larme sur sa joue.

— Tu savais dès le premier instant que cela ne pouvait être. Pas davantage qu'hier, Raymond n'a le droit de t'aimer.

Elle murmura, comme pour se raccrocher à son rêve illusoire :

— Il avait promis…

— En sachant combien c'était inutile et parce que l'un et l'autre aviez besoin de croire, mais je refuse l'idée que tu ne l'aies pas su. Raymond fait désormais partie du passé, tu dois l'admettre. Et il y a plus grave. T'obstiner risquerait d'amener la guerre au sein même des chevaliers. Pense à ton peuple, Aliénor. Tu es reine de France, ton devoir est de protéger les tiens et de les unir. Ceux du Nord n'attendent qu'un prétexte pour laisser parler leur rancœur. Je t'en supplie, ne te laisse pas égarer davantage, alors que tant de choses dépendent de toi.

Je marquai un temps d'arrêt, puis, lui relevant le menton qu'elle avait baissé à mes paroles, je me servis de mon dernier argument :

— Et il y a Marie…

Une étincelle s'alluma dans son œil tandis qu'elle répétait d'une voix blanche :

— Marie… Marie, ma toute petite… Oh, Loanna, qu'ai-je fait ? Crois-tu que Louis me l'enlèverait si nous nous séparions ? Il aime si peu cette enfant.

— Je l'ignore, mais c'est possible. Tant de choses sont possibles. Je t'en conjure, ma douce, demande pardon à ton époux et fais serment d'allégeance à ton roi. Derrière toi, l'Aquitaine se ralliera à sa bannière et nous serons victorieux devant le Seigneur.

— Mais Louis s'obstine à vouloir gagner Jérusalem sur l'instance de sa reine Mélisende alors que nous devrions aller délivrer Édesse, notre but initial. Il se fourvoie. Cette femme est redoutable ! On ne peut pas lui faire confiance. Je crois Raymond bien mieux informé que Louis pour juger de la suite à donner à notre expédition.

— Certes, mais Louis ne changera pas d'avis et toute rébellion te sera inutile.

— Je pourrais faire valoir le droit canonique… murmura-t-elle encore en baissant les yeux.

Cette idée n'était pas pour me déplaire, mais en d'autres temps et lieux. Pour l'heure, il fallait coûte que coûte qu'Aliénor s'éloigne d'Antioche et de Raymond. Aussi, poussant un long soupir, je répondis d'un ton ferme :

— Il suffit, Aliénor. Tu ne penses pas ce que tu dis. De toute façon, de gré ou de force, Louis t'emmènera d'ici. Encore une fois, ma reine, je te supplie de te rendre à la raison. D'autant plus que tu n'aimes pas véritablement Raymond !

Elle releva le nez, une lueur de rage dans les yeux.

— Qu'en sais-tu ?

— Je te connais bien, Aliénor d'Aquitaine. Ce qui te plaît en lui, c'est tout ce que tu as perdu en devenant reine de France, le parfum de l'interdit, ces longs échanges sous les oliviers en terrasses qui te rappellent ton Midi. Ce sont ces mains chaudes, fougueuses comme celles des gens de ta race, ces lèvres brûlantes sur ta chair. Ce que tu aimes en Raymond, c'est tout ce qui te manque, mais ton âme, ton âme, Aliénor, où est-elle ? J'ai vu l'autre soir à table le regard de Bernard de Ventadour croiser le tien tandis qu'il entonnait une ballade si triste que chacun en a été ému. Ce que j'ai lu dans tes yeux n'a certes pas le brûlant de ta passion pour Raymond, mais une tendresse plus précieuse que tout. Tu l'aimes encore, autant qu'il t'aime toujours.

Des larmes douloureuses grossirent au coin de ses paupières. Lorsqu'elle ouvrit la bouche, son menton tremblait de nouveau :

— Bernard… Je l'ai trahi. Comment pourrait-il m'aimer encore ?

— Tu as porté son enfant, Aliénor. Et il est de ces hommes qui n'aiment qu'une femme de toute leur vie. Comme Jaufré.

— Je ne pourrai plus supporter l'étreinte de Louis, chuchota-t-elle dans un dernier sursaut.

— Une autre se chargera de le satisfaire, confiai-je malicieusement.

La surprise agrandit son regard. Il était temps de lui dévoiler la relation du roi et de Béatrice. Je l'attirai tendrement contre moi. Aussitôt, elle abandonna sa tête sur mon épaule, résignée. Lors, je glissai au creux de son oreille :

— Cette nuit même, le roi se couchera sur le sein de Béatrice de Campan et dès lors, ma reine, tu n'auras plus à craindre ses assauts.

Elle se cambra, comme piquée par quelque aiguillon.

— Béatrice ?

— Allons, ne me dis pas que tu ignorais ce que tout le monde a deviné depuis longtemps. Si Louis ne l'a prise jusqu'alors, c'est qu'il se refusait à te croire adultère. La preuve que tu lui as donnée ce tantôt a ravivé en lui des ardeurs de vengeance et de désir. Si tu boucles ta porte cette nuit, il les satisfera au creux d'une autre chair. Et je ne doute pas du pouvoir de Béatrice pour le garder en sa couche.

— Pour l'heure, oui, mais qu'adviendra-t-il lorsque nous serons de nouveau en France, murmura-t-elle en frissonnant. Louis désire tant un héritier… Et il est de mon devoir de reine de France de le lui donner.

— Chaque chose en son temps, ma douce. Chaque chose en son temps…

Je la berçai en caressant ses cheveux dorés dans lesquels s'accrochait la lumière qui entrait par la fenêtre ouverte. Antioche et son ciel d'azur, ses couleurs et ses parfums ! Comme je comprenais qu'elle veuille les faire siens après avoir connu la tristesse de la vieille Cité de France. D'une voix hachée par l'émotion, elle me demanda :

— Aide-moi, veux-tu ? Puisqu'il me faut partir... porte un billet pour moi à Raymond, qu'il sache que je ne lui en veux pas et que je le garde à jamais au fond de mon cœur.

Elle s'approcha d'un secrétaire et, saisissant une plume et un parchemin, inscrivit quelques phrases d'une main tremblante. Puis elle trempa une de ses bagues dans un bain de cire et cacheta le bref. Délicatement, elle y posa un baiser et me le tendit, le regard vide. Je l'embrassai affectueusement sur le front avant de sortir.

Raymond me reçut sans cérémonie, après qu'un serviteur noir comme de la suie m'eut conduit à lui dans la vaste salle du conseil. Je lui remis le parchemin, respectant le silence qui enveloppait la pièce tandis qu'il lisait. Son visage ne laissa rien paraître. Lui aussi s'était résigné, sans doute depuis le premier jour s'était-il inconsciemment préparé à cet instant où il lui faudrait renoncer à sa nièce une deuxième fois. Lorsqu'il releva le front, je m'enquis simplement :

— Voulez-vous que je lui transmette une réponse ?

— Dites-lui que je n'ai jamais aimé et n'aimerai jamais qu'elle, mais qu'elle a fait le bon choix en ne bravant pas son roi. Dites-lui encore...

Mais il se mordit la lèvre et se reprit :

— Non, rien. Ne lui dites rien. Il vaut mieux qu'elle me croie indifférent. Elle oubliera plus vite. Mais, je vous le demande, veillez sur elle, elle est si fragile...

Je hochai la tête, je m'inclinai légèrement et le laissai à sa solitude. En passant devant le majestueux miroir encadré d'ébène qui ornait tout un pan de mur du couloir, je m'arrêtai sur ma silhouette. Le reflet qui s'y dessina me glaça le sang : Une petite femme noiraude mordait à pleines dents dans un cœur palpitant ! Je me retournai, mais j'étais seule dans le corridor. Devant moi, à quelques pas, s'ouvrait une salle de musique d'où sortaient des rires et des chants. Je frissonnai de la tête aux pieds et regardai de nouveau dans le miroir. Mais cette fois, il ne me renvoya que l'image de ma face troublée et effrayée.

Quelle était cette vision ? Était-elle un signe ou le pâle reflet du remords qui me rongeait l'âme ? Je me sentis brusquement désemparée et, réalisant que je n'avais pas vu Jaufré depuis l'aube, j'allongeai mon pas vers la musique.

Jaufré se trouvait là, assis sur un tabouret de bois avec son disciple Peyronnet, Panperd'hu et Bernard de Ventadour. Autour d'eux s'était formé un cercle de dames, assises sur de moelleux coussins à même le sol. On aurait dit un parterre de fleurs luxuriantes tant les robes éparpillées en corolle autour d'elles se mêlaient à merveille. Je restai un instant sur le seuil, appuyée au chambranle afin de reprendre un visage serein.

Au centre du cercle, un personnage vêtu d'une tunique cramoisie semblait recueillir toute l'attention des troubadours et de ces dames qui ne le quittaient pas des yeux. Son visage eût été beau s'il n'avait pas été grêlé de cicatrices qui laissaient supposer d'anciens et profonds boutons de petite vérole. L'homme avait une quarantaine d'années et parlait avec un accent propre aux gens de la contrée.

— J'assure n'avoir jamais vu de ma vie plus belle princesse, disait-il d'un ton enjoué. Elle possède des yeux aussi violets que ces iris venus des montagnes et une peau plus fine qu'un cendal. Quant à ses cheveux, noirs comme l'ébène, ils s'ornent de reflets d'un bleu comme personne n'en peut seulement rêver. Elle a une taille si fine que mes deux mains réunies pourraient en faire le tour. On jurerait que Notre Seigneur le créateur de toute chose a mis ici tout Son savoir et Sa passion pour réussir pareille merveille.

— Vous nous rendez affreusement jalouses, messire Taliessin, murmura une voix féminine.

Mais l'homme poursuivit avec un sourire :

— Que nenni, belles et gentes dames, car il est des mystères que l'homme ne peut sonder. D'ailleurs, la princesse Hodierne de Tripoli n'en aime qu'un. Ô bienheureux compagnon béni des dieux, ce troubadour ci-présent qu'elle m'envoie chercher pour qu'il l'abreuve de musique et d'amour.

Je me figeai. La main s'était envolée dans un geste gracieux et désignait à présent l'élu : Jaufré. Il y eut une salve d'applaudissements quand mon troubadour se leva et s'inclina devant ces dames, se glorifiant de son aubaine. Se redressant, un sourire comblé aux lèvres, il m'aperçut, et sans doute étais-je livide car son regard marqua une surprise angoissée. Je crus un instant que j'allais défaillir.

Se pouvait-il que Jaufré, mon Jaufré soit attiré par une autre, après tout ce que nous avions partagé ? Était-ce là le prix de ma trahison et la signification du présage ? Se frayant un passage au milieu des robes, il s'avança vers moi. Tous les regards nous suivirent, tandis qu'il me prenait la main et m'entraînait vers le devant de la scène. D'une voix haute et ferme qui me parut bizarrement lointaine, il s'exclama en me présentant à l'assemblée :

— Que la princesse de Tripoli se console, mais à mes yeux, aucune n'a plus de beauté et de grâce que cette dame même pour laquelle je soupire...

Je n'entendis pas la fin de la phrase. Soudain, il y eut un trou noir devant mes yeux, la corolle de couleur sembla comme aspirée à l'intérieur d'un brouhaha, et le sol se déroba sous mes pieds. Basculant dans une nuit d'encre, je perdis connaissance.

Je m'éveillai avec un goût amer dans la bouche. Des visages dansaient devant le mien et des voix me parvenaient, lointaines. Quelque chose força mes lèvres à s'entrouvrir, et je reconnus l'âpreté d'une liqueur de noix vertes. La chaleur se répandit dans mon corps, et peu à peu je repris conscience. Jaufré posa le verre à mon chevet en murmurant :

— Jamais plus je ne te ferai pareille déclaration si tu dois défaillir ainsi, Amour.

Puis il glissa un bras derrière mes omoplates et m'aida à me redresser. Des questions fusèrent dont je n'entendis qu'un marmonnement, mais j'en devinai le sens. D'une voix qui me parut étrangère, je rassurai cet entourage d'un audible :

— C'est passé, tout va bien.

— Es-tu sûre, Amour ? demanda encore Jaufré discrètement, alors que je prenais appui sur son autre bras pour me lever.

Lorsque je fus sur mes jambes, chancelante, mon champ de vision se rétablit.

— J'ignore ce qui m'est arrivé, mais c'est terminé.

Une voix glissa, insidieuse :

— Il est toujours désagréable de savoir son prétendant convoité…

Mais, aussitôt, la perfide reçut un léger coup de coude dans les côtes qui lui fit pousser un petit cri. Jaufré m'observait, et je lui souris pour achever de le rassurer. Reprenant un vouvoiement de bienséance, il insista, haut et clair cette fois :

— Voulez-vous que je vous raccompagne à votre chambre ? Vous êtes encore si pâle.

Mais je secouai négativement la tête pour affirmer sur le même ton :

— N'en faites rien. Je vous assure que tout est rentré dans l'ordre, mon ami. Charmez donc ces damoiselles tant que le temps s'y prête. Demain, nous reprendrons la route au côté du roi et, lors, elles devront se pâmer sur d'autres vers.

Il y eut un mouvement de surprise. Panperd'hu, qui se tenait tout près de Jaufré, interrogea :

— Que dites-vous là, damoiselle ? La rumeur prétendait pourtant que notre duchesse comptait séjourner davantage en ces murs et laisser Louis partir devant avec ses féaux pendant que nous autres Aquitains suivrions sa bannière au côté de notre hôte. Nous nous faisions un honneur justement de profiter de ce répit pour répondre à l'invitation de la princesse Hodierne par l'intermédiaire de son messager Taliessin que voici.

L'homme me salua courtoisement d'une courbette. Je me dressai presque sur la pointe des pieds pour que ma voix porte, et répliquai d'un ton que je voulus neutre :

— Eh bien, il vous faudra y renoncer ou rester en arrière, mon bon ami. Aliénor m'envoyait justement quérir Geoffroi de Rancon pour faire hâter ses chevaliers lorsque votre musique m'a attirée en cet endroit. La rumeur est une chose, Panperd'hu, qui souvent varie, de même que la nature féminine, ajoutai-je d'un air entendu à l'intention de Bernard de Ventadour, dont le regard soudain s'illumina.

Se tournant vers ses compagnons, Jaufré ouvrit ses bras pour embrasser d'un geste son auditoire et d'une voix chantante annonça :

— Et voici comment s'achèvent deux semaines de délices, gentes dames et damoiselles. Pour mon fait, je me sens bien trop attaché à la bannière de ma reine pour lui être infidèle. Vous devrez donc malgré votre déchirement me laisser aller chanter les victoires du Christ. Mais que seront doux les joyeux babillages de vos lèvres dans mes souvenirs ! Allons Peyronnet ! Partons de l'avant tous deux. Tu voulais étriper du Turc, mon jeune ami, et composer une ode, ce moment est proche. Hâtons-nous ainsi que le veut la plus noble des reines.

À sa voix aussitôt se rallièrent ses comparses, en un seul cri :

— Vive la reine !

Me saisissant le coude d'une poigne tendre, Jaufré nous fraya un passage au milieu des jupes. Lorsque nous fûmes hors de portée, il ordonna à son disciple de s'en aller préparer leurs maigres bagages. Puis il se planta devant moi et, gravement, mit un genou à terre. Je voulus le relever, mais il prit ma main cérémonieusement dans la sienne. Plongeant son regard dans le mien, il murmura, éperdu :

— Par Dieu, je jure qu'il n'en existe aucune autre que toi dans mon cœur et que la mort seule me délivrera du serment que je t'ai fait.

Il marqua un temps de silence, durant lequel je savourai le bonheur de ses paroles qui effaçaient d'un coup mes doutes les plus fous, puis il enchaîna hardiment :

— Épouse-moi, Loanna de Grimwald.

C'était comme si de nouveau le sol se dérobait. Un spasme de surprise et de bonheur m'arracha un petit cri. Je me trouvai désemparée. À cet instant, les troubadours apparurent à quelques mètres et la voix tonitruante de Panperd'hu me tira d'embarras :

— Voyez, messire Taliessin, combien l'infortune de votre princesse est grande, riait-il. Ces deux-là n'ont que faire d'une pièce obscure pour se dire leur amour. Il est comme ce soleil qui entre et se reflète dans ce miroir, il est aussi pur et violent que la lumière. Non, mon compère, chantez plutôt mes louanges à votre belle, et je jure par Dieu, qu'elle n'y perdra pas au change !

Jaufré se redressa en souriant et l'apostropha à son tour :

— Il dit vrai, messire Taliessin ! Et avant qu'il soit longtemps, je serai l'homme le plus heureux de cette terre.

— Pour l'heure, messires, bredouillai-je, profondément troublée, je dois m'en aller remplir la mission que ma reine m'a confiée. Je n'ai que trop tardé.

Sur ses mots, je m'enfuis aussi rapidement que le permettaient mes jambes frémissantes.

Cette nuit-là, Jaufré ne put me rejoindre, Louis ayant suggéré que je dorme dans la chambre d'Aliénor pour éviter toute tentative d'évasion. Qu'aurais-je pu répondre à Jaufré après pareille demande ? Tout mon être brûlait de porter son nom, mais j'avais tant à accomplir encore avant de pouvoir accepter. Il était si patient ! Plusieurs fois déjà, Aliénor m'avait sermonnée, insistant elle aussi pour que j'épouse mon troubadour. On jasait cruellement sur notre relation, et la morale chrétienne, je le savais, désapprouvait qu'une femme non mariée se livre ainsi à un amant.

Après l'incident avec le basileus, le confesseur du roi avait même suggéré à celui-ci de me donner en mariage à un de ses vassaux le plus rapidement possible, car, si j'avais porté un enfant, nul n'aurait pu m'en tenir rigueur, alors que dans ma situation de célibataire…

Fort heureusement, il n'y avait pas eu de grossesse après ce viol, et j'avais éludé en affirmant que la période n'était pas propice. En fait, j'avais seulement l'avantage de savoir user du pouvoir des simples. Mais les plantes dont j'avais besoin pour me garder stérile s'épuisaient. J'avais pu renouveler mes réserves à Constantinople où s'échangeaient nombre d'épices et d'herbes venues des quatre coins du monde, mais ici, à Antioche, certaines me manquaient cruellement et je savais qu'avant longtemps j'en serais dépourvue. Je n'aurais plus alors d'autre recours que de compter les cycles de la lune, ainsi que mère m'avait appris à le faire.

Et puis il y avait Aliénor. Tant que Louis se tenait écarté d'elle, elle n'utilisait pas le philtre que je lui avais recommandé, mais pouvais-je être certaine qu'elle l'avait bu après chacune de ses unions avec Raymond ? Si elle se trouvait enceinte à présent, ce serait une catastrophe, d'autant plus que l'idée qu'elle avait semée prenait corps dans mon esprit. De retour en France, il faudrait examiner avec soin cette notion de droit canonique et s'en servir à bon escient. Ensuite, faire se rencontrer Aliénor et Henri serait un jeu d'enfant.

Henri ! Me retournant dans mon lit, j'eus soudain la vision de ses yeux sombres et de sa tignasse flamboyante. C'était un homme à présent. Il plairait à Aliénor, j'en étais certaine. Il ne me faudrait pas longtemps pour la convaincre de troquer un royaume pour un autre, tout en préservant à ses côtés l'homme qu'elle aimait. Oui, cela semblait si facile que mon cœur se mit à bondir joyeusement dans ma poitrine. Si la mésentente de Louis et d'Aliénor se renforçait, alors je pourrais me laisser passer au doigt l'anneau du mariage et donner une fille à ma descendance et un fils à celle de Jaufré. Je caressai amoureusement mon annulaire autour duquel ne s'enroulait nul anneau et, souriant d'aise, je sombrai dans un sommeil paisible.

— Vous, damoiselle ?

Louis venait d'ouvrir la porte de sa chambre et découvrait avec une surprise non feinte Béatrice, menue et fragile, une chandelle à la main, qui, parée de ses atours de la soirée, se tenait dans l'encadrement. Tandis qu'il s'effaçait pour la laisser entrer, en prenant soin de vérifier que personne ne l'avait vue à l'exception des gardes qu'elle avait su persuader de l'importance de sa démarche, elle murmura d'une toute petite voix :

— Il me fallait vous voir, mon roi. Vous m'avez semblé si lointain à table tantôt, goûtant à peine les plats et parlant si peu, que je m'inquiétais et vous imaginais souffrant. Mais sans doute les événements de l'après-midi sont-ils plus en cause que la nourriture trop riche, insista-t-elle en lui jetant un regard enflammé et contrit.

À ces mots, Louis sentit monter en lui la rage qu'il avait contenue à grand-peine durant la soirée, tandis qu'il répondait à qui voulait l'entendre qu'Aliénor souffrait d'une affreuse migraine. Raymond n'avait pas été dupe mais avait joué en maître de son aplomb naturel, insistant devant tous pour qu'elle se repose avant de prendre la route puisque telle était sa décision. Louis avait bien remarqué les regards de suspicion des vassaux d'Aliénor réunis autour de ce dernier repas et il avait dû prendre sur lui pour ne rien afficher de sa mauvaise humeur. Enfin, tous avaient fait leurs bagages et les chariots étaient prêts à se mettre en branle peu avant l'aube.

— Sire ?

La voix de Béatrice le ramena à la réalité. Elle avait posé avec délicatesse une main chaude sur son avant-bras. Il la contempla d'un air absent, tout encore à son souvenir de la soirée, puis parut ressentir la brûlure de ses doigts et les regarda, plein de tristesse et de surprise aussi. Elle était si douce. Il lui prit la main comme on cueillerait un oiseau sur une branche. Béatrice levait vers lui ses yeux purs emplis d'amour et de plénitude. Elle s'inquiéta encore, la voix brisée par un désir qu'elle ne cherchait pas à dissimuler :

— Voulez-vous que je vous laisse, mon roi ?

Alors il l'attira contre lui et écrasa sur sa bouche un baiser qui l'alanguit tout entière. Nouant ses bras autour du cou de l'homme qu'elle chérissait, Béatrice se laissa soulever avec ferveur et poser sur le lit.

— Je t'aime, murmura-t-elle, tandis que le souffle de Louis se perdait dans le sien.

7

Jérusalem la blanche, la douce, la paisible nous accueillit telle une terre fraternelle. Louis n'avait pas desserré les dents de tout le voyage et Aliénor se garda bien de rompre ce silence douloureux. C'était désormais flagrant dans nos rangs, il n'y avait plus une armée, mais deux. Ceux du Sud et du Nord ne se mélangeaient plus. Si les Aquitains avaient accepté de mauvaise grâce d'appliquer la décision de leur duchesse, ils persistaient à considérer que le roi avait tort.

Louis s'en fut se recueillir sur le tombeau du Christ sitôt notre arrivée et insista sur le fait que seule sa foi dictait ses actes. Aussi, lorsque le jeune roi de Jérusalem, soutenu par sa mère Mélisende, proposa d'assiéger Damas qui narguait depuis longtemps leur cité, Aliénor s'indigna. Pourquoi Damas et non Alep ou Édesse ? Louis la fit taire d'un ton sec et la renvoya dans sa chambre.

Elle rengorgea ses larmes et s'en fut la tête basse. Elle brûlait de le souffleter, de lui cracher au visage, de s'enfuir loin de lui, mais elle n'avait plus le goût de rien. Il la faisait surveiller jusqu'en son sommeil, telle une prisonnière. Louis voulait montrer qu'il était le maître. Et Aliénor avait peur. Peur que ce conflit ne réduise à néant la raison même de cette croisade, unir autour d'un même but ses deux peuples. Elle se tut donc, et, au bout de quelques mois de préparation, les armées conjointes des Francs, des Allemands et des Hiérosolymitains se mirent en marche vers Damas.

Mieux préparés à nous recevoir qu'on ne le pensait, les Damasquins ne firent qu'une bouchée de cette ardeur guerrière. L'armée de Conrad et du jeune Baudouin battit en retraite, nous laissant tenir un siège contre toute raison. Louis refusait de s'avouer vaincu ! Lors, d'assiégeants, nous nous retrouvâmes assiégés. Les Turcs rôdaient aux alentours, redoutables. Telles des ombres furtives, ils s'infiltraient partout, jusqu'en notre camp à la faveur de la nuit pour ravir des otages, sans qu'un seul guetteur les aperçoive.

Au matin, souvent nous découvrions les traces de leur passage. Puis cela commençait : les hurlements des nôtres qu'ils avaient livrés aux Damasquins. On les torturait durant des heures sur les remparts de la ville. À en devenir fou d'impuissance. Enfin venait la délivrance, lorsque ces sadiques jetaient en riant les corps dépecés par-dessus les murailles. Louis avait beau brandir la croix, invoquer Dieu à s'en user les lèvres, pleurer des larmes de sang, rien n'y faisait. La victoire l'avait abandonné dans son entêtement à vouloir suivre son orgueil.

Ce ne fut qu'au bout de deux semaines qu'il consentit enfin à admettre qu'il s'était fourvoyé. Nous levâmes un camp qui ne ressemblait plus qu'à un champ de ruines pour retourner, misérables vaincus, à Jérusalem.

À peine arrivé, Louis s'effondra sur le tombeau du Christ. Mais, contrairement à ce qu'il avait cru, il n'y trouva pas la paix. Alors, dans un ultime geste de soumission, il exigea qu'on le flagelle en public, pour offrir son repentir à tous ceux qu'il avait égoïstement sacrifiés. Il nous fallut plusieurs semaines pour réapprendre à dormir sans tressauter au moindre bruit, sans hurler de terreur lorsqu'une ombre couvrait un mur blanc.

Louis se terrait dans la basilique, pleurait au pied de la croix, criait, suppliait pour que reviennent la justice et la paix. À lui aussi il fallut du temps. Puis, un matin, il sembla réagir. Était-ce par vengeance ? Toujours est-il qu'il décida de renouer alliance avec l'ennemi de Raymond et du basileus Comnène : ce Roger de Sicile dont nous avions refusé l'hospitalité avant notre départ. Rentrer en France semblait peser à Louis, comme cette mission inachevée, comme le regard d'Aliénor qui ne se baissait plus devant le sien depuis que les événements leur avaient donné raison, à elle et à Raymond.

Elle prenait désormais sa revanche, au point de braver sa surveillance pour se glisser dans la couche de Bernard de Ventadour, allant jusqu'à espérer que Louis l'apprenne et la chasse. Il n'en fit rien. Il continuait de succomber aux caresses de Béatrice, puisant en elles un peu d'espoir et de réconfort. Comment aurait-il pu critiquer l'infidélité de son épouse quand lui-même ne prétendait plus à la pureté ?

Jaufré et moi étions heureux. Du moins voulais-je le croire. Il n'était plus le même depuis le siège de Damas. Son jeune et brillant disciple Peyronnet avait été enlevé par les Turcs, puis retrouvé violé et brisé à quelques pas du campement, étranglé par les cordes de sa mandore. J'ignorais pourquoi, mais Jaufré se sentait responsable.

Il avait souvent l'air absent et douloureux, refusant de me répondre lorsque je m'inquiétais. J'avais fini par me dire que le temps guérirait cette blessure en son âme et son cœur. Durant les six mois que dura notre séjour à Jérusalem, je m'employai à atténuer sa souffrance, en demeurant tendrement à ses côtés.

Décidé soudainement à regagner la France, Louis rassembla ses gens, et l'ost royal embarqua en Acre, le jour de Pâques 1149, sur deux navires. Louis avec ceux du Nord et sa chère Béatrice, Aliénor et ceux du Sud avec ses troubadours, à l'exception de Panperd'hu qui appareilla pour Tripoli. Chacun de leur côté bien heureux de n'avoir pas à se supporter durant la traversée qui devait nous conduire en Sicile et, de là, chez nous.

Nous arrivions au large de la Malée, sur les côtes du Péloponnèse. Depuis le matin, le navire tanguait sereinement sur une mer calme. Jaufré se pressa les tempes, inspirant abondamment la brise légère. Debout sur le pont, il songeait que ses migraines devenaient de plus en plus fréquentes. Par moments, c'était comme si quelque chose à l'intérieur de son crâne semblait près d'éclater. Puis cela s'apaisait lentement dès lors qu'il faisait quelques pas ou prenait sa mandore, cherchant dans la musique le remède à sa douleur. Mais elle s'aggravait de jour en jour depuis de longs mois, depuis son plongeon forcé à Antioche lorsque Robert de Dreux avait forcé ma porte, l'arme au poing. Il n'avait osé se confier à quiconque. Tant de choses s'étaient passées, tant d'événements douloureux qui laissaient au cœur de chacun amertume et désillusion. Chacun portait son fardeau tel un cauchemar persistant, lors il taisait le sien, soucieux de cacher comme tant d'autres ce qui le rongeait.

Il poussa un soupir douloureux. Un instant, il revit le visage tuméfié de Peyronnet. Il ne se pardonnait pas de l'avoir entraîné si loin de Blaye. Il serait devenu un grand troubadour. Il en avait l'étoffe, la voix, la prestance. Peyronnet avait tant attendu de lui ! Et que lui avait-il donné en remerciement du bonheur que son audace lui avait rendu ? Cette ultime souffrance et humiliation avant la camarde ! Quelle injustice !

Jaufré suivit machinalement le vol d'un goéland qui retournait d'une aile souple et majestueuse vers les rivages. Puis, détournant les yeux, il les posa avec tendresse sur moi. Accoudée près d'Aliénor au bastingage, je lui souris, tout en humant l'air vif pour apaiser mon propre malaise. Car, depuis notre départ, j'étais prise de nausées que rien ne soulageait et qui me faisaient verser mon matinel par-dessus le bastingage. Je ne m'en inquiétais pas, n'étant pas la seule à souffrir du mal de mer, au grand amusement de notre capitaine. Celui-ci, Antonio Gaviardi, était un homme large d'épaules qui barrait sans forcer et buvait de grosses goulées d'un alcool de girofle que l'on distillait à Tortose et qu'il gardait toujours dans une gourde pendue à sa ceinture. Sans être beau, il avait pourtant quelque charme avec son front noir garni d'épais cheveux bouclés retenus par une cordelière, sa barbe épaisse et frisottante, au milieu de laquelle se tissaient de minces fils d'argent, et ses yeux d'un bleu pur. Ajoutée à cela, cette humeur taquine propre aux Siciliens rendait sa compagnie fort plaisante.

Le voyage prenait des allures de croisière grâce à la clémence du temps. Le simple fait de n'avoir pas à subir la mauvaise humeur de Louis avait levé toute tension sur les visages, et l'on parlait avec bonheur de la douceur de nos foyers de France. L'air du large balayait l'odeur du sang, et peu à peu nous retrouvions devant nos yeux des couleurs et des rires. Certes nous étions tous et toutes différents de ces croisés qui, deux ans plus tôt, avaient gainé leur bras de la manche brodée d'une croix écarlate. Moi-même, j'avais été brisée par ces images, bouleversée par ces femmes et ces enfants égorgés, par ces monceaux de cadavres que des charognards affamés se disputaient. J'avais mal, d'une douleur que rien ni personne ne pouvait apaiser. J'entendais encore les voix autour de moi rejeter la cause de notre échec, non sur l'absurdité de cette guerre, mais sur l'erreur de tactique, la faiblesse, le manque d'armes ou de nourriture, la charge inutile des femmes et tant d'autres raisons. Alors, je me mettais à pleurer en secret sur l'ignorance des hommes, sur leur orgueil imbécile qui les poussait à posséder encore et davantage, sur leur faculté à se retrancher derrière l'abjuration de leurs péchés.

Jaufré s'avança vers nous et s'accouda à nos côtés. Il était pâle, mais je l'étais tellement aussi que je ne pensais pas qu'il pût souffrir d'autre chose que de ce mal de mer qui nous prenait toutes par intermittence.

L'écume venait s'écraser contre la coque en un mouvement lent et régulier.

— Regardez ! lança Aliénor gaiement.

Une compagnie de dauphins sautait dans notre sillage pour nous saluer. Leur ballet nous arracha un rire léger. Il était de ces moments de paix qui valaient toutes les fortunes du monde !

— Ceux-là sont nos amis, à n'en pas douter !

Nous nous retournâmes de concert pour accueillir le visage souriant de Geoffroi de Rancon qui s'était avancé jusqu'à nous. Aliénor le gronda :

— Messire, vous faites preuve d'un mauvais esprit ! Nous n'avons plus que des amis sur ces eaux.

— Surtout depuis que le navire de notre bon sire Louis a été contraint de faire escale pour avarie ! répondit-il avec une pointe d'impertinence.

Aliénor éclata de rire.

— Gare à vos paroles, messire de Taillebourg ! Bien que je doive reconnaître que ce répit m'est aussi agréable qu'à vous. Mais oublions le roi voulez-vous ? Allons plutôt retrouver ces dames et cette pauvre Sibylle. Nous pourrions jouer aux devinettes, vous excellez en ce domaine. Vous joignez-vous à nous ? demanda-t-elle encore en s'adressant à Jaufré et à moi.

— Point pour moi, Majesté. Je m'en vais aller chanter la beauté de ce ballet aquatique à ses protagonistes.

— En ce cas, je vous accompagne, murmurai-je, comprenant que Jaufré souhaitait demeurer seul.

Nous jouâmes un moment, délaissant Sibylle qui ne parvenait à se remettre totalement de ce qu'elle avait vécu et gardait un regard vide et tourmenté. Puis, bercées par un roulis régulier et la douceur du soleil, nous nous abandonnâmes à la rêverie. Par instants, j'entrouvrais les yeux pour regarder Jaufré. Il s'était juché sur la figure de proue malgré les recommandations et les grognements du capitaine qui estimait dangereuse cette position instable. Mais lui s'en moquait. Sa mandore à la main, il puisait là quelques rimes qu'accompagnait parfois un accord. Jaufré composait. Et l'admirer ainsi, baigné de lumière, m'emplissait d'un bonheur sans pareil.

— Navire à bâbord, navire à bâbord !

Habituées à ces hurlements de la vigie qui indiquaient fréquemment que nous croisions un bateau et qu'il fallait barrer en conséquence, nous tournâmes à peine la tête. Ce fut le second cri qui nous donna l'alerte :

— Navire à bâbord, il fonce droit sur nous, cap'taine !

Debout sur le quart avant, Antonio fixait l'horizon en protégeant ses yeux d'une main en visière. Il donna quelques ordres que nous ne comprîmes pas. Mais point n'était besoin. Nous nous dressâmes de concert pour juger nous-mêmes du danger. Toutes voiles dehors, un navire léger fondait sur nous à grande vitesse, arborant pavillon grec.

Aliénor poussa un petit cri et tendit le doigt au nord. Dans son encablure elle venait d'apercevoir un deuxième vaisseau qui le suivait en ligne. D'un bond, elle se rendit sur le quart avant auprès du capitaine.

Je lançai un œil inquiet en direction de la proue. Jaufré n'y était plus. Un sentiment de panique m'envahit, aussitôt apaisé par sa silhouette qui était réapparue et s'avançait, féline, sur le pont. En quelques enjambées, il fut à nos côtés :

— Je crains, damoiselles, que ce pavillon ne soit pas amical, vous feriez mieux de vous enfermer dans vos cabines sur-le-champ et de n'en point sortir avant que l'on ne vous délivre.

Mais Faydide de Toulouse, qui avait reçu à Damas une méchante estafilade de la commissure des lèvres à la tempe droite, redressa son menton anguleux et, d'un regard fier, le toisa en bombant le torse.

— Nous avons affronté les Turcs, croyez-vous que nous allons trembler devant des Grecs ? L'heure est venue de venger nos compagnes enlevées à Adalia !

Joignant un geste déterminé à ses paroles, elle sortit du fourreau la lame qu'elle seule n'avait pas abandonnée dans sa cabine.

— Dame Faydide a raison, insistai-je. Allons prêter main-forte à nos hommes ! Toutes à nos épées, damoiselles de France.

Je vis Jaufré frémir, mais il ne souffla mot, tandis que dans un cri de rage, chacune se précipitait dans les entrailles du navire pour y récupérer sa précieuse lame.

Lorsque nous reparûmes sur le pont, les féaux d'Aliénor étaient prêts à affronter l'assaut, car il ne faisait aucun doute que nous ne pouvions échapper à ces vaisseaux rapides et maniables. Malgré toute la science du capitaine, il fallait s'attendre à l'abordage.

Aliénor avait fait jaillir son épée et regardait la manœuvre habile de l'ennemi qui se rapprochait par le flanc bâbord et s'apprêtait à coller son navire contre le nôtre.

— Nous sommes perdues, murmura à mes côtés la voix blanche de Sibylle, tandis qu'elle tombait à genoux en pleurant.

Je la secouai à pleines mains.

— Debout, Sibylle ! Debout ! Je te l'ordonne ! Lève-toi !

Elle me regardait sans me voir. Je compris que son esprit revoyait un autre combat et qu'il ne faudrait pas compter sur elle. Je glissai mon bras autour de ses omoplates et l'entraînai vers l'escalier qui menait aux cabines. Jugeant qu'elle ne serait en sûreté nulle part, je soulevai les étoffes qui traînaient sur la couche et la dissimulai derrière un coffre en prenant soin de jeter sur elle les linges, pour faire illusion à sa peur.

Bouclant la porte derrière moi, je m'élançais vers l'escalier lorsque le choc contre la coque me fit perdre l'équilibre et me renvoya contre la paroi. Un instant assommée, je me redressai et grimpai les marches, l'épée au poing.

Sur le pont déjà la bataille faisait rage. Les Grecs n'étaient pas de solides soldats mais de bons marins et jouaient d'un avantage certain. Fort heureusement, les matelots du capitaine Antonio maniaient le sabre avec une dextérité exceptionnelle. Notre situation était pourtant des plus précaires. Si le second navire nous abordait par le flanc ouest, nous prenant en tenaille, nous serions submergés par le nombre. À l'instant où je prenais la décision de faire intervenir la magie, je reçus dans mes bras le jeune Thierry de Moroit, qui, piqué au flanc, avait reculé jusqu'à moi en se recroquevillant sur sa blessure. Son agresseur, un géant aux poils blonds et aux dents jaunies et vilaines, me lorgna d'un œil concupiscent tandis que je laissais le corps de Thierry glisser sur le pont.

Il fondit sur moi à la vitesse d'un éclair et je vis que je devrais d'abord m'en débarrasser si je voulais agir. J'esquivai d'un bond sa lame, qui passa à quelques pouces de mon flanc. Il allait de nouveau se jeter sur moi lorsque son regard accrocha la pierre de lune qui pendait à mon cou au bout de sa chaînette d'or. Il eut un sourire intéressé et jeta son épée à terre. Un instant interdite par son attitude, je n'eus pas l'aplomb de mon esquive précédente et basculai sous le poids de son corps lourd qui m'avait plaquée en pleine poitrine. Un cri m'échappa en même temps que l'épée. J'eus beau me débattre et cogner son dos à grands coups de poing, je ne parvins pas à me dégager de son emprise. Il entreprit de se frayer un passage entre les belligérants, tandis que je gesticulais comme une diablesse en appelant à l'aide.

Mes cris alertèrent Geoffroi de Rancon qui venait de se défaire non sans mal de deux Grecs malingres mais agiles. Il se rua sur le colosse. Je vis son épée pénétrer la cotte de cuir qui protégeait la carrure massive de l'homme et s'enfoncer jusqu'à la garde, à quelques centimètres seulement de mon visage. Le Grec râla de surprise et se retourna d'un bloc. Alors, d'un mouvement de reins, je me cambrai et échappai à sa poigne que la blessure rendait moins tenace. Bien m'en prit !

Je n'eus que le temps de me jeter sur le côté, pour n'être pas écrasée par le géant, qui s'affaissa en éructant un filet de sang.

Déjà, Geoffroi de Rancon se tournait vers un nouvel agresseur. Je reculai contre le mât de vigie et d'un coup d'œil circulaire avisai que la partie était perdue. Le second vaisseau approchait très vite. Bientôt, il nous aborderait et nous serions à la merci de ces traîtres. Il n'était plus temps désormais de se demander si l'on n'allait pas me brûler sur un bûcher pour ma magie. Tout me semblait préférable à la mort de mes compagnons et, pire encore, à celle de Jaufré que je ne voyais plus.

D'un bond, je me dressai et levai les bras au ciel, lançant dans l'air teinté de sang :

— Que des ténèbres et du jour, des profondeurs de l'abîme et du temps s'éveille le dragon noir, et que seuls ces Grecs aux sombres desseins voient sa gueule béante et son souffle malsain !

En un instant une ombre gigantesque masqua la lumière, tandis qu'un même cri s'élevait autour de moi. Des mouvements de panique avaient envahi le second navire, qui vira de bord en nous frôlant. Les hommes, massés sur le pont avec leurs grappins d'arraisonnement, reculaient à présent terrifiés. Sur ce pont-ci, la surprise et l'effroi ouvrirent les bouches et les yeux, abaissant la garde de nos ennemis. Cela suffit pour que les lames pénètrent les chairs et nous donnent la victoire. Moi seule de nos gens pouvais voir la bête qui crachait par les naseaux une flamme écarlate. Mais ce n'était qu'une illusion. Lorsqu'il n'y eut plus un de nos ennemis debout, mes bras retombèrent et la bête disparut. Alors seulement, les visages se tournèrent vers moi, car aucun n'avait compris ce qui s'était passé, mais tous m'avaient pu voir, les bras dressés au ciel, auréolée d'une lumière ensanglantée.

Ils m'entourèrent telle une marée de survivants dont j'eus peur qu'elle ne m'engloutisse. Mais peu importait, j'avais agi pour le mieux et sauvé les miens. Sauvé la reine qui ne portait qu'une longue estafilade au bras, sauvé Jaufré qui se relevait en boitant, sauvé Sibylle qui n'avait rien vu mais avait perdu la raison sous son monticule de linges.

Soudain, d'un même élan, entraînés par la reine qui était tombée à genoux, tous et toutes courbèrent la tête devant ma frêle silhouette, et de leurs lèvres tremblantes monta un alléluia.

Il me fallut quelques secondes pour comprendre que, n'ayant pas vu le monstre, mes amis croyaient tout bonnement à une intervention divine. J'aurais dû m'amuser de cette méprise, pourtant en cet instant, devant leurs mains jointes, mesurant la puissance de l'aura qui m'entourait encore, je ressentis seulement une infinie tendresse. Comme ils étaient crédules, tous ! Comme ils étaient vulnérables ! Mais pouvais-je les blâmer ? Une chose seule était certaine, j'avais agi par amour. Peut-être était-ce là tout ce qu'il fallait retenir.

Tout en écoutant le chant de grâces, je ressentis d'un coup le poids d'une immense fatigue. Faire appel à la magie avait été une épreuve difficile, d'autant plus que jamais encore je n'avais véritablement usé de pareils sortilèges. Titubant, je m'avançai jusqu'à Jaufré, qui me dévisageait passionnément. Il me tendit les bras, mais, avant de m'y écrouler, une vision me glaça d'effroi. L'espace d'un instant, je le vis s'effondrer, le regard vitreux, entre des mains blanches et baguées. Je poussai un cri de surprise et de douleur, puis sombrai dans une nuit d'encre.

Lorsque je revins à moi, la nuit balançait doucement le navire entre l'onde et un ciel piqueté d'étoiles. Jaufré s'était assoupi à mes côtés. Son souffle régulier et son teint rosé me rassérénèrent. Je passai délicatement un doigt sur la joue de mon aimé. Aussitôt, il ouvrit les yeux et me sourit.

— Ma bonne fée va mieux, semble-t-il, murmura-t-il en m'attirant à lui.

Je me laissai aller à son baiser.

— Que s'est-il passé ? demandai-je ensuite en me pelotonnant au creux de son épaule.

— Rien d'important, plaisanta-t-il. Tu as levé les bras aux cieux et les cieux nous ont épargnés. Du moins est-ce la version consignée par le capitaine dans son carnet de route. Aliénor a précisé que tu avais dû voir la Vierge des marins pour avoir ainsi le visage illuminé de bonheur et de béatitude. Quant à nos gaillards blonds, nul ne sait ce qu'ils ont vu, mais sans doute était-ce la colère de Dieu. Après, comme toutes les saintes de l'Histoire, tu t'es évanouie pour mieux conserver intact et pur le souffle divin. Les marins ont jeté les corps à la mer et nettoyé le pont du sang qui avait séché, et le prêtre a dit une messe pour leurs âmes, les nôtres et la tienne surtout qui avait été élue. Une bien belle anecdote, qui finira certainement en chanson.

— L'écriras-tu ? demandai-je en souriant.

— Non point, belle damoiselle ! Je laisse à d'autres le soin de vanter ta piété. J'aurais sinon bien trop de scrupules à épouser une sainte ! Et, puisque te voici rassurée sur mes intentions, si tu me disais quel est donc ce mirage qui a dressé les cheveux sur les têtes de ces vilains ?

— Un dragon.

— Un dragon ? Aussi hideux que ceux des récits légendaires ? Avec plusieurs têtes et crachant du feu ?

— Pire encore, il avait une haleine putride et de gros yeux roulant en tous sens, de cette manière-là.

Entrant dans son jeu, je me dressai sur mon séant et mimai le monstre. Il rit de ce rire clair que j'aimais. Puis il m'attira de nouveau contre lui.

— Je t'aime, Loanna de Grimwald.

— Je t'aime aussi, Jaufré de Blaye.

— Blaye sera bien gardée si tu peux tenir ses ennemis à distance avec de pareils stratagèmes. Bon sang, Loanna, j'ai en toi une confiance infinie, mais, si par malheur quelqu'un venait à surprendre l'une ou l'autre de tes pratiques, tu serais soupçonnée de t'être acoquinée avec le Malin. Parfois tout cela m'effraie. La chance a voulu que tes ennemis ne soient pas sur ce navire, mais regarde ce qu'il est advenu à Antioche. Et puis il y a autre chose.

Il saisit sur une tablette un bijou, qu'il me tendit. Ma pierre de lune, suspendue à sa chaînette d'or. Je portai la main à mon cou.

— Le fermoir est brisé. Au moment où l'on allait jeter à la mer celui qui semblait être le chef, j'ai vu ceci pendre de sa main. Inutile de te dire que je me suis empressé de la lui reprendre. C'est alors que j'ai découvert ceci.

Il ouvrit sa main, et je reconnus une bague élégamment travaillée au sceau de Manuel Comnène.

— On ne nous a pas attaqués par hasard, Loanna. Aliénor pense que c'est à cause d'elle que les Grecs ont agi, pour obtenir une rançon royale. Et je l'ai cru tout d'abord, mais je n'en suis plus sûr. C'est toi que ce barbare cherchait. Geoffroi de Rancon est de mon avis, Comnène voulait sa revanche.

Je secouai la tête.

— C'est déjà si loin…

— Tu es différente des autres, Loanna et c'est pour cette raison que l'on te désire ou que l'on souhaite ta perte. Épouse-moi vite, avant qu'un quelconque vassal à la solde de tes ennemis ne demande ta main à Louis et l'obtienne.

— Louis ne ferait pas cela sans mon consentement.

— Sans doute pas, mais peux-tu l'assurer ? Les murailles de Blaye sont à même de faire taire les prétentions de plus d'un, et j'ai de mon côté de nombreux alliés. En te donnant mon nom et mon titre, je te donne mes terres et mes gens pour veiller sur toi, bien plus que ces pauvres mains de poète ne le peuvent.

— Laisse-moi quelque temps encore, Amour. De retour en France, Aliénor rejettera Louis au nom du droit canonique et l'Angleterre aura sa reine. Dès lors, plus rien ne s'opposera à ce que je suive mon propre destin.

— Est-ce une promesse ?

— Ma vie tout entière est une promesse.

Et pour mieux sceller ce serment, je me couchai sur son corps doux comme un voile de soie.

Nous débarquâmes bientôt à Palerme, où nous apprîmes que le navire de Louis avait lui aussi été attaqué par la flotte byzantine et sauvé par les Normands de Sicile. Trop heureux d'être parvenus à bon port sans autre incident, nous gagnâmes Potenza, où le roi Roger nous reçut avec sollicitude.

Retrouver la terre ferme sous mes pieds me fit du bien, et j'eus un sentiment de bonheur infini en me disant que ces nausées allaient enfin prendre fin. Hélas, je dus déchanter très vite. Dès le surlendemain de notre escale, dans le palais ensoleillé et blanc du roi, les vomissements me tirèrent du lit. En me redressant pour m'essuyer au-dessus du bassin d'argent qui servait à ma toilette, je croisai mon visage dans un miroir. Cela faisait plusieurs semaines que je n'avais prêté attention à mes traits, et les cernes violacés sous mes yeux me firent peur. Et puis, soudain, ce fut la révélation.

Enceinte ! J'étais enceinte ! Je portai les mains à mon ventre. Il était un peu gonflé, certes, et mes seins s'étaient alourdis. Comment n'avais-je pu me rendre compte de rien ? Il était vrai que, sur le navire, je passais peu de temps à m'occuper de moi. Je cherchai dans mes souvenirs la date de mes derniers flux menstruels. À cela aussi je n'avais prêté aucune attention. Cela devait bien faire trois mois. Trois mois ! Un vertige me prit et je dus m'appuyer sur le montant du lit. Trois mois, et je n'avais sous la main aucune herbe pour faire partir l'enfant. Je tremblais d'angoisse. L'enfant de Jaufré était là, blotti dans mon ventre. J'aurais dû sauter de joie, et je ne songeais qu'à m'en débarrasser.

Des larmes vinrent, de rage, d'impuissance et de bonheur aussi. N'était-ce pas un signe du destin pour me signifier que ma mission était remplie et qu'il me fallait songer à ma propre existence ? Je ne pouvais pourtant prendre le risque de m'éloigner de la cour avant qu'Henri rencontre Aliénor.

Trois mois… Cela me laissait un peu de temps avant que cela se voie. Non, je ne dirais rien à Jaufré. Bientôt nous serions de nouveau dans l'île de la Cité et je partirais pour la Bretagne voir Henri. Dès qu'Aliénor serait libre, je mettrais mon enfant au monde et deviendrais l'épouse de Jaufré. Les choses iraient vite à présent.

Il suffirait de serrer les fils de mon corset et d'interdire ma couche à mon troubadour quand mon embonpoint serait trop évident. Pour l'heure, lui non plus n'avait rien remarqué. Il lui faudrait regagner Blaye, trop longtemps abandonnée à cause de la croisade. J'aurais le champ libre. Oui, cela devrait aller. Je caressai doucement la peau de mon ventre à peine rebondi.

— Mon tout petit. Ma fille, murmurai-je, attendrie.

Lorsque Camille, ma chambrière, entra pour m'aider à me vêtir, elle me trouva dans cette même posture, le regard songeur, loin, bien loin au-delà de la grande mer, vers cette terre marécageuse où j'avais connu les plus belles heures de ma vie.

Louis s'annonça cinq jours plus tard. Il était amaigri, et son regard trahissait quelque démon intérieur. Il vint saluer Aliénor, que Roger de Sicile avait mise en avant pour accueillir son époux, et sembla avoir peine à faire bonne figure à celui qui leur avait offert son assistance. Aux questions qui ne manquèrent pas, il répondit que le voyage avait été éprouvant et que, malade durant toute la traversée, il n'avait vécu qu'avec l'espoir d'aller se recueillir sur un sol stable et apaisant. Roger de Sicile s'empressa donc de faire célébrer une grand-messe, au cours de laquelle allusion fut faite à cet Esprit-Saint qui était descendu à ma prière pour écarter les Byzantins. Cette histoire m'agaçait. D'autant plus que l'évêque crut bon d'ajouter que seule l'âme pure d'une vierge pouvait attirer la clémence divine.

J'en fus dès lors de plus en plus convaincue : nul ne devait savoir que je portais un enfant ! Si tous se doutaient que je n'étais plus pucelle, personne, à l'exception de Denys, n'avait pu le vérifier, Jaufré s'évertuant pour préserver mon honneur à prétendre son amour pur et noble, à me nommer sa « lointaine » et à s'esquiver de ma couche avant que quiconque ne se lève. Néanmoins, Béatrice de Campan était suffisamment fine pour ne pas croire un seul instant que la main de Dieu ait pu s'étendre sur moi, alors que je ne passais pas le plus clair de mon temps en prière, à son exemple. Étienne de Blois lui aussi me lança un regard soupçonneux.

Jaufré avait raison. Il me fallait être prudente. Les sorcières étaient montrées du doigt par l'Église, comme des suppôts du diable. Si elles bénéficiaient encore du soutien du peuple, chaque jour davantage, elles devaient se cacher dans les recoins les plus sombres des forêts. Avant longtemps, j'en étais sûre, l'Église balaierait d'un revers de main quiconque s'opposerait à son hégémonie. Le Malin deviendrait un prétexte habile pour faire taire des esprits libres et encombrants. Tant que je restais à ma place dans l'ombre d'Aliénor, je n'avais que peu à craindre, donnant autant qu'il m'était possible l'illusion d'une foi sans tache. Cet enfant, hélas, prouvait le contraire, au regard de l'Église. S'il était admis qu'une femme mariée soit engrossée par quelque amant, il était impensable qu'une vieille fille comme moi affiche ainsi son ventre gonflé sans passer pour la dernière des catins.

La messe achevée, Roger de Sicile fut un hôte parfait. Pendant plusieurs jours, fêtes, banquets et chasses alternèrent avec de longs offices au cours desquels Louis semblait plus recueilli que jamais.

Ce qui m'alerta fut qu'il se tînt loin de Béatrice, comme s'il voulait éviter sa présence. Se seraient-ils disputés sur le navire ? Quel péché Louis avait-il sur la conscience qui l'empêchait de croiser le regard de celle qu'il aimait ? Je tentais désespérément de le découvrir, en le faisant espionner par une servante, mais la seule chose qu'elle m'apprit fut que le roi se rendait plusieurs fois par jour auprès de l'évêque et qu'ensemble ils avaient de longues conversations. J'aurais pu faire appel à la magie pour entrevoir leur secret, mais les risques étaient bien trop grands. Le fait qu'il évitât Aliénor autant que Béatrice suffisait au fond à étouffer la plus grande de mes craintes. Si le roi s'était rapproché de quelqu'un, c'était du Christ et non d'une femme. De fait, Louis s'était fait octroyer une cellule dans le monastère attenant à la cathédrale.

Au bout de quelques jours, il eut une autre conversation, avec Roger de Sicile cette fois. Là encore, rien ne transpira de ce que se dirent les deux hommes, mais à l'issue de cet entretien Louis ne reparut pas aux banquets, prétextant qu'on l'avait assigné à faire pénitence et à jeûner. Il resta ainsi plus de deux semaines loin de tout et de tous, comme il l'avait fait après le siège de Damas.

Roger de Sicile se montra charmant et fit de son mieux pour nous distraire, de sorte que bientôt nous ne nous inquiétâmes plus de savoir ce qu'il advenait du roi de France. Je surveillais pourtant avec une attention croissante mon tour de taille, mangeant le moins possible pour qu'il ne paraisse pas trop vite déformé par l'enfant. Désormais, je la sentais vivre en moi, et c'était une sensation étrange et unique. Chaleureuse, tendre, douce, elle me remplissait, et les caresses de Jaufré semblaient chaque jour plus apaisantes et sensuelles. Comme si ma peau tout entière tendue par cet acte d'amour appelait plus encore le sien. J'étais bien.

Aliénor poussa un cri déchirant. Le bref s'échappa d'entre ses mains et je n'eus pas même le temps de la retenir qu'elle s'affaissa d'un bloc sur le sol de mosaïque.

— Que l'on porte les sels ! criai-je à l'attention d'une des suivantes de la reine de Sicile.

Elle dut comprendre mon injonction, puisqu'elle s'élança en relevant ses jupons couleur d'andrinople en direction de l'office.

Nous étions paisiblement occupées à tisser une superbe bannière mêlant les couleurs de France à celles de Sicile, que nous avions choisi d'offrir à l'un et l'autre roi. Puis un messager était entré, qui s'était incliné devant Aliénor et lui avait remis un pli sans autre explication. Maintenant une des suivantes, Paola, je crois, me le tendait. Je saisis vaguement qu'elle avait dû avoir le même cheminement d'idée que moi. Tandis que Paola débouchait le flacon de sels qu'on venait d'apporter pour les faire respirer à Aliénor, je déchiffrai les lignes fines et délicates. Un haut-le-cœur me saisit. Le pli portait la signature de Constance. Elle nous apprenait la mort de Raymond d'Antioche, décapité en combattant contre Nūr al-Dīn à Maaratha. Ainsi Aliénor avait vu juste lorsqu'elle avait prédit qu'elle ne reverrait jamais Raymond et que l'entêtement de Louis vers Jérusalem causerait sa perte.

Un soupir douloureux me ramena vers elle. Elle avait repris ses esprits et avec eux la pleine conscience de l'affreuse nouvelle. Je n'eus que le temps cette fois de m'agenouiller auprès d'elle et de l'entourer de mes bras avant qu'elle n'éclate en sanglots convulsifs, poussant de longs hurlements de douleur.

Cela faisait maintenant un mois qu'Aliénor refusait de quitter sa chambre, faisant porter jusqu'à son lit de maigres bouillons qu'il fallait réchauffer plusieurs fois avant qu'elle parvienne à les avaler. La reine était malade. Les plus grands apothicaires de Sicile étaient à son chevet et ne parvenaient malgré leur science à trouver la cause de son mal. Quant à Louis, désemparé, il venait souvent lui rendre visite, n'obtenant pour son affection soudaine qu'un regard de mépris et un geste de lassitude qui le renvoyait tôt fait auprès de ses confesseurs. Roger de Sicile et son épouse se montraient désolés. Ils étaient l'un et l'autre aussi attentionnés que possible, ne négligeant rien qui pût faire plaisir à la reine et lui donner envie de se battre. Car le véritable problème était là. Aliénor ne se remettait pas de la mort de son oncle. Les jours qui avaient suivi cette triste nouvelle, elle avait pleuré beaucoup, puis avait semblé se ressaisir. Je savais pour ma part qu'il n'en était rien. Pire encore que la douleur d'avoir perdu un être aussi cher, quelque chose de plus viscéral rongeait la reine : le sentiment de rancœur qu'elle nourrissait à l'égard de son roi. Raymond avait combattu l'ennemi là où il croyait la véritable justice, mais que pouvait-il sans le soutien de l'ost royal ? Raymond n'était pas sot. Il savait en se rendant là-bas qu'il courait à sa perte. Que pouvait-il avoir à oublier dans la mort si ce n'était sa nièce, celle qu'une fois encore la raison d'État lui avait ravie, celle pour laquelle il n'avait pas eu le courage de défier le roi de France. Louis était responsable. Lui et lui seul.

Peu à peu elle avait perdu l'appétit, rongée de l'intérieur par cette haine et par son chagrin. Ce n'était pas l'amant qu'elle pleurait, c'était elle-même et son impuissance face au destin. Aliénor se laissait mourir pour échapper, comme Raymond, à ce sentiment de n'être rien d'autre qu'un infime pion dans l'histoire de France. Les apothicaires auraient beau se creuser la tête, aucun ne guérirait ce mal secret. Et moi, qui ne quittais pas son chevet, je déployais tout mon amour, toute ma patience, mais n'y pouvais rien. Il fallait qu'Aliénor purge sa douleur et trouve en elle la force de continuer. Il fallait attendre.

Un apothicaire eut l'idée de prétendre qu'une saignée ferait sortir d'elle les humeurs malignes, un autre qu'il fallait frotter son corps avec des orties pour la dégager de son apathie, un autre encore qu'il n'y avait rien de mieux que des douches bouillantes pour lui rendre sa vitalité. Ils auraient sans doute réussi à la tuer si chaque nuit, alors qu'elle dormait d'un sommeil agité, je n'avais usé de mes pouvoirs pour apaiser ses cauchemars et de certaines médecines pour la maintenir malgré elle. Fort heureusement, j'avais trouvé ici de la mélisse et de la menthe en abondance. Et, malgré tout le soin qu'Aliénor mettait à se laisser mourir, chaque matin je tirais ses rideaux sur un rayon de soleil et l'obligeais à s'en nourrir.

Cela dura plus d'un mois, et puis, un matin, elle s'éveilla en hurlant et se mit à pleurer, le corps secoué par de violentes convulsions qui la firent vomir de la bile. La servante courut quérir un prêtre, pensant que l'heure de l'extrême-onction avait sonné pour la reine. Lorsqu'il franchit le seuil, Aliénor n'eut qu'un cri, alors qu'elle s'était refusée au moindre mot depuis qu'elle était alitée :

— Dehors, envoyé du diable ! Et dites à mon curé de mari qu'il ne m'aura pas !

Le prêtre recula, en la voyant me repousser brutalement et tendre vers lui un doigt accusateur. Elle avait les yeux injectés de sang et il se signa d'effroi. À cet instant, je sus qu'elle était sauvée. D'un bond, je fus sur le prêtre qui avançait son crucifix comme s'il était en présence du démon et, d'une main apaisante, je l'entraînai à l'écart.

— Mon père, oubliez ce que vous venez de voir. La reine de France a pris cette nuit quelque médecine ordonnée par les apothicaires et son apathie semble vouloir finir. Avec un peu de repos, je gage qu'elle aura recouvré ses esprits avant la fin de la journée.

— Je gagerais pour ma part que quelque démon a pris possession de son âme, rétorqua-t-il en frémissant de peur.

— Vous parlez de Sa Majesté la reine de France, mon père. N'allez pas trop vite en besogne.

Il me fixa avec dans le regard un mélange de crainte, de résolution et de doute. S'il faisait venir à elle un exorciste et qu'il se soit trompé, on ne lui pardonnerait pas en haut lieu. La reine s'était laissée retomber à plat ventre sur son lit et pleurait tout son soûl, la tête dans les oreillers de plume, les serrant dans ses bras à s'en étouffer. Le prêtre dégagea finalement son bras de mon étreinte et sortit après avoir tracé dans l'air un signe de croix géant.

La chambrière s'était recroquevillée dans un angle et tremblait de tous ses membres tant l'invective avait été violente. Je m'approchai d'elle et lui conseillai d'aller prendre du repos et de donner consigne que l'on ne nous dérange pas. Ni les apothicaires, ni le roi, personne.

— Tu as bien compris ? Personne.

Elle hocha la tête et se hâta de disparaître à son tour.

Alors seulement, je retournai vers le lit et m'allongeai près d'Aliénor. Elle s'accrocha à moi, hoquetant entre deux spasmes :

— Pourquoi la mort ne me veut-elle pas ? Pourquoi ? Pourquoi ?

— Qu'aurait-elle à faire de ta jeunesse et de ta beauté ?

— J'ai tué Raymond… C'est à cause de moi qu'il s'est entêté malgré la décision de Louis.

— Et c'est à cause de toi que Louis a fait de même. Je sais ce que tu ressens, mais tu n'y peux plus rien changer, ma douce.

— Il était tout, tu comprends ? Tout ce qui me restait de chez moi. De mon véritable chez-moi. Je n'ai plus rien. Plus rien…

— Tu as Marie…, murmurai-je doucement, me souvenant qu'à deux reprises déjà la pensée de sa fille lui avait donné le courage de relever la tête.

Mais cette fois elle n'eut aucune réaction.

— Louis paiera, dit-elle après un long moment, avec une soudaine résolution.

— Que feras-tu, ma douce ? Dieu n'a épargné personne. Ni Raymond, ni toi, ni Louis. Il est méconnaissable depuis que tu es tombée malade, il n'est plus que l'ombre de lui-même. La mort de ton oncle l'a profondément affecté. Je sais qu'il s'en tient pour responsable.

— Il l'est ! cria-t-elle en redressant la tête.

Elle répéta :

— Il l'est !

— Il en porte le poids sur la conscience et, plus encore que toi, il doit vivre avec cela.

— Je vais demander l'annulation de mon mariage. Je ne veux plus vivre avec Louis, tu entends. Je ne veux plus qu'il m'approche, je ne veux plus qu'il pose ses mains sur moi, je ne veux plus qu'il lève seulement ses yeux sur moi.

— Tu dois pour cela obtenir une audience auprès de Sa Sainteté.

— Qu'à cela ne tienne !

Elle s'arracha de mes bras et repoussa les couvertures. Lorsqu'elle posa résolument un pied à terre pour se lever, ses forces l'abandonnèrent et un vertige la cueillit, qui la rassit sur le lit. Je la raisonnai comme une enfant :

— Voilà plusieurs semaines que tu ne manges ni ne te lèves. Crois-tu pouvoir ainsi faire face à la raison d'État ? Je vais te faire porter du bouillon.

— Au diable le bouillon ! ragea-t-elle en massant ses mollets affaiblis par l'inactivité. Fais donc monter de la véritable nourriture. J'ai faim de poularde et de poisson, de sauces et d'entremets, sans oublier du vin.

— Voici qui va ravir notre hôte, Votre Majesté, acquiesçai-je dans un éclat de rire.

C'est alors que son regard accrocha ma taille qui, malgré tous mes efforts, s'était épaissie. Elle écarquilla les yeux et sa bouche s'arrêta sur un joli « oh ! » de surprise. Mon rire retomba aussitôt. Je ne pourrais cacher bien longtemps encore mon infortune. Je revins vers elle et, m'agenouillant, je pris sa main et la posai sur mon ventre. Au même moment, le bébé bougea et envoya un coup qui fit tressauter sa paume. Son sourire s'élargit, tandis que des larmes lui venaient aux yeux.

— Enceinte ! Tu es enceinte ! Oh, Loanna ! C'est merveilleux.

Elle m'enlaça tendrement, comme une sœur. Heureuse soudain, alors qu'elle avait oublié jusqu'au sens de ce mot.

— Tu ne dois rien dire pourtant. À personne, suppliai-je.

— Tu veux dire que…

Je secouai la tête. Elle eut un moment d'interrogation muette, le temps de rassembler en elle toutes les données d'une situation qui lui échappait, puis me prit les mains.

— Il va falloir songer aux épousailles, Loanna.

— Dès notre retour en France, je te le promets. Pour l'heure, que cela reste entre nous, je t'en conjure. Pour rien au monde je ne voudrais précipiter les choses, et tu connais Jaufré, s'il savait que je porte son enfant, il demanderait à l'évêque de nous unir sur-le-champ. Cela ferait jaser.

— Si tu attends trop, jamais l'Église ne consentira à bénir votre union avant que l'enfant soit né. On ne marie pas une damoiselle qui porte gros ventre le jour de la cérémonie, c'est contraire à toutes les règles. Tu en as conscience ?

— Ne t'en fais pas pour moi. J'ai déjà songé à cela. Dès notre retour en France, tu répudieras Louis et j'épouserai Jaufré.

— Et je serai seule…

— Point, ma reine, je t'en fais serment devant Dieu. Ton destin n'est pas de vieillir sans royaume.

— Si je perds celui de Louis, que me restera-t-il sinon une Aquitaine dont je devrai me défendre ? Certains de mes vassaux ne manqueront pas d'essayer de m'épouser de gré ou de force pour gagner ce duché tant convoité.

— Le temps viendra, ma reine, où Louis portera avec regret le poids de ses erreurs. Aie confiance en moi.

— En qui d'autre pourrais-je avoir confiance ? Je t'aime tant.

— Je t'aime aussi. Je n'aurais pas supporté de te perdre.

Aliénor mangea tant ce jour-là qu'elle surprit tout le monde. En fin d'après-midi, elle paraissait à l'office dans une robe étincelante, amaigrie et les yeux cernés, mais plus majestueuse que jamais. Elle communia aux côtés du roi et lui accorda même un sourire dans lequel je fus seule à reconnaître le rictus de la vengeance. J'avais retrouvé ma reine, et Louis avait désormais auprès de lui la plus grande de ses ennemies.

8

Cela faisait maintenant deux semaines que j'interdisais ma couche à Jaufré, prétextant une maladie contagieuse contractée dans les pays chauds. Je serrais mes robes autant que possible, jusqu'à étouffer mon ventre rebondi. Fort heureusement, ma constitution accusait à peine mon état. Mathilde m'avait souvent rapporté que mère n'avait eu de signes évidents de sa grossesse qu'au début du septième mois. Il semblait que j'avais hérité d'elle et je m'en félicitais. À peine notait-on quelques rondeurs qui pouvaient être attribuées à la chère méditerranéenne abondante et savoureuse dont je prétendais faire excès.

Jaufré, quoi qu'il en fût, ne s'apercevait de rien. D'ailleurs, il ne me tint nullement rigueur de cet isolement, et j'eus même la sensation que cela le soulageait. Depuis quelque temps déjà, j'avais remarqué qu'il n'était pas au mieux, mais j'attribuais son silence et sa mélancolie au fait que ses compagnons nous avaient quittés depuis que nous avions accosté en Sicile. On demandait leur talent partout, et conquérir l'Italie leur plaisait. En outre, Bernard de Ventadour avait jugé plus prudent de s'éloigner de la reine jusqu'à son entrevue avec le pape. Il valait mieux éviter les ragots. Jaufré restait donc seul à suivre notre équipée. Quelques seigneurs eux aussi, assurés que le roi et la reine étaient à même de rentrer en France sans courir de dangers, étaient partis en avant-garde pour mettre à jour leurs affaires, trop longtemps laissées aux mains des femmes, des fils ou des intendants.

Suger donnait régulièrement des nouvelles du royaume et celui-ci paraissait en paix, chacun ayant été bien trop occupé avec la croisade pour fomenter de véritable révolte ou guerroyer contre ses voisins. Il insistait pourtant sur le fait que le roi et la reine ne devraient plus tarder, car, à présent que les seigneurs avaient regagné leurs domaines, des bruits circulaient. Robert de Dreux, le premier, songeait à s'insurger, depuis que les événements d'Antioche l'avaient placé en disgrâce auprès du roi, son frère. Il avait mal digéré que le complot tramé contre la reine à travers moi se solde par des fièvres dont Étienne de Blois et lui-même avaient eu grand mal à se remettre.

Geoffroi de Rancon et bien d'autres Aquitains avaient eux aussi regagné leurs foyers par bateau. De part et d'autre, du Sud et du Nord, on ruminait une rancœur qui laissait augurer un inévitable affrontement.

Pour le reste, Louis n'avait rien dit. Il avait entendu la décision d'Aliénor sans broncher, avait demandé si elle avait songé aux conséquences de son acte, et s'était contenté de conclure qu'il ne lui pardonnait pas son infidélité avec Raymond, même s'il regrettait sa mort. L'un et l'autre étaient donc partis pour Tusculum rencontrer le pape, avec la ferme résolution de se séparer. Nous n'étions plus qu'une dizaine dans leur sillage. La veille du départ, Béatrice de Campan avait demandé au roi de la marier, créant une surprise générale. Louis lui-même avait semblé ébranlé par cette requête. Il avait dégluti péniblement, puis avait affirmé qu'il y songerait à leur retour en France ; Béatrice étant la pupille de Suger, c'était au vieil homme d'approuver le choix qu'elle ferait parmi les nombreux prétendants qui l'entouraient et que, jusqu'à ce jour, elle avait repoussés avec véhémence.

Louis se sentait coupable. Pas plus avec elle qu'avec Aliénor, il n'avait admis les exigences de sa chair et il croyait fermement que la mort de Raymond était un signe de Dieu destiné à le punir de son infidélité à la reine.

Tant qu'il avait vénéré Béatrice telle une statue sainte, Dieu les avait soutenus. Mais, depuis qu'ils brûlaient leurs chairs dans des jeux pervers, tout autour de lui s'était écroulé. Louis s'était laissé aller avec elle à des pratiques de sodomie et bien d'autres errements que son confesseur avait qualifiés de sataniques et d'impurs. Jeûne et pénitence n'avaient rien changé et il payait lourdement son tribut, sentant bien au fond de lui que la peau douce et soyeuse de Béatrice lui manquait et que le moindre de ses regards lui retournait le sang. Louis était malheureux. Béatrice était malheureuse. Et Aliénor jubilait d'une joie mesquine. Car elle savait que jamais Béatrice ne serait reine de France après elle. Malgré tout leur amour, la raison d'État contraindrait Louis à épouser une dot qu'elle n'avait pas. C'était sans doute pourquoi Béatrice avait réclamé comme une faveur que Louis la donne à un de ses vassaux, celui en lequel il aurait le plus de confiance.

Le pape Eugène III reçut leur requête d'un œil sévère. Il n'avait pas oublié que l'un de ses prédécesseurs avait dû excommunier Pernelle et Raoul de Vermandois, soutenus par la reine dans leur affront. Il ne vit pas davantage d'un bon œil les griefs du roi à l'encontre de son épouse et le fait que l'on brandît une fois de plus le droit canonique comme s'il s'était agi d'une simple formalité. Il les sermonna fermement, puis leur enjoignit de méditer l'un et l'autre sur les devoirs sacrés du mariage.

Au bout de quelques jours, au cours desquels ils s'entretinrent longuement, j'eus la sensation d'un revirement de situation. Non que cela fût visible ni même concrétisé dans les faits, mais l'un et l'autre semblaient abattus, et revenaient de ces entretiens en pénitents et vraisemblablement épuisés. Ils s'affrontèrent ainsi tous trois une dizaine de jours, puis, un matin, Aliénor et Louis parurent ensemble, au bras l'un de l'autre. L'on apprit qu'ils avaient fait chambre commune et que le pape les avait réconciliés. J'eus l'impression que le sol se dérobait sous mes pieds. Aliénor s'avança vers moi. Elle m'offrit un sourire navré dans lequel je lus qu'elle avait demandé à Dieu la miséricorde autant que le pardon et qu'elle les avait obtenus. Nous n'avions plus qu'à rentrer en France pour célébrer l'heureuse nouvelle et unir Nord et Sud autour du couple reconstitué.

C'était à mon tour d'être brisée. Tous mes projets perdaient leur sens. Cela aurait été une trahison envers mes ancêtres, envers mère, envers Mathilde ma marraine et surtout envers Henri. Je ne pouvais plus épouser Jaufré, pas davantage que je ne pouvais mettre au monde cet enfant. Pourtant, n'était-il pas trop tard ? J'étais enceinte de presque cinq mois. Et, pis encore, j'aimais cette vie à l'intérieur de moi. Or, qu'y avait-il de plus important que l'amour ? Ne m'avait-on pas déjà mise en garde alors que je sous-estimais ses pouvoirs ? Que pouvais-je faire sans me trahir encore, sans trahir ceux auxquels mon destin était lié ? Je ne savais plus.

Jaufré paraissait heureux de regagner enfin la France. J'avais obtenu de lui qu'il ne demande pas encore ma main à Louis, mais pendant combien de temps ? La nuit qui suivit cette terrible nouvelle de réconciliation, je restai seule devant la fenêtre, cherchant au travers des nuages épais et noirs la présence de la mère éternelle, cette lune immense et sacrée que mes ancêtres vénéraient. Lorsque le coq chanta, je n'avais pas trouvé de réponse à mes interrogations. Le ciel était toujours aussi sombre au-dessus de la ville et de grands éclairs fulgurants cinglaient l'air lourd comme pour mieux me déchirer.

Dans la chambre voisine, Aliénor et Louis avaient de nouveau passé la nuit ensemble, et, malgré le dégoût d'Aliénor pour ses mains blanches, ils s'étaient probablement unis. Tout était à recommencer. Encore et encore. Combien de temps faudrait-il ? Aliénor ne devait pas plus qu'hier donner un fils à Louis, et à elle seule cette obligation m'empêchait de m'éloigner de la cour. Tout était confus. Mes sentiments comme ma raison.

Camille, ma chambrière, entra pour m'aider à me vêtir et me sermonna gentiment en voyant que ma couche n'était pas seulement défaite. À cet instant, je l'enviai de n'être rien. Mais, au fond, ne vivais-je pas la même servitude qu'elle ? Je n'étais moi-même, malgré mon rang, malgré ma condition, qu'une bâtarde de duc placée au service d'une reine pour le bon vouloir d'une autre. Je devais obéir, j'avais été conditionnée à obéir. On m'avait éduquée avec le sentiment du devoir envers l'Angleterre, et je lui appartenais, comme cette fille appartenait à mon service. J'eus brusquement envie de lui faire mal, comme j'avais mal, mais quelque chose me retint : peut-être son sourire tandis qu'elle laçait ma gorge enflée.

— Serre plus fort, demandai-je simplement.

— Vous ne devriez pas autant comprimer l'enfant, ma dame, ce n'est pas bon.

— Occupe-toi de tes affaires.

Elle ne dit rien, ne cilla même pas, et je m'en voulus aussitôt. Cela faisait tant d'années désormais qu'elle était à mon service, fidèle et attentive, sûre. Elle avait bravé avec moi tous les dangers de notre expédition. Jamais elle n'avait émis la moindre plainte. Jamais elle n'avait formulé la moindre impatience. J'arrêtai ses mains qui achevaient de nouer les lacets, sentant venir les larmes que j'avais cherchées en vain toute la nuit.

— Pardonne-moi, Camille. Je ne suis pas dans mon état normal ce matin.

— Je sais, ma dame, répondit-elle en agrandissant encore son sourire. Il faut vous hâter à présent. Sa Sainteté le pape célèbre une messe solennelle en l'honneur des époux royaux, on raconte même qu'il prévoit de bénir une nouvelle fois leurs épousailles afin qu'ils renouvellent l'un et l'autre leurs serments. Alors que tous seront en liesse, que pensera-t-on de votre triste mine ?

— Tu as raison. Mais personne ne doit deviner que je porte cet enfant. Ne me trahis pas, Camille, implorai-je doucement.

Elle me lança un regard chargé de reproches.

— Comment le pourrais-je, ma dame, vous êtes si bonne.

Elle avait achevé de m'habiller et déjà me contournait pour brosser mes longs cheveux abîmés par le soleil d'Orient. Mais j'avais besoin d'être seule un moment encore.

— Laisse-moi. Je vais le faire, cela me calmera avant de descendre pour l'office.

Elle s'inclina respectueusement et referma sans bruit la porte derrière elle. Je me campai devant le miroir poli délicatement enchâssé dans un cadre d'argent et de pierreries. Je nattai mon abondante chevelure en une seule tresse sur le côté, qui m'atteignait le bas-ventre, prenant soin d'y mêler quelques rubans verts, assortis à ma robe de velours.

Quelques minutes plus tard, alors que je finissais de me farder pour dissiper les affres de ma nuit blanche, Camille reparut pour m'annoncer que Jaufré était derrière ma porte. Je pris une profonde inspiration. Je ne savais que trop ce qu'il voulait : que je renouvelle ma promesse, peut-être même souhaitait-il profiter de la messe de réconciliation pour que l'on annonce publiquement nos fiançailles ?

— Qu'il entre, dis-je simplement, résignée soudain à mon devoir, encore et toujours.

Je me levai et, m'appuyant contre la coiffeuse pour garder une contenance, je redressai le menton.

Il s'inclina en une révérence, puis, lorsque ma chambrière se fut éclipsée, s'approcha pour m'embrasser sur le front. Il avait l'air grave et décidé.

— Panperd'hu est revenu de Tripoli hier, tu ne l'ignores pas ? Il a su me convaincre d'y retourner avec lui. Un navire part dès l'aube prochaine. J'embarquerai à son bord.

Cette nouvelle me fit l'effet d'un coup de poignard. Je me laissai tomber sur la chaise, sans forces. Qu'allait-il faire auprès de cette belle Hodierne qui le désirait tant ? S'était-il lassé de moi soudain pour vouloir la rejoindre ? Sans doute s'était-il préparé à mes angoisses, car il vint s'agenouiller devant moi et me prit les mains. Elles étaient glacées.

— Je t'aime plus que tout au monde, Loanna, et nulle autre n'aura jamais ta place. Mais, le couple royal reformé, je sais que tu ne peux m'épouser encore. Si je reviens avec toi en France, Aliénor insistera pour célébrer nos épousailles ; et, même si cela devait être le plus beau jour de ma vie, pour rien au monde je ne voudrais te contraindre. Je vais demander sur l'heure ta main au roi et je sais qu'il ne me la refusera pas. Tu seras ainsi à l'abri jusqu'à mon retour de tout autre prétendant. Lorsque je reviendrai, je veux croire que le destin nous réunira car l'esprit libre, tu auras pu agir selon ce devoir qui pèse sur ta conscience. Sinon, tu n'auras qu'à reprendre ta promesse. Il ne sera pas difficile d'arguer notre séparation pour refuser nos épousailles. Bien que cela me déchire le cœur, Amour, je sais qu'il n'est pas d'autre solution pour ne pas te perdre.

— Oh, Jaufré, je…

Mais ma phrase se noya dans un torrent de larmes. Je tombai sur le sol de terre cuite et nous restâmes ainsi enlacés jusqu'à ce que ma pluie s'apaise. J'aurais voulu que ce moment ne finisse jamais, tant il était doux et réconfortant. Jaufré caressait mes cheveux et me murmurait des mots tendres et apaisants qui ressemblaient à une vieille, très vieille berceuse, comme celle que mère me chuchotait, lorsque, enfant, j'étais désemparée. Je l'aimais tant, mon troubadour ! Il savait si bien me comprendre.

— Nous allons être en retard à la messe solennelle. Il est temps de sécher tes larmes. Cette nuit je viendrai te rejoindre, même si nous ne faisons pas l'amour. Je veux m'endormir dans tes bras pour que l'odeur de ta peau m'accompagne.

— Tout ce que tu voudras. Je t'aime, Jaufré. Je t'aime. Si tu savais comme…

— Chut !

Il posa un doigt sur mes lèvres pour me faire taire.

— Un chantre doit souffrir pour composer ses chansons, tu le sais bien. Je me nourrirai de ton absence comme d'un hiver, ma lointaine. Je t'appartiens de toute mon âme… Allons, rajuste-toi !

Il effaça d'un geste les larmes qui glissaient encore sur mes joues, et quelques minutes plus tard, c'est ensemble et au regard de tous que nous franchîmes le seuil de la cathédrale.

Ce qui suivit fut agaçant et rassurant à la fois. Le pape Eugène III bénit l'union des époux royaux et, à la demande d'Aliénor, annonça nos fiançailles. De sorte que Jaufré et moi reçûmes au-dessus de nos têtes inclinées le signe de croix qui officialisait notre serment, pour le plus grand bonheur de la reine me sembla-t-il. Grâce à la générosité de Jaufré, j'étais à l'abri de la concupiscence de quelque baron qui aurait ainsi gagné une place de choix à la cour de France.

Ce problème résolu, il ne restait plus que celui de l'enfant.

Lorsque Jaufré vint me rejoindre cette dernière nuit avant son départ pour Tripoli et le nôtre pour la France, il me fallut user d'un de mes charmes pour qu'il puisse m'aimer sans s'apercevoir de mon état. Le subterfuge réussit aisément, et je le reçus avec un bonheur immense tant m'avait manqué la douceur de sa peau. Au petit jour, Jaufré me quitta sur des promesses d'amour éternel sans savoir que je portais son enfant.

Jaufré de Blaye regardait résolument devant lui cette étendue d'eau mouvante que fendait à bonne allure la coque du navire. Il lui tardait à présent de toucher la terre ferme. Les douleurs dans son crâne s'intensifiaient de jour en jour, lui serrant les tempes à les briser. Par moments même, son champ de vision devenait flou, et il devait faire des efforts pour fixer un objet et en situer les contours. Comme il aurait eu besoin de médecine ! Hélas pour lui, non seulement il n'avait rien emporté mais il avait tu autant que possible son état pour ne pas peser davantage encore sur un départ pénible. Panperd'hu ne cessait de chanter la beauté de la dame de Tripoli dont il était tombé éperdument amoureux, et même le son de sa voix lui vrillait les tympans. Il s'accouda au bastingage et inspira à pleins poumons l'air salé du large.

Le voyant si pâle, Panperd'hu posa son instrument et s'avança en réglant sa démarche sur les mouvements du navire. La mer était agitée. Octobre touchait à sa fin et de gros nuages noirs menaçaient dans le ciel depuis deux jours sans parvenir à crever. Le capitaine avait pourtant assuré qu'il n'y aurait pas de tempête. C'était un vieux loup de mer, et l'on pouvait s'y fier. Panperd'hu s'accouda à côté de Jaufré au bastingage de bois. Devant eux, une figure de proue en forme de sirène plongeait jusqu'au sein à chaque vague.

— Tu as bien mauvaise mine, ami, constata Panperd'hu, attristé.

— Je voudrais pouvoir l'imputer au mal de mer, mais je crains fort que ce ne soit plus grave, grimaça Jaufré en réponse.

— Houdar est un bon guérisseur, tu verras. On prétend qu'il peut réussir des miracles, mais, par tous les saints, je comprends mal pourquoi tu n'as rien dit à Loanna. Elle aurait sans doute pu te soulager avec ses médecines. Tu sais bien que de plus en plus de personnes dans l'entourage de la reine ont recours à sa connaissance en ce domaine.

— À quoi bon l'inquiéter ? Et puis j'ai voulu croire à un mal passager, un de ceux dont on souffre après une trop longue exposition au soleil. N'avons-nous pas subi maintes insolations sur cette Terre sainte ?

— Tu ne me convaincras pas, Jaufré. Je suis ton ami depuis bien trop de lunes. Si tu n'as rien dit, c'est pour une autre raison, qui m'échappe.

— Je vais mourir, Panperd'hu.

Un silence pesant s'installa entre les deux hommes. Jaufré avait lâché cela sans colère, sur un ton égal. Panperd'hu resta un instant figé, puis se reprit :

— Quelle est donc cette certitude ? As-tu vu un apothicaire ?

— Il y a des choses que l'on sent, ami. Toi-même m'as affirmé à plusieurs reprises avoir respiré avec ton âme les parfums de douleurs de la terre elle-même. Nous sommes différents, toi et moi, des autres qui ne composent pas. Nous sommes à l'écoute des moindres souffles. Ce sont eux qui me l'ont dit. Lorsque le pape a béni nos têtes dans la cathédrale, j'ai brusquement perçu le souffle de la mort. Cela n'a été qu'une sensation fugitive, mais depuis quelques jours elle s'est installée telle une évidence.

— N'est-ce pas plutôt la douleur qui égare tes sens, ami ?

— D'ou me vient-elle, compère, si ce n'est de cette certitude ? Mon unique regret sera de ne l'avoir pas contrainte à m'épouser avant mon départ. Blaye n'aura pas d'héritier, et j'ai grand peur que la cité ne tombe aux mains de ses ennemis. J'aurais voulu une comtesse pour y régner avec sagesse et amour.

— Tu es déprimé, Jaufré. Demain, nous accosterons et, sitôt que Houdar t'aura fait avaler une de ses potions, tu te sentiras mieux et ces pensées morbides te quitteront.

— Je voudrais que tu dises vrai. Pour l'heure, permets que je te laisse. Par instants, j'ai l'impression que quelque chose va éclater à l'intérieur de mon crâne, et cela devient insupportable. M'étendre me soulagera.

Jaufré posa une main fraternelle sur l'épaule massive de son ami, mais, la douleur le poignardant, il s'appuya plus lourdement pour trouver en lui la force de marcher.

— Veux-tu que je t'accompagne ? s'inquiéta Panperd'hu, qui ne pouvait s'empêcher de remarquer les cernes violacés sous les yeux du troubadour.

— Non point. Le roulis convient parfaitement à ma démarche d'ivresse. Prie pour moi plutôt. Que tout cela ne soit rien d'autre qu'une triste pensée d'homme seul.

Sur ce, il s'éloigna en titubant jusqu'à sa couchette et s'y laissa tomber. Au bout d'un moment, la douleur s'apaisa et il se mit à penser à sa promesse, à sa terre de Blaye, et à la folie qui l'avait poussé loin d'elles. Une larme roula sur sa joue creuse, puis il se sentit aspiré vers un insondable trou noir dans lequel il s'endormit.

— Voici la côte. Le navire qui portait la nouvelle de notre arrivée est au port. Sans doute la princesse Hodierne y est-elle, avertie par ses guetteurs. Sa seule vue, Jaufré, réconfortera ton mal, je te l'assure. Jamais je n'ai vu plus gente femme et mieux tournée.

— Voilà bien cent fois que tu me la dépeins, ironisa Jaufré. Crois-tu donc vraiment que je puisse l'aimer alors que mon cœur et mon âme appartiennent déjà à Loanna ?

— Non point, car j'en serais fort jaloux ! se renfrogna comiquement Panperd'hu.

Jaufré tenta de distinguer les formes qui apparaissaient à présent sur la jetée, mais un voile flou devant son œil l'en empêcha. Il avait dormi à outrance le tantôt et une grande partie de la journée. Seul le cri de la vigie qui annonçait la terre l'avait tiré du lit. Il s'était parfumé et avait passé une tunique propre, évitant de s'attarder devant son visage qui portait plus encore que la veille le rictus de la mort. Panperd'hu avait feint de ne rien remarquer, et il lui avait menti en prétendant qu'il se sentait mieux. La vérité était que la douleur était plus intense que jamais et qu'il entendait dans le fond de ses oreilles une sorte de souffle intermittent qui masquait les paroles de son ami et le brouhaha des gens rassemblés sur le pont. L'on agitait des bras, et des mouchoirs. Au bout du quai, les vêtements moirés d'une longue silhouette accrochaient la lumière.

Panperd'hu gémit :

— C'est elle. Elle est venue, ami. Comme elle est belle !

Mais Jaufré ne discernait qu'une forme floue baignée d'arcs-en-ciel. Il déglutit difficilement et parvint à assurer :

— Oui, elle est belle.

Mais son vieil ami ne l'écoutait pas. Il vibrait à la vue de la princesse et agitait sa main comme un enfant en sa direction. Lui-même n'avait-il pas vibré de cette joie sans pareille ? Puis il y eut le choc de la coque contre le ponton de bois, le mouvement de l'ancre jetée par-dessus bord et celui des cordages que les marins en équilibre sur le bastingage lançaient à terre. La dame de Tripoli était là, debout, superbe, attirant par sa seule présence tous les regards, et il était le seul à ne rien distinguer d'elle qu'une silhouette fluide à l'intérieur d'un brouillard qui s'épaississait à mesure que la pression augmentait près de son ancienne blessure, à la tempe droite.

Panperd'hu lui prit le bras, et il se laissa entraîner, se forçant à sourire, vers la passerelle qu'on avait posée. Il lui semblait que chaque pas accentuait la douleur. Déjà, il était devant elle. Il entendit une voix chantante répondre à celle de Panperd'hu, mais il ne parvint pas à saisir le sens de leur propos. Il aperçut seulement cette main qu'elle lui tendait. Une main blanche au milieu du brouillard. Il la saisit dans un ultime effort. Puis de nouveau il y eut un abîme profond devant lui et une voix qui l'appelait doucement. Cette voix, il l'aurait reconnue entre mille, elle chantait un voluptueux chant d'amour. Alors il sourit et s'y laissa glisser.

Panperd'hu redressa le corps inerte qui s'était écroulé devant la princesse. Hodierne avait hurlé d'effroi. Elle n'avait eu que le temps d'un mouvement de côté pour n'être pas entraînée dans la chute de Jaufré.

— Seigneur Dieu, murmura-t-elle en s'agenouillant au côté du troubadour qui avait posé l'oreille contre la poitrine de son compagnon. Est-il… ?

Mais déjà Panperd'hu relevait la tête, des larmes dans ses yeux noirs.

— Mort, hélas, ma dame.

Hodierne étouffa un nouveau cri derrière ses jolies mains baguées, puis un sanglot. Elle l'avait tant espéré, tant attendu. Elle chancela. Autour d'eux le silence s'était fait, troublé cependant par les questions des badauds. D'une voix brisée par l'émotion, Hodierne de Tripoli appela les gardes qui l'avaient escortée afin qu'ils dispersent les curieux. Mais point ne fut besoin d'utiliser la force. Voyant que les lanciers s'avançaient, chacun s'éloigna avec ses bagages ou son chargement, chuchotant pour commenter l'incident.

— Qu'on l'emmène au palais, ordonna Hodierne.

Quatre des hommes soulevèrent le corps de Jaufré et le portèrent par le chemin de cailloux qui serpentait à travers les orangers et les oliviers vers le palais de la cité.

Dès le lendemain, Panperd'hu s'embarquait pour la France, laissant à Hodierne de Tripoli le soin de donner une sépulture à son cher ami. Bien que la princesse ait insisté longuement pour qu'il restât aux funérailles, il avait refusé. Il fallait plus de vingt-cinq jours pour atteindre Massilia et bien encore une quinzaine pour gagner Paris. Il était de son devoir d'annoncer la triste nouvelle, ne pouvant supporter l'idée qu'elle parvienne déformée ou avilie à la cour de France. Il savait mieux que tout autre de quel bois étaient faites les légendes, et déjà des ragots couraient à Tripoli, selon lesquels le troubadour serait mort d'amour dans les bras d'Hodierne. Avant longtemps, cette rumeur finirait en chanson pour devenir une vérité, comme tant d'autres avant elle. Non. Pour préserver intacte la mémoire de son ami, il ne pouvait tarder. Le cœur empli de douleur, il s'éloigna de Tripoli alors qu'octobre 1149 tirait son dernier jour.

Hodierne ne pouvait détacher ses yeux de ces mains blanches et fines que l'on avait croisées sur la poitrine du troubadour sitôt qu'on l'avait ramené du port et étendu sur un lit de soie. Le prêtre qui l'avait baptisée avait insisté pour qu'on conduise le défunt directement dans la chapelle et qu'on le recouvre d'un linceul, mais elle s'y était fermement opposée. Elle avait passé des nuits entières à imaginer ce corps sur sa couche, le sourire au lèvres et le regard brûlant d'amour pour elle. Car Hodierne aimait Jaufré de toute son âme. Elle avait entendu de lui tant d'éloges, parmi lesquels l'assurance qu'il marquait son temps par la profondeur de ses sentiments, qu'elle avait éprouvé le besoin de le voir pour s'assurer qu'il était bien tel qu'on le lui avait décrit, tel qu'elle l'avait aimé. Sa mère l'avait reprise plusieurs fois, prétendant qu'on ne pouvait ainsi adorer une personne que l'on ne connaissait pas, mais elle s'en moquait.

Hodierne aimait la musique, et pas un seul troubadour n'avait su la troubler autant que ce qu'elle savait de Jaufré et de ses chansons. Oui, il était bien tel qu'elle l'avait imaginé. Il était mort en lui souriant, et son visage relâché gardait encore l'empreinte de ce sourire, comme s'il avait voulu lui transmettre l'amour qu'il avait pour elle. Car Hodierne en était convaincue, Jaufré l'aimait, malgré ce qu'avait prétendu le barde Taliessin qu'elle avait envoyé à Antioche. Et, quand bien même il en eût aimé une autre avant de la rencontrer, cela n'avait nulle importance ! Hodierne était belle au point que, chaque jour de par le monde, on se mourait d'amour pour elle, et lui, plus que tout autre, ne pouvait échapper à la règle. D'ailleurs, elle en tenait pour preuve le fait qu'il était venu à elle, malgré tout.

Elle se mit à pleurer convulsivement. C'était trop injuste. Elle avait rêvé et son rêve était devenu cauchemar. Jaufré était mort dans ses bras alors qu'elle se préparait à lui donner sa propre vie.

Depuis que son père était mort, elle avait écarté plusieurs prétendants au trône laissé vacant. Elle avait un frère bien trop jeune pour gouverner et sa mère se chargeait en son nom de régenter son fief. L'Église voyait d'un mauvais œil le fait qu'une femme seule tienne en main le destin d'une cité. Mais qu'était Tripoli ? À peine une poignée d'habitants regroupés dans l'enceinte fortifiée d'un château sur une falaise. Qui pouvait s'intéresser à ce royaume qui n'en était pas un ? Et puis la défense était assurée par une troupe de soldats fidèles qui savaient se battre. Hodierne n'était pas pressée de trouver un époux et avait décidé d'attendre le jour où Jaufré viendrait. Alors, elle serait à lui. Entièrement à lui.

Sa mère était une femme forte, autoritaire, mais elle ne refusait rien à sa fille. Hodierne en jouait. Elle avait ainsi obtenu de veiller la dépouille du troubadour dans sa chambre pendant trois jours, avant qu'on le mette en terre. Dans la lumière tamisée de la pièce, simplement éclairée de cierges, régnait une odeur d'encens que venait troubler par moments un parfum de lys. Au-dehors, par la fine meurtrière qui laissait passer un peu de jour, la vie continuait.

Hodierne s'éveilla d'un sommeil agité. Un regard par la meurtrière lui apprit qu'il faisait nuit. « Demain, se dit-elle en étirant ses membres endoloris, demain Jaufré de Blaye recevra sur son cercueil la première pelletée d'une terre qui lui est étrangère. » Elle se leva et fit quelques pas dans la pièce.

Elle s'apprêtait à sonner une servante lorsqu'un gémissement la cloua sur place. Elle était seule avec le gisant, d'où ce bruit pouvait-il venir ? Ce devait être le vent dans la fente de la meurtrière. Elle tira sur le cordon et se retourna pour regagner sa place, lorsque son regard se posa sur le visage du troubadour. Un cri lui échappa. Ces yeux qu'elle avait elle-même clos étaient grands ouverts et la fixaient. Elle recula de terreur contre la porte, incapable à présent d'émettre le moindre son. Et, soudain, une plainte s'arracha des lèvres du défunt, tandis qu'une larme roulait sur sa joue.

À cet instant, la porte s'ouvrit et Hodierne dut s'avancer vers le lit pour laisser entrer la servante. Celle-ci s'apprêtait à demander à sa maîtresse ce qu'elle voulait lorsque, attirée par l'expression de terreur inscrite sur son visage, elle constata elle aussi l'étrange phénomène. D'un geste prompt elle se signa et recula, livide.

Mais déjà Hodierne s'était ressaisie et approchait du lit. Tremblante, elle souleva une des mains croisées, s'attendant à ne pouvoir la bouger tant elle serait raide et froide, mais celle-ci s'envola dans sa main et retomba mollement lorsqu'elle la lâcha. Un cri de joie s'étouffa dans sa poitrine. Derrière elle, la servante effrayée marmonnait une prière destinée à éloigner les esprits du Mal. Hodierne se retourna vers elle, le cœur gonflé d'espoir.

— Va, ordonna-t-elle d'une voix affermie par la résolution, et ramène Houdar.

La pauvrette ne se fit pas prier pour sortir de la pièce. Lorsque Hodierne revint à Jaufré, ses paupières étaient retombées et il semblait de nouveau sans vie. La princesse prit alors la main molle dans la sienne. Elle était fraîche, mais non glaciale comme celle de son père la veille de sa mise en terre. Personne n'avait touché le corps du troubadour depuis qu'on l'avait étendu là. « Cela fait deux jours qu'il est mort », songea Hodierne en un éclair. Il aurait dû se raidir depuis longtemps comme n'importe quelle dépouille. Si cela n'était, c'était sans doute grâce à ses prières. Oui, elle en était convaincue, ses prières avaient accompli un miracle. Jaufré de Blaye vivait. Son âme errait sans doute encore quelque part dans un ailleurs inconnu, mais il vivait.

Elle en était à cet instant de ses réflexions lorsque le vieil Houdar, l'apothicaire du palais, entra dans la chambre. Il avait un air grave. Mis au courant par la servante de ce dont elle avait été témoin, il avait jugé bon de se faire accompagner d'un prêtre.

— Houdar, mon bon Houdar ! s'exclama Hodierne sans s'intéresser à l'habit noir du vieux confesseur qui tenait entre ses mains ridées une bible de cuir. Vois ceci !

Elle souleva une fois encore la main et la lâcha. Les sourcils froncés, Houdar regarda la main du troubadour retomber sur le lit, tandis que l'abbé se signait en serrant sur son cœur le précieux ouvrage saint. Houdar s'avança et, avec l'habitude de son métier, s'assit sur le lit et saisit à son tour la main inerte. Il tâta la chair, dans laquelle ses doigts s'enfonçaient aisément. Puis, d'un geste sûr, il chercha le pouls, s'y reprit à plusieurs fois, sans parvenir à le trouver, secoua la tête, comme il faisait à son habitude lorsque quelque chose l'intriguait, et s'abstint de répondre à la question qu'Hodierne répétait :

— Alors ?

Houdar releva les paupières closes de Jaufré et constata que les yeux étaient révulsés, puis il lui ouvrit la mâchoire et s'avisa encore une fois que rien n'était raide.

En désespoir de cause, il se leva et contourna le lit pour dénuder un pied qu'il amena à la hauteur de son visage. Déterminé, il mordit dans l'orteil sans que Jaufré manifestât la moindre réaction. Pourtant, à l'endroit de la morsure, une fine trace rouge montrait que le sang circulait encore.

— Alors ? insista Hodierne.

Houdar secoua la tête, élevant sa grosse voix dans le silence :

— Alors, Votre Majesté, tout cela est bien étrange. Je dirai que cet homme est mort, le test du pied le prouve, de même que celui du miroir l'a démontré lorsque nous l'avons couché sur ce lit : pas un souffle ne sortait de ses narines.

— Je l'ai entendu gémir, Houdar, et vois sur son visage. Il porte encore la trace de cette larme que j'y ai vue couler. Les morts ne pleurent pas.

— Douce Hodierne, il faut voir en cela l'œuvre du démon. Et se hâter de mettre en terre cette dépouille avant que, par quelque magie démoniaque, elle ne reprenne vie et ne massacre tout autour d'elle, professa l'abbé.

Hodierne sentit la colère monter en elle.

— Père Virgile, gronda-t-elle, comment pouvez-vous voir quelque démon dans ce qui est un miracle ! Cet homme est un des chevaliers du Christ et un fervent chrétien. De plus, je suis restée à son chevet sans faillir, accompagnant son repos de prières incessantes. Comment le Malin aurait-il pu s'emparer de ce corps si bien gardé ?

— Ses pouvoirs sont sans limites, ma fille. Prenons garde qu'ils ne nous atteignent grâce à ce subterfuge et activons l'office.

— Je m'y refuse, mon père.

Dressée dans toute sa certitude, Hodierne lui fit face.

— Vous n'avez pas, jouvencelle, à vous interposer devant la volonté divine.

— Mais, mon père, la volonté divine a redonné vie à ce corps, vous ne pouvez enterrer un homme vivant.

— Son âme appartient à Dieu. Elle n'appartient plus à ce corps et, quand bien même il continuerait à vivre sans, ma fille, il faut vous rendre à l'évidence, ce ne peut être qu'avec l'aide du Malin, sinon avec la vie, il aurait repris sa conscience. Résignez-vous. Demain matin, nous porterons ce malheureux en terre. Mais dès à présent je vais faire monter sa bière qui sera scellée et portée en la sainte église afin que la damnation ne soit pas sur nous et que les esprits du Mal ne puissent plus s'échapper.

Hodierne eut un sanglot, mais le prêtre avait la tête haute et ne cilla pas. Il marqua la pièce d'un signe de croix, tourna les talons et les laissa seuls.

— Ne pleurez pas, princesse.

Houdar referma ses bras sur les épaules fines. Tout cela l'ennuyait. L'homme de science qu'il était se trouvait face à un mystère et, malgré tout le respect qu'il devait à l'abbé, il avait du mal lui aussi à se résoudre à cette explication simpliste.

— Houdar, il faut convaincre l'abbé. Je ne peux croire que cet homme soit mort, entends-tu ? Il a pleuré, Houdar. Les démons pleurent-ils pour tourmenter les hommes ?

— Je l'ignore, princesse. Mais vous savez comme moi que les morts appartiennent à Dieu et donc à l'Église.

— Mais il n'est pas mort et vous le savez.

— Je ne sais rien, Hodierne. Cela dépasse ma science.

— Écoutez encore ! Je vous en conjure.

Hodierne leva vers lui un regard noyé et suppliant, et, comme chaque fois, le vieil homme poussa un long soupir résigné. Il se rassit sur le lit et chercha le pouls sur le poignet mol.

— Cherchez ailleurs…, suggéra la jeune fille.

Houdar relâcha la main et posa ses doigts à la naissance du cou. À plusieurs reprises il les déplaça, puis soudain s'immobilisa, ajusta l'emplacement, et Hodierne vit un large sourire s'étirer sur son visage boursouflé.

— Vous aviez raison, princesse. Je sens son pouls, il est extrêmement faible.

Il écarta les pans de la tunique grège et plaqua son oreille à l'endroit du cœur. Hodierne retint son souffle. Pendant de longues minutes, Houdar resta ainsi sans bouger dans un silence total, puis il se redressa et hocha la tête :

— Il est presque inaudible, comme ralenti, mais il est régulier. Pour une raison que j'ignore, cet homme est encore en vie. Trouvez-moi un miroir.

Hodierne s'envola presque jusqu'à la chambre voisine où elle prit un joli miroir rond enchâssé dans un cadre d'or ciselé. Alors qu'elle pénétrait de nouveau dans la pièce, les cloches de l'église se mirent à sonner à toute volée. Mais elle refusa d'y prêter attention. Houdar appliqua le miroir sous les narines de Jaufré. Un léger voile de brume s'y déposa, si mince qu'il dut refaire l'expérience plusieurs fois pour s'en assurer.

Houdar saisit Hodierne par les avant-bras et lui fit face gravement.

— Cela ne sera pas suffisant pour convaincre le père Virgile, princesse. Je peux constater que le cœur de cet homme bat, mais il est si faible que je doute qu'il puisse faire autre chose qu'entretenir un semblant de vie. Il faut se rendre à l'évidence. Le cerveau de cet homme est éteint et son âme l'a certainement quitté. Il vaut mieux mettre fin à son agonie et l'enterrer dignement.

Hodierne roula des yeux horrifiés.

— Aurais-tu perdu la raison ? toi aussi ? Je ne peux croire que toi, Houdar, tu oses dire pareille chose. Enterrer vivant un être humain ? Mais quel est donc, Seigneur Dieu, ce sentiment qui vous pousse l'un et l'autre ?

— Hodierne, vous savez combien nous vous aimons, le père Virgile et moi. Nous vous avons vue naître et grandir. Que se passerait-il, selon vous, si l'on savait au-delà de ces murailles qu'un homme déclaré mort est gardé dans une des chambres du palais, que son cœur bat, mais qu'il gît sans percevoir aucun sentiment ni même la douleur ? Dans le meilleur des cas, on vous penserait folle, à moins qu'on ne vous soupçonne de pratiques de sorcellerie. Je crains qu'alors ne viennent sur nous de grands malheurs, princesse. De grands malheurs.

Hodierne baissa la tête, bouleversée. Houdar avait raison, hélas. Au regard de tous, cette vérité ne pouvait qu'être l'œuvre de puissances occultes et maléfiques. Pourtant, elle releva la tête une nouvelle fois, assaillie par une idée folle :

— Je sais que tu as raison, Houdar, et cependant n'est-ce point un cas magnifique pour la science ? Je crois me souvenir d'une vieille histoire chantée par des troubadours. Elle raconte le miracle d'une femme qui serait restée dix jours en léthargie avant de se réveiller. Ne serait-ce point un cas similaire ?

— Légende, princesse, enjolivée par un esprit romanesque.

— Tu es un être rationnel, Houdar, le plus prodigieux apothicaire de cette terre. Un cas comme celui-ci est unique. L'examiner servirait à faire progresser la médecine.

— Où voulez-vous en venir, princesse ? demanda le vieil homme soupçonneux.

— Faisons des funérailles à cet homme pour que chacun pleure tout son soûl, de sorte que nul ne pourra jamais savoir la vérité. Avant qu'il soit mis en bière, nous transporterons son corps dans l'aile gauche du palais. Personne n'y vient plus. S'il guérit, alors nous aviserons. S'il meurt, nous l'enterrerons sobrement. Comme il aura déjà eu une messe, Dieu ne nous gardera pas rancune.

— C'est vous, douce et fragile Hodierne, qui me demandez cela ? Vous voudriez enterrer un cercueil vide, au mépris de tous les sacrements divins ?

— N'est-ce point péché plus grand, Houdar, d'enterrer les vivants ? Cela ne s'apparente-t-il point à un meurtre ? Je suis persuadée que ce sont mes prières et tout l'amour que je porte à cet homme qui ont permis ce miracle. Par tous les saints du Paradis, Houdar, laisse Dieu décider de sa destinée.

Mais déjà la porte s'ouvrait et le père Virgile entrait, devançant un cercueil de bois, que quatre moines posèrent à terre. Hodierne regarda Houdar et Houdar regarda Hodierne. Au terme de cet affrontement qui dura tout le temps que le prêtre récitait sa litanie, tandis qu'on déposait Jaufré de Blaye dans son linceul, Houdar hocha la tête et Hodierne de Tripoli sut qu'elle avait gagné.

Le 11 novembre 1149 vit notre retour au palais de la Cité. La vieille ville n'avait pas changé malgré ces deux années d'absence. Mais nous tous étions différents. Suger nous accueillit avec plaisir. Ses cheveux s'étaient encore clairsemés et de larges plaques brunes couvraient à présent son front et son crâne. Son regard n'avait cependant rien perdu de son intensité, et je le vis avec inquiétude se poser sur mon ventre. J'étais enceinte de cinq mois. Je me souvenais qu'Aliénor au même stade ne pouvait plus dissimuler ni sa poitrine ni la bosse proéminente qui saillait au-dessous de sa ceinture. Fort heureusement pour moi, je n'accusais qu'un léger embonpoint, et nous avions toutes pris quelques rondeurs en Sicile, puis tout au long de notre chemin vers Paris ; toutes et tous dirais-je, sauf Sybille, que nous avions confiée aux bons soins d'Héloïse au Paraclet, et Louis qui persistait dans un jeûne draconien. Lui aussi avait changé. Il n'était plus le moine effacé d'avant notre départ. C'était comme si le poids de Dieu avait fini par transpercer sa cuirasse et fait sourdre en lui l'âme du roi.

Dès notre retour, il s'entretint longuement avec Suger des affaires du royaume, et l'on célébra la première messe dans l'abbatiale de Saint-Denis. De nombreuses finitions restaient encore à réaliser mais la nef était somptueuse et je fus interloquée de tant de majesté. Les voûtes en ogive ressemblaient à des mains tendues vers le ciel.

Suger fit un long sermon sur la folie des hommes à vouloir posséder davantage, toujours. Cela pour rappeler que le temps de la guerre était révolu et qu'il fallait songer à reconstruire. Ensuite, il prononça une prière pour tous ceux que nous avions laissés en Terre sainte, et mon cœur s'émut pour Denys dont le souvenir était toujours présent et pour Jaufré dont je n'avais pas de nouvelles.

Ce fut la dernière fois que nous évoquâmes les durs moments que nous avions traversés tant nous étions les uns et les autres pressés d'oublier.

Bernard de Ventadour nous avait précédés à Paris et divertissait la petite Marie qui allait sur ses trois ans. Il s'effaça lorsque la reine parut, jugeant sans doute qu'à cet instant il n'avait pas sa place. L'enfant, qui ne se rappelait guère sa mère, se renfrogna lorsque Aliénor voulut la prendre dans ses bras, se cachant derrière les jupons de sa nourrice, mais, d'un tempérament affable, elle finit par se laisser apprivoiser et, quelques minutes plus tard, elle jouait sur les genoux de sa mère en riant aux éclats.

Aliénor était heureuse de retrouver sa fille, et bien moins d'avoir à affronter Bernard. Car sa réconciliation avec Louis excluait qu'elle continue de le voir, malgré tout son amour pour lui. Il avait fallu faire un choix, Aliénor avait choisi.

Bernard fut donc exilé une nouvelle fois. Non par le verbe violent du roi de France, mais par les larmes de raison de son amante. Il s'en fut tristement, bien que préparé à cette rupture par la rumeur de la réconciliation qui avait précédé les époux au palais.

Triste retour.

La vieille Cité nous sembla plus lugubre encore qu'avant notre départ. Terne et sale, ennuyeuse à mourir. Que nous restait-il du faste de Constantinople ou d'Antioche, des murs blancs, des fleurs à profusion et des fruits gorgés de soleil ? Quelques impressions plus ou moins heureuses et de la grisaille partout autour.

Béatrice avait renouvelé sa requête d'être donnée en épousailles. Ensemble, Louis et Suger lui choisirent un époux parmi ses prétendants : le jeune seigneur de Montmorency, qui portait beau et avait surtout le mérite de figurer parmi les proches du sénéchal de France et donc, à ce titre, de demeurer à la cour. Car ni Suger, qui considérait encore que sa nièce pouvait lui être utile, ni Louis, qui ne parvenait pas à l'oublier, n'avaient eu le cœur de l'éloigner. Ainsi, elle demeurait à nos côtés.

Je savais qu'elle en voulait à la reine de sa réconciliation avec Louis qui l'avait à jamais écartée de sa couche. Il lui aurait été égal de n'être pas reine de France pourvu que Louis l'aimât malgré tout et la gardât comme maîtresse. Désormais, plus rien n'était possible. Sa rancœur s'étendait désormais au fait qu'elle croyait amèrement que j'étais à l'origine de cette réconciliation.

Pour couronner le tout, Aliénor était de nouveau enceinte, c'était évident, et je n'eus pas le cœur, portant moi-même l'enfant de Jaufré, de mettre un terme à sa grossesse. D'autant plus que c'était à n'en pas douter une seconde fille.

Tout restait à faire.

Oui, bien triste retour que le nôtre.

9

Panperd'hu se tenait devant moi en ce 17 décembre 1149, torturant entre ses mains son bonnet de laine maculé de boue. Il était crotté jusqu'aux oreilles et pourtant n'avait pas voulu attendre d'être présentable pour me venir voir.

Je le reçus dans le salon de musique, abandonnant Aliénor et ses dames qui jouaient aux dés dans la pièce voisine. Leur rire arrivait jusqu'à nous. Panperd'hu, lui, ne riait pas. Il avait refusé que je l'embrasse tant il était sale, et, au vu de ses yeux tristes, mon bonheur de le retrouver s'était envolé. J'eus peur soudain, peur de son embarras, peur de cette sueur qui perlait à son front comme s'il avait de la fièvre. Mais ses yeux n'étaient pas fiévreux, non, ils étaient brisés.

— Où est Jaufré ?

Ses yeux se remplirent de larmes. À mots comptés, il me raconta le voyage, la certitude qu'avait Jaufré de sa fin prochaine, sa souffrance, Hodierne, et enfin son ami, mon amant, mon amour, qu'il avait abandonné sur une terre lointaine pour s'en venir vers moi le pleurer. Au fond de moi, un cri de désespoir tenta de jaillir pour me délivrer, mais il n'y parvint pas.

C'était juste comme si tout en moi disait non. Non, Jaufré n'était pas mort. Je l'aurais su, j'étais une magicienne, une sorcière, tout ce que l'on voudrait. Ces choses-là, je les sentais, je les devinais, je les voyais, et pas une seule fois je n'avais perçu la mort de Jaufré. Et puis je me souvins de cette vision sur le navire : Jaufré s'effondrant entre des mains blanches et baguées. Hodierne. Hodierne de Tripoli. Comme je m'en voulus de n'avoir rien compris, de n'avoir pas su empêcher que cela arrive.

Panperd'hu m'ouvrit ses bras, oubliant sa crasse, et moi-même je ne la vis plus. Je m'y jetai avec le sentiment de n'être plus rien. Rien. Je n'avais pas de larmes. J'avais envie de pleurer, mais je n'avais pas de larmes. Lui, il pleura pour moi, m'assura encore de tout l'amour qui remplissait le cœur de Jaufré, mais je ne pensais qu'à une seule chose : pourquoi ne m'avait-il pas fait confiance ? J'aurais pu sans doute, j'aurais dû sans doute. S'il me l'avait dit, si je m'en étais aperçue. Je lui en voulais, je m'en voulais. J'avais mal. Mal à hurler. Je demandai encore, car malgré tout quelque chose en moi s'accrochait à un espoir fou :

— Es-tu sûr qu'il est mort, Panperd'hu ?

— Aussi sûr que tu portes son enfant, murmura mon ami entre deux sanglots.

Je le fixai, surprise, incrédule. Ainsi Jaufré savait. Mais Panperd'hu secoua la tête, sa belle tête aux cheveux longs emmêlés par le vent.

— Non, il ne savait pas. De même moi, je ne le savais pas, je l'ai senti bouger, s'excusa-t-il en se reprenant et se forçant à sourire.

Alors seulement, je me mis à pleurer, à pleurer sur cet enfant qui ne connaîtrait pas son père, pas plus que je n'avais connu le mien, sur Panperd'hu qui avait bravé mille morts pour m'annoncer celle de Jaufré, sur tout cet amour qui m'emplissait et ne savait plus brusquement où s'épancher, sur ce bonheur entrevu, sur ma vie enfin qui n'avait été jusqu'alors qu'une succession d'erreurs et de malchances.

Je pleurai autant que ces nuages d'en haut pouvaient pleurer sur le monde pour l'enfouir dans une boue noire et le faire disparaître.

Aliénor était devenue attentive, douce, patiente. Elle aussi avait pleuré. Toute la cour avait pleuré son troubadour. Me voyant effondrée, la reine avait pris les choses en main. Elle contacta aussitôt Guilhem IV d'Angoulême, son vassal, mais néanmoins cousin et suzerain de Jaufré, afin que le frère du défunt, Gérard, prenne possession de son héritage. La réponse du comte d'Angoulême nous ébranla de nouveau : embarqué dans le sillage du comte de Toulouse pour rejoindre les croisés, Gérard Rudel avait été porté disparu en mer lors d'une tempête. Aliénor réagit sans attendre et exigea qu'un intendant soit nommé à Blaye, afin que le comté ne devienne pas la proie des seigneurs alentour.

Quant à moi, je savais que je n'y retournerais pas, trop de souvenirs y étaient attachés, si intenses encore qu'ils me faisaient douter chaque instant de la mort de mon amant. Parfois, je le rêvais étendu sur des draps blancs ou au milieu d'un parterre de fleurs. Il paraissait dormir. Je l'appelais de toutes mes forces, mais il ne m'entendait pas. Je m'éveillais en sueur, les larmes aux yeux.

Je devais me résigner, disait Aliénor, pour l'enfant. Ma fille. Sa fille. Notre fille ! Qu'adviendrait-il d'elle ? Louis ne pouvait me donner en mariage à quelque autre vassal dans mon état. Jamais un homme n'aurait conduit à l'autel une femme portant son gros ventre comme seule dot. J'allais devoir mettre cet enfant au monde, comme mère avant moi, dans un endroit sûr où personne ne saurait rien de son existence. La meilleure solution consistait à gagner la Normandie et à enfanter auprès de Mathilde, mais je ne pouvais me résoudre à quitter Aliénor au moment où j'avais le plus besoin de m'impliquer à fond dans la destruction de son mariage, ne serait-ce que pour oublier. Oublier combien il me manquait.

Quelques semaines plus tard, il y eut ce message en provenance d'Angers qui me recommandait de faire diligence : le conflit entre Étienne de Blois, qui avait regagné l'Angleterre, et Mathilde était plus mordant que jamais. Profitant de l'absence prolongée d'Étienne en croisade, Geoffroi le Bel avait œuvré habilement et réussi à mettre en avant les qualités d'Henri au détriment de celles d'Étienne et du fils qu'il préparait à sa succession. De sorte que les relations de l'Anjou avec les barons et prélats anglais s'en trouvaient ragaillardies. Si ces derniers avaient haï Mathilde, ils éprouvaient une sorte d'affection pour le Plantagenêt, comme ils le nommaient, qui ressemblait à son grand-père, le défunt roi. Or, Louis soutenait désespérément Étienne de Blois. Avec sa dot, Aliénor devenait plus que jamais un enjeu politique.

J'étais enceinte de six mois et Aliénor de quatre. Chez elle l'enfant était visible, puisqu'elle avait enflé d'une vingtaine de livres déjà, ce qui l'empâtait de toute part. En ce qui me concernait, je ne bougeais pas. J'avais même la sensation d'avoir maigri. Mes jambes ressemblaient à des piquets de barrière, comme lorsque j'étais petite, et l'on voyait mes salières poindre à travers ma peau à la naissance de la gorge. L'enfant me prenait tout. Le chagrin aussi. Aliénor m'enviait de pouvoir ne rien laisser paraître. Et pourtant elle était plus présente que jamais, fidèle et compréhensive.

Au fil des ans, son amour exclusif pour moi s'était transformé, peut-être par le simple fait d'avoir rencontré elle aussi l'amour véritable et désintéressé d'un homme. Nous étions plus que jamais complices, plus que jamais proches, même s'il nous arrivait de moins en moins souvent de nous aimer. Notre vie aventureuse pendant ces deux années y avait sans doute été pour quelque chose. Nous n'avions eu que peu d'occasions d'être seules suffisamment longtemps pour satisfaire notre désir l'une de l'autre. Au fond, c'était mieux ainsi. Je n'aurais pu de toute manière supporter des mains sur mon corps. Aliénor disait que c'était à cause de ma grossesse, mais je n'y croyais pas vraiment. J'avais plutôt la sensation qu'avec Jaufré était mort mon désir de l'amour. Les seules caresses que j'acceptais étaient celles de mes doigts sur mon ventre lorsque je me déshabillais et que je regardais les mouvements de l'enfant creuser des plaines et darder des monts dans ma chair rose.

Béatrice tournait et retournait une bague d'émeraude et de diamant autour de son annulaire. Ce gage de fiançailles du baron de Montmorency, qui lui venait de sa mère, était splendide, mais elle ne l'aimait pas davantage qu'elle n'aimait l'homme. Elle ne pouvait oublier Louis, se résoudre à ne plus l'approcher, le toucher. Certes, ils se retrouvaient souvent à l'église, mais Louis ne la regardait plus, il fixait désespérément la croix de bois sur laquelle un Christ ensanglanté défiait les hommes.

Et pourtant il l'aimait, elle le savait. Ce n'était pas elle qu'il fuyait, mais lui-même. Le baron de Montmorency était bel homme et sans doute un bon amant si elle en jugeait d'après les commérages de celles qui prétendaient avoir approché sa couche. Il serait probablement aussi un bon mari, elle l'avait suffisamment croisé dans les couloirs pour l'avoir pu apprécier à sa juste valeur. Mais elle ne parvenait pas à se faire à l'idée que dans trois mois seulement elle serait son épousée. Bien sûr, aussitôt qu'elle deviendrait baronne de Mont-morency, elle aurait davantage de pouvoir qu'elle n'en avait eu jusqu'alors. Oui, elle allait être plus que jamais présente, et Louis ne craindrait plus de la regarder. « Les hommes sont stupides, pensa-t-elle, ils s'imaginent qu'une femme mariée dérange moins leur âme qu'une prétendue vierge, parce qu'elle présente moins de risque de scan-dale une fois engrossée. » Cette idée lui répugna. Elle avait tellement rêvé de donner à Louis le fils qu'il attendait.

Un instant, elle songea à entraîner la reine dans une course folle à travers les bois pour lui tendre un piège, la faire tomber et piétiner par son che-val, non pour qu'elle meure mais pour qu'elle perde son enfant. Mais elle se dit qu'Aliénor trou-verait bien le moyen de le perdre sans aucune aide, comme elle avait déjà perdu tous les autres, à l'exception de Marie. Et puis au fond, ce n'était pas à Aliénor qu'elle en voulait. Celle qu'elle haïssait par-dessus tout, c'était moi. Elle ne ces-sait de se répéter que je l'avais bafouée, humiliée, brisée à plusieurs reprises, et finalement jetée dans les bras de Louis pour qu'il s'en repente et la repousse ensuite. Elle avait beau se consoler en songeant que Dieu m'avait punie en m'enlevant Denys puis Jaufré, elle savait que, tant que je la tiendrais dans mes griffes, elle ne pourrait goûter véritablement au bonheur. J'étais une épine dans sa chair. Et que faisait-on d'une épine sinon l'enlever et la faire disparaître ?

Nous étions fort occupées depuis l'annonce des épousailles de Béatrice. Toutes les dames de compagnie de la reine, les anciennes qui étaient revenues à nos côtés de Terre sainte et les nouvelles, fraîches comme des boutons de rose, pour la plupart à peine âgées d'une douzaine d'années, toutes nous étions occupées à filer, à carder, à tisser, à teindre, à broder le trousseau étincelant que la reine voulait lui offrir en présent. De sorte qu'on l'avait gentiment bannie de nos réunions d'après-midi et qu'elle ne nous rejoignait que lorsque nous changions d'ouvrage. Elle semblait heureuse de ces épousailles. Pourtant, Aliénor comme moi savions que ce mariage n'était qu'un leurre. L'essentiel étant pour tout le monde qu'elle se tienne tranquille. Et, de fait, elle se montrait charmante et souriante avec tous, même avec moi. C'était comme si on l'avait brusquement changée. J'aurais dû me méfier. Mais, en ces temps, je m'accrochais au quotidien comme à une bouée de sauvetage, naviguant à vue pour ne pas m'y perdre. Sans Jaufré je n'existais plus. Et, bien que toute ma raison s'ingéniât à me faire relever la tête, quelque chose en moi était brisé. J'avais pris la décision de partir dès la semaine suivante en Normandie où la cour de Geoffroi siégeait. Panperd'hu m'accompagnerait. L'immobilité de ces dernières semaines lui pesait à présent, et il tenait à être le premier à embrasser mon enfant. Nous étions devenus très proches depuis son retour et parlions souvent ensemble de Jaufré. Cela nous réconfortait mutuellement.

— La porte est ouverte ! criai-je tandis que je m'essuyais les mains.

J'avais demandé à m'occuper de la teinture. Nous avions rapporté d'Orient des pigments qui faisaient merveille, et il me divertissait de me laisser prendre par les effluves des bains bouillonnants dans lesquels je les déversais jusqu'à obtenir satisfaction. Ensuite, j'y trempais les tissus et les brassais avant de les étendre pour les faire sécher. Plusieurs jeunes filles m'assistaient dans ma tâche et suivaient scrupuleusement mes conseils. Désormais, j'étais l'ancienne, même si je n'avais que vingt-neuf ans.

Comme à l'accoutumée, les damoiselles chantaient de vieilles comptines entrecoupées de ragots qui m'obligeaient à les faire taire parfois, tant elles étaient avides de détails croustillants. La veille, l'une d'elles m'avait gentiment lancé qu'avant longtemps j'allais les faire ressembler à des nonnes puritaines et que si elles avaient, Dieu merci, échappé au couvent, c'était justement pour pouvoir se régaler de ces choses. Cette petite avait à peine quinze ans et était promise à un vieux baron qui était veuf depuis trois années. J'aurais dû la réprimander pour sa hardiesse, je n'en eus pas le courage. Quelque chose en elle me rappela les échanges qu'Aliénor et moi-même avions sous le saule dans les jardins de l'Ombrière. Tout cela était si loin !

— Dame Béatrice, quel bonheur de vous voir ! s'écria Margot, une jeunette aussi brune qu'un corbeau, mais vive comme une anguille.

L'arrivante portait un panier à son bras. Aussitôt, tel un essaim d'abeilles curieuses, ces damoiselles l'entourèrent, soulevant par malice les coins du torchon qui les empêchait de voir ce qu'il contenait.

— Bas les pattes, chipies ! les gronda Béatrice en riant, tout en se frayant un passage jusqu'à moi.

J'essuyai mes doigts tachés d'un bleu turquoise sur l'ample tablier qui couvrait mon bliaud.

— On dirait une lavandière, me lança Béatrice, visiblement amusée par ma tenue.

— Ma foi, acquiesçai-je, prenant plaisir à ce ton dans lequel pour une fois ne perçait aucune ironie. Il ne manque pas de tabliers pour vous joindre à nous.

Béatrice partit d'un rire gai.

— Point non, merci ! D'ailleurs, je me suis laissé dire que certaines de ces étoffes seraient utilisées pour quelque mystérieux trousseau, n'est-ce pas, damoiselles ?

Il y eut aussitôt quelques gloussements tandis qu'elles faisaient mine de s'éloigner et de reprendre leurs tâches. Mais Béatrice les interpella de nouveau après m'avoir lancé une œillade complice :

— Allons, restez donc, péronnelles. Voici de quoi récompenser vos efforts.

Et, d'un geste large et généreux, elle enleva le torchon qui cachait de belles tourtes dorées à point et une bouteille de sirop. Aussitôt, mes assistantes redevinrent des abeilles qui s'empressèrent de débarrasser un coin de la table et, prenant des mains de Béatrice le panier qu'elle leur tendait, elles dressèrent notre goûter.

Cette générosité soudaine m'émut malgré moi. Je m'approchai d'elle et murmurai :

— Merci, dame Béatrice.

— Ne me remerciez pas. Vous œuvrez pour moi, je le sais, sans compter votre peine, et malgré nos querelles j'y suis sensible, croyez-le. Venez, ajouta-t-elle avec un sourire léger, allons partager ces pâtisseries avant que ces gourmandes ne nous laissent que les miettes.

Quelques minutes plus tard, nous savourions ces présents en plaisantant. Alors que Béatrice remplissait les gobelets et les distribuait, je m'éloignai vers le chaudron, jugeant à l'odeur qui s'en dégageait qu'il était temps d'y verser les draps. Je restai un moment à brasser le tissu, puis revins vers la table, où Béatrice me tendit un verre en souriant. Je le vidai d'un trait tant les vapeurs et les sucreries m'avaient donné soif.

Béatrice souriait toujours, mais son sourire à présent avait une curieuse apparence de cruauté. C'est au moment où je me demandais pourquoi que je compris : cet arrière-goût dans ma bouche, cet étau à mes tempes…

Je poussai un cri de rage et de désespoir.

— Qu'avez-vous, dame Loanna ? Vous sentez-vous mal ?

Je distinguai vaguement le bourdonnement des voix des filles qui se rapprochaient de moi. Puis il y eut une douleur violente dans mon ventre. Et ensuite il n'y eut plus rien.

C'était comme une aube merveilleuse dont les couleurs du gris au rose se mouvaient en permanence, de sorte que leur brouillard effaçait jusqu'au moindre paysage. J'étais bien, détachée. J'avais la curieuse sensation de flotter parmi ces brumes qui me semblaient familières. Il me fallut un certain temps pour m'apercevoir qu'elles-mêmes baignaient dans une sorte de musique. Ce n'était pas à proprement parler des notes, plutôt une sorte de murmure fait de voix amies, enchevêtrées les unes aux autres dans un habile écho.

Un instant, j'eus la sensation d'être de retour chez moi, mais quel était-il, je l'ignorais. Puis ce fut comme si les brumes s'écartaient en un couloir au bout duquel une lumière flamboyait et m'attirait irrésistiblement. Je la vis s'approcher, mais sans doute était-ce moi qui volais jusqu'à elle. Je franchis sa barrière si intense qu'elle me fit cligner des paupières, ensuite je fus à l'intérieur d'elle et je le vis : Merlin.

Il se tenait debout, sa longue robe blanche de druide emplissait tout l'espace, et ses belles mains croisées sur sa poitrine se tendirent vers moi pour m'accueillir. Il souriait et de son regard coulait une infinie tendresse.

— Es-tu prête, mon enfant ? murmura sa voix au son de harpe.

Je m'entendis demander :

— Où allons-nous, père ?

— À la dernière frontière du temps. Là, tu choisiras ton destin.

— Je suis prête, père, murmurai-je, confiante.

Alors, il étendit ses bras et devant moi s'ouvrit l'horizon. La brume se déchira. Nous étions devant la porte d'une masure aux murs de torchis. La tenture en peau de bête se souleva et j'en vis sortir mère. Mon cœur bondit de joie, mais, comme j'allais m'élancer pour me jeter dans ses bras, je me rendis compte que ce n'était plus Guenièvre de Grimwald, mais quelqu'un d'autre. C'était son visage, c'étaient son regard et son port de tête, mais elle semblait immense et respirait une sérénité que jamais je ne lui avais vue. Merlin s'inclina devant elle pour la saluer et j'en fis autant. Alors, elle me sourit et s'avança vers moi. Ses mains douces me ramenèrent longtemps en arrière.

— Bienvenue chez toi, ma fille. Je suis la grande prêtresse d'Avalon désormais, mais peu importe. Si tu es ici, c'est que ton âme est à mi-chemin entre la vie terrestre et le noir de la mort. Or nous savons, Merlin et moi, que ton heure n'est pas venue. Pourtant, quelque chose t'attire vers le gouffre où plus rien n'existe et nous ne pouvions te laisser partir sans rien y faire.

Je ne comprenais pas ce qu'elle voulait dire, mais elle devait avoir raison, car une tristesse intense me noua la gorge. Merlin posa sa main sur mon épaule et me dit simplement :

— Viens.

Aussitôt le décor changea. Devant moi s'étendait un vaste bassin dans lequel une eau claire paraissait dormir, car rien ne s'y reflétait, ni les arbres qui se courbaient au-dessus d'elle ni nos visages penchés.

— Regarde, chanta la voix de mère.

La surface de l'eau frémit et des formes apparurent. Des visages étaient penchés au-dessus d'un corps qui se tordait de douleur. Je reconnus mes traits et autour de moi des visages en larmes.

— Dame Loanna, disait l'une d'elles, tenez bon, on s'en vient.

— La voilà.

Elles s'écartèrent et je distinguai le visage d'Aliénor boursouflé par la peur et l'effort d'avoir couru malgré son gros ventre. Près d'elle se tenait l'apothicaire du palais et une autre silhouette qui m'emplit de rage : Béatrice de Campan qui racontait une histoire invraisemblable. Je l'entendais et j'eus envie de crier qu'elle mentait, que je mourais par la faute du poison qu'elle avait versé dans mon verre, mais mon visage ne traduisait rien d'autre qu'une souffrance extrême.

L'image devint floue et une autre scène m'apparut. Je reconnus la silhouette d'Henri qui chevauchait au côté de son père. Il portait une bannière, celle des ducs de Normandie, et derrière eux se profilait une armée de lanciers et de soldats en armures. En face il y avait une autre armée, mille fois plus importante, sous une autre bannière, celle du roi d'Angleterre : Étienne de Blois. À son côté se dressait, telle une injure, l'étendard à fleurs de lys du royaume de France. Le choc était inévitable et pourtant, soudain, Aliénor s'interposa entre ces deux armées. Elle leva ses bras aux cieux, et Louis et Henri se précipitèrent tous deux vers elle, l'épée au poing, poussant des cris de rage. Mais ce fut Henri qui l'enleva le premier. Aussitôt, son armée devint puissante et redoutable. Louis recula, le visage défait. Étienne de Blois poussa un cri de haine. La rage au cœur, mais désespérément vaincu, il planta la bannière de l'Angleterre sur la colline où, avec Louis, il s'était retranché, puis, tous deux tournèrent les talons pour disparaître. Henri, qui tenait Aliénor en croupe, s'élança, et ce fut elle qui, se courbant à toucher terre, enleva le gonfanon et le brandit, sous les acclamations d'une armée gigantesque.

La scène redevint floue, puis le brouillard s'éclaircit, et cette fois je vis des jardins gorgés de fleurs luxuriantes. Un homme assis sur un banc pleurait en silence. Il leva la tête et je reconnus Jaufré. Mais ce n'était pas celui que j'avais quitté, non, son visage était déformé par un rictus douloureux et, lorsqu'il ouvrit la bouche pour m'appeler, aucun son n'en sortit, alors ses larmes redoublèrent. Une femme d'une beauté sublime s'approcha de lui et l'aida à se relever. Mais ses jambes étaient molles comme si plus aucun souffle de vie ne les habitait. Elle dut le soutenir pour qu'il puisse marcher. Progressivement, je vis son pas prendre de l'assurance et le jardin changer comme sous l'influence des saisons. Le visage de Jaufré redevenait paisible, mais pas davantage je n'entendis sa voix. La femme était toujours là, sans cesse à ses côtés, et, lorsqu'il pleurait, elle refermait ses bras superbes autour de lui et l'embrassait sur le front comme un enfant.

Les images se troublèrent une fois encore et de nouveau je me retrouvai étendue, torturée au milieu des dames. Je perçus un cri :

— Seigneur Dieu, regardez, c'est du sang !

Quelqu'un m'écarta les jambes, tandis que ma robe s'imprégnait d'un rouge écarlate. Aliénor se penchait et me parlait ; ses mots mirent longtemps à m'atteindre, puis je finis par les entendre :

— Je t'en prie, Loanna, tu peux le faire, pousse, pousse. Sauve l'enfant, sauve-le !

Au moment où je pris conscience de la déchirure dans mon ventre, la douleur me foudroya, me pliant au-dessus du bassin qui se nappa de sang. Un murmure de stupeur courut parmi les dames. Béatrice blêmit et bredouilla, horrifiée :

— Enceinte, elle est enceinte !

Puis quelque chose s'échappa de moi, et les femmes se signèrent. En vain j'attendis les hurlements de l'enfant. Rien ne vint. Alors, je compris qu'il était mort-né, que Béatrice de Campan avait détruit la seule chose qui me rattachait à la vie, et que je n'avais plus aucune raison de me battre. Mon image se déchira en lambeaux dans l'eau du bassin, une eau plus noire que la nuit.

Je me laissai tomber en sanglotant dans les bras accueillants de la dame d'Avalon, tandis qu'elle caressait mes cheveux épars de sa main douce, comme lorsque j'étais enfant.

Merlin ne souffla mot. Lorsque mes larmes s'apaisèrent, il posa la main sur mon épaule pour que leurs énergies à tous deux me régénérèrent. Pourtant, cette fois, son contact n'éveilla en moi qu'une immense colère. Je me dégageai violemment pour leur hurler à la face :

— Pourquoi ? Pourquoi vous acharnez-vous contre moi ? Je veux mourir entendez-vous ? Vous n'avez pas le droit de me déchirer ! Vous n'aviez pas le droit de me le prendre. Allez-vous-en ! Laissez-moi retourner à la terre, que j'y retrouve les miens, je n'ai plus rien à faire ni de vous ni de rien à présent.

— Loanna de Grimwald, ce que tu as vu est l'avenir dont dépend ta vie ou ta mort, murmura Merlin.

— Vous mentez, Jaufré est mort.

— L'eau du puits sacré ne peut mentir. Si tu choisis de mourir, alors Jaufré restera prisonnier de son mal dans ce royaume de Tripoli où il se trouve, et l'Angleterre tombera sous la domination définitive d'Étienne de Blois, car Henri mourra dans la bataille.

— Quelle importance, lui ou un autre ? hurlai-je pour me défendre, mais déjà au fond de moi s'ébranlaient mes certitudes.

Oui, je le savais, je l'avais toujours su, Jaufré n'était pas mort !

— D'Aliénor, Henri aura un fils, dont l'histoire du monde retiendra le nom et qui sera un grand roi, de la lignée des enfants d'Avalon, gardien d'une tradition et d'un savoir qui ne doivent pas se perdre. C'est notre devoir, insista Guenièvre. C'est ton devoir, Loanna, ma fille. Ne sous-estime pas les pouvoirs de l'amour.

— Ai-je le choix ? me lamentai-je.

La dame s'avança et m'attira à elle, me berçant tendrement contre son corps chaud.

— Ma petite, ma toute petite, un jour proche viendra où tu porteras ma descendance et celle des peuples engloutis, et où tu seras, comme je l'ai été, la plus heureuse des mères. Aie confiance. Rien n'est le fruit du hasard et pourtant nous ne pouvons laisser se nouer et se dénouer sa trame sans veiller au devenir de cette terre qui est nôtre. Étienne de Blois n'est pas un bon roi pour l'Angleterre. Il est fourbe, déloyal et parjure à nos traditions. Henri est cruel parfois, obstiné et coléreux, mais il sera juste et sa lignée servira une grande cause. Ce que tu as aujourd'hui l'impression de sacrifier, tu t'apercevras demain que ce n'était qu'une peccadille, lorsque fleurira ce que tu as semé. Alors, je te le promets, tu choisiras ta vie. Avalon n'est plus rien pour les hommes et sans doute suis-je la dernière de ses dames. Même le peuple des fées s'en est allé dispenser sa sagesse ailleurs. Nous n'intervenons plus que pour rendre justice à ceux de notre race et tenir sur le trône d'Angleterre le sang des anciens sages, la lignée royale de nos pères. Tu n'as pas été destinée à devenir la prochaine dame. Ni Merlin ni moi ne décidons de ces choses. Sache seulement que cette mission est pour toi la dernière. Désormais il t'appartient de choisir. Quoi que tu fasses et penses, tu es libre.

Me repoussant doucement, elle recula jusqu'à Merlin. Tous deux souriaient avec confiance. La haine que j'avais éprouvée pour eux revint, mais elle avait changé de cible. J'avais dans la bouche un goût âcre de vengeance. Je relevai le menton et d'une voix ferme exigeai :

— Il est une ancienne loi qui dit : Une vie pour une vie, sang contre sang. Si je réintègre la mienne, je veux la paix pour mon enfant.

Merlin hocha la tête en signe d'assentiment. Mère prit une profonde inspiration et assura :

— Une vie pour une vie. Béatrice de Campan mourra !

La douleur me plia en deux et une fois encore je vomis. On m'avait transportée dans ma chambre au palais. De mon voyage, je ne gardais que quelques certitudes : les visages mêlés de mère et de Merlin, la mort de mon enfant et le châtiment pour Béatrice. Elle se demanda sans doute comment je parvins à survivre à son crime abominable. J'eusse pu la dénoncer, mais qui aurait cru que le poison n'avait pas fait son œuvre jusqu'au bout ? L'explication qu'Aliénor me donna, en larmes, était plus crédible : j'avais fait une fausse couche, peut-être à cause des vapeurs des bains de teintures que je respirais depuis trois jours. Mais l'enfant était mort-né et cela seul suffisait à expliquer mon état de faiblesse et mon malaise. C'était une fille, une toute petite fille, qu'on me refusa de voir pour ne point me blesser davantage encore. Panperd'hu était à mon chevet. Il serrait ma main et pleurait. Cette enfant était devenue la sienne depuis la mort de Jaufré. Il devinait ce que je pouvais ressentir.

La nouvelle s'était répandue comme un incendie de forêt. Les commentaires allaient bon train. Avant longtemps, je le devinais, Suger déboulerait dans ma chambre pour m'exhorter à me confesser et à purger mon âme. Nul doute qu'il me sermonnerait en prétendant que cet enfant conçu dans le péché ne pouvait pas survivre et que Dieu l'avait rappelé pour me punir. Mais je m'en moquais.

Pour l'heure, j'attendais une autre visite : la traîtresse, la monstrueuse, l'impie, Béatrice. Non, je ne dévoilerais pas son sinistre geste, non, nul ne saurait jamais. Mais elle allait apprendre à guetter demain et, chaque jour, elle aurait peur de celui qui suivrait. Oui, cet enfant aurait sa vengeance.

— Vous m'avez fait demander, mon amie, susurra sa voix mielleuse.

Elle supposait probablement que je n'avais aucun soupçon quant à sa culpabilité. Je me tournai vers Panperd'hu et Aliénor.

— J'aimerais demeurer seule un instant avec dame Béatrice.

Aliénor m'interrogea du regard, mais, comme elle ne formula pas sa question, je me contentai de lui sourire.

— Comme bon te semblera, finit-elle par dire d'une voix égale. Allons, venez, messire Panperd'hu. Nous dégourdir les jambes nous fera le plus grand bien, surtout aux miennes qui ressemblent davantage à des outres trop pleines qu'à des tiges de roseau.

Enroulant son bras autour de celui du troubadour, elle salua Béatrice et sortit.

— Approchez-vous, Béatrice.

Elle s'avança. Derrière une superbe assurance, je devinais son inquiétude. Elle s'installa sur le siège laissé vacant par la reine et crut bon de se lamenter :

— Quelle cruelle perte que la mort de ce petit être ! Si je l'avais su, jamais je n'aurais permis que vous vous épuisiez à la tâche sur ce trousseau.

Un sursaut de haine me serra les poings. Je ne cherchais nullement à cacher ma colère. Elle blêmit, tandis qu'implacable je laissais la rage s'arracher de mes entrailles meurtries :

— Trêve de mondanités, Béatrice. Je sais que vous êtes responsable de tout ce qui est arrivé. Je connais trop le poison moi-même pour n'avoir pas reconnu la ciguë que vous avez employée. Vous me haïssez au point de m'avoir voulu détruire, mais on ne tue pas une sorcière.

Elle se leva d'un bond.

— Mensonge ! Je comprends que vous soyez affectée…

— Silence ! Asseyez-vous !

Elle hésita un instant, puis se laissa choir sur la chaise. Je laissai retomber le silence, sans la quitter des yeux. Elle finit par puiser dans une intelligence vive une parade plus appropriée que celle de la victime. Sa haine éclata et elle persifla entre ses dents de porcelaine :

— Nul ne vous croira. On ne survit pas au poison, et j'ignore même comment il ne vous a pas tuée. Mais cela seul servira contre vos accusations.

— Qui parle d'accusation, Béatrice ? ricanai-je. Me pensez-vous assez stupide pour vous intenter un procès ? On me prendrait pour une folle, perturbée par la perte de son enfant. Ce n'est pas cela que je veux.

— Et que diable voulez-vous ? Il n'est pas en mon pouvoir de vous rendre l'enfant.

— Vous ne savez pas qui je suis, Béatrice. Vous n'avez pas seulement idée des pouvoirs que je possède. Mais depuis trop longtemps vous pesez sur ma vie comme une crotte bourbeuse et putride. Vous pouviez être le bien, quand vous n'êtes irrémédiablement que le mal. J'ai cru que votre amour pour Louis pouvait servir mes desseins et je l'ai encouragé, mais cela aussi vous l'avez perverti. Pour tout cela il est temps de payer. Et le prix de vos crimes est la mort.

Elle partit d'un petit rire dans lequel je perçus plus de crainte que de cynisme.

— Quel poison me réservez-vous ?

— Il n'est point besoin de poison aux magiciennes. Entendez bien ce que je dis, Béatrice de Campan : « Par le pouvoir des trois cercles et la magie d'Avalon, j'appelle sur toi les démons des ténèbres et la malédiction de la terre que tu as souillée. Avant que soit passé à ton doigt l'anneau de pureté, tu périras dans la souffrance, par la cause de tout ce mal que tu as engendré. »

Elle tremblait à présent.

— Sorcellerie, hoqueta-t-elle. Vous brûlerez en enfer ou sur un bûcher !

Alors, je partis d'un rire qui fit trembler la pièce.

— Le poison ne peut rien contre moi, crois-tu donc que les flammes me détruiraient ? D'ailleurs, pas plus que moi on ne te croirait. Va-t'en à présent. Ma malédiction est sur toi et quoi que tu fasses ou dises n'y changera rien. Avant que tu sois épousée, tu mourras. Ce trousseau que j'ai teint et tissé sera ton linceul !

— Vous êtes folle ! Complètement folle !

Puis, tournant les talons, elle se donna une contenance en assurant un pas ferme et lent jusqu'à la porte.

Lorsqu'elle fut sortie, je me laissai tomber sur l'oreiller et fermai les yeux. Je ne regrettais rien des paroles que j'avais prononcées. Au contraire, elles me soulageaient.

10

Quelques semaines plus tard, Aliénor mettait au monde une fille prénommée Alix. Elle avait le teint pâle et le front de Louis, de sorte que nul au palais ne songea cette fois à attribuer cette naissance à un quelconque adultère. Louis vint prendre l'enfant dans ses bras et, malgré son regret de n'avoir toujours pas de fils, embrassa la reine avec effusion. Marie qui se tenait à côté du berceau, n'eut pas même droit à un regard tandis qu'il recouchait sa sœur avec précaution. Aliénor vit les yeux de l'enfant s'embuer de larmes mais elle n'intervint pas. Elle se promit de lui mentir et d'affirmer qu'il avait fait de même à sa naissance, car elle se doutait que le premier moment d'émotion passé, Louis ne s'intéresserait pas davantage à cette enfant qu'à l'autre. Le pape leur avait annoncé un fils pour sceller leur réconciliation, mais une fois encore Dieu n'avait rien voulu entendre de leurs prières. À croire qu'Il refusait de les unir véritablement par le sang.

Nous étions en avril 1150, et les premières fleurs de lilas embaumaient les jardins. La saison s'annonçait douce après le rude hiver que nous avions connu. Louis avait décidé qu'on célébrerait le mariage de Béatrice à l'occasion des fêtes de la Pentecôte. Ensuite, la reine et lui-même partiraient visiter leurs vassaux qu'ils n'avaient pas vus depuis leur retour de croisade. Ces derniers mois avaient été ennuyeux à la limite du morbide. Certes, reprendre les habitudes de la cour avait tout d'abord semblé reposant, mais il manquait un peu de cet imprévu et de ce piquant que nous avions laissés derrière nous dans les terres d'Orient.

Aliénor se réjouissait donc de voyager de nouveau et d'être enfin délivrée de ce fardeau qui la faisait ressembler à une roue de charrette. Elle avait énormément grossi et désespérait de retrouver une taille fine. Elle serait sans doute allée quérir l'aide de la sorcière du marais si celle-ci n'était morte pendant que nous étions à Constantinople.

Lors, Aliénor subissait ses relevailles en préparant les festivités. J'avais repris le dessus, même si la naissance d'Alix avait ravivé en moi la perte cruelle de mon enfant. En devenant ma filleule, elle était de fait devenue un peu mienne et Aliénor me la laissait cajoler autant que je le voulais. Bernard de Ventadour avait envoyé ses félicitations, ce qui nous permit d'apprendre qu'il séjournait à la cour de Normandie près d'Henri. Il se préparait là-bas de grands affrontements car Étienne de

Blois s'était mis à dos les barons, de sorte que Geoffroi le Bel et son fils recueillaient de plus en plus de doléances et d'alliés.

Je m'étourdissais dans les activités quotidiennes, d'une part parce que préparer l'hymen de Béatrice me rapprochait de l'heure de ma vengeance et, d'autre part, parce que j'oubliais ainsi les visions qui m'assaillaient chaque nuit. Jaufré était là, étendu sur un parterre de fleurs, tendant les bras vers moi. Je ne savais plus comment interpréter ces songes, j'avais conscience que quelque chose de primordial m'avait été révélé pendant mon inconscience, mais je ne voyais que des bribes.

Béatrice m'évitait. Elle passait de longues journées enfermée dans l'église. De la jovialité et de l'enthousiasme même feint qu'elle affichait avant l'incident, il ne restait rien. Certaines mauvaises langues répandirent le bruit qu'elle se sentait responsable de ma fausse couche pour n'avoir pas su intervenir assez tôt, ou encore m'avoir par ses fiançailles obligée à un surcroît de travail quand la température extérieure était trop fraîche, bref, en tous les cas, qu'elle se sentait responsable. Peut-être était-ce vrai. Béatrice me haïssait, mais je doutais qu'elle puisse attenter à la vie d'un enfant. J'aurais dû lui pardonner de n'avoir rien su, mais je ne le pouvais. C'était comme si la seule pensée de sa mort à présent inéluctable m'aidait à vivre.

Il faisait un soleil radieux en ce jour de Pentecôte. Toute la matinée, les joutes avaient opposé les seigneurs. J'avais eu grand plaisir à retrouver Geoffroi de Rancon. Il fut heureux de me voir et me présenta ses condoléances. La mort de Jaufré avait fait le tour du pays et il savait combien sa perte était pour moi irréparable. Il n'était arrivé que le matin même, à l'inverse de nombreux autres seigneurs. Il n'y avait pas eu de tournoi depuis la mort de Denys. Aussi, lorsqu'il insista pour être mon champion à sa place, je n'eus pas le cœur de refuser, m'abstenant de prêter l'oreille aux murmures qui ne manquèrent pas lorsqu'il vint me saluer. De fait, je ne regrettai pas d'avoir accepté son hommage, car il se battit hardiment, exhibant ma manche à son bras avec panache.

Béatrice ne parut pas. Je ne l'avais pas revue depuis notre explication. Sans doute se préparait-elle à ce simulacre de mariage, à moins qu'elle n'essayât dans un ultime élan de sauver ce qui lui restait d'âme.

Lorsque cette première journée s'acheva par un gigantesque banquet où moult troubadours et saltimbanques montrèrent leurs talents, je ne pus m'empêcher de songer qu'avant la prochaine lune je serais débarrassée de mon ennemie la plus redoutable. C'est avec du baume au cœur que je m'endormis cette nuit-là.

Le coq chanta sur les premières brumes de l'aurore, voiles légers qui couraient à fleur de terre, promettant une autre journée radieuse. Aux vêpres qui marqueraient la clôture des tournois, on célébrerait les épousailles de Béatrice, et le banquet deviendrait dès lors celui des mariés. Aliénor m'avait confié la tâche de veiller aux préparatifs culinaires du soir, pour que tout soit parfait. Je me rendis donc en cuisine sitôt levée, l'âme légère, et vérifiai que tous les ingrédients avaient été livrés pour la confection des pâtés, des tourtes, et la multitude de plats qui figuraient au menu. Aliénor m'y rejoignit en début d'après-midi. Elle semblait embarrassée et m'entraîna à part.

— Quelque chose te préoccupe ? demandai-je, espérant au fond de moi qu'elle allait m'apprendre que Béatrice avait devancé son heure en avalant quelque poison.

— Point non. En fait, c'est plutôt une bonne nouvelle, bien que je doute que tu y sois sensible.

— Allons, parle, ris-je en lui pinçant le nez, maligne.

— Geoffroi de Rancon vient de me demander ta main.

La nouvelle me coupa le souffle, et Aliénor à son tour éclata de rire devant ma mine abasourdie.

— Je savais que cela te ferait grand effet.

— Il n'est pas sérieux, parvins-je à bredouiller, encore sous le coup de l'émotion. Il vient de perdre son épouse et se doit de respecter le deuil !

— C'est ce qu'il m'a dit, vois-tu. En fait, il souhaitait que je te fasse part de sa demande afin que tu aies le temps nécessaire pour y songer avant qu'il puisse de façon tout à fait officielle te passer la bague au doigt. N'est-ce point chevaleresque ? s'amusa Aliénor en joignant ses mains sur son cœur.

— Cesse de te moquer, veux-tu ? Que lui as-tu répondu ?

— Rien. Je l'ai simplement assuré que je t'informerais de sa requête au plus tôt. Ai-je bien fait ?

— Oui, oui. Merci, ma douce.

— Allons, je m'échappe, on m'attend pour l'ouverture des jeux. Viens-tu ? Ton beau chevalier ne saurait défendre les couleurs d'une absente…

— Pars devant. Il me reste quelques ordres à donner ici.

En fait, j'avais surtout besoin de me ressaisir. Jamais je n'avais envisagé de devenir l'épouse d'un autre que Jaufré. Geoffroi de Rancon était bel homme bien que d'un âge certain, et surtout un homme sûr. À plusieurs reprises déjà, j'avais pu apprécier sa loyauté et sa bravoure. Une année devait s'écouler avant que son deuil lui autorise de nouveau le mariage. J'avais une année pour réfléchir à une proposition qui allait dans le sens des espoirs de Jaufré : me mettre à l'abri de mes ennemis et des convoitises de barons impétueux et grossiers. Une année pour mener à bien ma mission. Ensuite, peut-être… Je n'éprouvais qu'une sincère amitié pour cet homme, mais combien de mariages avaient été heureux sur ces seules bases ? La confiance n'était-elle pas primordiale dans l'hymen ? Et je pouvais dire, assurément, que j'avais confiance en Geoffroi de Rancon. « Si seulement Jaufré était encore de ce monde », soupirai-je en goûtant du bout des lèvres une sauce onctueuse, ce qui m'attira le regard inquiet du cuisinier, s'imaginant sans doute que ce soupir était une critique.

— C'est parfait ! lui lançai-je pour me faire pardonner.

Alors, il gonfla son torse proéminent qui ressemblait à un gosier de dindon gavé jusqu'aux genoux, de sorte qu'on eut l'impression que ses jambes démarraient à cette hauteur. Je m'esquivai en pouffant.

Les joutes furent un régal. Les vétérans encore une fois emportèrent tous les trophées. Sans doute trouvaient-ils plaisant de ne plus se battre que pour l'honneur. Il y eut de fait, comme la veille, fort peu de blessures, et, lorsque chacune d'entre nous remit son trophée à son vainqueur, Geoffroi de Rancon qui était des finalistes vint s'incliner devant moi avec un sourire complice. Je le lui rendis sans malice et passai autour de son cou la médaille d'or à l'effigie d'un chevalier terrassant un dragon qui symbolisait la force et l'adresse.

— Ma dame, murmura-t-il, plus que ce trophée, c'est votre sourire ma plus belle récompense.

Je détournai mon regard du sien, car il était si appuyé que je sentis un fard me monter aux joues.

À cet instant les cloches de Saint-Denis s'envolèrent, appelant à l'office de vêpres.

Aliénor s'en fut rejoindre Louis, et les dames leurs époux qui s'étaient dirigés vers les pavillons pour s'y rafraîchir. Moins d'une vingtaine de minutes plus tard, le cortège s'ébranla vers l'abbaye. Au moment d'allonger le pas, alors que je prenais place au milieu des invités, la voix de Geoffroi de Rancon s'éleva tout près de moi :

— Acceptez mon bras, voulez-vous ?

— Fort volontiers, mon ami, acquiesçai-je.

Ce fut donc à son bras, avec un pincement au cœur, que je pénétrai dans la cathédrale. La dernière fois que j'avais marché aux côtés d'un autre, c'était à Tusculum et le pape lui-même avait béni mes fiançailles.

Quelques minutes plus tard, dans l'église bondée, Béatrice paraissait dans une robe somptueuse d'un voile immaculé, menée à l'autel par son oncle, le baron de Campan. Elle souriait à peine, et son teint plus blanc que son linge attisa un murmure dans l'assistance à mesure qu'elle s'avançait le long de la grande allée centrale. Sans doute l'émotion, commenta une voix féminine. Mais je savais que c'était autre chose. Quelque chose comme de la peur. Une peur grandissante à mesure que ses pas la rapprochaient de l'autel et de son Dieu sur sa gigantesque croix. Lorsqu'elle fut au pied de l'autel, son futur époux la prit par la main pour la conduire devant le roi et la reine. Louis aussi était livide, il devait lui en coûter de voir un autre lui ravir celle qu'il chérissait tant. Les deux vassaux s'inclinèrent respectueusement.

Puis les futurs épousés s'en retournèrent devant l'autel où Suger les attendait. Il parla longuement des obligations du mariage, de leurs devoirs envers le roi de France, et de tant d'autres serments. À plusieurs reprises, Béatrice toussa comme si l'air lui manquait, puis se ressaisit. Enfin vint le moment où le baron de Montmorency prit sur un coussin de velours l'alliance d'or et la lui présenta en clamant haut et clair :

— Par le pouvoir du Tout-Puissant, créateur du ciel et de la terre, et par la foi de mon engagement aux saints sacrements du mariage, je me donne tout entier, corps et âme, à vous, Béatrice Élisabeth de Curves, baronne de Campan, afin que, dans la joie comme dans la peine, mon épée et mon amour servent votre cause dans le respect, la fidélité et la sagesse jusqu'à ce que la mort nous sépare.

Il souleva délicatement la main gauche de sa belle et enfila à son doigt l'anneau d'or. Ce fut à cet instant précis que Béatrice s'étrangla. Elle porta la main à sa gorge diaphane pour en arracher le sautoir de diamants qui y scintillait, comme s'il pouvait être la cause de son malaise. Mais cela ne changea rien. Alors, elle écarquilla des yeux ronds et effrayés vers la tribune royale, chercha un souffle dans un cri qui ne vint pas et s'effondra, inerte, entre les bras de son fiancé, interloqué. Personne n'avait eu le temps de réagir. D'un même élan, l'assistance se leva, inquiète, tandis que Suger venait en aide au baron de Montmorency pour étendre la malheureuse à terre. Personne n'osa troubler le silence de la nef, pas même Louis, livide, qui plantait ses ongles dans l'accoudoir du trône sur lequel il siégeait.

Après s'être penché sur le corps qui reposait sur le dallage de terre cuite, Suger s'avança vers le roi et lui chuchota quelques mots. Il paraissait troublé au plus haut point. Louis chancela, et Aliénor dut passer son bras sous le sien pour le soutenir. Tous trois se dirigèrent vers Béatrice.

Ce fut Louis qui, bravant tous les interdits, la souleva de terre dans ses bras, les yeux emplis de larmes, tandis que le baron ne parvenait pas à faire un geste, pétrifié par cette vision blanche qui ressemblait à une fleur sublime dans un parterre vierge. Le roi hurla plus qu'il ne parla, tant sa voix résonna sous les voûtes emplies d'un silence glacial :

— Mes amis, ce jourd'hui était jour de fête, demain sera jour de deuil. Béatrice de Campan nous a quittés pour le royaume des cieux.

Deux par deux, les invités vinrent tracer un signe de croix sur le front blanc qui pendait mollement entre les bras de Louis. Aliénor voulut lui dire que ce n'était pas sa place mais celle du baron, mais elle n'en eut pas le courage. Elle pouvait lire dans les yeux de Louis une souffrance infinie qui lui rappela celle qu'elle avait éprouvée à la mort de Raymond.

Lorsque, à mon tour, je fis glisser mes doigts au-dessus des paupières closes de Béatrice, ce fut en murmurant pour elle seule :

— Que la paix désormais soit tienne.

Ainsi je levais sur elle l'anathème que sa propre haine avait tissé, car, malgré la satisfaction que me procurait son trépas, je ne pouvais supporter l'idée de laisser peser sur son âme le poids de ma malédiction.

Le banquet qui suivit fut bien terne. Le baron de Montmorency n'y parut pas, occupé à veiller celle qui n'avait pas eu le temps de devenir son épouse. Louis fit pâle figure, ne goûtant qu'à peine les plats. Au terme d'un long moment, il demanda à Aliénor la permission de se retirer et elle n'eut pas le cœur de l'en empêcher. Elle savait qu'il partait rejoindre les proches de Béatrice pour prier avec eux. Curieusement, elle ne lui en voulut pas. Louis était brisé par le chagrin et, au lieu d'en tirer une certaine vengeance qu'elle attendait depuis la mort de Raymond, elle avait pitié de lui. Sans doute eut-elle conscience à cet instant que plus que quiconque Louis était seul. Totalement seul désormais.

Moi, j'avais le cœur joyeux, d'une légèreté inouïe, comme si rien à présent ne pouvait plus m'atteindre. Comme si, d'avoir écarté Béatrice, je tournais une page amère de mon existence. Lorsque Geoffroi de Rancon proposa de me raccompagner jusqu'à ma porte, j'insistai pour faire quelques pas au clair de lune, immense, qui auréolait les arbres du jardin. Cette requête lui fut agréable et c'est côte à côte que nous nous avançâmes vers les créneaux qui surplombaient la Seine.

— J'imaginais mal que cette damoiselle puisse avoir pareille fin, commenta Geoffroi pour rompre un silence que j'avais laissé s'étendre au fil de mes pensées.

— Quoi qu'il en soit, Geoffroi, je vous mentirais en prétendant que je m'en sens affectée.

Il eut un sourire complice.

— Le contraire m'eût profondément surpris, savez-vous. Denys m'a tout raconté vous concernant, Loanna.

Il avait dit cela à mi-voix comme une confidence, tandis qu'il prenait ma main. Je frissonnai soudain, mais ce n'était pas de froid. Que savait-il exactement ?

— Il m'a assuré avant de mourir que vous n'étiez pas comme les autres. Que vous défendiez les intérêts de l'Aquitaine, et que votre mission entraînerait sur vos pas nombres d'ennemis contre lesquels il faudrait se battre. Enfin, que vous lui étiez plus précieuse encore que sa vie. Cela, hélas, il l'a prouvé. Lorsque j'ai fait promesse sur son souffle de mourant de veiller sur vous à mon tour, je n'imaginais pas véritablement à quel point vous prendriez de place dans mon cœur. Sans doute parce que je savais alors votre attachement à Jaufré de Blaye. Puis j'ai appris qu'il s'était éteint à son tour, et ce que je ressentais pour vous a pris son véritable sens. Vous savoir seule et sans défense m'a bouleversé. Je vous aime, Loanna. Bien loin de moi l'idée de comparer cet amour avec celui d'un comte de Blaye ou de Châtellerault. Et je serais bien fou d'imaginer que vous puissiez m'aimer aussi. Pourtant, je suis prêt à vous donner mon nom, non seulement pour vous protéger puisque j'en ai fait le serment, mais pour vous chérir jusqu'à la fin de mes jours.

Il était sincère autant qu'ému. Instinctivement, je portai ma main à sa joue. Son attention, sa délicatesse me touchaient infiniment. Alors, il m'attira dans ses bras et m'embrassa avec fougue. Je m'abandonnai à son étreinte. Jaufré me manquait tant !

Cette seule pensée me fit repousser Geoffroi avec douceur et fermeté.

— Pardonnez-moi, bredouilla-t-il, imaginant sans doute que j'avais jugé déplacée sa soudaine hardiesse.

— Non, affirmai-je, c'est à vous de me pardonner, Geoffroi. Depuis que Jaufré est mort, je me sens, il est vrai, désespérément seule. Et davantage encore depuis que j'ai perdu son enfant.

Il blêmit, mais n'osa aucun commentaire. Il avait bien trop de tact pour cela. J'estimai cependant qu'il devait savoir :

— Je vais avoir trente ans, Geoffroi. Il serait stupide d'imaginer que je n'ai pas connu d'hommes. Pourtant Jaufré a été le seul. Et, depuis sa fin, nul autre n'a eu sa place dans ma couche. Certes, ce n'est sans doute pas très chrétien de s'abandonner ainsi avant le mariage, et je vous assure que l'abbé Suger m'a grandement fait la leçon, appelant sur moi toutes les foudres du ciel. Comme vous le savez, Jaufré et moi devions nous marier à son retour de Tripoli. Il est parti sans savoir que j'étais enceinte. J'ai dissimulé cette grossesse autant que je l'ai pu, envisageant d'aller mettre l'enfant au monde en Normandie dans le plus grand secret. Béatrice de Campan est responsable de ma fausse couche. Vous en raconter en détail les circonstances serait bien trop long, mais je veux croire que vous avez suffisamment confiance en moi pour ne pas douter de mes dires.

Il hocha la tête en signe d'assentiment, et je poursuivis en frissonnant sans le quitter des yeux :

— Je sais que Béatrice a reçu ce jourd'hui le châtiment divin pour ce crime et tant d'autres, et c'est la raison pour laquelle je n'ai pas de remords quant à mes sentiments. Je vous respecte, Geoffroi, mais je ne peux vous aimer. Jaufré a pris mon âme, elle ne m'appartient plus.

Il passa son bras autour de mes épaules pour m'envelopper de son mantel. Je n'eus pas le cœur de le repousser une nouvelle fois. D'ailleurs, il se contenta de m'attirer à lui. Dans un soupir, j'abandonnai ma tête sur son épaule massive. Sa voix grave me réconforta :

— J'ai perdu mon épouse cet hiver. C'était une brave femme, qui m'a donné deux fils. Je ne l'ai jamais aimée et elle m'a supporté de même. Mais je veux croire qu'elle a vécu heureuse avant que cette fièvre ne l'emporte. Je porterai son deuil une année ainsi que le veut la coutume, ensuite je serai libre de prendre épouse de nouveau. Je saurai vous attendre, Loanna. Peut-être parviendrez-vous, non pas à m'aimer, mais à éprouver pour moi suffisamment de tendresse pour envisager ma proposition. Sachez que, jusqu'à cette heure, jamais plus nous n'en reparlerons, mais que j'accourrai sans hésitation au moindre signe de votre part, chaque fois que vous aurez besoin de ma présence, et de mon réconfort. Tel l'ami sûr auquel autrefois Denys a confié votre vie.

— Que vous dire, Geoffroi, sinon que, si je devais prendre époux un jour, c'est vers vous assurément que mon cœur irait.

Il me serra tendrement contre lui et nous restâmes ainsi un long moment en silence, écoutant se cogner les coques des embarcations amarrées au pied des remparts. Puis il déposa un baiser sur mon front et, allongeant le pas sur ce geste, me ramena chez moi.

Ce fut comme une certitude. Une certitude qui brusquement revenait dans la réalité. Jaufré de Blaye eut la sensation fugitive qu'il lui suffirait d'ouvrir les yeux pour voir de nouveau et mettre enfin sur ces voix feutrées et inconnues des visages et des noms. Pendant longtemps, un temps dont il n'avait nulle idée, il avait perçu autour de lui un va et vient incessant, mêlé à des images d'un autre temps, d'un autre lieu. Où se trouvait-il ? Qui était-il ? Il l'ignorait. Il avait simplement conscience d'un corps qui n'éprouvait aucune douleur mais qui pesait pourtant. Par moment, il croyait se souvenir de quelque chose, mais aussitôt cela disparaissait. Jusqu'à aujourd'hui. Mais que signifiait ce mot ? À quelle date, quel mois, quelle année se rapportait-il ? Cela aussi il l'ignorait. C'était un prénom qui l'avait éveillé. Un prénom venu du tréfonds de sa mémoire vierge. L'avait-il entendu ? L'avait-il rêvé ? L'avait-il connu ? Lentement, jaillis d'un épais brouillard, des traits dessinèrent les contours d'un visage, d'un regard, d'un sourire qui soudain lui donnèrent envie de ranimer ce corps inutile : « Loanna. Loanna. » Lorsque le comte de Blaye ouvrit les yeux, ce fut en le prononçant. Alors seulement, il s'aperçut qu'aucun son ne sortait de sa gorge.

Tandis qu'au fil des mois la légende du troubadour mort dans les bras de sa belle se répandait en Europe, Jaufré de Blaye dormait d'un sommeil léthargique entre les murs sombres d'une pièce oubliée du palais de Tripoli. Houdar s'était penché sur le problème comme un défi à toutes les règles de la nature. Ce cas l'intéressait au plus haut point. Très vite, il en vint à se dire que Jaufré Rudel vivait de façon végétative et qu'il fallait l'alimenter puisqu'il ne pouvait le faire lui-même. On le fit boire de l'eau sucrée, puis salée, ainsi que du bouillon de viande de nombreuses fois par jour, à l'aide d'un entonnoir qu'on lui enfonçait dans la gorge. Peu à peu, la respiration du troubadour s'était faite plus régulière. Parfois montaient de sa glotte d'étranges sifflements, lors, un souffle irrégulier et fort l'ébranlait tout entier. Mais il n'ouvrait pas les yeux et ne manifestait pas de signe prouvant qu'il percevait ce qui l'entourait.

Houdar avait consulté plusieurs confrères en toute discrétion, jusqu'en les contrées les plus reculées. Il apprit ainsi l'existence d'autres cas qui se comptaient depuis de nombreuses décennies sur les doigts d'une main. Pourtant, il les raccorda à des récits entendus de-ci, de-là faisant état de cadavres découverts lors du nettoyage des fosses et tombeaux, qui, au lieu d'avoir les mains jointes sur la poitrine, avaient pris d'étranges postures, comme s'ils avaient tenté de soulever le dessus de leur cercueil. Ces êtres, il en avait acquis la certitude, avaient été enterrés vivants, dans un état sans doute identique à celui de son patient, et s'étaient réveillés avant de manquer d'air. Or donc, il se félicita d'avoir cédé aux suppliques de la princesse. Cinq mois passèrent ainsi, sans que rien n'évoluât. Jaufré Rudel n'avait plus que la peau sur les os, mais, peu à peu, la vie revenait en lui par de petits signes, un frémissement des doigts, une grimace, un soupir. Détails qui réconfortaient Hodierne et entretenaient son espoir fou.

Lorsqu'elle pénétra dans la chambre un matin de mars 1150, elle trouva Jaufré Rudel les yeux grands ouverts. Remplis de larmes. Elle s'agenouilla devant lui, craignant qu'une fois encore, il ne replonge dans son univers de ténèbres. Mais Jaufré était revenu. Et, avec lui, le souvenir de ce visage et de ce nom, qu'il avait voulu crier sans pouvoir le faire. Il leva son regard délavé vers cette femme qu'il ne reconnaissait pas, mais qui pleurait pourtant en gémissant :

— Là, mon aimé, c'est fini ! C'est fini !

Mais qu'est-ce qui était fini ? Il dut se faire violence pour trouver en lui la force de déplacer sa main droite jusqu'à celle de cette belle. Lorsqu'il y parvint, ses doigts décharnés sentirent une chaleur qu'il avait oubliée, et leurs deux paumes se nouèrent tendrement. Hodierne poussa un cri de joie. Elle avait gagné.

Avec avril, la chaleur douce des bords de mer promena des senteurs de rose et de jasmin sur la ville blanche de Tripoli. L'incessant voyage des navires ramena des voyageurs et des troubadours que le mauvais temps avait empêchés d'accoster durant l'hiver. L'on mit sur le compte de ce renouveau la bonne humeur de la princesse Hodierne.

Jaufré de Blaye avait repris des couleurs. Le gavage obligé de ces longs mois avait fait place à une nourriture plus riche, et son hôtesse avait eu tout loisir de lui raconter ce qui s'était passé. D'avant, il ne se souvenait que de peu de choses, si ce n'était ce nom et ce visage qui l'obsédaient. Le bilan médical de Houdar avait été affligeant. Jaufré Rudel vivait, mais il était muet, et, outre son amnésie, son visage était déformé par un rictus qui lui étirait la lèvre gauche en une grimace simiesque. S'il pouvait remuer son bras, sa main et sa jambe droite, de même que son torse, il n'avait plus de sensibilité ni de coordination dans ses autres membres. C'était comme si cette partie de lui continuait de dormir. Houdar ignorait si cela reviendrait un jour.

Lorsque Jaufré eut entendu le récit du dévouement d'Hodierne, son cœur s'emplit de reconnaissance. Cependant, il ne parvenait pas à se convaincre qu'il l'aimait aussi et que c'était la raison pour laquelle il avait atteint ces rivages. Quand il eut retrouvé quelques forces, il inscrivit sur un parchemin ce nom qui prenait toute place au creux de ses entrailles, afin qu'elle lui donnât une réponse.

— J'ignore qui est cette Loanna, répondit Hodierne, l'air navré. Peut-être votre mère, ou une quelconque dame de France qui aura servi de muse à vos merveilleux vers. Sans doute avec le temps votre mémoire reviendra-t-elle suffisamment pour vous donner une réponse. Pour l'heure, une délicate mission m'attend. Confesser votre résurrection et mon péché à messire l'abbé. Je crains fort qu'il n'apprécie pas d'avoir été berné de la sorte et ne m'inflige quelque jeûne pour un aussi long mensonge. Je viendrai vous voir bientôt.

Sur ce, elle déposa un baiser sur le front tiède et s'éclipsa. Pour rien au monde, elle n'aurait voulu lui montrer sa déception. Si Jaufré de Blaye avait conservé ce seul nom en sa mémoire, c'était qu'il avait dû compter en son cœur et son âme au-delà de toute raison. Pourtant, c'était elle, Hodierne, qui l'avait sauvé et ramené par son amour dans le monde des vivants. Ce qui n'avait été qu'un caprice était devenu une tendre affection, non plus pour la voix dont on lui vantait autrefois les mérites, mais pour l'homme lui-même qui se battait entre deux mondes. Elle était son présent et son devenir. Elle saurait se faire aimer et, lorsque Jaufré Rudel retrouverait sa mobilité et sa voix, sa constance et sa passion finiraient d'éteindre en lui l'image de sa rivale. Oui, elle en était sûre, à présent ce n'était qu'une question de temps.

L'abbé eut un haut-le-corps au moment où la confession lui révéla l'abominable sacrilège. Lorsqu'il menaça Hodierne des foudres divines, celle-ci redressa la tête et d'une voix ferme déclara :

— Lequel de nous deux aurait le plus à se faire pardonner ? Celle qui a sauvé et guéri, ou celui qui a condamné et enterré vivant un chrétien ?

Il y eut un raclement de gorge suivi d'un long silence derrière la cloison de bois ajourée du confessionnal. Puis l'abbé murmura :

— Puisque la volonté de Dieu seule a répondu à ce dilemme, allons voir ce prodige.

Un long conciliabule réunit après coup Hodierne, l'abbé et Houdar afin de décider de ce qu'il convenait de faire pour préserver au mieux les intérêts du royaume. Ébruiter la nouvelle ne manquerait pas d'attirer l'opprobre de l'Église. Il ne fallait pas oublier qu'une messe avait été dite autour d'un cercueil qui ne contenait pas le défunt désigné. Cet acte seul et le mensonge qu'il avait amené étaient un sacrilège. De plus, Jaufré était grandement diminué et Houdar ne pouvait affirmer qu'il recouvrerait un jour ses facultés et sa mémoire. Décision fut donc prise de garder le silence. Si l'homme était vivant, le troubadour était défunt. Ainsi donc ce n'était pas mensonge. Il suffirait de prétendre qu'il était un parent lointain recueilli après une longue maladie. Il pourrait dès lors se promener dans les jardins au regard de tous. Comme il était muet, il ne risquait pas de commettre d'impair. Lorsqu'il serait rétabli, il jugerait de ce qui serait le mieux pour lui et les siens.

Le temps passa sur la ville et son secret. Jour après jour, de nombreuses personnes grassement payées pour se taire s'inclinèrent sur le cas de Jaufré et proposèrent des traitements, tous plus farfelus les uns que les autres. Hodierne écarta ceux dans lesquels entrait la magie noire. L'été succéda au printemps et Jaufré fut transporté dans les jardins de Tripoli, emplis d'orangers, de citronniers, de magnolias et de dattiers. Il parvenait à tenir assis et Hodierne patientait à ses côtés autant que possible. Il communiquait avec elle par l'écriture. Un jour, pour lui être agréable, elle fit venir un troubadour auquel elle demanda de chanter les chansons de Jaufré Rudel. L'homme se lamenta ensuite sur la cruelle perte de son comparse officiellement défunt, sans le reconnaître en cet être difforme qui se mit à pleurer comme un enfant lorsque s'acheva la mélodie. D'entendre cette « complainte d'amor de Lohn », d'un seul coup d'un seul, son cœur s'était ouvert. Des images s'étaient bousculées dans sa tête, reprenant leurs droits sur des gouffres de silence : deux mains liées sur des draps blancs, ces lèvres qui lui criaient « je t'aime », cette peau douce et satinée, le pape qui traçait sur leur front un signe de croix : Loanna de Grimwald.

Bouleversée par ces larmes qui n'en finissaient pas, Hodierne renvoya le troubadour. Elle serra Jaufré dans ses bras. Plus tard, lorsqu'il eut épuisé toute sa pluie, il écrivit longuement, puis tendit à Hodierne un message empli de prière et de pardon :

« Douce, généreuse amie. Sans doute suis-je le plus discourtois des hommes à demander pareille mission. Je vous aime pour tout ce dont vous m'entourez depuis tant de mois, sans faillir, sans mentir, sans réserve et à jamais suis votre serviteur. Hélas, avec ce chant écrit pour une autre, mon cœur saigne d'une blessure si vibrante qu'il me fait oublier ce que je vous dois pour vous implorer de m'entendre. Je sais désormais qu'elle seule, Loanna de Grimwald, à laquelle je suis lié devant Dieu, sera toujours dans mon cœur. Qu'y puis-je, douce amie ? Voyez mon malheur ! Je sens sa douleur de me savoir perdu, elle rejoint celle qui me hante jour et nuit. Je ne peux continuer à lui cacher la vérité. Elle doit me savoir vivant et protégé par vos bons soins et votre amour. Car, plus encore que ma souffrance, c'est la sienne que je veux épargner. Pardon, douce et tendre Hodierne. Pardon mille fois, pardon d'être indigne de votre abnégation et de votre amour. »

Hodierne racla sa gorge pour dissimuler sa peine et sa rancœur. Un instant, elle se dit qu'elle aurait sans doute mieux fait de le laisser mourir puisqu'il n'avait pas seulement la reconnaissance du ventre qui l'avait fait renaître, mais il lui suffit de croiser son regard si douloureux pour que ses plus amers sentiments s'évanouissent.

« Non, se dit-elle, elle ne doit rien savoir. » Alors, prenant entre les siennes les mains de Jaufré, elle affirma d'une voix pleine de sollicitude :

— Mon amour pour vous est si grand, Jaufré, que je ferais n'importe quel sacrifice pour vous être agréable et vous combler. Pourtant accéder à votre demande serait folie. Regardez-vous, mon ami, votre infortune est telle qu'aucune à part moi ne saurait se nourrir d'un espoir aussi mince. Votre belle aimait en vous le troubadour, le comte de Blaye allègre et aimant, sa voix chaude qui lui chantait ses louanges, ses caresses et sa présence infaillible à ses côtés. Est-ce cela qu'aujourd'hui vous pourriez lui offrir ? Non, mon doux ami. Elle vous croit mort et c'est un peu ce que vous êtes, hélas, car de l'homme d'hier il ne subsiste rien hormis cette passion. Pour autant qu'elle vous ait gardé sa flamme, résisterait-elle à cette incertitude de vous voir jamais redevenir comme avant ? Ne serait-ce pas torture plus grande encore ? Je ne peux croire que vous vouliez lui infliger pareil tourment. Laissons le temps faire son œuvre, Jaufré. Si un jour vous retrouvez en vous celui d'hier, alors peut-être, s'il n'est pas trop tard.

Jaufré baissa la tête. Hodierne avait raison. Hier était derrière lui. Il allait falloir apprendre à oublier. Oui, désespérément, elle avait raison ! Qui d'autre à part elle pouvait aimer ce déchet, ce rebut qu'il était désormais. Fallait-il qu'il soit fou pour regarder en arrière ! N'était-elle pas la seule à caresser les rares cheveux disséminés sur son crâne, à ne pas s'apitoyer sur son sort, mais au contraire à l'encourager à lutter ? Que serait-il sans elle aujourd'hui ?

Alors, refoulant en lui ce qu'il devait désapprendre, il prit le beau visage entre ses mains osseuses et posa sur les lèvres muettes un tendre, un doux baiser.

11

Depuis quelques mois déjà, cela se préparait. Étienne de Blois avait resserré ses alliances avec la France en soutenant Louis contre son frère Robert de Dreux qui briguait la couronne. Il résidait désormais continuellement en Angleterre pour affirmer haut et fort sa légitimité et celle de son fils qu'il vouait à sa succession. Là-bas, la discorde était telle entre les partisans d'Henri Plantagenêt et ceux du roi d'Angleterre que les algarades se faisaient nombreuses, laissant pressentir une guerre civile. La popularité d'Henri allait grandissant dans le pays et il tissait des liens de plus en plus étroits avec ceux qui autrefois avaient rejeté sa mère. C'était sans doute la raison pour laquelle les échauffourées entre partisans des deux clans étaient si violentes. L'Angleterre voyait en ce jeune colosse le roi qu'ils n'avaient pas en Étienne, aussi fourbe que cruel. De plus, bon nombre d'Anglais étaient fatigués de cette guerre qui plongeait le pays tout entier dans la famine, la ruine et la haine. Au printemps 1150, Geoffroi le Bel céda le duché de Normandie à Henri pour ses dix-sept ans.

Le premier devoir d'Henri aurait été de faire allégeance au roi de France pour ce titre et de reconnaître sa suzeraineté. Il décida de n'en rien faire. Puisque Louis VII soutenait son rival, il n'avait aucune raison de s'incliner devant lui. D'autant moins qu'il sentait bien à présent qu'avoir été dépossédé de l'Aquitaine pesait lourd dans la balance. Il ne pardonnait pas. Et, plus encore que son père ou son grand-père et jusqu'au plus lointain de ses aïeux, Henri était belliqueux, rancunier et tenace.

Au mois d'août 1150, Louis s'agaça et décida qu'il était temps de remettre à sa place ce freluquet. Henri allait apprendre qui il était. Contre les conseils de Suger qui considérait que la paix devait être préservée dans le royaume, il commença à masser des troupes sur les rives de la Seine entre Mantes et Melun.

Henri lui aussi gronda. Que le roi de France le défie, lui, l'héritier légitime de la couronne d'Angleterre, pour soutenir un parvenu et un parjure, il ne pouvait l'admettre. Il ne se reconnaissait pas vassal de Louis. Il ne se reconnaissait pas dans l'allégeance qu'il lui devait. Pendant plusieurs semaines, un vent guerrier secoua la France.

C'est à ce moment-là, dans ce creux du temps qui maintient les choses entre deux équilibres fragiles, que Louis me fit venir dans son cabinet de travail.

Je n'avais plus eu depuis fort longtemps l'occasion d'un parler en tête à tête. D'ailleurs, depuis la mort de Béatrice de Campan, Louis n'aimait personne, n'écoutait personne, ne voyait personne. S'il se pliait aux sentiments de ses conseillers et de son sénéchal Raoul de Vermandois, c'était parce qu'il avait lui-même choisi d'aller dans cette direction et pas une autre. Aliénor et moi nous contentions donc depuis une année de veiller à la bonne marche des affaires courantes, dispensant charité et bons soins puisque ma connaissance des simples soulageait nombre de maux, filant, cousant, brodant, préparant festivités et processions dans un rythme sans fin, qui pourtant tissait l'inexorable déchirement. Louis n'aimait plus Aliénor, et Aliénor n'acceptait plus d'être reléguée au rang de matrone.

Aussi, lorsque la porte se referma derrière moi, me livrant le visage sombre du roi sur lequel de petites rides se dessinaient à présent, j'étais en proie à toutes les interrogations possibles.

— Prenez un siège, dame Loanna, dit-il aimablement pour couper court à ma révérence.

Tandis que je m'installais dans un fauteuil richement sculpté, Louis posa son sceau sur un parchemin roulé. Il se dirigea vers moi et s'assit de biais sur le bureau qui me faisait face, prenant un air décontracté que je ne lui connaissais pas. Je fronçai les sourcils. Cette attitude même montrait que quelque chose d'important se tramait.

— Je me suis laissé dire il y a déjà fort long-temps que Mathilde, duchesse d'Anjou, était votre marraine et que c'est à la cour de Geoffroi le Bel que vous avez été élevée.

— En effet, Votre Majesté, approuvai-je, méfiante.

Où voulait-il en venir ? Me soupçonnait-il de connivence avec celui qui était devenu irrémédia-blement son ennemi ?

— J'ose donc penser que vos attaches sont puissantes à ceux-là mêmes qui aujourd'hui défient mon autorité.

— Me demandez-vous de prendre position dans cette affaire, Majesté ? demandai-je en le fixant droit dans les yeux.

Je n'aimais pas ce jeu de chat et souris. Il eut un sourire et se radoucit :

— Nenni, gente dame. Je vous sais suffisam-ment attachée à la couronne de France et à votre reine pour ne pas mettre sur vos épaules aussi cruel dilemme. D'ailleurs, ce n'est pas votre orgueil qui est bafoué, mais le mien.

— Qu'attendez-vous de moi, Sire ?

Ma question lui plut sans doute, car son sourire s'élargit et une lueur mutine passa dans cet iris sombre. Il me tendit le bref qu'il tenait.

— J'ai besoin d'un messager sûr pour remettre ce pli en main propre à ce stupide rejeton d'une famille ombrageuse. Ils sont nombreux autour de moi à estimer qu'envahir son territoire et lui infli-ger une cuisante défaite serait une solution, mais point la meilleure pour lui arracher ses hommages.

Et, bien que je brûle d'envie de lui botter le derrière et de tiédir son arrogance, je me range à cet avis. Du moins est-ce la solution dernière que je me fais fort d'utiliser. Confiante en votre affection, j'espère que dame Mathilde saura vous écouter et fera entendre raison de ma dernière initiative pour maintenir la paix. Je vous demande de vous rendre en Normandie, dame Loanna, et de convaincre Henri Plantagenêt de cesser de me défier.

— Votre confiance m'honore, Votre Majesté, mais Henri est resté dans mes souvenirs l'être le plus capricieux et le plus rancunier que je connaisse. Je doute fort qu'il m'écoute.

— En ce cas, ce sera la guerre. Je soutiendrai Étienne de Blois et raserai l'Anjou et la Normandie jusqu'à ne plus trouver sur mon passage que champs de ruines. Me suis-je bien fait comprendre ?

— Je le crois, Votre Majesté.

— Allez, à présent. Plus tôt vous partirez, mieux cela sera pour la paix de ce royaume.

Lorsque je regagnai mes appartements pour préparer mes bagages, une sorte de joie infantile me gagna. Depuis plusieurs mois déjà, je cherchais une occasion de rejoindre Henri pour échafauder avec lui une tactique qui mette à bas le roi de France, Étienne de Blois, et nous allie l'Aquitaine. Il faudrait jouer fin. J'avais entrepris de convaincre Aliénor de la légitimité du combat d'Henri pour reprendre son héritage, et, même si elle désapprouvait, en tant que reine de France, le non-respect du serment d'allégeance de son vassal, elle ne pouvait s'empêcher de voir en ce jeune homme un ami qui la vengeait des tourments que lui infligeait son époux.

Le voyage fut chaotique. Les routes étaient encombrées de soldats à mesure que l'on s'enfonçait sur les terres et, à plusieurs reprises, je dus montrer le sauf-conduit du roi pour qu'on me laissât passer. Peu avant Château-du-Loir, la chaleur nous enveloppa comme une boule de feu. Bientôt la litière ne fut plus qu'une étuve et de nos fronts coula une sueur malsaine. Je penchai la tête à la portière et demandai que l'on s'arrêtât. Camille, ma chambrière, était en nage, d'autant plus qu'elle avait considérablement grossi ces dernières années et que cette obésité l'étouffait. J'aurais dû m'en séparer pour une jeunette plus alerte, mais nous avions traversé tant de choses ensemble que je n'en avais pas eu le cœur.

La voiture s'immobilisa devant un étang. Sur l'autre rive, un petit château fort perché sur un promontoire rocheux pointait ses tourelles vers un soleil de plomb. De nombreuses gens de conditions diverses, marauds, pèlerins ou voyageurs, pataugeaient dans l'onde verdâtre à grand renfort de rires. Je me tournai vers Camille.

— Allons, ma bonne, accompagne-moi. Cette eau me fait grande envie et nos mollets dégonfleront sans tarder à son contact.

— Point, madame, souffla-t-elle bruyamment en voyant le groupe qui se baignait. Que va penser tout ce bas peuple en voyant une dame de votre condition patauger de même !

— Que petit ou grand n'empêche pas d'avoir chaud ! Allons, viens, te dis-je. C'est un ordre ! ajoutai-je pour la contraindre car je savais que ses jambes enflées et durcies s'en verraient apaisées.

Lorsque la voiture se fut garée pour ne point encombrer la route, je l'entraînai de force derrière moi.

— Tout de même, damoiselle, ce n'est pas bien, non, ce n'est pas bien, ronchonna-t-elle en soulevant ses jupons pour me suivre tant bien que mal jusqu'au bord de l'eau.

— Là, ris-je, en la tenant par la main tandis que nos pieds nus s'enfonçaient dans l'eau vivifiante. Vois donc, bourrique, que ce n'était pas si terrible.

— Nenni, damoiselle. Nenni, mais tout de même, on nous regarde !

— Quelle importance. Je n'en pouvais plus.

Au même instant une gerbe d'eau m'éclaboussa tout entière, lavant de même Camille, qui poussa un cri strident.

— Petit chenapan !

Mais l'enfant riait à gorge déployée en se tenant les côtes, ravi du bon tour qu'il venait de nous jouer. Son rire me fit du bien, et plus encore cette eau qui m'avait été d'un seul coup une brassée de fraîcheur. Alors remontèrent en moi des souvenirs lointains. Dans un sursaut de bonheur, je me baissai en avant pour emporter dans mes mains une brassée d'eau qui s'envola en direction du gamin.

— Damoiselle ! s'indigna Camille, outrée.

Mais déjà notre agresseur répondait, trouvant amusant qu'une dame aussi bien mise rie de sa farce et même s'en accommode en relançant le jeu. Sous les reproches de Camille, qui tentait d'échapper aux gerbes d'eau, s'ensuivit une guerre mouillée qui nous arracha de joyeux rires à tous deux. Au moment où je criais grâce, en me laissant choir sur le derrière dans l'eau jusqu'à taille, une voix glacée me cueillit dans le dos :

— Levez-vous, damoiselle !

Le ton était arrogant, agacé. Je tournai la tête, surprise, mon rire stoppé net. L'homme qui me tendait une main plus autoritaire que charitable était de taille moyenne, les yeux sombres et plutôt jeune. Ses cheveux bruns étaient retenus par un lien de soie et à son habit je jugeai aisément qu'il était de bonne noblesse.

J'hésitai un instant, puis saisis cette poigne. Il me releva comme un fétu de paille.

— Disparais ! lança-t-il, mauvais, au garnement, qui plongea dans l'eau boueuse sans demander son reste.

— Voilà bien une désagréable façon de remercier cet enfant.

— Libre à vous de vous couvrir de ridicule s'il vous en chante mais ailleurs que sur mes terres, répondit la voix pleine de reproches.

Mon sang gronda dans mes veines. Dressant le menton, je répliquai :

— Que monseigneur me pardonne d'avoir troublé son eau et sa tranquillité.

Et, relevant mes jupons alourdis par le poids de l'eau, je passai devant lui pour regagner le chemin, suivie de Camille qui se lamentait. Je devais faire triste figure, mais je m'en moquais. Il y avait trop longtemps que je ne m'étais sentie aussi bien. C'est alors qu'un gant d'acier accrocha mon bras, me forçant à faire volte-face.

— Savez-vous bien qui je suis, jeune impétueuse ?

Le maître de céans me toisait avec colère. Sans doute n'appréciait-il pas mon humour, mais je n'en avais cure, quel qu'il pût être, il n'était qu'un vassal de Louis et j'étais mandatée par ce dernier pour une mission d'importance. D'ailleurs, déjà le capitaine des gardes s'élançait à ma rescousse, l'épée au poing.

— Allons, messire, lâchez-moi avant que mes hommes ne voient en votre attitude quelque intention belliqueuse.

Avisant la fleur de lys sur le pourpoint du capitaine, l'homme blêmit. Sans doute n'avait-il pas imaginé que cette escorte fût mienne.

Il s'excusa aussitôt, tandis que, d'un geste, je faisais signe au capitaine de rengainer son arme.

— Mille pardons, damoiselle. J'ignorais que vous fussiez convoyée par les gardes royaux.

— J'ai donc eu beaucoup de chance, messire, encore que je n'ose croire que vous puissiez vous montrer discourtois, même avec une gueuse.

Il me lança un regard hargneux. Cette fois, et parce que ce bain forcé m'avait fait un bien immense, j'éclatai de rire, tout en roulant mon bras trempé autour du sien :

— Allons, paix, messire ! Regagnons la voie avant qu'un autre de ces chenapans ne vous prenne à votre tour pour cible. Je me nomme Loanna de Grimwald, dame d'honneur de la reine Aliénor, et je suis navrée de vous donner l'impression piteuse que vous voyez. La tentation était trop grande de rafraîchir notre route par pareille canicule.

— Loanna de Grimwald, dites-vous ?

Il marqua un temps d'arrêt et me fit face pour me détailler étrangement.

— Par tous les saints du paradis, messire, allons-nous pouvoir atteindre cette via, ou faudra-t-il que vous m'arrêtiez à chaque pas ? À ce rythme je serai bientôt sèche et tout sera à recommencer.

Mais il continuait de me fixer, comme s'il cherchait dans sa mémoire quelque chose qui m'échappait. Puis, soudain, son visage s'éclaira et un large sourire transforma ses traits.

— Bon sang ! Loanna de Grimwald ! Cela faisait si longtemps ! Vous avez ma foi bien changé, jeune péronnelle.

Ce fut à mon tour de le fixer avec surprise. Mais ma mémoire était sans doute moins bonne que la sienne car je ne parvenais pas à me souvenir de l'avoir jamais rencontré.

— Ma foi, messire, je n'ai pas le sentiment de vous connaître, et, de ce fait, permettez que je trouve votre familiarité quelque peu déplacée.

— Faudra-t-il donc que je vous rafraîchisse la mémoire autant que vos atours ? Je suis Bastien. Le fils de Benoît le meunier. Angers, ajouta-t-il comme je fronçais les sourcils. Vous m'avez plus d'une fois fait tourner en bourrique alors que nous étions enfants à la cour de messire Geoffroi d'Anjou. Ne vous souvenez-vous point ?

Oui, maintenant, je me souvenais. Ces boucles brunes, ce menton, ce regard étaient là, enfouis sous des centaines d'autres souvenirs rendus flous par le temps. Bastien qui me poursuivait de sa hardiesse quand je n'avais que quinze ans, juste avant que je ne regagne Brocéliande. Bastien qui attrapait mes colombes et fixait à leurs pattes des messages qui me faisaient enrager et le poursuivre jusque dans les parcs à cochons en vociférant.

— Bastien ! murmurai-je, nostalgique, tandis que mon sourire s'élargissait avec le champ de mes souvenirs. Tudieu, mon ami, vous avez bien changé. La dernière fois que je vous vis, vous étiez crotté jusqu'aux oreilles. Est-ce bien vous qui, ce jourd'hui, vous insurgez de ma trempette ? Et en habit de seigneur ? Que vous est-il arrivé pour mériter pareil changement ?

— C'est une longue histoire, damoiselle. Mon château est celui que vous apercevez sur cette colline. Allons avec votre suite y prendre quelque rafraîchissement, je vous conterai tout ce qui vous fait défaut.

Ainsi fut fait, et, quelques heures plus tard, nous étions encore à nous raconter moult anecdotes qui ramenaient notre enfance au seuil de nos rides naissantes.

— C'est ainsi que je vous le dis, poursuivait Bastien, si je n'étais pas intervenu pour dévier la course de ce monstrueux sanglier, notre jeune Henri ne coifferait pas de sitôt la couronne d'Angleterre. J'en ai été pour quelques courbatures et une belle estafilade au bras laissée par une des défenses de la bête avant qu'elle ne s'effondre. Le jeune Henri m'a gardé une reconnaissance véritable. C'est à ses largesses que j'ai dû mon nouveau statut. À la mort du vassal auquel appartenaient ces terres, il ne s'est présenté aucun héritier direct. Henri a aussitôt décrété qu'elles me revenaient de droit et qu'avec sa gratitude il me donnait un nom et un titre. C'était il y a deux ans tout juste et je dois reconnaître, ma foi, que ce nouvel habit me sied davantage que le précédent.

— Vous me voyez ravie de votre aubaine et vous avez en retour ma gratitude, mon ami. Perdre Henri aurait été un grand malheur.

— Ainsi donc, ce qui se raconte est vrai ? Vous aimez Henri autant qu'il vous aime ?

Refusant de comprendre ce qu'il supposait, je bredouillai :

— J'aime Henri tel un frère, il est vrai, et je veux croire qu'il en est de même pour lui.

— Dame ! objecta-t-il en écarquillant des yeux ronds, ignoreriez-vous véritablement les sentiments du duc à votre égard ? Pour avoir été son confident, je puis vous assurer qu'il ne vous chérit point comme une sœur, mais bien plutôt comme une amante !

— C'est impossible voyons !

Cette affirmation me terrassait. J'avais toujours pris comme un jeu d'enfant les railleries et les déclarations d'Henri. Qu'en serait-il désormais ? Aurais-je aussi à lutter contre celui auquel je sacrifiais ma vie ? Les deux hommes que j'avais aimés m'avaient été pris par un destin implacable et aujourd'hui je me trouvais avec deux prétendants dont je ne voulais pas. Mon destin était-il donc de me perdre sans cesse entre ces jeux du hasard sans avoir seulement un asile pour mon cœur assoiffé de passion ? Comme Jaufré me manquait ! J'aurais tellement eu besoin de lui à mes côtés. Ne plus le voir, ni l'entendre, ni même pouvoir penser que son esprit demeurait lié au mien au-delà des distances, tout cela me pesait. Et le temps qui passait, inexorablement, ne changeait rien à ce vide immense, bien au contraire !

— Loanna ! Loanna de Grimwald !

Henri ouvrit des bras béants comme les portes d'une cathédrale en me voyant franchir la porte de la grande salle du palais où il se trouvait en famille. Coupant court à son élan qui faisait fi des plus élémentaires convenances, Mathilde lui jeta un regard incendiaire et ce fut elle qui s'avança la première, me tendant une main chaleureuse tandis que je m'inclinai en une profonde révérence.

— Chère enfant, quel bonheur de vous voir ici de nouveau parmi les vôtres !

Me saisissant aux épaules, elle plaqua deux baisers légers sur mes joues.

— Soyez la bienvenue, Loanna, m'accueillit à son tour le comte.

Geoffroi le Bel était toujours aussi séduisant, malgré de profondes rides autour de ses yeux verts et un front dégarni par les soucis.

— Vous me voyez bien heureuse également, répondis-je sincèrement.

Mais déjà Henri se dressait devant moi et me prenait la main avec sollicitude.

— Il y a si longtemps que nous espérions votre retour, damoiselle.

Je levai les yeux et croisai son regard si brûlant qu'un fard me monta aux joues. Allez savoir pourquoi, cela m'agaça. Je retirai poliment ma main et répliquai en baissant le front :

— Messire Henri, vous voici désormais un fringant jeune homme. Permettez donc que je ne vous embrasse point.

— Tudieu, gronda-t-il en m'empoignant par les épaules. Quelle serait donc cette coquetterie qui interdirait l'étreinte d'un frère et d'une sœur ?

Et avant même que j'eusse pu réagir, il plaqua deux sonores baisers sur mes joues, puis partit d'un rire joyeux en commentant :

— Eh bien, que vous ont-ils donc fait en cour de France que vous soyez aussi prude désormais ?

— Henri ! le rabroua fermement Mathilde en m'entraînant vers la table garnie de fruits et de fromages. Malgré sa taille impressionnante, il n'en reste pas moins un véritable enfant. Ne faites point attention à ses dires, Canillette, vous voici plus belle que jamais.

— Vous aurais-je offensée, Loanna ?

La voix était inquiète dans mon dos. Non, il ne m'avait pas offensée. Je mesurai simplement d'un seul coup la justesse des prédictions de Jaufré avant son départ, quand il m'avait assuré que l'épouser serait un rempart contre les affections déplacées. Et, avec cette découverte, je me sentais plus démunie que jamais. Je me retournai pourtant, prenant sur moi pour conjurer mon immense tristesse.

— Il en faut bien davantage pour cela, messire Henri. Je suis harassée par ce voyage que la chaleur a rendu fort pénible. Pardonnez-moi si je me retire. Dès la fin de l'office de prime, je serai à même de partager avec bonheur ces retrouvailles. Pour l'heure, je n'aspire qu'à quelques ablutions et un sommeil salutaire.

— Quels sots sommes-nous de vous accaparer ainsi ! Je vous accompagne, mon enfant, et vais de ce pas faire monter dans votre chambre un panier garni dont vous pourrez tirer quelques gourmandises si la faim vous réveillait. Votre chambrière doit être restaurée. Je vais l'envoyer quérir. Quant à votre escorte, n'ayez aucune inquiétude. Le meilleur accueil lui a été réservé. Malgré nos différends avec le roi de France, ces gens seront chez nous servis comme chez eux.

Allons, venez. Il est vrai que vous avez triste minois.

Et, protégée par le bras que Mathilde avait maternellement enroulé autour de mes épaules, je me laissai conduire d'un pas pesant vers l'escalier de pierre. Elle resta encore quelques minutes auprès de moi, mais n'insista pas sur les raisons de cette tristesse qu'elle pouvait lire dans mon regard. Sans doute mit-elle celle-ci sur l'émotion que me causaient ces retrouvailles. Elle me quitta lorsque Camille s'annonça. Lors, ce fut dans ses bras ronds et rudes que je m'effondrai, secouée par des sanglots venus de la nuit des temps, tandis qu'elle roulait des yeux ronds et ne cessait de répéter sans comprendre :

— Ah ben, vl'à autre chose !

Cette autre chose c'était tout. Tout ce poison distillé dans mes veines, ce sort funeste qui s'acharnait sur ma vie. Qu'avais-je fait pour mériter ces punitions ? J'avais tout sacrifié à une cause qui me semblait juste, mais au nom de quoi ? Au nom de qui ? Ce royaume des morts, d'où sortaient mère et Merlin pour me poursuivre d'un devoir à accomplir, ne pouvait-il me rendre aussi celui que j'aimais ? Mon corps continuait à réclamer les bras noueux, la bouche gourmande et le sexe gonflé du seul homme qui ait pu m'entraîner dans les jeux de l'amour avec autant de tendresse et de volupté. Non, je n'acceptais pas ! Je n'accepterais jamais cette idée sombre, ce deuil qu'il me fallait porter contre mon cœur, contre mes sens, contre mon intuition même. Qu'en était-il de ces élans qui me poussaient à ne pas croire que Jaufré n'était plus ? J'avais pensé que la mort de Béatrice aurait vengé ma souffrance et permis que j'atteigne enfin la paix. Ce n'avait été qu'un leurre. Un de plus. Ce soir, je me sentais plus solitaire qu'un chien abandonné. Malgré la présence de Mathilde, de Geoffroi et d'Henri. Malgré leur affection. C'était pour eux, à cause d'eux que j'avais sacrifié ma jeunesse et ma vie. J'aurais dû me satisfaire de leur réconfort. Ce soir, je leur en voulais amèrement. Je n'étais qu'un pion habile dans une lutte d'intérêts. Je ne comptais pas. Les seuls êtres véritablement désintéressés avaient été Denys et Jaufré. Et l'un et l'autre, je les avais perdus.

— Laisse-moi seule ! ordonnai-je soudain à ma chambrière.

Elle hésita un instant, mais il dut y avoir quelque chose de terrible dans mon regard, car elle ouvrit des yeux effrayés et sortit en maugréant. Pas de témoin. Non, je ne voulais pas de témoin. J'avais besoin d'avoir mal et que cette douleur sorte, elle m'étouffait depuis trop longtemps. Jaufré, Jaufré, Jaufré, mon amour, ma terre, ma lumière, ma vie. Faut-il que je sois maudite entre toutes pour t'avoir laissé partir ! Pour n'avoir rien vu et rien compris !

Une petite voix douce comme un printemps se mit à chanter dans ma tête. J'avais tant besoin de me raccrocher à elle que je me mis à fredonner à travers mes larmes, comme une prière désespérée :

Amors de terra lonhdana
Per vos totz lo cors mi dol ;
E no'n puèsc trobar meizina,
Si non vau al seu reclam.
Ab atrat d'amor doussana
Dins vergièr o sotz cortina
Ab desirada companha.

Le sommeil dut me prendre entre deux sanglots, car les oiseaux m'éveillèrent, la bouche pâteuse et les yeux gonflés. Sur l'appui de la croisée que j'avais laissée ouverte, un rouge-gorge lançait un chant très doux. Il s'envola lorsque les lourdes cloches de la cathédrale de Rouen s'ébranlèrent pour appeler au premier office. Je me redressai d'un bond, cognai à la porte de l'antichambre où j'avais consigné Camille de fort méchante façon. Elle ouvrit aussitôt. Elle était habillée et devait attendre mes ordres. Mes sanglots l'avaient sûrement empêchée de dormir, car elle aussi portait au-dessus de ses joues rebondies de profonds cernes de fatigue.

— Aide-moi, demandai-je doucement. Je ne peux affronter les regards avec cette figure.

— Voilà bien des façons de se mettre en pareil état, me gronda-t-elle gentiment, puis, voyant que je ne réagissais pas, elle hasarda prudemment, en appliquant sur mes paupières douloureuses de

284

l'eau de rose et de bleuet : N'avez-vous jamais songé à prendre le voile ?

Je sursautai, mais cette question, aussi idiote fût-elle, me fut salutaire.

— Pour autant que je sois désespérée, je ne le suis pas tant que cette pauvre Héloïse ! répondis-je d'une voix ferme.

Non, décidément, je n'avais pas choisi ma vie, mais je n'aimais pas assez Dieu pour accepter de Lui abandonner ce qui me restait de mes plus belles années. J'en avais bien plus qu'assez des sacrifices ! Je m'aperçus soudain que cette nuit m'avait porté conseil et rassérénée. Cette mission était la dernière. Je la remplirais au nom de mes ancêtres, au nom de ceux que j'avais sacrifiés à sa cause, pour qu'ils ne soient pas morts pour rien. Mais ensuite c'en serait fini. Terminé ! Que le Dieu des chrétiens efface à jamais les traces des anciens cultes, des druides, des sorcières et même des fous ! Cela m'était égal ! Quant à l'Angleterre, elle trouverait son chemin sans moi.

Ainsi en serait-il, ou ne serait pas.

Lorsque je pénétrai dans le chœur, tous les fidèles étaient recueillis et l'évêque récitait le Pater noster. Je me glissai entre deux femmes parées de riches atours et courbai le front sur mes résolutions nouvelles.

Henri écouta attentivement ce que j'avais à lui dire, hochant parfois la tête ou fronçant des sourcils qu'il avait épais pour marquer une désapprobation certaine. Toutefois, il ne m'interrompit pas.

Il s'était à demi assis sur le bureau ouvragé. Son opulente tignasse rousse que j'avais eu tant de mal à coiffer autrefois lui faisait une crinière de feu qui se perdait dans une barbe épaisse et bouclée. Il ressemblait à un lion, prêt à bondir sur sa proie. Bien qu'il lui fût pénible de concevoir que sa plus fidèle alliée fût celle qui l'incitait à faire allégeance, il n'en montra rien.

— Le temps n'est pas encore venu, je vous l'affirme, messire. Ne risquez pas la guerre avec la France quand vous n'avez pas toutes les cartes en main. Louis souhaite une entrevue. Donnez-la-lui. Ainsi vous rencontrerez Aliénor et nous serons à même de lui proposer une vengeance qui la ronge.

— Je vous entends bien, mon amie. Mais cet idiot de Louis m'cxaspère. Je ne peux m'incliner devant lui.

— Vous lui devez allégeance, Henri !

— Je ne lui dois rien du tout ! Avant longtemps je reprendrai ce qui est mien ! L'Angleterre et l'Aquitaine ! Et souffletterai ce morveux d'un revers de main !

— Vous êtes aussi entêté qu'autrefois, grognai-je, attendrie l'espace d'un instant. À quoi vous servira cet entêtement si Louis lâche ses chiens sur vous ?

— J'ai de quoi me défendre !

— Sornettes ! À l'heure actuelle, il est bien plus puissant que vous. Vous le savez pertinemment. Davantage encore si l'armée d'Étienne de Blois le seconde. Et soyez certain qu'il le fera. Il faudra peu de temps avant que ce soit lui qui vous mouche tel un morveux.

— Et vous, Loanna, dans quel camp êtes-vous ?

— Le vôtre, messire, vous ne pouvez en douter.

— Alors prouvez-le.

Il se leva d'un bond et m'enlaça brutalement.

— Je suis fou de toi, Loanna, cela fait si longtemps que j'attends ce moment.

Mais sa hardiesse décupla ma volonté et ma rage. Il avait beau me dépasser de trois têtes, je savais encore me défendre.

— Lâchez-moi, Henri ! Vous n'obtiendrez rien de moi ainsi ! Je ne vous aime pas !

Mais, aveuglé par son désir, il me plaqua contre le bureau et dégrafa d'un geste vif les lacets de mon corsage. Je n'aurais pu lui résister s'il n'avait commis une erreur, celle de ne pas bloquer mes jambes. D'un mouvement brutal, je redressai mon genou entre ses cuisses, meurtrissant méchamment ses attributs virils. Il hurla de douleur et lâcha prise. Promptement, je rajustai mon corsage et ma chevelure tressée d'où quelques mèches s'étaient échappées.

— Voyons, Henri, lui lançai-je d'une voix assurée et amicale malgré tout, il vous faut cesser ces enfantillages. Avant longtemps vous serez pour l'Angleterre le lion que l'on espère et, en monarque juste et véritable, vous devrez apprendre à modérer ces instincts primaires. Vous m'êtes comme un frère, et je vous aime comme tel. Je serai à vos côtés la plus fidèle, la plus dévouée et la plus soumise de vos servantes, mais jamais, entendez-vous, jamais je ne tolérerai que vous me voliez l'affection que j'ai pour vous en m'humiliant comme n'importe laquelle de vos catins !

— C'est bon, grommela-t-il, sous l'emprise encore d'une douleur qui défigurait ses traits. Mais n'osez plus jamais lever sur moi pareil châtiment ou je jure devant Dieu que je vous fais décapiter sur l'heure !

— Pour l'amour de ce Dieu, Henri, cessez de prendre d'assaut les femmes. Vous n'obtiendrez d'elles que rancœur et soumission, quand il n'est de plus merveilleux présent que l'art d'aimer.

— Que m'importent vos conseils ! rugit-il. J'ai déjà quatre bâtards qui prouvent bien qu'il suffit amplement de satisfaire ses pulsions pour engendrer.

Pauvre Aliénor, pensai-je, de la confiture à un cochon, voilà ce que j'allais donner à Henri en toute complicité. Louis était un amant de missel, et Henri une brute viscérale, que valait-il mieux à un sang jeune et avide de caresses ?

La réponse me vint sans détour lorsque s'annonça un de ces hommes qui marquent une vie, et dont la vue me remplit de joie. Bernard de Ventadour, me sachant dans les murs, était venu mander à son hôte le plaisir de prendre des nouvelles de la reine et de la cour de France.

— Bernard ! m'écriai-je en lui prenant les mains. Voilà si longtemps, que vous voir m'est transport d'allégresse !

— Mon seigneur, ma dame, nous salua-t-il courtoisement.

Il était toujours aussi diaboliquement beau, et ses cheveux se teintaient par endroits de quelques fils d'argent qui ajoutaient au charme de ses yeux gris.

— Eh bien, mon ami, vous voici encore au moment où l'on vous espère le moins, gronda Henri, agacé par cette intrusion.

— N'est-ce point vous, messire, qui m'avez invité à venir à vous à n'importe quelle occasion pour peu que le désir de chanter m'obsède ?

— Maudit sois-je d'une telle proposition ! Allons, puisque tu es là et que par ma foi je n'ai que rarement eu l'occasion d'entendre meilleur chantre, je te pardonne. Mère est dans le salon avec quelques autres dames, vous écouter apaisera certains maux dont le souvenir m'est pénible, acheva-t-il en me lançant à la dérobée un œil noir.

J'enroulai mon bras autour de celui qu'il me présentait et, emboîtant le pas à Bernard, nous rejoignîmes ces dames. Elles filaient en fredonnant une vieille comptine galloise et furent enchantées de notre visite. Bernard s'installa sur un tabouret, croisa entre ses cuisses une harpe et se mit en devoir de nous chanter ses dernières créations. Bien vite, il fallut me rendre à l'évidence. Plus que jamais c'était pour sa reine qu'il pleurait. Bernard n'avait pas oublié. Et, puisqu'il était désormais à la cour d'Henri, il serait bientôt de nouveau auprès d'elle. Car à coup sûr, si Aliénor épousait Henri pour se venger de Louis, ce dont je ne doutais plus, elle se lasserait vite de servir de paillasse. Lors, son amour perdu se confondrait dans les caresses de celui qui était encore tout pour elle. La vie n'était qu'un éternel recommencement. Pourquoi fallait-il que je sois la seule à en douter pour moi-même ?

12

— À quoi bon ?

La voix d'Hodierne de Tripoli s'éleva dans le dos de Jaufré, courbé au-dessus de l'écritoire.

— Vous n'achèverez pas davantage celle-ci que les autres.

Comme pour lui donner raison, Jaufré chiffonna le parchemin et le fit choir d'une main lasse dans une corbeille d'osier.

Il tourna vers elle son visage tourmenté en sentant le poids d'une main affectueuse étreindre son épaule.

— Je sais combien cela vous est difficile, mon ami, mais vous n'y pouvez désormais plus rien, soupira-t-elle encore.

Son regard triste lui fit mal, une fois de plus. Elle attira le front lourd contre son ventre et caressa ce crâne presque nu désormais sur lequel de larges traces brunes traçaient d'étranges silhouettes. Cette fois, il ne pleura pas. C'était comme si les larmes aussi avaient achevé leur périple.

Les souvenirs étaient revenus au fil des mois. Blaye, la cour de France, la croisade, sa solitude d'avant et sa complétude depuis qu'il avait trouvé l'amour de sa fée, sa lumière. Sa passion envahissait tout, comme une prison dans laquelle il s'enfermait lui-même, incapable de chercher à s'évader. Jaufré aurait mille fois préféré la mort à ce tourment perpétuel. Où était sa muse ? Que faisait-elle ? L'avait-elle oublié dans les bras d'un autre ? Et, bien que cela fût légitime puisqu'elle le croyait défunt, il ne pouvait s'empêcher d'éprouver cette jalousie infâme et sournoise qui le rendait fou. Si seulement il avait pu aimer Hodierne... Hodierne, infaillible, qui lui avait tendu la main pour l'aider à marcher lorsqu'il avait retrouvé l'usage de ses membres. Qui avait réappris à écrire à sa main indisciplinée, qui pas une fois ne s'était plainte de la charge qu'il était, du mutisme dans lequel l'infortune l'avait jeté. Car sa voix était perdue. C'est à peine s'il parvenait à émettre quelques sons disgracieux lorsqu'il forçait de toute son âme ses cordes vocales. Jaufré le troubadour était emmuré.

— Vous vous faites du mal, Jaufré, et cela m'est insupportable, vous le savez. Combien de ces lettres avez-vous froissées, couvertes des mêmes mots, des mêmes larmes, tout en sachant qu'ils étaient inutiles ? Il n'est pas bon pour vous de remâcher sans cesse un passé révolu. Croyez l'amie que je demeure. Oubliez ! Je vous en conjure.

Jaufré s'arracha à l'étreinte dans laquelle tant de fois il avait abrité sa souffrance. Dix-huit mois déjà qu'il se terrait à Tripoli. Dix-huit mois qu'il devait à cette femme plus que sa vie. Il aurait voulu, tant voulu, lui témoigner plus qu'une reconnaissance éternelle.

Il se pencha de nouveau sur l'écritoire, saisit une feuille de parchemin et trempa la plume dans l'encrier. Sa main n'était pas sûre, et pourtant son âme l'était. Pour la première fois, il trouva le courage. Le courage qui lui manquait face à ce regard brûlant de tendresse qu'il étreignait sans amour.

« Je ne peux, Hodierne, commença-t-il d'une main maladroite, tandis qu'elle suivait des yeux l'entrelacs de lettres à mesure qu'il griffait le papier. Quand bien même je le voudrais, je ne peux oublier Loanna de Grimwald. Pardon, pardon mille fois pour le mal que je vous donne et plus encore pour celui que je vous fais ainsi sans le vouloir. Je voudrais, je le jure sur la Très Sainte Bible, pouvoir vous aimer car plus que quiconque, plus qu'elle-même, vous méritez de recevoir ce que vous espérez, mais l'infâme bourbier que je suis devenu ne vaut pas un regard, pas une plainte, pas une larme, car c'est elle désespérément que j'aime, Hodierne. Comme un fou, comme un roi, comme une virgule qui ne termine jamais une phrase. Jetez-moi, tuez-moi, mais, par pitié, comprenez-moi avant de me perdre et de me libérer ainsi de mes tourments. »

Il laissa la plume tomber en écorchant les fibres dans un petit bruit crispant. Hodierne ravala ses larmes. Tout cela, elle l'avait deviné depuis longtemps. Elle avait espéré pourtant. Elle eût pu, oui, par vengeance, par dépit, achever ce que dame nature avait refusé de faire et le renvoyer à la mort. Mais Hodierne de Tripoli ne pouvait aller contre elle-même. Jaufré n'était pas responsable, non. Elle appuya douloureusement ses mains sur les épaules voûtées du troubadour. Il n'avait pas bronché, pas sourcillé, espérant sa sentence comme une délivrance.

Alors, du fond de son âme, elle sut qu'elle lui avait déjà pardonné. Elle déposa un baiser doux comme une aile de papillon sur son crâne et murmura dans un souffle :

— Peu m'importe que vous m'aimiez ou pas, Jaufré. Demeurer votre amie suffit à ma peine. J'enverrai quérir des nouvelles à la cour de France de celle dont vous vous languissez. Ainsi vous saurez ce qu'il convient de faire, mais, je vous en conjure, ne précipitez pas les choses. Je ne vous demande qu'une faveur, une seule. Ensuite, je ne serai plus à vos côtés que l'amie fidèle et dévouée. Aimez-moi, une fois, une seule et unique fois, de ce corps que vous nommez injustement bourbier infâme, afin que dans mes yeux vous puissiez lire qu'il n'est ni repoussant ni mort. Aimez-moi Jaufré, même si à travers mes caresses ce sont les siennes que vous imaginerez.

Bouleversé, il se leva en s'aidant du dossier de la chaise. Hodierne pleurait, mais c'était à peine s'il l'avait remarqué dans le trouble de sa voix. Il l'attira à lui et chercha ses lèvres finement ourlées, sa taille parfaite, ses seins menus. Il y avait si longtemps. Allait-il encore savoir ? Son corps retrouverait-il ces élans charnels que ses sens endormis avaient oubliés ?

— Je vous aiderai, chuchota-t-elle comme si elle avait lu dans ses pensées.

Alors, tous deux s'allongèrent sur le lit face à la cheminée où brûlait un tronc entier. Peu à peu, les gestes lui revinrent, il se laissa apprivoiser par les siens, et lorsqu'il parvint à la prendre, un râle de plaisir sauvage s'étouffa dans sa poitrine. Seules des larmes jaillirent, et à travers elles, s'épancha toute la détresse du monde.

Louis était sombre. Penché en prière au-dessus de la bière de son plus fidèle conseiller et ami, il songeait avec désespoir combien cette perte était grande pour le royaume tout entier. Nous étions le 13 janvier 1151. L'abbé Suger venait de s'éteindre sans avoir accompli son double rêve : maintenir intact ce mariage de légende et achever les travaux de finition de l'abbaye de Saint-Denis.

Curieusement, son trépas me toucha. Derrière l'ennemi se tenait un homme d'envergure et, s'il n'avait été aussi fervent à contrecarrer mes projets, sans doute eussé-je apprécié qu'il fût des miens. Au fond, nous défendions la même cause, bien que dans deux camps différents. Suger rêvait d'une France forte et unie, je rêvais d'une Angleterre de même. Qu'avions-nous à nous reprocher ? Mais il n'était plus temps de remâcher d'inutiles remords. Ce qui était fait était fait. Et rien ni personne n'y pouvait changer.

J'avais réussi à maintenir une paix difficile en faisant promettre à Henri de venir rendre hommage à Louis. Ce dernier, soumis par Suger, avait accepté les excuses qui repoussaient inlassablement l'acte d'allégeance. Patience qu'Étienne de Blois trouvait déplacée, mais Louis tenait bon. Aliénor et lui ne se parlaient plus désormais. Là encore, leur rapprochement n'avait été que de courte durée. Aliénor avait un nouvel amant depuis quelques mois, le jeune et beau comte de Rocamadour qui avait fait son entrée au palais de la Cité avec les fêtes de la Pentecôte 1150. Louis savait. Il était même la risée du royaume, où de nombreuses chansons circulaient. Il eût pu pourfendre son rival ou l'exiler, mais il était lassé de ces mesquineries. Et puis il y avait Suger. Suger qui s'éteignait, il en avait conscience, et qui le suppliait de réfléchir aux conséquences de ses actes.

Louis gardait tête basse et se pliait à la sagesse de son vieil ami. Sans doute craignait-il plus que quiconque de le voir passer. Car, après lui, qui peuplerait cette immense solitude qui était sienne ?

Avec cette disparition, c'était le fondement même du royaume qui se précipitait dans un abîme de noirceur et de deuil. Louis le savait. Aliénor le savait. Je le savais.

Les mois qui suivirent s'estompèrent dans une sorte de brouillard où les choses avaient du mal à trouver leur place. Le conseiller Thierry Galeran se sentait une importance accrue à présent. À l'inverse de Suger, il forçait la main de Louis contre Henri, soutenu par Raoul de Vermandois. L'affaire traîna jusqu'au mois d'avril 1151. Le temps pour Louis de puiser en lui une force nouvelle. Ce fut dans la prière, comme à son habitude, qu'il se décida. Les prochaines fêtes de Pentecôte verraient plier le front d'Henri et de son père.

J'alertai Mathilde à l'aide d'une de mes colombes. Depuis mon dernier séjour en Normandie, nous n'avions cessé de correspondre ainsi. De même, et de façon tout à fait impromptue, j'avais renoué avec un vieil ami : Thomas Becket, qui avait séjourné quelque temps à Paris pour assister à diverses conférences. Il souhaitait fonder une université à Londres et avait besoin pour ce faire de nombreux conseils et de l'avis des maîtres. Je le revis avec plaisir. En Angleterre, il séjournait dans une abbaye sur les bords de la Tamise, œuvrant toujours adroitement et de son mieux pour l'avènement d'Henri. Étienne de Blois était, à ses dires, un tyran qui continuait à diviser le pays. L'heure approchait où il serait renversé de lui-même par ses innombrables sottises et maladresses. Dialoguer avec Thomas comme aux temps heureux de l'insouciance me fit du bien. De plus en plus fréquemment, je m'éveillais la nuit en sueur, avec la sensation d'une présence à mes côtés, d'une ombre souffrante au visage émacié. Jaufré. Jaufré me hantait sans relâche, il ouvrait la bouche, formait des lettres, des mots du bout des lèvres, mais aucun son ne me parvenait. Je ne comprenais pas. Je ne comprenais plus. Chaque matin, je m'éveillais avec au cœur une certitude immense qui reniait sa mort. Folie. Je devenais folle. Désespérément folle.

J'avais revu Geoffroi de Rancon à plusieurs reprises au cours de cette année. À chacune d'elles, nous avions devisé tels de véritables amis. Fidèle à sa promesse, il ne m'avait pas imposé la pression de son amour. Je l'avais simplement senti dans la chaleur de ses prunelles, dans un geste esquissé, dans un frôlement. Mais, cette année, il exigerait avec la fin de son deuil une réponse à sa requête. La raison aurait dû me faire envisager l'hymen avec sérénité. Je n'étais que tourment. Comment pouvais-je accepter d'épouser un autre que Jaufré quand tout en moi l'appelait ? Pourtant, n'était-ce pas l'unique rempart contre cette folie qui jour après jour s'emparait de mon âme ? Je m'étais confiée à la reine, qui avait, sans aucune hésitation, soutenu la requête du comte. Elle aussi pensait que c'était pour moi la meilleure chose à faire. Elle avait cherché mes caresses cette fois-là, mais curieusement je n'avais pu l'aimer. Depuis la mort de Jaufré, aucune main ne m'avait modelée à sa fièvre. Je ne pouvais plus faire l'amour. Comment accepteraisje de ce fait les inévitables rencontres qu'une épouse devait à son mari ? Pour oublier toutes ces questions sans réponse, je me jetai à corps perdu dans l'achèvement de ma mission.

Inlassablement je tissais ma toile d'araignée autour d'Aliénor. Souvent nous parlions d'Henri, et à plusieurs reprises ce fut elle qui amena le sujet. Que quelqu'un osât braver son époux la réconfortait. Au royaume de France elle n'était plus rien, et Louis n'avait de cesse de la rabrouer, ouvertement parfois. Autrefois, la jeune reine aurait bondi, hurlé, craché sa jeunesse, et Louis aurait plié. Elle n'avait désormais plus de prise sur lui.

Elle était prête. Il suffirait qu'elle croise le regard d'Henri, et même sans doute qu'il la violente dans sa chair, pour qu'elle accepte de le suivre. Car Aliénor se mourait de ne pas vivre. Son bel amant amusait ses sens, mais ne comblait pas son besoin d'un pouvoir qui était sa raison d'être.

Les fêtes de la Pentecôte s'annonçaient sous l'auspice d'une tiède moiteur. Le ciel était orageux depuis plusieurs jours. Une onde d'électricité statique flottait dans l'air et tendait les propos de chacun. De sorte que lorsque les vassaux du roi vinrent s'incliner dans la vaste salle voûtée, ornée des oriflammes des provinces de France, Louis ne parvint pas à se sentir aussi sûr de lui qu'à l'accoutumée. Cette cérémonie qui précédait l'ouverture des tournois obligeait chacun à renouveler au roi son serment d'allégeance. Or, l'on murmurait partout depuis la veille qu'aucun des pavillons aux couleurs de la Normandie n'avait encore piqué l'herbe de Saint-Denis. Aliénor, assise aux côtés du roi, tremblait et cherchait des yeux ce géant roux dont on lui avait tant parlé.

Mais la matinée se passa et avec elle mon anxiété se fit plus grande. Nulle part trace d'Henri. Mes derniers messagers étaient porteurs pourtant de bonnes nouvelles. Louis commençait de tapoter de ses doigts agacés le bras du fauteuil.

Ce fut aux alentours de midi qu'un héraut annonça le duc de Normandie. Un soupir de soulagement monta dans l'assistance, tandis que chacun guettait l'entrée de ce personnage qui semait tant de désarroi.

Hélas, à mon grand étonnement, ce fut Geoffroi le Bel qui s'avança et s'inclina. Seul.

Louis fronça les sourcils. Certes, c'était un progrès, mais... Il posa rudement la question qui lui brûlait les lèvres :

— Eh bien, comte, où se trouve donc ce fameux duc de Normandie que nous attendons impatiemment ?

Le ton était à peine contenu, et Geoffroi le Bel ne s'y trompa pas ; il se redressa et, de toute sa superbe, fit face au roi.

— Hélas, Votre Majesté. Le duc Henri, mon fils, est alité depuis huit jours, victime d'une fièvre intense. Les meilleurs médecins sont auprès de lui et ont exigé qu'il soit mis en quarantaine, tant ce mal les intrigue. Le duc vous envoie par ma bouche ses plus sincères excuses pour ce contretemps fâcheux et vous assure de sa visite dès son prochain rétablissement.

— Et quelle serait donc cette maladie ? ironisa Louis, qui ne croyait pas un mot de cette nouvelle excuse.

— Hélas, messire, nous l'ignorons. Mais le jeune duc de Normandie est très affaibli, il vous faut m'en croire.

— Et si je décidais de n'en rien faire ? s'emporta le roi.

— Ce serait grand malheur pour tous, Votre Majesté. Aussi serait-il judicieux que votre indulgence s'arme de prudence et que vous dépêchiez un de vos médecins à Rouen, qui, outre ses conseils éclairés, vous confortera dans une attitude de patience.

— Vous pouvez compter sur cette démarche, comte d'Anjou, mais si par Dieu, votre rejeton n'est pas mourant, je jure qu'il le sera par cette lame ! gronda Louis en posant une main agacée sur le pommeau de son épée.

Sa voix était si dure qu'Aliénor se rencogna dans son siège. Louis héla Thierry Galeran qui se trouvait non loin et d'une voix ferme ordonna :

— Qu'une escorte parte sur-le-champ et conduise mon meilleur apothicaire, Grimaud de Morois, au chevet du duc de Normandie, avec pour mission de visiter ce prétendu malade. Quant à vous, comte, vous êtes mon invité, mais vous ne pourrez quitter Paris sans m'en avertir.

— Dois-je me considérer comme prisonnier ? s'offusqua Geoffroi.

— Grand Dieu, non, répondit Louis, mi-figue mi-raisin, puis il ajouta avec une pointe de cynisme : Pas tant que cette expédition ne sera point revenue pour m'apporter des nouvelles. Priez donc, messire, pour qu'elles aillent dans votre sens !

Geoffroi courba la tête.

« Avant longtemps, pensa-t-il, tu regretteras d'avoir ainsi humilié les miens. »

— Allons à présent, que les fêtes commencent ! clama Louis à l'attention de l'assemblée.

À cette invitation, une salve de trompettes s'envola et, comme des oiseaux multicolores, la foule s'éparpilla par les portes grandes ouvertes. Noyée dans le mouvement, je ne pus approcher Geoffroi le Bel de sitôt. Je décidai donc de l'aller trouver après m'être acquittée de la charge qui était mienne en ce jour de fête, veiller à ce que les cuisines croulent sous les pâtés, les jambonneaux, les gibiers, les sauces, les entremets et tant d'autres mets qui allaient être servis à la table du roi.

Quelques heures plus tard, je quittais l'enceinte du palais pour me rendre à Saint-Denis où déjà l'on se préparait aux tournois.

Granoë me conduisit au milieu des tentes et pavillons jusqu'à celui dont l'oriflamme annonçait les couleurs de l'Anjou.

Lorsque je m'y présentai, Geoffroi achevait de visser son armure avec l'aide d'un écuyer.

— Loanna, chère enfant ! s'écria-t-il en me voyant.

Je le saluai, puis me risquai aussitôt sur la raison de ma visite :

— Qu'en est-il vraiment de cette maladie, mon oncle ?

Il congédia d'un geste vif son écuyer qui venait de terminer l'ajustement d'un bras.

— J'en finirai moi-même avec le heaume. Va ! Occupe-toi de ma monture. Et sangle-la bien. Prendre une déculottée devant le roi serait malsain pour mon amour-propre.

Lorsque nous fûmes seuls, il s'alla servir un verre de vin de cannelle et m'en tendit un, puis de sa voix que les années avaient cassée, il soupira :

— Ce n'est pas, hélas, un nouveau caprice. Henri est bel et bien malade.

— Est-ce grave ?

— Les médecins ne croient pas sa vie en danger, mais il est affaibli. Fort heureusement, sa constitution le met à l'abri de nombre de maladies, mais n'écarte pas tout. Quoi qu'il en soit, cela tombe mal. Pour une fois qu'il s'était résolu à venir et à profiter de ces fêtes pour rencontrer la reine !

— Il ne faudra plus tarder, mon oncle. Elle est prête à prendre fait et cause pour lui. Et Louis est exaspéré par cette situation. Je songe même à demander l'aide de Bernard de Clairvaux pour faire patienter le roi si Henri ne plie pas, mais je doute qu'il intervienne.

— Henri est bien plus obstiné que moi. S'il avait accepté de se rendre à l'invitation de Louis, ce n'était que dans le but de l'affronter ouvertement. Pas de plier.

— Quelle tête de mule ! J'en appellerai donc à Bernard de Clairvaux. Pour l'heure, j'espère qu'Henri sera assez convaincant auprès de ce charlatan de Moroit pour lui faire comprendre que ce n'est pas un nouvel affront.

— Dieu vous entende. Allons, il me faut aller moucher ce jeune freluquet de baron de Montmorency qui, à plusieurs reprises, a eu des mots malheureux. Le jeter à terre me soulagera.

Ainsi fut fait. Et ce fut d'autant plus savoureux que Louis l'avait choisi pour favori.

Le repas fut joyeux, malgré la menace qui pesait sur Geoffroi d'Anjou et son fils dans l'attente du retour de la délégation. Pour ma part, une autre angoisse m'étreignait le cœur. Comme l'année dernière, Geoffroi de Rancon avait vaillamment défendu mes couleurs et m'avait offert son trophée. Cette fois pourtant, je savais qu'il était chargé de symboles. À la longue tablée de laquelle fusaient rires, chants et anecdotes, il était placé dans l'oblique de mon regard. L'heure approchait où il chercherait ma compagnie. De nombreux convives roulèrent sous la table bien avant l'aube, ivres de ripaille et de vins d'Aquitaine. Lorsque la reine prit congé de son époux et de ses invités, j'en fis autant, espérant de toute mon âme échapper ainsi à cette entrevue que je redoutais. Je ne fus pas assez rapide, car je trouvai le comte au pied de l'escalier qui menait à mes appartements. Il nous salua courtoisement, échangea quelques mots avec la reine pour lui souhaiter le bonsoir, et me proposa son bras :

— Faisons quelques pas, voulez-vous, Loanna ?

Je le suivis, la gorge nouée, jusqu'aux jardins éclairés par une lune ronde. Je gardai le silence pendant tout ce temps et lui-même n'osa le rompre. À chaque pas, une peur irraisonnée gagnait en ampleur, tant que je dus me retenir de courir en sens inverse pour me réfugier dans l'ombre. Sans s'en apercevoir, il m'entraîna d'un pas léger à l'écart des yeux et des oreilles indiscrètes, là où les seringas pleuraient de fines fleurs blanches à l'odeur entêtante. Alors il se planta en face de moi.

— Vous tremblez, douce amie. Me croirez-vous si je vous affirme être plus tremblant encore ? Voilà une année déjà que je vous ai fait cette confidence. Mon affection pour vous n'a cessé de croître, Loanna. Vous avouerai-je bien follement que le seul souvenir de ce baiser échangé me hante comme une brûlure ? Mon deuil a pris fin et avec lui cette attente. Un seul mot de vous me rendra le plus heureux ou le plus malheureux des hommes.

Mais, pour toute réponse, j'éclatai en sanglots.

Alors il me prit dans ses bras, comme cette autre nuit, alors que je fêtais la mort de Béatrice. Cela me semblait si loin et si proche à la fois. Ce soir-là j'avais cru pouvoir, j'avais cru savoir. Aujourd'hui, je n'étais plus rien qu'un navire sans port, ballotté par des tempêtes intérieures plus violentes les unes que les autres, dont chacune me laissait plus meurtrie, abîmée et vulnérable.

— Allons, ma douce… murmura-t-il à mon oreille pour me calmer.

Mais ces seuls mots m'arquèrent en avant telle une proue de navire dans un océan déchaîné. Je m'écartai de lui, livide.

— Ne m'appelez jamais comme ça, ordonnai-je d'une voix que je reconnus à peine.

Ce fut à son tour de blêmir. Il me contempla quelques instants douloureusement, puis poussa un profond soupir et se laissa tomber sur un petit banc de pierre.

— Il y a des deuils que ni le temps ni les conventions n'effacent jamais, n'est-ce pas ? demanda-t-il simplement.

Une nouvelle vague de larmes monta jusqu'à mes paupières, tandis que difficilement je hochais la tête.

— Je comprends. Qu'allez-vous devenir, Loanna de Grimwald ? Prendrez-vous le voile comme cette pauvre Héloïse ? Ou finirez-vous par vous résoudre à quelque poison ?

Il n'était même pas cynique. J'aurais sans doute préféré. J'aurais ainsi pu le haïr. Or je ne parvenais pas seulement à bouger. J'étais brisée.

— Venez vous asseoir, vous êtes livide, et je crains que le moindre souffle de vent ne vous emporte.

Je lui obéis. Il glissa son bras autour de mes épaules.

Puis, doucement, comme on le ferait à une enfant, il me parla :

— Vous êtes fragile, Loanna. Denys de Châtellerault avait raison et Jaufré de Blaye aussi. Plus précieuse et fine qu'un fil de soie. J'ai promis de veiller sur vous, et voilà que j'ai l'impression de vous mener à votre perte par cette sécurité même que je vous offre. Que dois-je faire ? J'ai appris à vous aimer bien après vous avoir respectée. Faudra-t-il que je vous prouve combien ces mots ont valeur en moi ? Je ne suis qu'un seigneur de petite envergure, il est vrai, téméraire et belliqueux et parfois rageur. Mais devant vous je ne suis rien. Je ferai selon vos désirs, vous le savez, mais je ne pourrai accepter de vous laisser vous enfoncer dans cette folie qui vous guette. Jaufré de Blaye est mort, Loanna, et personne, hélas, n'y peut rien changer. Quoi que vous fassiez dès lors n'est qu'un moyen d'essayer de vivre malgré tout. Je respecterai votre choix, mais ne vous condamnez pas, je vous le demande, non pas comme le prétendant, mais comme l'ami en lequel Denys a jadis placé sa confiance.

Il avait raison. Mille fois raison. Il me fallut puiser loin, très loin à l'intérieur de moi, rassembler tout ce qui me restait de volonté chancelante pour oser sortir un mot. Je voulais qu'il comprenne. Avec difficulté, j'articulai d'une voix hachée :

— Faire l'amour m'est devenu impensable, Geoffroi…

Avec cela j'expliquais tout, me semblait-il. La souffrance, le manque de lui, la déchirure et le renoncement. Il le sentit sans doute, car il soupira, mais se tourna vers moi.

— Est-ce la seule raison qui vous fasse repousser ma proposition ?

Je hochai la tête sans parvenir à soutenir son regard. Alors, il eut un geste d'une infinie bonté dont ma vie durant je me souviendrai. Il prit délicatement mes mains dans les siennes et murmura à son tour :

— Regardez-moi, Loanna. Regardez-moi.

Je levai les yeux vers lui et je ne vis que tendresse.

— Je ne manque pas de maîtresses complaisantes et, si vous me laissez libre d'une discrétion qui m'entachera en rien votre honneur, je jure devant Dieu que vous pourrez partager ma vie sans jamais avoir à subir la moindre impatience de ma part. Je saurai attendre, Loanna, que votre blessure soit cicatrisée et que l'amour vous revienne, car, à votre âge, il est impensable que le désir soit fané ; lors je serai le plus attentionné des amants. Mais, s'il faut que jamais cela ne vous reprenne, alors peu m'importe. J'ai deux fils et ne cours plus de ce fait après une quelconque descendance. Épousez-moi. Vous n'avez rien à y perdre, je vous l'assure.

— J'ai votre parole Geoffroi ?

— Sur mon honneur et mon rang, vous l'avez.

Il était sincère, je le savais. L'épouser et oublier, je ne le pouvais. L'épouser et garder intact le souvenir de Jaufré me convenait. Même si j'avais du mal à exiger de Geoffroi pareil sacrifice, car je n'avais rien à donner. Plus rien. J'étais vide, creuse. Mais puisqu'il l'acceptait, cela aurait été une offense que de refuser encore.

— Je vous épouserai.

Pourtant, je n'oubliais pas les raisons qui m'avaient fait refuser Jaufré. Elles étaient toujours là, et, si Geoffroi voulait de moi, il lui fallait attendre. Tandis qu'au fond de moi une petite voix hurlait à la mort, une autre me disait que j'avais encore du temps devant moi, et une troisième me susurrait que je faisais le bon choix. Je les balayai ensemble, puis enchaînai d'un ton plus ferme :

— Je vous épouserai, Geoffroi, mais vous savez que je suis auprès d'Aliénor dans un but peu avouable.

— J'ai souvenir en effet d'une certaine embuscade manquée…, chuchota-t-il en connivence.

— Ne croyez pas, Geoffroi, que je ne sois qu'une intrigante. Je suis aquitaine par mon père et anglaise par ma mère. Je ne peux renier cette double origine. J'ai été élevée avec Henri Plantagenêt, et, s'il n'y avait eu l'habileté de nos ennemis pour porter un coup fatal au père d'Aliénor, l'Aquitaine aujourd'hui serait anglaise. Je ne peux davantage qu'Aliénor admettre qu'elle soit ainsi bafouée jour après jour par son moine d'époux. Je suis née pour servir le roi d'Angleterre et, jusqu'à ce qu'Aliénor soit son épouse devant Dieu, je n'aurai d'autre maître que cette mission. Jaufré le savait, qui attendait l'issue de cette entreprise. Plus que jamais nous approchons du but. Laissez-moi le temps d'achever ce pour quoi ma misérable vie a été programmée. Ensuite, je tournerai cette page qui m'a coûté les trois êtres que je chérissais le plus au monde.

— Je comprends. Mais je connaissais déjà votre histoire. Je vous dois la vérité à mon tour, Loanna. Si Denys vous a ainsi placée sous ma protection, c'était parce qu'il savait pouvoir me faire confiance. J'ai quinze années de plus que vous et, vous le savez, mon père était un ami du duc Guillaume. Un ami cher et précieux. Lorsque Guillaume est revenu d'une certaine entrevue secrète à Fontevrault, en l'an 1137, il a soulagé sa conscience auprès de mon père. Il était flatté de la proposition de Geoffroi le Bel, mais plus encore il était heureux de pouvoir enfin cesser de se préoccuper de l'avenir de l'Aquitaine et de sa fille aînée. J'ai surpris leur conversation bien malgré moi, j'avais une trentaine d'années alors et devais régler une affaire de troupeaux volés avec mon père. Guillaume avait une voix qui portait plus que la moyenne et ses paroles me sont parvenues. Je savais donc la première fois que nous nous sommes rencontrés qui vous étiez. Lorsque Denys m'a confié son secret, j'ai compris que rien n'était achevé. Ce n'est pas par hasard que j'ai accepté de veiller sur vous, Loanna.

— Vous étiez à mes côtés durant toutes ces années et vous n'avez rien dit ! Geoffroi, je ne vous mérite pas.

Il souriait avec douceur. Alors, simplement parce que cet aveu m'avait fait du bien, je me penchai sur ses lèvres et y posai un baiser. Il m'enlaça aussitôt et me le rendit avec fougue. Oui, j'épouserais cet homme, non par amour car je n'avais plus d'amour à donner, mais pour ce qu'il était : juste et généreux. Fier et vrai.

Les festivités s'achevèrent avec un bref du médecin de Louis qui l'assurait de l'impossibilité pour Henri de se rendre à Paris.

« Celui-ci, disait-il, est rougeâtre et couvert de pustules gonflées qui ne présagent rien de bon. Il souffle bruyamment de la poitrine et sa fièvre ne descend pas quoi qu'on lui administre. En outre, il est d'un caractère exécrable, supporte mal la médication et refuse d'avaler les bouillons d'herbes. Il gémit sans cesse et exige pour repas quelque cuissot de chevreuil ou de sanglier, qu'il n'avale que par petites bouchées tant il est vite rassasié du fait de la maladie. S'il n'était aussi mauvais malade, sans doute guérirait-il plus vite, mais il chasse à coups de jurons son confesseur dès qu'il pointe son nez dans la chambre. Comment voulez-vous, Sire, que Dieu lui accorde quelque clémence dans pareille condition ? Fort heureusement il est de composition robuste et devrait se remettre avant qu'il soit longtemps. Puisse le ciel, dès lors, lui pardonner ses offenses. Au regard de l'Église et de Votre Majesté. »

Cette missive divertit fort Louis et suffit à apaiser momentanément sa rancœur. Il envoya aussitôt un courrier par lequel il souhaitait un prompt rétablissement à son vassal :

« Afin, ajoutait-il, que le ressentiment de Dieu ne se double pas de celui de son roi et que, dans Sa divine clémence, il permette à celui qui l'avait bafoué de venir au plus tôt courber à la fois le front et la mauvaise tête. »

Autant dire que, loin d'apaiser la colère et le courroux d'Henri, cela ne servit qu'à accroître son panel de jurons, qu'il avait déjà conséquent !

13

L'accalmie fut de courte durée. Quelques jours plus tard, des nouvelles désagréables parvinrent à la cour de France. Cela faisait maintenant trois années que Geoffroi le Bel était en conflit avec le sénéchal de Louis en Poitou, un nommé Giraud Berlai, petit homme sombre et sec qui portait un œil borgne et un nez de fouine. Je l'avais rencontré à plusieurs reprises sans parvenir à l'apprécier. Pourtant, il avait la confiance de Louis. Pendant la croisade, pour une raison que j'ignorais, Geoffroi le Bel avait capturé Giraud Berlai, s'attirant les foudres de l'Église, selon cette loi qui interdisait à tout vassal de s'élever contre l'autorité de son suzerain en son absence. L'affaire s'était soldée par une menace d'excommunication et la libération du sénéchal. Depuis, les relations entre les deux hommes étaient pour le moins tendues. Lassé d'être défié par Berlai qui le narguait à l'envi à l'abri des puissantes fortifications de son château de Montreuil-Bellay, Geoffroi le Bel venait de passer à l'offensive. Mon intuition me dit aussitôt que ce dernier avait mal digéré l'offense que lui avait faite Louis lors des fêtes de la Pentecôte en mettant sa parole en doute. Le comte d'Anjou était orgueilleux. Atteindre Louis au travers de son sénéchal était une vengeance habile, mais qui ne servait en rien le consensus de paix que nous avions entamé.

— Il a mené l'attaque contre une poutre de soutènement du donjon, à grand renfort de traits chauffés au rouge ! grogna Louis, rouge de colère, en frappant du poing sur la table. Ce diable d'Angoumois a incendié la ville et fait encercler toutes les issues. De sorte qu'il n'a eu qu'à cueillir Giraud et les siens comme de vulgaires rats apeurés ! Je suis las de ces suborneurs, las de ces mesquineries, las de ces guerres ! Il est temps pour ces morveux, père et fils, de mordre la poussière et de s'humilier devant leur roi. Sans quoi, par saint Denis, je jure qu'ils seront passés par l'épée de Dieu !

— Que comptez-vous faire ? demanda Aliénor, craignant soudain pour son vassal.

— À l'heure qu'il est, mes troupes doivent approcher d'Arques en Normandie. Elles raseront, brûleront, dépèceront tout jusqu'à ce qu'il n'y ait plus que ruine, mais feront plier bas à ces rustres. D'ailleurs, je pars superviser en personne les opérations, soutenu par le pape qui vient de prononcer l'excommunication contre ces parjures et mécréants. Étienne de Blois m'a fait savoir que son fils, Eustache, traverse en ce moment même la Manche avec de fortes garnisons d'hommes pour se joindre aux miennes. Trop heureux de m'aider à le débarrasser de son ennemi ! Avant la fin de ce mois, c'en sera fini !

Aliénor sortit de la salle où se tenait le conseil, le cœur battant la chamade. Elle pénétra en trombe dans le jardin des simples qu'une tonnelle de chèvrefeuille gardait au frais. Je m'y trouvais, comme à l'accoutumée. M'occuper des plantes était devenu primordial. S'il avait fallu compter seulement sur le maigre savoir des apothicaires dont s'entourait Louis, beaucoup auraient trépassé d'avoir été saignés tels des pourceaux !

— Ils sont perdus ! conclut Aliénor après m'avoir fait récit de ce qu'elle venait d'entendre.

— Pas encore, ma reine. Envoyons un bref à Bernard de Clairvaux. Lui seul peut faire cesser le massacre.

— J'ai peur, Loanna.

Elle me fixait avec un regard d'oiseau prisonnier d'une cage. Se pouvait-il qu'elle soit tombée amoureuse d'un homme qu'elle n'avait vu qu'une fois alors qu'il n'était qu'un enfant ?

— Pourquoi t'intéresses-tu tant au devenir d'Henri ? demandai-je soudain.

Elle rougit aussitôt.

— À toi je peux tout dire, Loanna. J'ignore ce qui m'arrive, sans doute ai-je accumulé tant de rancœur envers Louis que j'exulte à voir d'autres braver mille dangers pour lui faire offense. Je voudrais pouvoir m'élever contre lui, le gifler ainsi qu'ils le font, faire entendre ma voix et plier la sienne. Je ne peux m'empêcher d'être dans le camp de ses ennemis. Ils apaisent ma soif de vengeance. Ils apaisent ma colère. Et à force, il est vrai, d'être de leur parti, j'en viens à renier la reine de France qui devrait s'offusquer aux côtés de son roi. Mais, ô combien, je voudrais à leur exemple ne plus faire allégeance !

Elle était prête. Je lui pris les mains et l'obligeai à s'asseoir sous un pommier, à même l'herbe fraîche et douce de ce mois de mai 1151.

— Il est temps à présent de te révéler la vérité, Aliénor. Peu importe ce que tu décideras ensuite. J'ai été élevée à la cour de dame Mathilde, tu le sais, et mère était sa conseillère. J'aime Henri comme un frère, et je ne t'apprends rien en te disant que son devenir m'est cher. Si cher qu'il y a de cela fort longtemps j'ai choisi de me sacrifier pour lui. J'ignorais alors que je trouverais une amie en toi, si tendre à mon cœur qu'elle est unique.

— Où veux-tu en venir, Loanna ?

— Quelques mois seulement avant que je ne vienne à l'Ombrière, ton père Guillaume eut une entrevue avec Geoffroi le Bel. Il avait promis de te dire à son retour de Compostelle les raisons véritables qui le poussaient à te placer dans un couvent.

— Je me souviens. C'était une idée folle !

— Non. Réfléchis. Ce que Geoffroi le Bel était venu demander à ton père dans l'abbaye de Fontevrault ce jour-là n'était rien moins que ta main pour son fils Henri.

— Que dis-tu ?

Aliénor devint blanche comme une fleur d'églantier.

— Henri était un enfant à l'époque, et, lorsque ton père, au regard de leurs intérêts mutuels, accepta de te fiancer à Henri, l'unique solution qui apparut fut de te placer au couvent jusqu'à ce qu'Henri soit en âge d'épousailles. Cela peut sembler farfelu, je le conçois, mais l'Aquitaine a souvent été en butte au roi de France. En s'alliant avec l'Anjou, le Maine et la Normandie, elle devenait plus puissante que celui-ci, sans compter que, dès lors, l'Angleterre se serait tout entière ralliée à dame Mathilde. Ton père est mort avant d'avoir pu te révéler la vérité. Je n'ai aucune preuve, mais je ne peux pas croire que cette soudaine maladie ait été fortuite.

— On l'aurait assassiné ? Mais dans quel but ?

— Celui de remplacer un roi par un autre, Aliénor. L'Aquitaine est une dot considérable, tu en conviendras.

— Je ne peux le croire. Tout ceci est si… Mais toi, toi, que viens-tu faire dans tout cela ?

— Dame Mathilde considérait que le couvent n'était pas véritablement un endroit distrayant pour une pucelle de quinze ans, même s'il te mettait à l'abri de la concupiscence des barons aquitains. Nous avions le même âge. J'ai été placée auprès de toi, d'une part pour sceller l'engagement verbal des deux parties, d'autre part pour devenir ton amie et adoucir les rigueurs de ce que l'on t'imposait.

— Manipulée, j'ai été manipulée.

— Non, ma reine, jamais, tu entends, jamais. Regarde-moi, Aliénor.

Elle avait le regard blessé.

— Je t'aime, Aliénor, et ce qu'il y a entre nous n'a rien à voir avec ces alliances et ces jeux d'adultes. Du jour où le sort a basculé, je n'ai cessé d'être à tes côtés et de faire en sorte que cela se passe le mieux possible. Mais ce que tous avaient prédit s'est réalisé. Tu n'as rien en commun avec Louis, quand tu ressembles tant à Henri. Peut-être est-il temps pour toi de désunir ce que l'on a consenti dans la traîtrise et le sang.

— Tu voudrais que je me sépare de Louis pour épouser Henri ? C'est bien cela ?

— Tu feras selon ton cœur. Mais sache qu'une partie de sa haine contre le roi de France vient du fait qu'il lui a ravi sa promise.

— Il m'aimerait donc ? Mais il est si jeune !

— Te souviens-tu de ce jour où, sous le saule pleureur à l'Ombrière, je t'avais demandé quels seraient tes sentiments si tu rencontrais quelqu'un qui aimerait et userait du pouvoir autant que toi ?

— Je m'en souviens, oui, répondit-elle en souriant.

Une flamme coquine éclaira son regard. L'Aliénor d'autrefois fut devant moi soudain.

— Je t'ai répondu que sans conteste je l'aimerais, pour peu qu'il ne déserte pas ma couche au profit de la guerre... Ou de Dieu, ajouta-t-elle en souriant.

— Henri n'a rien d'un prêtre !

— Je le sais. Sa réputation est parvenue jusqu'ici. On prétend qu'il a déjà quatre bâtards. Quatre garçons. Loanna, crois-tu que, si je n'ai pu donner de fils à Louis, c'était pour cette raison-là, parce que des hommes avaient défait la volonté de Dieu ?

— J'en suis sûre.

— Mais Geoffroi le Bel est excommunié...

— Pour une peccadille. Pour avoir mis la main par deux fois sur l'officier royal qu'est Giraud Berlai. Si ce sot n'avait pas recommencé à le narguer après que Geoffroi le Bel eut accepté de le relâcher, rien ne serait arrivé.

— Tout de même.

— Bernard de Clairvaux peut faire lever l'excommunication si Henri plie un genou.

— Mais le fera-t-il ? demanda-t-elle avec une moue qui traduisait bien qu'elle en doutait fort.

— Si cela doit être la condition pour que la promise devienne enfin l'épouse..., laissai-je tomber en clignant un œil complice.

Elle écarquilla des yeux ronds comme des soucoupes, tandis que sa bouche s'ouvrait de même, mais aucun son n'en sortit. Dans son regard défilait en un éclair tout ce que cette perspective lui offrait de vengeance et d'agrément. Et soudain il n'y eut plus devant moi que la pucelle de l'Ombrière, à la veille d'une bonne farce soigneusement préparée. Spontanément, elle m'enlaça à me broyer et claqua une bise sonore sur ma joue.

— Je t'aime, je t'aime, je t'aime, Loanna de Grimwald !

— Ce n'est pas une raison pour m'étouffer, me moquai-je en riant.

Elle desserra doucement son étreinte.

— Je sens que nous allons bien nous amuser aux dépens de ce cher Louis, murmura sa petite voix perverse.

— Pour l'heure, il faut prévenir Bernard de Clairvaux avant que le sang ne marque à jamais cette terre qui deviendra tienne.

— Il va en avaler sa Bible !

— De qui parles-tu, de Bernard ou de Louis ?

— Peut-être bien des deux ! lança-t-elle avec un plaisir non dissimulé.

Trois jours plus tard, Bernard de Clairvaux se présentait à l'abbaye de Saint-Denis pour y célébrer une messe. Ce n'était ni dans ses prérogatives, puisqu'un nouveau prieur s'occupait de l'abbaye en place de Suger, ni dans ses habitudes. Louis ne s'en offusqua point, pour la bonne raison qu'il s'apprêtait à rejoindre ses troupes, qui venaient de faire plier le comte d'Arques et s'étaient emparées de la ville sans véritable résistance. Ses hommes, augmentés de ceux d'Eustache de Blois, le fils de l'actuel roi d'Angleterre, campaient autour de l'enceinte, déployant leur puissance. Ni Geoffroi ni Henri n'avaient bronché, et Louis comptait bien réclamer son dû sur place.

Aussi fut-ce naturellement qu'il voulut profiter de la venue de Bernard de Clairvaux pour faire bénir son départ dans cette croisade personnelle.

Il fut reçu aussi rudement que possible. Bernard n'y alla pas par quatre chemins. Si la conduite du comte d'Anjou était inqualifiable, celle de Louis ne l'était pas moins. Ce que Suger avait réussi à unir était bafoué, violé. Ce n'était pas ainsi que devaient se régler les différends ! D'un ton sans réplique, il ordonna à Louis de s'en tenir à cette démonstration de force et clama haut et fort que la paix devait être rétablie, coûte que coûte. Il s'en irait lui-même tenir des propos identiques à Geoffroi le Bel et à son fils, offrant son arbitrage dans le différend qui opposait les deux parties.

Louis rumina. Il attendait plus que de simples excuses désormais. Toutefois, il plia. La voix de Bernard était telle une tempête dans un désert, chacun courbait la tête et protégeait son âme.

Curieusement, Geoffroi et Henri firent de même. Mais je les connaissais assez pour savoir que ce n'était pas la perspective du châtiment de Dieu qui les avait décidés, mais bien plutôt l'immense armée qui se cantonnait à leurs flancs. Quant à savoir ce qu'il adviendrait de cette entrevue fixée au mois de juillet 1151, c'était une autre affaire !

— Que voulez-vous ? demanda aigrement Aliénor en voyant la silhouette de Louis s'encadrer dans l'embrasure de la porte.

Elle venait de se coucher et s'apprêtait à moucher la chandelle, lorsqu'elle avait entendu frapper. Pensant qu'il s'agissait de moi, elle avait naturellement invité son visiteur à entrer. La surprise qu'elle eut en découvrant Louis se glaça en un rictus de haine.

— Je désirais vous entretenir. Le puis-je ?

Louis ne semblait pas menaçant. Elle hocha la tête en tirant à elle les draps pour couvrir sa chemise, ce qui eut pour effet de faire sourire le roi. Il s'assit sans façon sur le lit, tandis que, dans un geste de défense incontrôlé, Aliénor s'écartait sur le côté.

— Il y a bien longtemps, soupira Louis en frôlant d'une main molle l'oreiller sur lequel tant de fois il avait posé sa nuque.

— Je suis fatiguée, Louis, venez-en au fait, voulez-vous ? insista Aliénor en bâillant ostensiblement.

— Le fait ? Faut-il un fait pour qu'un époux rende visite à sa femme ? Oui, bien sûr. Lorsqu'il n'existe plus entre eux que déchirement. Comment en sommes-nous arrivés là Aliénor ? Vous ne m'aimez plus, et j'avoue avec effroi que je n'éprouve plus pour vous qu'indifférence. Qu'avons-nous fait à Dieu pour qu'Il punisse ainsi notre union ?

Aliénor se mordit la langue. Elle eût volontiers craché comme un venin cette vérité qu'elle venait d'apprendre, mais jugea qu'il valait mieux ne pas risquer de compromettre l'avenir. Elle se contenta de garder le silence. Louis lui faisait peur, plus encore dans ce soudain abattement qui alourdissait ses épaules que dans sa superbe.

— Je suis un homme seul, Aliénor. Bien seul. Et pourtant j'ai à mes côtés la femme la plus belle de ce royaume. Quelle a été mon erreur ? Ne vous ai-je pas assez comblée ? Sans doute vous aurait-il fallu davantage de caresses ? J'en suis sevré, mais elles ne me manquent plus. Je n'ai plus que haine au cœur, rancœur et amertume. Quant à ces regrets pour tout ce à côté de quoi je suis passé, il faudrait plus que mes larmes pour en faire des chapelets. Je n'ai même pas la certitude d'être un bon roi.

Aliénor sentit malgré elle sa gorge se nouer. Jamais Louis ne s'était confié ainsi, jamais elle ne l'avait vu si misérable. Sa colère tomba d'un coup, lorsqu'il étouffa un sanglot en murmurant d'une voix cassée :

— Vous ne dites rien. Vous avez raison. Je ne mérite rien d'autre que votre indifférence.

Alors, elle posa une main sur son bras que le maniement de l'épée avait épaissi.

— Ne croyez pas cela, Louis. Vous ne m'êtes pas indifférent, en vérité. Nous n'avons pas choisi l'un et l'autre ces épousailles. Nous avons cru que nos différences pouvaient se compléter, et je persiste à croire que s'il n'y avait eu Suger entre nous, cela eût été possible.

— N'accablez pas sa mémoire. Certes il eut tort parfois, mais il croyait sincèrement que notre union était bénie de Dieu, et j'ai souci de me rattacher encore à cela. Car, sinon, tout, depuis quinze ans n'aurait été que mensonges et abîme.

— Croyez ce que vous voudrez, Louis. Pour ma part, j'en viens aujourd'hui à voir les choses différemment. Ce fils que Dieu nous a refusé n'est-il pas à lui seul le signe que notre union est illégitime ? Que nous ne sommes que des pécheurs devant l'Éternel ?

— À quoi faites-vous allusion ?

Louis avait pâli. Sans doute avant même de poser cette question savait-il déjà la réponse.

— À cette parenté qui est nôtre et qui aurait dû faire annuler notre hymen.

— Le pape lui-même l'a déclarée caduque.

— Le pape souhaitait réconcilier un royaume. Et en cela je ne juge pas qu'il eut tort. Pourtant, cette vérité est là, Louis, et au regard de Dieu, les intérêts des hommes sont peu de chose. Si, en quinze années, je n'ai pu vous donner cet héritier que nous souhaitions tant, ce ne peut être à mon sens que pour cette seule raison.

— Alors, qu'allons-nous devenir ? J'avais espéré en venant vous voir que vous m'ouvririez vos bras comme dans ces premiers temps et que j'oublierais brusquement l'échec qui nous vieillit. Le trône a besoin d'un héritier. Et, malgré tout ce que j'ai pu dire et penser, vous êtes une grande reine, Aliénor.

— Je ne peux, Louis. Pardonnez-moi. Je ne peux.

Il eut un sourire amer.

— À d'autres, pourtant, vous n'avez cessé de vous livrer corps et âme. Non, ne niez pas, vous me feriez plus de mal encore. Je suis las des mensonges. Je sais. Cela suffit. Dites-moi seulement ce qu'ils avaient de différent.

Elle déglutit, puis, d'une voix meurtrie, laissa tomber dans le silence qui s'était installé :

— Ils m'ont aimée, Louis. Véritablement et totalement aimée.

Alors, il tourna vers elle un visage ravagé par la douleur.

— Peut-être n'est-il pas trop tard ? demanda-t-il en lui prenant la main avec douceur.

— Non, Louis, c'est votre solitude qui vous égare. On ne ranime pas un feu avec des cendres froides. Et quand bien même vous le pourriez de toute votre âme, de tout votre cœur, le mien n'est plus que ruines. Il est trop tard, Louis.

Il secoua la tête en silence, comme s'il mesurait combien elle avait raison. Puis, d'une voix brisée, il murmura :

— Vous êtes fatiguée. Je vais vous laisser dormir.

Elle ne répondit rien. Il n'y avait rien à répondre. Elle ne le désirait plus. Elle se demandait même s'il l'avait, lui, un jour, véritablement désirée.

Avant de refermer la porte, il s'arrêta et se tourna vers elle.

— M'avez-vous aimé, Aliénor, une fois, une seule fois, autant qu'eux ?

— Oui, Louis.

Il eut un soupir désolé.

— Alors, je mérite ce qui est.

Lorsque la porte se referma doucement sur la silhouette effacée et meurtrie du roi de France, Aliénor se rendit compte qu'elle pleurait. Elle n'avait pas menti. Elle l'avait aimé, peu de temps certes, mais elle l'avait aimé, jusqu'à être lassée, blessée, de n'avoir jamais pu savoir laquelle, de la Bible ou de la femme, il avait épousée.

Elle allait partir rejoindre le royaume et l'homme qui lui étaient promis. Cela eût dû être une vengeance, mais, soudain, elle prit conscience que celle-ci n'avait plus d'importance. L'aveu de Louis venait de lui faire oublier ces années de rancœur. De réveiller en elle la pitié et la tendresse. Au fond Louis était comme elle, l'un et l'autre avaient désormais besoin d'aimer. Véritablement et totalement. Ce fut d'un cœur neuf et libre qu'elle s'endormit, et peu à peu s'imposa dans son rêve un visage flou qui riait dans une forêt rousse.

14

Geoffroi de Rancon s'inclina devant la reine avec un sourire qui fendait son visage tel un croissant de lune. Juin 1151 s'achevait, pluvieux et maussade, comme le climat de tension qui alourdissait le royaume. Le 13 juillet, Geoffroi le Bel et Henri Plantagenêt étaient attendus avec le roi de France devant Bernard de Clairvaux. Depuis que les deux parties avaient accepté de se rendre à la convocation du saint homme, les hostilités s'étaient figées. Cela pourtant n'allégeait pas l'atmosphère, et chacun se préparait à l'affrontement. La confiance n'y était pas.

Voilà pourquoi, quand le seigneur de Taillebourg demanda une audience solennelle à la reine et à son roi, cela attira du monde. Les bruits de couloir allaient bon train, car, depuis deux semaines, Geoffroi de Rancon séjournait au palais de la Cité et ne cessait de se promener en ma compagnie.

Je n'avais pas eu le cœur de lui refuser le plaisir de s'afficher avec moi. À présent qu'Aliénor m'avait confirmé que Louis, le moment venu, ne s'opposerait pas à l'annulation de son mariage, je n'avais plus aucune raison de repousser l'annonce de nos fiançailles.

Il y eut un murmure dans l'assistance, lorsque la voix chaleureuse du sire de Taillebourg s'éleva pour demander ma main. J'eusse dû prendre plaisir à cela, mais je ne ressentis qu'un étrange pincement au cœur tandis qu'une giboulée de chagrin gagnait mes yeux. Que n'aurais-je donné pour que Jaufré surgisse brusquement et m'enlève !

Lorsque le roi et la reine m'appelèrent, je m'avançai très digne et me forçai à sourire.

— Loanna de Grimwald, commença le roi, cet homme qui est valeureux et fort aimable, souhaite vous prendre en épousailles, y consentez-vous ?

— Si ma reine le permet, oui, murmurai-je d'une voix que je voulus ferme.

— Votre reine vous offre toute sa bénédiction, répondit Aliénor, émue.

Elle savait que je n'étais pas guérie de la disparition de Jaufré. Bien sûr, mon mariage la priverait à jamais de mes caresses, mais depuis déjà longtemps elle avait su me remplacer par quelques servantes habiles. Elle était heureuse pour moi, espérant de tout son cœur que je trouve enfin la paix.

Geoffroi aurait voulu que le mariage soit célébré sur l'heure. J'avais refusé et demandé à ce qu'il soit proclamé en septembre. Afin de laisser auparavant se dénouer l'écheveau de ma vie, et planter les racines de mes lendemains. Cela aussi, il me l'accorda. Le roi arrêta la date du 30 septembre et décréta que ce soir serait fête dans le royaume. Ce n'était pas tous les jours que l'on « casait » une vieille fille !

L'on m'embrassa avec effusion, l'on me félicita chaleureusement, ainsi que Geoffroi. Mais, lorsque je me retrouvai seule dans ma chambre, je n'eus qu'un cri, un seul qui déchira le silence :

— Oh, Jaufré, qu'ai-je fait ?

La nouvelle assomma Jaufré Rudel, et lui coupa le souffle. Mariée ! Loanna de Grimwald, sa Loanna, allait épouser Geoffroi de Rancon ! Il dut s'asseoir pour ne pas s'écrouler. Hodierne de Tripoli s'agenouilla devant lui et chuchota pour lui seul :

— Il vous faut accepter la réalité, Jaufré. Elle ne pouvait indéfiniment se languir sur une tombe.

Il la fixa d'un regard éperdu, puis revint vers l'homme qui leur avait annoncé la nouvelle. Cela faisait plusieurs mois que celui-ci avait été envoyé en France, sur l'ordre d'Hodierne, pour y glaner des renseignements. En apprenant ces fiançailles qui libéraient Jaufré de son serment, Hodierne avait ressenti une joie puérile. Mais, à présent, elle se demandait si son miraculé n'allait pas se laisser mourir de chagrin, tant l'espoir avait porté ses jours ces derniers mois au point de lui permettre des progrès spectaculaires. À présent, Jaufré se déplaçait seul. Il s'appuyait encore sur une canne, et restait voûté, mais il cheminait sans aide et avait recouvré toutes ses facultés. Toutes sauf une, essentielle : la parole. Jaufré se leva soudain, et saisit une feuille sur l'écritoire. D'une main qui avait retrouvé ses marques sur le parchemin, il traça plusieurs questions, qu'il tendit à Hodierne. Elle hocha la tête. Elle aurait préféré ne pas avoir à les poser au messager, car elle se doutait que les réponses lui feraient plus de mal encore. Mais il avait le droit de savoir. Et elle l'aimait tant !

— À quelle date ce mariage doit-il être célébré ?

— Au 30 septembre de cette année, lui répondit l'homme basané et alerte.

— Que savez-vous d'autre sur cette dame ?

— Une bien triste histoire, Votre Majesté ! On raconte qu'elle aimait un homme, un troubadour. Vous savez, celui que l'on a enterré chez nous il y a déjà quelques années. Peu de temps après la mort de son promis, elle a fait une fausse couche. Personne n'a su qui était le père, mais cela a fait beaucoup de bruit au palais, car nul n'était au courant de sa grossesse. On raconte ensuite qu'elle n'a survécu que pour servir la reine, sans prétendant. Elle avait beaucoup maigri et n'était que l'ombre d'elle-même jusqu'à ce que le comte de Taillebourg demande sa main au roi de France. Voilà, c'est tout ce que je sais, mais c'est bien pitoyable, car vous pouvez m'en croire, Majesté, c'est une fort gente dame.

— Aime-t-elle ce Seigneur ?

— Je l'ignore, Majesté. Selon vos consignes, je ne l'ai pas approchée directement et ne sais que ce qu'on m'en a dit. Certains prétendent que c'est pour contrer le chagrin qu'elle a consenti à ce mariage, d'autres que c'est une manigance de la reine pour enfin marier sa plus fidèle dame de compagnie dont on raille la vertu, d'autres encore qu'elle s'est laissé séduire par cet homme qui porte beau, d'autres encore qu'elle le regarde passionnément. La rumeur a d'infinis visages.

— Vous, mon ami, vous qui l'avez vue sans l'approcher, qu'en pensez-vous ?

— Ce que j'en pense ? Que derrière le sourire se cache le regard le plus triste qu'il m'ait été donné de voir avant ce jour, acheva l'homme en se détournant de Jaufré.

Celui-ci n'eut pas un mouvement. Hodierne en conclut qu'il en avait fini avec l'interrogatoire.

— Vous pouvez aller, mon ami, dit-elle à son messager, en lui remettant une bourse de cuir abondamment garnie.

Lorsqu'ils furent seuls, Jaufré se laissa aller à ces larmes indisciplinées qui étaient son lot depuis trop longtemps. Parfois, elles le fuyaient, comme taries, comme si sa détresse était au-delà de l'expression d'autres fois, elles le ravageaient sans qu'il puisse rien pour les arrêter. Là, elles s'écoulaient simplement. Et, avec elles, toute sa vie. Il n'en pouvait plus.

Hodierne lui prit les mains.

— Regardez-moi, Jaufré.

Il leva sur elle ses yeux poignants de douleur. Et soudain elle comprit. Elle comprit que jamais, jamais quoi qu'elle fasse, elle ne séparerait ces deux cœurs qui se mouraient. Alors, elle fit ce qu'elle s'était juré de ne jamais faire et dit ce qu'elle aurait voulu ne jamais s'entendre dire :

— Un bateau part demain. Va. Va ! Elle seule désormais peut décider que tu vives ou meures. Alors va !

Il se leva doucement et attira contre lui ce corps parfait qu'il n'avait aimé qu'une fois et le serra, serra, serra, comme pour ne jamais oublier ce qu'il lui devait.

Une foule importante emplissait l'immense salle de réception du palais de la Cité. Tous avaient tenu à assister à la rencontre historique entre Geoffroi le Bel et le roi de France. Bien plus, le fait que Bernard de Clairvaux soit là, debout tel un juge, simple dans sa bure grise, une croix de bois plaquée sur sa poitrine frêle et pourtant tant redoutée, faisait naître un silence tel que l'on entendait jusqu'au crissement des robes d'apparat.

Geoffroi le Bel et son fils Henri s'avancèrent côte à côte, le pas assuré et le regard fier, toisant ceux qui s'écartaient devant eux d'un mépris écrasant. Un murmure de désapprobation s'éleva dans la salle. Derrière eux marchaient deux soldats encadrant un prisonnier chargé de chaînes : Giraud Berlai.

Louis se mordit la lèvre de rage. Mais déjà Bernard levait les bras aux cieux pour ramener le silence. Geoffroi le Bel et Henri le saluèrent, faisant fi du roi de France. Lors, Bernard de Clairvaux prit la parole, et sa voix fendit l'air chargé d'animosité :

— Soyez les bienvenus, messires. Je me suis entretenu avec Sa Sainteté le pape. Il consent à vous relever de votre excommunication si vous libérez cet homme que vous promenez devant nous sans souci de son rang et de sa charge, tel un vulgaire voleur de pommes. Relâchez-le sans tarder et déclarez-le libre.

Loin de courber la tête devant cette injonction, Geoffroi le Bel le défia d'une voix forte :

— Je refuse, mon père. Si c'est une faute que détenir un prisonnier sur lequel on a fait valoir ses droits, alors je refuse d'en être absous !

Il y eut un nouveau remous dans l'assistance. Bernard de Clairvaux eut un regard terrible.

— Prenez garde, comte d'Anjou, car vos juges auront pour vous la justice que vous appliquez !

Mais déjà Geoffroi et son fils avaient tourné le dos à Bernard et marchaient vers la porte.

Avant que les deux gardes ne l'entraînent sur leur trace, Giraud Berlai glissa à Bernard :

— Peu importe ce qu'il adviendra de moi, mon père, que Notre-Seigneur tout-puissant entende seulement les cris des miens condamnés sans raison.

Alors Bernard laissa sa voix courir sur les traces de l'homme qu'on emmenait déjà :

— Ne crains rien pour eux, mon fils, les innocents sont bienheureux entre les mains de Dieu.

Il fallut néanmoins à Bernard de Clairvaux beaucoup d'autorité pour retenir le bras vengeur de Louis. Lorsque la foule se dispersa au congé que lui donna le saint homme, le roi de France était à deux doigts d'exiger que l'on fasse arrêter sur-le-champ Geoffroi le Bel et Henri Plantagenêt.

— N'en faites rien, ou vous serez parjure, objecta Bernard.

— Par saint Denis, c'est lui qui a rompu la trêve ! s'emporta Louis.

— Nenni, mon fils. Il a maintenu ses positions. Mais ce n'est que partie remise. Nous devons respecter son choix. Il connaît le mien. Dieu jugera. Dieu et Lui seul. Vous savez prier, Louis le Jeune. Alors priez pour que la paix de Dieu soit entendue par ces hommes !

Et, une fois encore, Louis s'en fut prier.

Pourtant, ce n'étaient pas ses mains usées à force d'être jointes et ses marmonnements qui eussent pu ramener dans le chemin du Christ ceux-là dont je savais l'entêtement et la fierté.

Tandis que Louis se penchait sur le prie-Dieu aux côtés de Bernard de Clairvaux, Aliénor et moi poussions nos montures vers le bois de Vincennes pour atteindre le campement de Geoffroi le Bel. Il avait posté un nombre conséquent d'hommes d'armes autour des pavillons, et il nous fallut donc montrer patte blanche lorsque l'on nous arrêta. Je fis choir le capuchon qui recouvrait mon front et déclinai mon identité. Aussitôt, l'on nous conduisit auprès du comte, sans aucune question concernant celle qui m'accompagnait, dissimulée sous la coiffe de son mantel.

Ce fut seulement lorsque nous fûmes à l'abri des regards dans la tente de Geoffroi qu'Aliénor révéla son visage. Henri, debout au côté de son père, tressaillit en la reconnaissant.

— Je viens en amie et non au titre de reine de France, messires, annonça Aliénor, affable.

— En ce cas, vous êtes la bienvenue, lança Henri en lui avançant un siège.

Sa main effleura celle de la reine au moment où elle s'asseyait, rosissant d'un fard léger ses pommettes. Cette réaction dut plaire à Henri, car il afficha un sourire de jeune loup qui me donna envie de le gronder. Pourtant, je m'en gardai bien. C'était beaucoup mieux ainsi. Ils se plaisaient. C'était parfait.

— Vous avez à la fois offensé le roi et l'Église, messires. Il fut un temps où mon grand-père Guillaume le troubadour fit de même, je ne saurais donc vous reprocher cet excès de bile qui est si proche de celui des Aquitains. D'ailleurs, je dois dire à mon corps défendant que j'ai pris plaisir à cette joute oratoire et aurais sans doute agi de même si je m'étais trouvée dans votre camp.

— Il ne tient qu'à vous d'y venir ! lança Henri, toujours aussi délicat dans ses approches.

Mais cela aussi plut à Aliénor, car ses lèvres s'étirèrent, moqueuses, dévoilant ses dents de perle :

— Eh bien j'y suis, me semble-t-il, mon cher duc, répondit-elle avec bonne humeur. Ce qui m'amène à vous faire une proposition : libérez Giraud Berlai. Il n'est qu'un pantin juste bon à bassiner d'orties dont il a à peine le piquant. Acceptez de faire allégeance au roi de France. Vous y gagnerez la paix si chère à la construction d'un royaume.

— Il n'est rien en tout cela qui diffère du discours entendu. Lors, que proposez-vous en échange ? demanda Geoffroi le Bel, qui ne cessait de me jeter des regards inquiets, ignorant les dernières décisions de la reine.

— Moi, messire.

— Vous ? — Henri sourit, moqueur. — Vous voudriez prendre la place de cet idiot de Berlai ?

— Je pensais à d'autres chaînes que les siennes, mon ami, s'amusa Aliénor.

Ils étaient seuls maîtres du jeu, désormais. Geoffroi le comprit et se détendit enfin, laissant son fils affronter la reine.

— Et à quelles chaînes faites-vous donc allusion, Votre Majesté ?

— À celles du mariage, jeune sot, il semble que vous auriez grand besoin d'une femme d'envergure pour domestiquer un peu votre superbe !

— Qu'est-ce qui vous fait croire que vous m'intéressez ? s'irrita Henri, piqué au vif.

— L'Aquitaine !

Geoffroi le Bel ne put réprimer un rire joyeux devant tant de repartie, s'attirant un coup d'œil agacé et sévère d'Henri.

— Votre Majesté oublie juste un petit détail : elle est l'épouse du roi de France !

— Faites allégeance, Henri Plantagenêt, et, sur la Très Sainte Bible que vous avez bafouée, je jure que dans les douze mois qui viennent, non seulement mon mariage sera annulé, mais je serai votre épouse, tel que cela eût dû se faire il y a fort longtemps.

— Si vous avez menti, Aliénor d'Aquitaine, nulle forteresse ne sera assez puissante pour vous protéger de moi.

— Qui vous dit, mon cher duc, que je veuille me protéger de vous ? lança-t-elle avec un regard qui le mettait au défi.

Un défi charnel, dont je savais qu'il serait aussi fougueux que ces deux étalons de même race.

Sur ce, nous prîmes congé. Lorsque la nuit tomba sur le château, sans avoir rien amené de nouveau de part et d'autre, une silhouette agile grimpa le long de la muraille qui surplombait la Seine jusqu'à la fenêtre de la chambre de la reine laissée ouverte.

Henri Plantagenêt sauta lestement sur le parquet. Le craquement de son pas éveilla Aliénor qui, se redressant brutalement, voulut pousser un cri. Aussitôt, la poigne épaisse d'Henri l'étouffa sur ses lèvres, tandis qu'il murmurait :

— Silence, ma reine. Ce n'est que votre futur époux. Je tenais à m'assurer avant de céder à vos avances que vous saurez vous plier aux miennes. Si vous criez, vous attirerez à vous un joli scandale. Ce n'est pas ce que vous voulez, n'est-il pas ?

Elle secoua la tête, alors seulement il enleva sa main. Aliénor sentit un goût de sang contre sa lèvre.

— Brute, gémit-elle, vous m'avez fait mal.

— Gardez ça pour tout à l'heure, ma reine !

Et sans lui laisser le temps d'avoir d'autre humeur, il la coucha sous lui avec la brutalité dont il était coutumier et qui, après avoir dérouté sa captive un instant, l'entraîna dans un tourbillon de plaisir dont elle n'eût jamais auparavant imaginé les méandres.

Le lendemain mit Louis au supplice. Il bouillait. Écartelé entre son désir d'être agréable à Bernard de Clairvaux et celui de lancer à l'orée du bois de Vincennes une horde de soldats qui ne laisseraient sur leur passages que cadavres. D'un côté Dieu, de l'autre le diable ; encore cette incessante balance entre le bien et le mal, entre la raison et le charnel, entre le châtiment et le crime, qui meurtrissait depuis toujours son âme. Louis lutta contre lui-même toute la journée tandis qu'un orage dardait ses éclairs bruyants sur la vieille Cité. Lorsque la nuit s'avança, il n'en pouvait plus de cette tension qui vrillait les éléments et le silence, car rien n'avait évolué. D'un pas rapide, il se dirigea vers la crypte où son père était enterré. Là, il savait pouvoir être seul. Une simple croix de bois veillait sur la sépulture. Suger avait voulu la remplacer par une autre plus richement ornée, mais Louis s'y était opposé. Cette simple relique de son enfance, à laquelle tant de fois il s'était accroché pour ne pas perdre son âme, lui était apparue comme un rempart infaillible contre les tentations. Une fois encore, il s'y agenouilla, non pour prier, car il avait usé ses mains et son repentir, mais pour s'absoudre de cette haine qui était sienne. Derrière la croix, un carreau du sol était disjoint. Il le souleva sans peine et sortit de la cachette un fouet dont le manche avait moulé ses empreintes. Il y avait longtemps qu'il ne l'avait utilisé. La dernière fois, c'était cette nuit auprès de Béatrice de Campan, cette nuit peu de temps avant qu'elle ne meure. Elle était venue le rejoindre. Elle était promise à un autre. Il l'avait repoussée maladroitement. Elle avait supplié. Supplié qu'il la prenne encore une fois, avant, avait-elle dit, de le perdre à jamais. Elle seule l'avait aimé, il en avait pris conscience depuis. Elle seule aurait donné sa vie pour lui. Cette nuit-là, lui aussi l'avait aimée, de toute son âme. Ensuite, il s'était rendu là, écœuré de la perversité de ses actes et du plaisir que l'un et l'autre y avaient trouvé. Louis leva le fouet. Les souvenirs allaient l'aider à se laver de sa honte. Il se frappa, une fois, deux fois, puis, lorsque la douleur ruissela sur son corps, il enchaîna les coups de plus en plus fort, jusqu'à tomber sur lui-même, couvert de plaies sanglantes.

Cette nuit-là, Aliénor attendit, guetta le moindre grattement sur la muraille extérieure du palais.

Comme elle avait attendu toute la journée qu'Henri tienne sa promesse et plie devant Louis. Il n'en avait rien fait. Son corps réclamait à présent à la fois sa présence rustre et son engagement. Plusieurs fois, croyant entendre quelque bruit près de sa fenêtre, elle se leva et scruta l'ombre pour tenter d'apercevoir la silhouette qui la mettait en émoi. La nuit se passa ainsi sans qu'elle puisse seulement s'endormir, les sens aux aguets et le ventre humide. Henri ne vint pas.

Bernard de Clairvaux venait d'étendre ses bras pour prononcer son sermon dans une abbatiale bondée comme de juste. Tierce sonnait l'office et une foule immense se tassait à Saint-Denis pour entendre la voix du saint homme. Louis, vêtu d'une bure aussi neutre que celle de Bernard, ne laissait rien paraître de son corps marbré de meurtrissures. Aliénor se tenait droite à ses côtés, fardée au mieux pour dissimuler les affres de sa nuit blanche. L'un et l'autre s'évitaient du regard. Tendus vers Bernard, ils espéraient la même chose pour des raisons différentes. Aussi, lorsque les portes grincèrent dans le silence, d'un même élan se tournèrent-ils vers elles. Ils virent s'avancer Geoffroi le Bel et Henri Plantagenêt, dignes et les mains jointes. Entre eux, libéré de ses fers, Giraud Berlai souriait.

Bernard traça un signe de croix dans l'air. La foule écarquillait des yeux incrédules sur ce cortège inespéré qui se dirigeait à pas lents vers les marches de l'autel.

Il n'y eut pas un mot. Juste deux corps qui se plièrent en même temps pour s'agenouiller aux pieds du saint homme, tandis que celui qu'ils avaient emprisonné s'avançait vers Bernard et baisait le bas de sa robe en pleurant. Alors, seulement, la voix magistrale résonna, faisant frissonner jusqu'aux voûtes cambrées de la nef :

— Frères, que la paix de Dieu soit avec vous.

Père et fils tracèrent un signe de croix sur leurs poitrines. Puis, dignement, ils se levèrent et laissèrent là leur ancien prisonnier, pour aller se fondre parmi l'assemblée des fidèles. En passant devant Aliénor, Henri pourtant releva la tête et lui offrit un de ses sourires de carnassier qui ne me trompa pas.

Quelques heures plus tard, ce fut dans la grande salle du palais de la Cité, au pied du trône sur lequel le roi de France siégeait aux côtés de la reine, qu'Henri vint s'agenouiller pour prêter serment d'allégeance à son suzerain. Au nom du pape, Bernard de Clairvaux leva sur l'heure l'excommunication qui pesait sur le père et le fils. Lorsque Louis posa une main amicale sur l'épaule d'Henri, je vis une lueur de cruauté passer dans les yeux de ce dernier. L'heure de la vengeance était proche. Un sentiment de soulagement m'envahit, tandis que je suivais le cortège royal vers la salle à manger.

Fin août, les événements se précipitèrent en Normandie. Eustache de Blois, vexé d'avoir été ainsi rejeté par la nouvelle alliance conclue par Bernard de Clairvaux, décida de lever les barons anglais et normands qui le suivaient contre ceux favorables à Henri et Geoffroi le Bel, tandis que ces derniers s'attardaient à Paris. Inutile de dire que les affrontements promettaient d'être extrêmement meurtriers. Avertis par un espion avant qu'Eustache ait pu mettre son plan à exécution, Geoffroi et Henri prirent la route pour le contrer.

Aux environs de Château-du-Loir, dans ce même lac où j'avais ébroué ma poussière de voyage et retrouvé Bastien l'année précédente, Geoffroi le Bel décida de se baigner. Depuis quelques jours déjà, il toussait à fendre l'âme, victime de l'humidité qui régnait dans Paris comme une vermine. Geoffroi avait pris froid. Cette baignade eut-elle pour but de soulager un excès de fièvre rendu plus pénible encore par la chaleur ? Toujours est-il qu'au sortir du bain il ne put remonter à cheval, tant il se sentit faible. Henri le fit porter aussitôt chez son vassal, et ce fut à ses soins attentifs qu'il l'abandonna, tandis qu'il s'empressait de regagner ses terres.

Le simple fait qu'Henri paraisse, le visage rouge de colère, suffit à ramener une paix qui avait failli être troublée et demeurait instable. Peu de temps après avoir rejoint sa mère, Henri apprit la mort de Geoffroi le Bel. La pneumonie l'avait emporté sans rémission. Un vertige le saisit : il était le maître désormais. Restait à attendre qu'Aliénor ait mis à exécution ses promesses. Dès lors, Louis ne serait plus qu'un pion à balayer d'un revers de manche.

Nous avions quitté Paris en même temps que le Plantagenêt. L'air y était devenu irrespirable. Les égouts répandaient des vapeurs ignobles jusque dans les appartements, et les jonchées de fleurs ne servaient qu'à aggraver le malaise au lieu de chasser cette pestilence. Mais ce n'était pas la première raison qui poussait Aliénor à retourner en Aquitaine.

Dès le lendemain du départ d'Henri, elle s'était hâtée vers le cabinet où son époux se trouvait en conversation avec Thierry Galeran. À son entrée, le vieil homme au visage de fouine s'effaça comme à son habitude. Ni l'un ni l'autre ne s'aimaient et ils s'évitaient au possible.

— Pardonnez-moi, Louis, de vous déranger ainsi, mais, cette nuit, un cauchemar affreux dans lequel j'ai cru voir un signe du destin m'a tiré d'un sommeil agité. Il me fallait vous en entretenir, gémit-elle d'une voix blanche qui retint l'attention du roi.

— Parlez sans crainte, ma reine.

— D'immenses flots de sang noir s'abattaient sur nous, tandis que des gnomes difformes sortaient de mon ventre gros pour se dresser, vengeurs et maléfiques. Je hurlai de terreur en invoquant Dieu pour nous protéger des démons. Mais la voix de Bernard de Clairvaux se dressa au-dessus de leurs rires malsains pour nous accuser : « Honte sur vous, mécréants qui avez consommé une union dont vous saviez qu'elle était interdite par l'Église ! La main de Dieu vous condamne au néant. Vos âmes iront brûler en enfer, quant aux enfants que vous aurez, ils ne seront plus que des gargouilles destructrices. » Voyez, Louis, j'en tremble encore.

Elle remonta une manche et laissa voir sur sa peau fine cette chair de poule que seule sa machiavélique invention créait. Louis détourna la tête ainsi qu'elle s'y attendait.

— Oubliez cela, Aliénor. Ce n'est que mauvais rêve sans importance.

— Je ne le crois pas, Louis. Vous souvenez-vous de notre conversation de l'autre nuit ? Nous avons évoqué ce châtiment du Seigneur de ne point nous avoir donné de fils. Notre parenté est réelle. Bernard de Clairvaux lui-même l'a condamnée, rappelez-vous.

Louis ne pouvait pas ne pas s'en souvenir. Suger lui avait parlé de cette lettre que le saint homme lui avait écrite. C'était au moment où Raoul de Vermandois tentait de faire annuler son mariage pour épouser Pernelle. Aliénor et Louis s'étaient faits complices en arguant du droit canonique. La réponse de Bernard avait fusé. Louis ferait mieux de se préoccuper de ses propres liens de parenté avec la reine plutôt que de s'inquiéter d'un fait pour lequel l'Église avait tranché et excommunié.

Non, il n'avait pas oublié. Suger s'était évertué, durant toutes ces années, à lui répéter que c'était une inquiétude sans fondement, que l'Aquitaine était un morceau de choix et que la paix du royaume dépendait de ses possessions. Aujourd'hui, il n'était plus sûr de rien. Suger n'était plus. Bernard continuait de brandir la menace, la reine était désespérément incapable de lui donner un héritier, et, pis, il ne la désirait même plus assez pour accomplir son simple devoir d'époux.

— M'entendez-vous, Louis ? insista Aliénor, qui l'avait prudemment laissé suivre le cours de ses pensées mais trouvait à présent le silence pesant.

— Je vous entends. Que souhaitez-vous ? Vous défaire d'un mari qui ne vous inspire que dégoût ? Ou véritablement racheter notre âme à tous deux ?

— Ce que je souhaite est bien plus que cela, Louis. C'est sauver la France.

Il eut un regard incrédule. Mais celui d'Aliénor était droit et franc.

— Que voulez-vous dire ?

— Notre mariage est un échec, et il est clair que rien de bon n'en naîtra plus. Nous le savons tous deux. S'obstiner contre la volonté du Seigneur, c'est mener à la ruine cette terre qui est nôtre. Désormais par cette vision j'en suis convaincue. Lors, que restera-t-il après nous d'un pays sans héritier au trône ? Voyez déjà comme votre frère Robert brigue celui-ci et fomente des soulèvements. Si vous n'avez pas de fils, alors ce sera le chaos, car des hommes s'entre-tueront pour ce pouvoir, pour cette terre. Je ne veux pas cela, Louis. Vous ne le voulez pas non plus. Je ne suis pas une bonne épouse, et vous avez toutes les raisons de me répudier. Pourtant, si vous le faites, mes filles, vos filles, garderont leurs prétentions au trône elles aussi. Annulons ce mariage, rentrons en

345

grâce avec Dieu, et remariez-vous avec une épouse qui saura vous donner l'enfant que je n'ai jamais porté. L'enfant du salut.

— Que deviendrez-vous ?

La voix s'était faite fine, comme celle d'un petit à qui l'on demande de devenir grand et de perdre le dernier de ses repères.

— Cela m'importe peu, répondit Aliénor en haussant les épaules. J'envisage pour un temps de rendre visite à cette pauvre Sibylle de Flandres au Paraclet où nous l'avons laissée en revenant de croisade. Mais je crois que Fontevrault conviendrait mieux à une retraite. Là, j'aurai tout loisir de racheter mon âme dans la prière pour ensuite aviser.

— Je vous imagine mal au couvent.

— Je préfère cela que vous faire souffrir encore.

Ce furent les larmes au coin de ses yeux qui décidèrent Louis, davantage que tout ce qu'Aliénor avait pu dire. Il y avait une éternité qu'il ne l'avait vue pleurer. Il se demanda même s'il en avait seulement eu l'occasion. Qu'elle se livrât à nu au terme de ces années de lutte et de discorde, de méfiance et de haine, suffit à le troubler. Il esquissa un geste léger sur sa pommette pour recueillir sur son doigt cette perle d'argent.

— Quinze ans. Il m'a fallu attendre quinze ans, murmura-t-il, pour vous trouver digne de ce trône que vous me rendez. Dès demain, nous partirons pour l'Aquitaine et j'ôterai les officiers français des places fortes. Cela fait, nous agirons dans le sens que vous souhaitez.

— Me pardonnerez-vous, Louis, le mal que je vous ai fait ?

— Un seul être eût pu le racheter si elle était encore de ce monde, gémit douloureusement le roi en pensant à Béatrice de Campan. Hélas, si je peux cesser de vous haïr, comme vous, davantage m'est impossible. Laissez-moi à présent. J'ai besoin d'être seul.

Aliénor se retira aussitôt, le cœur léger. Louis n'y avait vu que du feu. Elle eut un petit rire sec en grimpant l'escalier en toute hâte. Personne, jamais, ne lui ferait perdre sa jeunesse et sa beauté dans le gris d'un couvent ! Fallait-il que Louis soit sot pour croire un seul instant qu'elle ait cessé d'aimer ce pouvoir qu'il lui avait enlevé. Elle ouvrit en trombe les portes de sa chambre et héla joyeusement ses chambrières :

— Hâtez-vous, mes belles, dès demain, je retourne chez moi !

C'était à Poitiers, où nous avions été si heureuses, qu'Aliénor voulait achever les préparatifs de mes épousailles. Nous étions le 10 septembre. Dans moins de vingt jours, je serais la femme d'un homme que la raison avait choisi. Dans quelques mois, Aliénor cesserait d'être reine de France.

Elle et moi jouions ensemble à la balle dans le jardin avec les enfants de Pernelle et la petite Marie, lorsque le messager porta la triste nouvelle de la mort du comte d'Anjou. Ma première réaction fut de partir sur l'heure pour les funérailles, mais la reine m'en dissuada. M'y rendre ne servirait à rien, quand je pouvais d'ici dire toutes les prières que je souhaitais pour son repos éternel. Et puis, si je partais à présent, jamais je ne serais revenue pour la date du mariage. Elle avait raison. Mais peut-être était-ce cela que j'espérais au fond. Que quelque chose l'empêche. Quelque chose malgré moi, malgré tout. Geoffroi de Rancon vint me rendre visite à Poitiers. Il se montra prévenant au possible, me consulta à plusieurs reprises pour les derniers préparatifs, insista pour que j'arbore un superbe collier de diamants qui lui venait de sa grand-mère. J'obéis à tous ses caprices, sans rechigner et le sourire aux lèvres. Tout m'était égal. La cérémonie, la robe, les fleurs, les convives, la table, la bénédiction du pape. Tout. Et, plus les jours rapprochaient l'échéance, plus je me sentais vide et triste. Aliénor me réconforta de son mieux. M'assura même que c'était la mort de celui que j'avais pendant longtemps considéré comme un père qui me perturbait et ajoutait à ma tendance dépressive. Elle n'était que joie de vivre, quant à elle. Pour cause, la mort prématurée du duc agrandissait sa dot et son futur pouvoir !

Je m'occupais beaucoup de la petite Alix qui était insatiable de découvertes. L'enfant était fine comme son père, à l'inverse de Marie qui avait tiré d'Aliénor son teint hâlé et ses rondeurs.

Mais, chaque fois qu'Alix venait se blottir dans mes bras en pleurant pour une égratignure, un océan de larmes me montait aux yeux. Je ne pouvais m'empêcher de songer que ma fille aurait son âge et, comme Alix envers Aliénor, m'appellerait « mère ».

15

— A peur Alix, a peur ! bredouilla l'enfant en s'accrochant à mes jupons.

Depuis la veille, nous abritions au palais ducal un groupe de moines pèlerins qui s'en retournait de Compostelle vers le nord et avait demandé asile. Aliénor leur avait offert l'hospitalité avec chaleur et mis à leur disposition des chambres dans le gigantesque palais. Ce matin donc, après s'être rendus à l'office, ils prenaient le frais dans les jardins, devisant à voix basse, capuchons affaissés sur leurs épaules maigres. Pourtant, ce n'étaient pas ceux-là qui effrayaient l'enfant. C'était un autre à l'allure penchée et au visage généreusement ombré par sa capuche. Il se tenait à l'écart du groupe. Assis sur un banc contre un mur couvert de lierre, il paraissait vieux, ratatiné et misérable.

— A peur Alix, a peur ! répéta l'enfant en tentant désespérément de me tirer vers un autre endroit.

Elle avait, la veille, perdu là son petit collier d'ambre qu'Aliénor lui avait offert pour son anniversaire et tout naturellement m'avait demandé de l'aider à le chercher. La marraine que j'étais ne pouvait lui refuser quoi que ce soit. Mais voilà que je ne parvenais pas à détacher mon regard de cet être qui l'effrayait, clouée sur place par une sensation étrange. Je n'aurais su dire ce qui me retenait, peut-être de la pitié ; quoi qu'il en soit, au lieu de m'écarter, je l'enlevai du sol pour la blottir dans mes bras.

— Tu ne dois pas avoir peur, Alix, ce n'est qu'un vieillard fatigué. Viens !

D'un pas décidé, je me dirigeai vers la silhouette. Alors que j'étais à quelques mètres seulement de lui, la petite tête d'Alix blottie dans mon cou pour cacher ses yeux, une voix m'interpella. Je me retournai et vis un autre moine qui s'approchait de moi. Courtoisement, j'arrêtai donc mon pas pour l'attendre. Il avait le teint hâlé et un accent fort que je ne situai pas :

— Gente damoiselle, vous voici bien chargée.

— En effet, mon père, répondis-je aimablement.

— Est-ce votre enfant ?

— Celle de notre reine. Allons, Alix, montre ton museau, on ne va pas te manger.

— Veux pas ! A peur ! s'obstina la jouvencelle.

— Qu'est-ce donc qui t'effraie, jolie caille ?

— Votre compagnon sur ce banc, répondis-je à sa place. Aussi voulais-je l'entretenir un instant pour qu'Alix puisse se rendre à l'évidence qu'il n'avait rien d'inquiétant.

— Hélas, damoiselle, je crains que ce ne soit possible, répondit l'homme en souriant tristement. Notre ami est muet et, s'il garde ainsi sa capuche, c'est qu'un rictus disgracieux ajoute encore à son visage la laideur de son corps.

Une immense tristesse m'envahit à ses mots sans que je susse pourquoi.

— Vous feriez mieux d'éloigner l'enfant, continuait le moine en lui caressant les cheveux. Croyez-moi, il est des êtres pour lesquels même le regard de Dieu est une injure.

— Je ne crains pas l'infirmité. Il est des blessures bien plus profondes et douloureuses que la beauté et la jeunesse cachent adroitement.

— Je sais, mon enfant. Mais celle-ci est bien jeune encore pour le comprendre.

— Vous avez raison. Cependant, la charité n'a pas d'âge.

— En la montrant, vous blesseriez bien davantage l'homme fier qu'il n'a cessé d'être. Je vous en prie, laissez-le en paix.

— Comme il vous plaira, mon père.

J'obéis. Non sans jeter un dernier regard vers l'homme qui n'avait pas seulement fait un geste.

Je n'avais cessé de penser à cet incident, d'autant qu'à plusieurs reprises, il m'avait semblé apercevoir cette forme voûtée et claudicante près des endroits où j'errais. Aussi, lorsque Aliénor m'annonça le soir même que le groupe repartait dans la matinée suivante, je me sentis soulagée et triste à la fois. Cette nuit-là, Jaufré hanta mes rêves sans répit ; il se tenait là, debout, à quelques mètres de moi, et, lorsque je tendais la main vers lui, il n'y avait plus à sa place qu'un mantel vide.

Un jour brumeux me cueillit désespérée et épuisée d'avoir lutté en vain contre des ombres.

À la sortie de l'office, je regardai passer le groupe des moines pèlerins appuyés sur leurs bâtons, cherchant malgré moi celui qui m'intriguait.

— Attendez-vous Sa Majesté la reine ? s'inquiéta une voix typée dans mon dos.

Je me retournai pour me trouver face au moine avec lequel j'avais devisé la veille. Je hochai la tête, n'osant lui révéler que son compagnon éveillait en moi une curiosité malsaine.

— En ce cas, je crains qu'il ne vous faille patienter, car elle est en grande conversation avec monseigneur l'évêque. Toutefois, si vous acceptiez de faire quelques pas avec moi, j'en serais fort heureux.

— Vous ne pourriez me faire davantage d'honneur, mon père.

Nous avançâmes donc côte à côte, quittant l'allée caillouteuse qui ramenait vers le palais, pour glisser nos pas vers la rivière. Des nuages de libellules bleues et roses s'écartaient à mesure que nous approchions. Des filets de brume serpentaient encore à fleur de sol, mais le ciel s'était dégagé. La journée s'annonçait étouffante.

— Ainsi donc, vous nous quittez, mon père.

— Hélas, ma fille. Il est des lieux où il ne fait pas bon pour des âmes simples de séjourner trop longtemps, sans risquer d'oublier la rudesse de notre ordre.

— Je n'ai pas vu votre compagnon muet à l'office. Est-il souffrant ?

— Point non, il s'est simplement écarté de notre groupe hier, après l'office de vêpres. Sans doute estimait-il que nos chemins s'arrêtaient là. Que ressentez-vous pour lui, mon enfant ?

Cette question me cloua sur place. Mon interlocuteur me fixait avec une pointe de malice et de tendresse dont je ne parvenais pas à saisir la nuance exacte.

— Ne soyez pas gênée. L'infirmité des hommes provoque souvent maintes réactions. Il m'intéresserait de connaître la vôtre, reprit-il.

— Je ne suis pas gênée, mentis-je. En fait, je ne sais pas vraiment ce que j'éprouve à son contact.

— Avez-vous pitié de lui ?

— Non !

J'avais crié sans m'en rendre compte. Les oiseaux se turent brusquement.

— Non, ce n'est pas cela, repris-je d'une voix plus douce.

Je ne comprenais pas ce qui m'arrivait. Peut-être cette difformité me rappelait-elle la mienne, cette monstrueuse déchirure qui disloquait mon âme et mon cœur, peut-être avais-je envie de me rapprocher de gens dont la douleur ressemblait à la mienne par le rejet que j'avais des autres et du monde.

Soudain, sans que je puisse rien contrôler, des sanglots convulsifs m'ébranlèrent, tandis que je bredouillais désespérément, entre deux hoquets :

— Oh, mon père, si vous saviez !

— Racontez-moi, dit-il simplement en m'entraînant par le bras au bord de la rivière, sous un aulne qui pliait ses branches jusqu'à frôler l'onde.

Je m'assis sur une pierre plate, tentant de faire taire ces sanglots ridicules. Lorsqu'il me tendit un mouchoir en souriant, je mesurai à quel point je devais sembler désemparée. Je frottai mes yeux et mouchai mon nez comme une enfant.

— Pardonnez-moi, mon père. Je ne sais ce qui m'a pris.

— Voyez-vous, mon enfant, il n'est de pire péché que celui de mensonge, dit-il paternellement en s'asseyant à mes côtés.

— Appelez-vous mensonge le fait que je pleure à vos côtés quand je devrais rire ?

— Seul votre cœur connaît la réponse à cette question, mon enfant.

— Je ne sais même pas votre nom.

— Il ne vous dirait rien. Mais Dieu a mis entre mes mains le bonheur de pouvoir réconforter ceux qui souffrent. Épanchez-vous sans crainte.

Je pris une profonde inspiration, puis lâchai d'un trait :

— Je vais épouser un homme que je n'aime pas pour en oublier un autre que j'ai perdu. Voilà toute mon histoire. N'est-elle pas triste, mon père ?

— Si celui que vous avez perdu vivait encore, l'entendis-je murmurer d'une voix douce, l'épouseriez-vous ?

— Sans hésiter et de tout mon cœur ! criai-je dans un nouveau sanglot.

— Même s'il était tordu, boiteux et muet ? continua-t-il en souriant.

Je le regardai sans comprendre, mais une chose était certaine en moi, qui franchit mes lèvres sans hésiter :

— Je n'ai que faire de l'apparence, c'est son âme que j'aimais ! Et elle était plus belle et pure que toutes les beautés de ce monde. Sans lui je ne suis rien, je n'existe plus. Je survis, comprenez-vous ? Je ne parviens pas à oublier. Je deviens folle. Aidez-moi, aidez-moi…

Il me regardait me vider de mes larmes, de ces larmes de boue que le temps ne drainait pas. Il me regardait et il souriait avec tendresse. Alors, il m'ouvrit ses bras et je m'y réfugiai, perdue et inutile, comme tant de fois depuis que Jaufré m'avait quittée.

Lorsque mon orage apaisa ses roulements, sa voix paternelle chuchota dans mon oreille :

— Si vous êtes Loanna de Grimwald, aussi vraie que vos larmes et votre douleur, alors je détiens pour vous la paix de Dieu.

Il me repoussa et sortit de sa besace un parchemin roulé. Je le fixai sans comprendre.

— À mon tour de vous raconter une triste histoire, ma fille. Celle d'un homme que je croisai par hasard en Sicile. Jamais de ma vie je n'avais vu plus grande souffrance que celle de cet être brisé. Il ne parlait pas, mais je pus le comprendre par le langage des signes que j'avais appris dans ma jeunesse. Le comprendre et l'aimer comme un frère, tant sa quête était grande. Voyez-vous, mon enfant, j'ai toujours pensé que l'amour que l'on portait à Dieu était de loin plus sublime et pur que celui que l'on voue aux élans terrestres. Grâce à cet homme, je compris que je me trompais. Car, comme moi qui n'avais d'autre raison de vivre que l'amour de Dieu, lui n'avait que l'amour d'une femme. J'étais triste pour lui, car je l'avoue, je n'ai toujours eu que peu de considération pour les femmes qui souvent sont vénales, futiles et bien peu fidèles. Lorsqu'il me demanda de se joindre à nous, j'acceptai. Tout comme nous acceptâmes de faire halte ici, à Poitiers, lorsqu'il apprit qu'elle s'y trouvait. Tenez, mon enfant. Il ne tient qu'à vous désormais de me réconcilier avec la gent féminine.

Je tremblais en saisissant le parchemin. J'avais bu ses paroles en retenant mon souffle, en refusant de croire ce qu'il insinuait. Je fis sauter le cachet de cire.

« À Loanna de Grimwald,

« Ma vie,

« Mon âme,

« Ma déchirure,

« Si ces lignes te viennent aux yeux, alors c'est qu'en toute conscience ton cœur est toujours mien, car je refuse de croire que mon nouvel ami m'aura trahi au point de livrer mon secret à une étrangère. Ces lignes, je les ai écrites cent fois et cent fois détruites, pourtant, combien il m'est difficile aujourd'hui de te demander pardon !

« Mort, je le suis depuis si longtemps que j'en oublie même avoir été vivant un jour. Mort, je le suis de n'être plus rien. Celui que tu as aperçu hier dans ces jardins, qui pleurait sous sa capuche de te voir si belle et triste, est si différent, si cruellement différent, que je n'ose croire encore que tu aies eu envie de t'approcher de lui. Alors que la légende du troubadour tombé dans les bras d'une princesse s'envolait jusqu'à toi, alors même qu'on bénissait mes funérailles, une femme, une autre, s'acharnait dans le plus grand secret à me rendre la vie. Contre tous. Elle m'a tiré du néant comme une seconde mère avec patience et amour.

« Mais, lorsque j'eus pris conscience du déchet que j'étais devenu, je n'ai pas eu le courage de t'imposer le carcan de mon infirmité. J'ai voulu t'oublier, Loanna, comme j'étais certain que tu m'avais oublié, comme il aurait fallu que cela soit. Mais je n'ai pu. Dans quelques semaines, tu seras mariée et qu'ai-je à t'offrir au regard de cet autre ? Rien, rien. Plus même ma terre, puisque je suis mort.

« Je ne viens pas te demander de sacrifier ta vie. Je ne te mérite plus. Mais ce que dame nature n'a pas voulu, par pitié et par amour achève-le. Bannis-moi, Loanna, détruis-moi. Mon reflet m'est trop difficile au regard de ta beauté. Je dois mourir vraiment pour que tu puisses vivre. Mais, sans ce mot de toi qui me condamne, je ne puis en finir. Délivre-nous. Je t'en supplie.

« Jaufré. »

Je pleurais toujours, mais ce n'étaient plus les mêmes larmes. Jaufré était vivant. Il m'avait fallu voir la signature pour en être vraiment sûre. Je n'étais pas folle, je ne l'avais jamais été. Ce n'était pas mon intuition qui m'avait trahie, mais moi qui avais trahi mon intuition.

— Où est-il ?

Le moine secoua la tête.

— Je l'ignore, mon enfant. Il m'a simplement demandé de vous remettre ce message si j'estimais que vous étiez digne de sa confiance.

— Il est vivant, mon père. Je refuse de le perdre une seconde fois, comprenez-vous ? Peu m'importe qu'il n'ait plus rien à m'offrir. Je ne souhaite rien d'autre que son amour.

— Il m'a simplement dit en partant : « Il n'y a qu'un seul endroit où je sois vraiment chez moi. » Ai-je bien compris ? Il est difficile de lire le langage des signes.

Mais déjà je savais. Je savais où le trouver. Je me levai d'un bond et souris à ce visage rond et amical. La flamme qui passa dans ses yeux soudain me fit prendre conscience d'une autre réalité. Je les scrutais pour m'en assurer, puis, d'une voix raffermie par le bonheur, demandai :

— Je ne connais toujours pas votre nom, mon père.

Alors, il eut un sourire qui acheva de me convaincre.

— Cherche dans ton cœur, mon enfant.

Je me penchai doucement vers lui et posai un baiser léger sur sa peau douce.

— Merci... Merlin.

Il y eut un petit rire comme un son de clochettes venu du pays des fées. Et une myriade de papillons multicolores entoura les branches de l'aulne.

— Va.

Alors, je courus. Lorsque, arrivée en haut de la butte pour reprendre le chemin, je me retournai, il n'y avait plus que la pierre, l'arbre et l'eau, et tout autour de l'endroit des milliers d'étoiles qui scintillaient encore d'amour et de lumière.

— Je ne peux vous épouser, Geoffroi. Jaufré est vivant !

Geoffroi de Rancon me regardait, hébété. Je l'avais trouvé devant les écuries en m'y précipitant. Il m'y attendait. J'avais oublié que nous avions prévu de faire une promenade à cheval le long de la rivière. J'avais tout oublié, jusqu'à mon mariage. Jusqu'à ma vie pendant ces deux longues années. Ma vie sans Jaufré. J'avais les cheveux en bataille et les joues en feu d'avoir couru. Je devais ressembler à une démente et je m'en rendis bien compte lorsque, reprenant ses esprits, il me demanda avec prudence :

— Que vous arrive-t-il, Loanna ? Ne seriez-vous point victime d'une insolation par ce grand soleil ? Vous paraissez brûlante de fièvre.

Je pris soudain conscience que j'allais lui briser le cœur. Je fis donc taire mon impatience et ma fougue. Et puis ce n'était pas l'endroit idéal pour une conversation de cet ordre, d'autant plus que ma mine désordonnée attirait sur nous les regards.

— Prenons nos montures, Geoffroi. Et pardonnez mon inconduite.

Il eut le tact que je lui connaissais et appréciais de n'en pas exiger davantage. Quelques minutes plus tard, nous chevauchions côte à côte sur les bords du Clain et j'essayais de rassembler mes idées. Le simple fait de savoir que Jaufré vivait et qu'il me fallait raisonnablement régler ces détails avant de le rejoindre et de lui crier mon amour me mettait aux enfers. J'aurais tant voulu qu'il ne s'échappât point. Qu'il ne doutât pas de mes sentiments. Lorsque mes pensées, bondissant au rythme du trot soutenu de ma monture, trouvèrent un cheminement logique, alors je mis pied à terre.

Geoffroi m'imita. Il devait sentir que quelque chose se préparait, car il m'avait jeté de brefs coups d'œil inquiets tout au long de cette promenade silencieuse et n'avait pas cherché à brusquer le dialogue.

Un pré s'ouvrait devant nous, surplombé d'un moulin. On entendait, mêlé au roucoulement de la rivière, le crissement de la meule qui broyait le blé. Parfois, un halo de poussière de farine s'envolait par une des fenêtres. La campagne sentait bon. Comme je me sentais légère, moi-même !

Geoffroi noua ses doigts autour des miens. Je le laissai faire. Lorsque je m'assis dans l'herbe tendre, il fit de même, sans me lâcher. Il était mon ami. Il comprendrait.

— Durant tous ces mois, Geoffroi, vous avez œuvré pour moi, vous m'avez donné plus qu'aucun homme ne l'avait jamais fait, commençai-je, et je jure devant Dieu que j'étais prête sinon à vous aimer, du moins à vous rendre autant qu'il m'était possible votre tendresse et votre générosité. Or, ce que je viens d'apprendre m'a bouleversée au point que je ne peux vous épouser sans vous trahir, sans me trahir et sans trahir l'homme que je n'ai cessé d'aimer. Jaufré de Blaye est vivant. Il a vécu durant toutes ces années un cauchemar qui lui avait fait renoncer à répandre la nouvelle. Mais aujourd'hui il est revenu de Tripoli, et, malgré toute mon affection pour vous, c'est à lui que j'appartiens corps et âme. C'est à lui que je suis promise.

La main de Geoffroi serrait mes doigts à les broyer. Lorsque je me tus, je vis que son visage s'était crispé et qu'il prenait sur lui pour ne pas rugir. Il souffrait. Je m'en voulus amèrement. Mais il était trop tard, ou trop tôt.

— Je voudrais croire pour vous que tout cela est vrai, Loanna. Mais c'est bien trop fou pour n'être pas l'invention de gens œuvrant à votre perte. Avez-vous seulement songé que ce ne pouvait être que mensonge et piège ? demanda-t-il d'une voix qu'il tentait de garder posée et sereine — elle tremblait pourtant.

— Sans doute, mon ami, aurais-je eu méfiance si cette nouvelle m'avait été rapportée par un autre. Mais à celui-ci aussi je confierais ma vie.

Je sortis de mon corsage la lettre que j'y avais placée et la lui tendis en ajoutant :

— Quant à cette écriture, je la connais trop bien pour juger qu'elle est authentique et non l'œuvre d'un faussaire.

Il lut sans s'arrêter. Puis, d'une voix étranglée par une émotion qu'il ne cherchait plus à dissimuler :

— Est-ce bien ainsi ce que vous voulez ? Vivre avec un infirme ? Lui-même sait qu'il ne vous mérite plus.

— Par cette seule phrase, il mérite bien plus encore que mon amour. Geoffroi, à vous seul je peux me dévoiler sans mentir. Vous saviez quels étaient mes tourments, je ne vous ai rien caché. Vous l'avez accepté malgré ce que je vous imposais. Comprenez que je ne m'appartiens plus désormais.

— Je sais.

Il tourna vers moi ses grands yeux noirs. Ils étaient blessés et cela me fit mal.

— Pardonnez-moi, Loanna. Je devrais me réjouir de votre bonheur, je n'en ai pas la force. Ce que j'aurais accepté il y a quelques mois si vous m'aviez rejeté m'est difficile à quelques jours seulement de notre mariage. Je ne suis plus seul à attendre cette union. Mes enfants, ma famille et jusqu'à mes gens l'espèrent autant que moi, tant vous avez conquis tous ceux que vous avez approchés. Pourtant, je ne saurais vous contraindre. Jaufré mort était un obstacle à votre amour, mais non à votre tendresse et votre dévouement. Lui revenu, entre mes mains vous

vous laisseriez mourir de ne pouvoir le rejoindre. Je resterai fidèle au serment de vous protéger quoi qu'il advienne. Je ne vous en veux pas. Je vous aime, Loanna de Grimwald. Mais ne revenez jamais à Taillebourg. Jamais, entendez-vous ?

Je hochai la tête, la gorge nouée. Je savais ce qu'il lui en coûtait de me rendre ma liberté. Ce qu'il lui faudrait affronter de risée et de remarques désobligeantes.

— Bien plus que lui, c'est vous que je ne méritais pas, Geoffroi.

— Puissiez-vous ne jamais regretter ce que vous venez de détruire, gémit-il. C'est tout ce que je vous souhaite.

Il avait gardé ma main dans la sienne. Ce fut moi qui la dégageai la première pour détacher de mon cou le collier d'or et de diamants, pour ôter de mon annulaire la bague d'émeraude qu'il y avait glissée. Il eut un sourire amer lorsque je les lui tendis.

— À jamais, Geoffroi, je vous serai reconnaissante pour ce que vous venez de m'offrir. À jamais, désormais, bien mieux que par l'anneau du mariage, je suis vôtre.

— Cela aussi, je le sais.

Il eut un sourire triste de nouveau. Alors, doucement, je caressai cette joue râpeuse et ferme, et pour tout adieu, posai mes lèvres sur les siennes. Il ne broncha pas. Pas davantage lorsque je me levai, pas plus lorsque, d'un geste décidé et irrévocable, je talonnai ma jument en direction de Poitiers.

Aliénor eut la même réaction. Elle me regardait, hébétée, tandis que je lui criais mon bonheur. Puis elle laissa tomber d'une voix rancunière :

— Libre à toi de t'aliéner à un infirme, mais je ne vois vraiment pas quel bonheur tu y trouveras !

— Aliénor ! m'indignai-je. Jaufré est vivant, m'est rendu et c'est tout ce que tu as à dire ?

— Il n'est pas convenable que ma première dame de compagnie rompe ses engagements à quelques jours de son mariage. Que vont penser ceux d'Aquitaine ? Ceux de Taillebourg ? Tu te moques bien que j'aie sur les bras une révolte, alors que je suis censée renforcer les liens entre les miens avant de me défaire d'un roi !

Ainsi donc c'était cela ! Après tout ce que j'avais fait dans l'ombre pour elle. Un goût d'amertume me vint aux lèvres. Je lui en voulus, autant parce qu'elle se moquait de mon bonheur que parce qu'elle avait raison. Était-il raisonnable si près du but de provoquer un scandale ? Je tirais les ficelles de son devenir depuis si longtemps ! Mais je ne perdrais pas Jaufré une seconde fois.

« Un jour viendra, avait-il dit il y a fort longtemps, où tu devras choisir, entre ton amour pour elle et celui que tu me portes. »

Ce jour était venu. Le destin d'Aliénor s'était ébranlé, il n'avait désormais plus besoin de mon aide pour s'accomplir. J'avais rempli ma mission. Je n'avais plus de comptes à rendre qu'à moi-même.

Alors, de toute la force de mon ventre écartelé par l'habitude d'une soumission aliénante, je lâchai d'un trait :

— Il est trop tard, ma reine. J'ai rendu son engagement à Geoffroi de Rancon et il l'a accepté. Je pars rejoindre Jaufré. Plus rien n'arrêtera ma course. Libre à toi de me bannir avec lui si tu le juges bon pour tes affaires. Je me passerai d'escorte s'il le faut, je me passerai de biens, je me passerai de tout. Tu m'as dit un jour que Jaufré était laid et que tu ne comprenais pas que je me sois attachée à lui. Vois-tu, cette laideur je la trouve belle. Parce que, sans lui à mes côtés, plus rien ne vaut d'être regardé et aimé. Je regrette que tu ne puisses comprendre.

Il y eut un silence lourd, chargé de reproches et de rancœur. Puis elle poussa un petit soupir résigné et reprit d'une voix radoucie :

— Tu vois, finalement, je n'ai pas changé, Loanna. Je suis toujours jalouse de lui. C'est toi qui as raison. Sa mort m'a peinée pour toi, c'est vrai, mais au fond elle me soulageait car tu m'appartenais tout entière. Te savoir mariée à Geoffroi de Rancon m'importait peu, puisque tu ne l'aimais pas. Je crois bien que je ne comprendrai jamais ce qui t'attire en Jaufré Rudel. Hormis sa voix. Il est des mystères qui me dépassent. Tu en es un. Mais tu sais bien que je ne supporterais pas de te perdre. Prends les hommes que tu veux pour t'escorter. Je m'arrangerai des miens. Mais ne me laisse pas. Pas encore.

— Je reviendrai, je te le promets.

— La dernière fois que tu m'as dit cela, tu partais aussi pour Blaye, t'en souviens-tu ? Ce jour-là, j'ai su qu'il avait gagné. Sois heureuse. Je t'aime.

— Je t'aime aussi, ma reine.

Nous nous précipitâmes dans les bras l'une de l'autre avec une tendresse infinie. Quinze ans auparavant, elle était entrée dans une fureur folle. La petite fille était devenue une grande dame. Aliénor avait mûri. Elle était toujours emportée et têtue, mais elle avait acquis cette véritable noblesse qui rendait juste son jugement. Mère avait raison : l'Angleterre aurait une grande reine.

L'aube pointait à peine, lorsque, escortée d'une vingtaine de cavaliers, je m'élançai à bride abattue vers Blaye. À Angoulême, il nous fallut changer de montures, mais cela n'arrêta pas mon élan. C'était comme si chaque foulée écrasait la douleur de ces deux dernières années. Sexte sonnait lorsque nous arrivâmes en vue des remparts de la ville haute.

Je consignai mon escorte à Saint-Martin-Lacaussade sur la voie romaine, au pied de l'hôpital, et c'est d'un trot sûr et le cœur palpitant que je m'avançai vers la cité.

Des étals colorés s'étalaient le long du cours du Saugeron, jusqu'à l'embouchure. Les senteurs de ce milieu septembre ranimèrent mes souvenirs. Quinze ans ! Et tout était comme hier. Après avoir franchi le pont qui enjambait la rivière, je montai jusqu'à la ville haute. Il était un promontoire rocheux au bord de la falaise où je savais que je le trouverais. Cet endroit où une fois déjà il m'avait attendu, alors que, depuis le castel, j'écoutais en pleurant les sanglots de sa cithare, sans avoir la force de le rejoindre. Il lui suffirait d'un geste pour se laisser glisser sur les rochers en contrebas. Cette pensée m'obséda soudain. Et s'il était trop tard déjà ? S'il n'avait pas eu le courage d'attendre ? S'il avait osé se supprimer, ainsi qu'il l'avait écrit ? Non, non !

J'abandonnai ma monture au pied d'un gros chêne. Des bosquets de genévriers me cachaient la bordure. Ils n'existaient pas la dernière fois que j'étais venue. Peut-être m'étais-je trompée d'endroit ? Peut-être n'était-il pas là ? Le souffle me manqua. J'écartai les branches en tremblant. Il me tournait le dos, les pieds ballant dans le vide. Son crâne luisait sous le soleil, comme une pêche marbrée de traînées brunes. Quelques fins cheveux s'y accrochaient encore. Mon pas crissa sur l'herbe sèche. Il tourna la tête, et mon cœur se serra. Comme il avait changé ! J'aurais pu faire demi-tour, m'enfuir, oublier ce visage émacié, creusé par la souffrance, déformé par ce rictus qui étirait sa lèvre gauche. Tourner le dos à cette image et le condamner. Son regard attendait que je le fasse. Qu'il puisse sauter et se perdre. Mourir et oublier enfin. Au lieu de cela, mue par un élan de tendresse immense, éperdue, je me jetai à genoux à ses côtés.

— Mon amour, mon tendre amour, murmurai-je, les larmes aux yeux, en caressant la cicatrice qui faisait une bosse violacée sur sa tempe droite.

Des larmes roulèrent sur ses joues. Il ouvrit la bouche pour parler mais aucun son ne franchit ses lèvres. C'était sans importance. Il y avait ses yeux, grands comme l'estuaire. Aussi gris et trempés que l'océan. Alors je parlai pour lui, parce qu'il n'osait pas me toucher, il n'osait pas y croire. Je parlai en pleurant, mes larmes dans les siennes, en ponctuant mes mots de baisers sur son visage que je n'avais jamais autant aimé qu'à cet instant.

— Je t'aime, je t'aime, je t'aime, répétai-je pour marteler ses doutes. Rien n'est différent, Jaufré, rien, je suis toujours tienne. Et le serai toujours. Je vais t'emmener dans ce pays de nulle part où tout est possible. Je te rendrai ta voix, je te rendrai tes rêves, je te rendrai ma vie si tu la veux encore. Je ne peux pas vivre sans toi, je n'ai pas su, je ne peux plus, je ne veux plus. Je me moque des conséquences, je me moque de tes cicatrices. Épouse-moi. Plus qu'hier, je veux être ta femme. À jamais. À jamais !

Alors, ses lèvres s'ouvrirent et se fondirent aux miennes. Elles avaient un goût de marée et de miel. L'herbe sèche gémit en ployant sous mon corps, qu'il renversa. Il y avait comme autrefois un parfum de lys qui flottait dans l'air. Nous roulâmes l'un sur l'autre jusqu'à l'ombre d'un bosquet. Et là, avec des gestes si doux que j'en eus le souffle coupé, il me déshabilla jusqu'à me mettre à nu. Mon corps sevré de caresses depuis si long-temps se gorgea de sa lumière, et, lorsqu'il me prit, ce furent des milliers d'étoiles qui éclatèrent dans mon ventre, nous perdant l'un et l'autre dans un même univers de bonheur.

Ensuite, il me fallut affronter la réalité et sa souffrance. Jaufré n'était plus le même, mais j'étais prête à accepter son nouveau visage, à m'y habituer, moi qui n'avais d'autre terre que lui. Il n'avait pas besoin de parler pour que je comprenne. Cheminer dans ses pensées m'était facile, ce que j'y découvris le fut moins. S'il était fou de joie de m'avoir retrouvée, il supportait mal que j'accepte ce qu'il était devenu, pire, que je le plaigne ou aie pitié de lui. Il ne pouvait se faire à l'idée que j'appartienne à un autre et pourtant refusait que je sois à lui, tant il se sentait diminué. Et tout ce que j'aurais pu dire n'y aurait rien changé. Alors, les mots que j'avais prononcés sans qu'ils soient prémédités prirent tout leur sens. On me les avait soufflés. Qui ? Merlin ? Mère ? Ceux qui me répétaient que le plus grand des pouvoirs était l'amour ? Quel serait le Dieu qui accomplirait ce miracle ? Celui des chrétiens, ou celui des druides ? Peu m'importait. Une chose, une seule, était importante et claire. Je devais conduire Jaufré à Brocéliande.

Il me regarda interloqué lorsque je lui annonçai que nous partirions sur l'heure. Pourtant, il hocha la tête. Il était anéanti. Il m'aurait suivie n'importe où. Fait n'importe quoi. Et cela, en revanche, je ne pouvais l'admettre. Si j'étais prête à donner tout de mon cœur et de mon âme à un homme qui vaincrait son handicap en l'assumant, je refusais de m'aliéner à une poupée de chiffon résignée. Je possédais en moi plus d'amour qu'il n'en fallait pour retrouver Jaufré Rudel au-delà de son apparence.

L'escorte d'Aliénor nous accompagna sans poser de question. Jaufré avait caché sa triste mine sous sa bure de pèlerin. Le voyage fut long et pénible. Jaufré ne pouvait rester que peu de temps en selle. L'on dut faire étape de nombreuses fois dans divers hospices. De sorte que septembre 1151 touchait à sa fin lorsque les premières frondaisons de la forêt de mon enfance furent en vue. À plusieurs reprises, j'avais dû écarter de nous des malandrins et des voleurs à l'aide de divers sortilèges. J'étais épuisée. Jamais, de toute mon existence, je n'avais autant fait appel à la magie. J'allais vers mon destin en toute confiance. J'avais rempli ma mission envers l'Angleterre ; aujourd'hui, je venais réclamer mon dû et tout me disait qu'il m'attendait.

À l'orée de Brocéliande sommeillait le petit castel qui dominait le village. Un intendant le gérait depuis si longtemps qu'on en avait oublié presque qu'il nous appartenait. Je me présentai à lui, qui ne m'avait pas revue depuis quinze ans, insistant sur le fait que je devais me rendre dans la forêt seule et qu'il veuille bien héberger mon escorte jusqu'à mon retour. Il ne fit aucun commentaire, habitué par mère à ne pas poser de question.

La nuit passa sur nos rêves, sans que je pusse dormir ni détacher mon regard de Jaufré qu'une chandelle vacillante éclairait de côté. Il sommeillait comme un enfant, un sourire simiesque aux lèvres, au creux de mon épaule. Ce dernier tronçon de route l'avait anéanti. Comme il était loin, cet intrépide troubadour qui parcourait les contrées pour chanter quelques vers et recueillir les éloges. Comme étaient loin son regard pétillant de malice et d'humour, sa verve tour à tour vive, tendre, mutine ou moqueuse. Comme il avait changé en ces deux années ! Et comme je l'aimais pourtant, malgré cette injure qu'il se faisait à lui-même de s'avilir et de se soumettre.

— Demain ! Demain, murmurai-je. Demain je donnerai ma vie s'il le faut pour sauver ton âme.

Remontant le drap sur son épaule décharnée, je calai ma tête contre la sienne et fermai les yeux sur son malheur pour me griser de son parfum de lys retrouvé.

Nous partîmes à l'aube, alors que tous dormaient encore dans la maisonnée.

Ce fut sans surprise que je regardai s'ouvrir devant nos pas ce sentier au milieu des bruyères et des chênes. Aussitôt passés, la forêt se referma sur nous. Nous étions quelque part au pays des fées. Au pays des rois. Au pays des druides et de nulle part. Nous étions chez moi.

Ma main enserra celle de Jaufré et le guida comme un enfant sur ce chemin pavé de pierres blanches. Des nuées de papillons ouvraient notre marche et j'entendais bruire au creux de leurs ailes le petit rire des elfes. Jaufré semblait émerveillé. Ses grands yeux blessés cherchaient à tout voir, à tout comprendre. Même la lumière qui descendait ses rayons au travers des frondaisons des chênes était irréelle. J'étais bien. Bientôt, j'entendis les premiers murmures de la source. Nous n'étions plus loin. Tournant un rocher que je reconnus aussitôt, elle fut devant moi, telle que je l'avais quittée, jaillissant de la pierre de quartz pour s'épandre dans le bassin que l'érosion avait creusé. À droite, au bout du sentier, se tenait l'autel de roc et son cercle de pierres dressées. Droit vers le ciel. Droit vers l'espoir. Merlin était là. Je le sentais partout, dans l'aura même des plantes qui rayonnaient. Je lâchai la main de Jaufré, qui demeura là, ballant, humant l'air, conscient qu'il vivait un moment unique et merveilleux.

Comme maintes fois alors que je faisais mon apprentissage, j'allai m'agenouiller devant le dolmen, paumes ouvertes vers les nues. Entre mes bras, une lune grosse comme un ballon se dessinait dans l'azur sans nuage.

— Père, murmurai-je. Me voici humble et sereine devant votre bonté. Entendez le souffle qui m'étreint, voyez ma peine, comme ma joie. Et tout ce qu'il me reste à apprendre.

Il y eut comme un bruissement de dentelle et de soie. Jaufré l'avait perçu lui aussi. D'un même regard, notre attention se porta sur la surface du bassin. Des milliers d'étoiles se mirent à scintiller, à tourbillonner jusqu'à façonner une image. Elle était semblable à mon souvenir. Drapé de sa robe d'eau qui s'écoulait de lui en de multiples cascades, le visage de Merlin émergea dans sa transparence et sa sage beauté. Jaufré tomba à genoux et joignit les mains. Cela me fut presque désagréable, mais en moi une voix chuchota : « Tous les dieux n'en sont qu'un. » Alors, d'un pas sûr, je vins m'agenouiller à ses côtés.

— Père, il vous suffit de nous voir pour connaître ma demande. Vous l'avez conduit jusqu'à moi et ce jourd'hui je le conduis à vous, car sa quête est si pure qu'elle mérite mon amour et celui de la terre tout entière.

— Je n'ai pas de pouvoir, Loanna de Grimwald. Seul l'amour en possède. Seul l'amour est magie.

— Pourtant, je ne peux rien pour soigner ses blessures, quand vous pouvez tout.

— En es-tu sûre ?

Je frémis d'inquiétude. J'avais attendu qu'il lève les bras et que brusquement Jaufré redevienne celui d'avant. Où voulait-il en venir ? Mais la voix cristalline reprit :

— Comte Jaufré de Blaye, vous avez franchi les limites du monde des humains et êtes aujourd'hui dans un autre qui n'appartient ni à la mort ni à la vie, mais au temps. Un espace de vérité où vous êtes seul en face de vous-même. Rares sont les initiés admis en ce lieu. Pourtant je vous y accueille tel un fils. Êtes-vous prêt à sacrifier ce qui vous est le plus précieux pour l'amour de cette femme ? Êtes-vous prêt à nous rejoindre en vous unissant à elle ? Êtes-vous prêt à recevoir et à transmettre l'enseignement des druides en garantissant le plus grand secret de ce savoir ? Êtes-vous prêt enfin à renaître, en oubliant celui que vous étiez, sans pour autant en être un autre ?

Je comprenais soudain que ce n'était pas un dû. Merlin ne m'offrait rien. Il assurait une descendance. Il avait choisi son héritier. Une rage sourde m'envahit. J'eus envie de partir et d'emmener Jaufré, mais, comme s'il lisait dans mes pensées, ce dernier tourna vers moi son visage de tourment, et son regard se fit doux et confiant comme une caresse. Ma colère fondit sous sa chaleur. Je crus bon de murmurer :

— Rien ne t'enchaîne, Jaufré. Je t'aimerai quel que tu sois. Peu m'importe ton apparence. Tu es libre de ton choix.

Alors, doucement, il prit ma main dans la sienne et la porta à ses lèvres. Puis, tournant son visage vers Merlin, il hocha du menton en signe d'assentiment.

Mon cœur battait à me faire mal. J'oscillais entre le bonheur, la crainte et la colère.

— Je sais ce que tu ressens, Loanna, chuchota la voix de Merlin. Mais rien ne peut s'obtenir sans sacrifice. Une vie pour une vie. Aurais-tu oublié ? Je n'ai pas de pouvoir. Es-tu prête à accepter ce qu'il te donne ? Es-tu prête toi aussi à renoncer à ce que tu es ? Sache que, si tu te donnes à cet homme, tu ne seras plus qu'une femme. Intuitive et gardienne du don de double vue et de prédiction, mais plus jamais tu ne pourras faire appel à moi, ou à ce berceau dont tu t'es nourrie. Ici s'achève ta lignée.

— Mon choix est fait, père — je resserrai entre mes doigts ceux, noueux, de Jaufré —, c'est à lui que j'appartiens.

Il me sembla que Merlin souriait entre les fils de sa barbe d'eau. Sa voix forte s'éleva dans le silence, comme si la source elle-même avait suspendu son filet :

— Ce jour est jour de Samain. Tu sais ce que cela signifie. Tout ce qui sera engendré cette nuit sera enfant de la nuit, appelé à régner sur les ténèbres entre bien et mal, entre tourment et miséricorde. Pourtant, cela sera avec justice. Acceptes-tu cela, Loanna de Grimwald ?

— Oui, père.

— L'acceptes-tu aussi, Jaufré de Blaye ?

Jaufré hocha la tête résolument.

— À dater de ce jour, vous êtes le positif et le négatif. La laideur et la beauté, la lumière et l'ombre, mais l'univers repose sur cet équilibre. Or donc je t'offre ce présent pour célébrer vos noces, Loanna de Grimwald.

Les longs bras de Merlin se dressèrent aux cieux et de gros nuages noirs se ramassèrent entre eux, dans un azur qui n'avait cessé d'être limpide.

— Que les portes du temps soient pour ces deux âmes l'anneau d'alliance entre hier et demain, entre le monde des fées et celui des humains. Que jamais, les siècles passant, ils ne se perdent et que leur amour toujours les fasse se retrouver au-delà de leurs apparences, sans qu'à aucun moment, ils aient souvenir de ce qu'ils ont été et des serments antérieurs. Qu'enfin ce même amour qui ce jourd'hui les unit devant leurs pères les conduise à œuvrer pour le bien des peuples dans la justice, la liberté et l'amour.

Il y eut un grondement de tonnerre, et, l'espace d'un instant, j'eus l'impression que le ciel allait se déchirer telle une feuille de parchemin. Mais il n'en fut rien. Autour de nous, des étoiles scintillaient au point de nous obliger à baisser les yeux. La clairière n'était qu'or et nébuleuse.

— Je n'ai pas de pouvoir, seul l'amour est magie ! entendis-je encore.

Alors, soudain, je compris.

— Viens, murmurai-je à Jaufré en me redressant et en l'aidant à faire de même.

Baignés de cette lumière qui nous plongeait dans les méandres de l'infini, je le conduisis au pied du dolmen qui, seul, se détachait à présent sans nous éblouir. Là, je l'attirai à moi.

— Pour l'éternité je suis tienne, Jaufré. Je t'aime.

Alors, nous nous allongeâmes sur la pierre plate. Je le reçus avec le sentiment que c'était l'univers tout entier qui s'ouvrait avec mon ventre. Et, lorsqu'il cria en me délivrant sa semence, je compris que notre offrande était acceptée.

Ce qui ne m'avait semblé que quelques heures dans le monde des fées avait été dans celui des humains près de deux semaines. Lorsque nous ressortîmes de la forêt, je savais porter en mon sein l'enfant de Jaufré. Merlin avait dit vrai. Jaufré ne boitait plus et son visage avait repris sa finesse. La vilaine cicatrice à sa tempe avait disparu, emportant la trace de ses tourments. Pourtant, le troubadour était définitivement mort à Tripoli. Jaufré n'avait recouvré qu'une voix rauque et grave, qui n'avait plus aucune mesure avec celle qui m'avait bouleversée tant de fois aux larmes. Il était le même, et il était différent. J'ignorais s'il prenait la mesure, à cet instant, du sacrifice auquel il avait consenti. Perdre sa voix, c'était un peu perdre son âme. Il m'assura que c'était un bien petit malheur en comparaison de ce qu'on venait de lui rendre. J'étais trop heureuse pour vouloir en douter, mais quelque chose en moi me susurrait que ce ne serait pas aussi simple. En me redressant sur le dolmen, j'avais instinctivement porté la main à mon cou. Ma pierre de lune n'y était plus. Je pensai un instant qu'elle avait pu se détacher pendant nos ébats, mais aussitôt je chassai cette idée. Elle m'avait été remise par Merlin comme le symbole de ma connaissance, de mon appartenance aux prêtresses d'Avalon. En renonçant à tout cela, je l'avais renvoyée dans ce monde dont je ne faisais désormais plus partie. Étrangement, je m'aperçus que j'en étais soulagée. Comme si l'on avait dénoué de mon col quelque chose qui m'avait étranglée de longues années. Libre ! Enfin, j'étais libre !

16

Aliénor me reçut avec chaleur, enlaçant mes épaules de ses bras affectueux.

— Te voici rayonnante, s'écria-t-elle, au point que je ne peux croire que tu n'aies point renoncé à ce stupide projet qui t'a éloignée de moi !

— J'avais promis de revenir, ma reine. Me voici, répliquai-je simplement en lui rendant son baiser.

Elle n'était pas seule. Plusieurs de ses dames étaient occupées à jouer aux dés dans la vaste salle du palais ducal. Aliénor n'avait pas seulement pris ses quartiers à Poitiers, elle y avait recréé en quelques mois la cour de son enfance, celle de Guillaume le troubadour. De tous les coins du palais se répondaient harpes et cithares, mandores et flûtes, au milieu des jongleurs et des acrobates. Vautrés sur des coussins multicolores, les vassaux d'Aliénor se divertissaient pour oublier que les premières gelées avaient frémi sous leurs fenêtres. Personne ne s'étonnait de l'absence de Louis, qui réglait, disait-on, diverses affaires de part et d'autre dans le royaume. Il flottait sur Poitiers un souffle de béatitude. Aliénor y préparait sa retraite. Et sa reconversion. Un homme s'avança vers nous, et cela suffit à ramener vers moi les regards curieux. Geoffroi de Rancon avait rendu publique l'annulation de notre mariage et l'on s'attendait sans doute qu'il manifestât à mon encontre quelque mauvaise humeur. Je m'inclinai devant lui. Je ne craignais pas son courroux. D'ailleurs, lorsque je me relevai, ce fut avec un sourire qu'il ponctua ces mots :

— Je voulais être le premier à saluer votre retour, dame Loanna.

— Après votre reine, Geoffroi, le gronda gentiment Aliénor.

— Il n'est rien, Majesté, pour quoi je ne sois votre vassal, s'excusa-t-il.

— Je suis heureuse de vous revoir, messire Geoffroi.

— La duchesse d'Aquitaine que je suis avant tout est ravie, croyez-le, que vous conserviez, au-delà de toute raison, une certaine civilité, mes bons, ajouta Aliénor en haussant la voix pour qu'elle atteigne chacun.

— Je n'ai pour ma part rien à reprocher à dame Loanna, si ce n'est peut-être une fidélité d'âme qui est à mon sens une vertu dont beaucoup se devraient parer.

— Combien je vous envie, mon ami, d'être capable d'autant de lucidité et de générosité, gloussa Aliénor. Allons sortons, le bruit voile nos mots et je serais aise d'avoir avec vous deux une discussion hors les oreilles indiscrètes. Tu es partie si soudainement, Loanna, que j'ai grand besoin de t'entretenir.

Se glissant avec autorité entre nous, Aliénor nous entraîna dans son sillage. Quelques minutes plus tard, dans son cabinet, nous étions seuls autour d'une liqueur de prunelle et quelques oublies.

Je n'avais aucune raison de leur cacher la vérité, du moins pour ce qui était avouable. J'attendis donc que Geoffroi de Rancon m'ait exposé les arguments qu'il avait donnés à l'annulation de notre mariage pour leur présenter les faits.

— Je ne souhaitais pas que l'on rît de moi, de vous, de nous et de ma famille. Je ne voulais pas non plus que paraisse bafouée l'autorité de la reine et du roi qui nous avaient accordé leur bénédiction.

— Sire Geoffroi m'est venu trouver après ton départ, renchérit Aliénor. Il désirait que le mariage fût annulé pour cause de consanguinité. Amusant, n'est-ce pas ?

Je souris à cette allusion à sa propre situation, mais la laissai poursuivre.

— Certains prélats, à qui j'ai accordé pour ce faire un don des plus généreux, ont certifié que leurs recherches, poussées dans ce domaine sur la demande expresse du seigneur de Taillebourg, les avaient amenés à cette triste conclusion.

— De sorte que ma famille a vu en cette prévoyance un signe du Seigneur sans laquelle notre union aurait été droit au désastre. Il valait mieux que cela soit découvert avant le mariage qu'ensuite.

— Je n'ose croire, Geoffroi, que vous ayez eu soin de préserver ma réputation à ce prix.

— J'ai été déçu et blessé, certes, mais je ne renie rien de ce qui m'a conduit à me rapprocher de vous.

— Geoffroi m'a tout raconté, ajouta la reine, y compris ce que tu n'avais confié qu'à lui, ainsi que sa promesse de ne jamais forcer ta couche, attitude chevaleresque s'il en est. Cela m'a aidée à mieux comprendre ta décision. L'un et l'autre avons agi au mieux, au nom de l'amour. Et Dieu sait si nous t'aimons !

Des larmes me vinrent aux yeux. J'étais arrivée là, le cœur serré malgré mon bonheur, ne sachant comment je serais reçue après cette volte-face, et voilà qu'on m'ouvrait les bras. Pour la première fois de ma vie, tout se mettait en œuvre pour laisser s'accomplir le destin que j'avais choisi.

— À présent, raconte-nous. Notre cher troubadour est-il aussi vivant qu'on te l'a laissé croire ?

— C'est une fort longue histoire, ma reine. J'ai retrouvé Jaufré de Blaye, mais, hélas, celui qui faisait frémir les cœurs les plus secs par sa voix merveilleuse est mort à Tripoli.

Ils eurent l'un et l'autre un regard d'incompréhension. Je crus bon de poursuivre :

— Jaufré a été victime là-bas d'une maladie étrange qui l'a d'abord fait croire défunt. Et, par Dieu, si son hôtesse, Hodierne de Tripoli, n'avait été amoureuse de lui, on l'aurait enterré vivant. Elle l'a caché au regard de tous, veillé, soigné jusqu'à ce qu'il reprît conscience et force. Ensuite, elle le laissa repartir vers moi. On prétend que la beauté cache souvent la vilenie. Longtemps, moi-même je l'ai pensé. Je sais aujourd'hui que c'est faux. Il n'est de plus belle femme au monde que celle-ci, mais son âme et son cœur sont plus nobles encore que son allure. Elle l'a protégé et chéri mieux que je ne l'aurais fait. De sorte que le handicap de Jaufré n'était rien qu'un leurre destiné à jauger mes véritables sentiments. Jaufré est tel que je l'avais laissé en Sicile, amaigri, chauve, mais sans traces physiques d'une quelconque malformation. Non, sa seule infirmité réside en cette voix qu'il a perdue. Il n'est pas muet, mais c'est tout comme, car à jamais le troubadour a disparu. Pourtant, cela m'importe peu. Il est, et je l'aime.

— Quelle étrange histoire ! Que comptes-tu faire ? demanda Aliénor attendrie.

— L'épouser. Donner un père à l'enfant que j'ai perdu et à celui que je porte.

Aliénor étouffa un cri, tandis que je glissais avec tendresse une main sur mon ventre. Je vis le regard de Geoffroi se troubler, mais il ne dit rien.

— Comment peux-tu, déjà…

— Je le sais, je le sens, cela suffit. J'ai besoin simplement de votre bénédiction à tous deux.

— Il faut auparavant rendre à Jaufré ses terres de Blaye et annoncer la nouvelle.

— Point, ma reine. Jaufré ne survivrait pas aux quolibets qui ne cesseraient sans doute pas de suivre ses pas. Non plus qu'aux regards de pitié et aux doigts tendus des pères vers les fils qui martèleraient des : « Vois, c'était un grand troubadour avant ! » Non ! Il mourrait plus assurément de cette blessure-là que de toute autre, tant lui était précieux ce don qu'il n'a plus. Laissons la légende grandir. Elle portera son nom et son infortune sur une belle partition dont il pourra être. Redevenir seigneur de Blaye sur sa terre lui suffit. Il a tant à lui donner pour que grandissent nos enfants.

— Ne rien dire ! Comment cela se pourrait-il ?

— Rien n'est plus simple, Aliénor. L'épreuve qu'il a traversée l'a rendu plus rude, en le vieillissant d'apparence. Personne ne reconnaîtra, malgré la ressemblance, le troubadour perdu, puisque sa voix elle-même le dément. Son frère Gérard qui s'était embarqué à Aigues-Mortes pour la croisade a été porté disparu en mer, tu me l'as appris toi-même lorsqu'il fut question de léguer le comté de Blaye. Changeons Jaufré en Gérard, avec la complicité de son cousin et suzerain. Rien n'est plus facile. Il suffira de prétendre quelque captivité en Terre sainte, comme c'est encore le cas pour bon nombre des nôtres, captivité dont il se sera finalement échappé. Dès lors qu'il revient au pays, la reine de France peut lui donner la terre de Blaye qu'il revendique au titre de sa parenté avec le défunt. Jaufré le troubadour devient simplement Gérard II Rudel. Il y a si longtemps que Gérard n'a été vu à Blaye. Qui se souciera là-bas de mettre en doute sa descendance, ou son nom ?

— Voilà qui n'est point sot, acquiesça Aliénor.

— Et ferait notre bonheur, ajoutai-je en détournant le regard de celui de Geoffroi dans lequel je venais de lire une profonde tristesse.

— Une fois encore, soupira-t-il, je vais devoir porter le poids d'un lourd secret. De sorte que, quoi que je fasse, Loanna de Grimwald, votre vie reste attachée à la mienne depuis que vous avez mis pied en Aquitaine. Mais jamais je ne vous trahirai. Ni vous, ni lui, ni ma duchesse, quelle que soit sa bannière.

— Geoffroi de Rancon, annonça gravement Aliénor en posant une main sur son épaule, croyez que, s'il en est un en Aquitaine à qui je confierais ma vie, ce serait vous. Désormais, vous ne me quittez plus. Vous occuperez en mes nom et absence les fonctions les plus hautes sur mes terres. Il ne sera pas dit que ma reconnaissance sera perdue. Quant à toi, Loanna de Grimwald, fais mander ton amant. Qu'il vienne prêter allégeance à sa duchesse en échange de ses terres, afin qu'il revienne à Blaye en maître.

Je les quittai le cœur léger. Dans une auberge aux abords du palais, Jaufré m'attendait avec impatience. Quand je lui appris la nouvelle, il m'enlaça éperdument, mais je ne sus dire si c'était de reconnaissance, d'amour ou de souffrance.

— Je suis tienne, amour, murmurai-je comme un serment. À jamais. À jamais, Jaufré !

— N'aie crainte. Je vais bien, répondit-il calmement.

Mais cela suffit pour me conforter dans l'idée du contraire.

Lorsqu'il plia genoux devant sa reine, mon cœur cessa de battre. Pourtant Aliénor ne chercha pas à railler. Elle s'avança simplement, et le relevant aux épaules, lui sourit franchement et posa sur ses joues creuses un baiser d'amie.

— Jaufré le rude, Jaufré miracle, Jaufré patience, Jaufré amour, puisque notre Dieu tout-puissant a levé sur toi le doigt de Sa miséricorde, c'est donc que tu es digne, plus que n'importe lequel d'entre nous, de notre respect et de notre amitié. Jaufré Gérard Rudel, je te fais Gérard II comte de Blaye, par le sang qui est tien. À une condition toutefois.

Je levai un œil inquiet, mais la reine souriait.

— Je t'ordonne de prendre épouse dès ce printemps. Mieux, c'est celle-ci que je te choisis.

Saisissant ma main, elle la noua à celle de Jaufré.

— Qu'il en soit fait selon votre désir, ma reine, crissa la voix métallique de Jaufré.

Aliénor ne put s'empêcher de tiquer en l'entendant, mais elle ne laissa rien paraître qui pût passer pour de la pitié.

— Dès ce tantôt, la nouvelle sera rendue publique. Vous prendrez possession de la ville de Blaye demain. Ce bref vous ouvrira les portes.

Il saisit le rouleau de parchemin d'une main ferme. Je sentais à quel point il lui était difficile d'accepter qu'on lui donne ce qui lui appartenait déjà. Mais rien ne le trahit. Jaufré méritait désormais son surnom de Rudel. Ces années de méditation et de souffrance l'avaient rendu endurci, assombri. Il s'était fermé, lui qui n'était que lumière et chaleur. Était-ce bien cet homme que j'aimais ? La réponse fusa à l'intérieur de moi. Oui. Oui. Oui. Je saurais attendre et comprendre, je saurais panser ses blessures, je saurais lui rendre son sourire. Je saurais faire en sorte qu'il redevienne entier. Le temps œuvrerait à ma cause. Nous étions l'un pour l'autre, l'un à l'autre. Je portai la main à mon ventre. Notre enfant me tenait chaud. Du coup, les doigts de Jaufré entrelacés aux miens me parurent moins glacés.

17

L'hiver se passa en voyages. À Noël 1151, nous étions à Limoges, où Louis nous rejoignit, l'œil sombre. Il eut un long entretien avec la reine. Partout dans les couloirs les bruits les plus divers couraient, entretenant sans équivoque l'idée d'une séparation toute proche. De ce moment, nos pérégrinations se divisèrent en deux escortes. Ceux du Sud suivaient la reine, et ceux du Nord, Louis, drapé dans une dignité austère qui me laissait supposer qu'il se sentait désormais irrémédiablement seul et malheureux. À la Chandeleur, nous étions à Saint-Jean-d'Angély. Ce fut là véritablement que les choses se précipitèrent. Louis avait convoqué un concile pour mars 1152. Désormais, c'était chose publique. Ce fut dans la petite ville que Louis annonça haut et fort son intention de se séparer de la reine.

Aliénor n'apprécia pas que soit clamé ainsi ce qui avait été décidé dans la discrétion. Non qu'elle se fût inquiétée de sa réputation. Il y avait eu bien pire à son encontre. Mais elle sentit brusquement peser sur elle les regards de convoitise des féaux qui jusque-là se seraient bien gardés de faire offense à leur roi. Prendre Aliénor de force et l'épouser revenait dès lors à prendre l'Aquitaine. Et nous n'étions pas sans savoir ce que cette dot représentait.

— Va, me dit la reine. Préviens Henri de ce qui se trame dans l'ombre. Je crains que ma route ne soit semée d'embûches pour le rejoindre. Qu'il se tienne prêt à y faire face. Mieux ! Qu'il me trace un itinéraire sûr où je saurai pouvoir le trouver en cas de danger.

Ainsi fut fait. Munie d'une solide escorte, l'heure suivante n'avait pas encore tourné que je fonçais à bride abattue vers Angers. Mon ventre gros de cinq mois aurait dû m'interdire toute chevauchée, mais je n'en avais cure. Je savais que cette fois je ne perdrais pas mon enfant. Si je n'avais plus de pouvoirs véritables, mon intuition, elle, était toujours aussi vive. L'angoisse d'Aliénor était fondée. J'avais laissé Jaufré retourner à Blaye, mais nous nous écrivions souvent. Il achevait de remettre de l'ordre dans ses affaires, mal menées durant ces deux dernières années. Il avait rendu visite à son suzerain et cousin, fort de l'ordonnance de sa reine, et celui-ci avait approuvé la décision qui avait été prise. Il valait bien mieux au regard de Dieu comme des hommes que celui qui était enterré à Tripoli ne reparaisse pas au sein des vivants. Ensuite, Jaufré se rendit à Lusignan où, une fois encore il ne put dissimuler la vérité. Son vieil ami Uc lui ouvrit les bras en pleurant, jurant sur son âme de garder un secret qui rendait un sourire à sa triste mémoire. Dès lors, Jaufré retrouva son allant. Et sa place. À présent, les difficultés qui m'avaient semblé si lourdes s'estompaient. Dans ses lettres renaissait cet humour que j'aimais tant. Mieux, il préparait notre mariage, fixé pour la fin mai. J'aurais mis notre enfant au monde avant, mais c'était sans importance. Plus rien n'en avait désormais. Et, tandis que je franchissais le pont-levis qui permettait l'accès à la petite cité de mon enfance, je songeais que c'était là, en songe, entre les murailles de cette tour où j'avais grandi, que j'avais vu s'ouvrir devant moi le premier regard gris de Jaufré.

J'en repartis trois jours plus tard après avoir mis sur pied avec Henri et dame Mathilde un plan qui nous avait paru des plus intrépide.

Lorsque je rejoignis Aliénor, la cour royale était à Beaugency dans l'attente du concile provoqué par le roi. Le 21 mars, les grands feudataires du royaume et les archevêques de Reims, de Bordeaux, de Sens et de Rouen rejoignirent cette docte assemblée de juges. La parentèle de Louis VII porta au concile de nombreuses accusations d'adultère à l'encontre d'Aliénor. Elle les accepta sans broncher, sachant que Louis resterait fidèle à leurs accords. En effet, il démontra que cela n'entraînerait qu'un divorce et non la nullité du mariage. La question fut donc tranchée : Louis et Aliénor étaient parents au troisième degré canonique. L'un et l'autre étaient issus de Guillaume Tête d'Étoupe, Aliénor par les hommes et Louis par les femmes, au terme de six générations. Aliénor était libre. Enfin !

Le soir même, encapuchonnées dans de larges mantels sombres et juchées sur des chevaux aux harnais discrets, nous nous glissions par une porte dérobée pour retrouver l'escorte composée de Geoffroi de Rancon, Bertrand de Moreuil, et bien d'autres alliés. Nous souhaitions mettre le plus vite possible Aliénor à l'abri des convoitises. En forçant l'allure, nous pouvions atteindre Poitiers en deux jours.

Geoffroi de Rancon avait été furieux de constater que je faisais partie de l'expédition. Ce n'était pas la place d'une femme enceinte, avait-il argué. En outre, je risquais de les retarder dans leur fuite, si besoin se faisait sentir de parer un danger. Mais je m'étais entêtée. Cette dernière ligne droite, je l'avais méritée. Je voulais être celle qui mènerait Aliénor à Henri.

L'herbe était douce comme un tapis de velours. Des églantiers tout proches répandaient une odeur sucrée que convoitait en un bourdonnement incessant une nuée d'abeilles. Il faisait bon. Nous nous étions assises par terre, et nos montures broutaient avec délice, tandis que leurs flancs ruisselaient de sueur. Nous avions galopé sans répit depuis Tours, puis, mue par un de ces instincts qui ne me trompaient pas, j'avais averti Aliénor d'un danger proche. Nous étions à quelques lieues de Port-de-Piles où nous devions franchir la Creuse. Geoffroi de Rancon s'était sans hésitation rangé à mon avis. Il s'agissait d'un endroit idéal pour une embuscade. Aliénor, quant à elle, restait sceptique. Nul à part elle-même et notre équipage ne connaissait notre itinéraire. J'insistai pourtant et, comme chaque fois, elle me fit confiance. Geoffroi partit en éclaireur avec deux de ses hommes, nous laissant à l'orée d'un bois bordé de champs. Plus loin, la route étirait son mantel avec, piquée à chaque carrefour, une croix de pierre ornée sur son socle de fleurs printanières. Ce repos me fit du bien. L'enfant bougeait sans cesse depuis le début du mois, en un ballet incessant qui me ravissait et m'attendrissait. J'avais conscience que cette course n'était pas faite pour aider à tenir une grossesse aussi avancée, mais, si Aliénor tombait entre d'autres mains que celles d'Henri, je ne me le pardonnerais pas. Sans compter que celui-ci risquait fort d'être moins docile envers ce rival là qu'il ne l'avait été envers son roi. Quoi qu'il en soit, étendue sur le dos, les deux bras repliés sous ma nuque, je suivais avec bonheur la course des nuages, laissant mon imagination créer des formes et des personnages dans l'azur. Aliénor, elle, ne tenait pas en place. Elle ne cessait de se redresser au moindre bruit, grimpait sur une pierre pour guetter les mouvements sur le chemin, s'étirait, s'allongeait à mes côtés.

— Calme-toi donc, la grondai-je enfin, les yeux mi-clos. Tu te fatigues inutilement.

— Et si tu avais raison ? Si eux-mêmes étaient tombés dans un piège, s'ils ne revenaient pas ?

— Geoffroi est bien assez malin pour ne rien risquer de ce genre, ma douce. À gesticuler ainsi, tu vas finir par attirer l'attention de quelque voyageur, qui, te prenant pour une paysanne avenante, viendra te conter fleurette.

Elle soupira bruyamment.

— Tu as raison. Mais tout cela m'agace. Vois à quoi j'en suis réduite, moi qui, hier encore, étais respectée par tous : à me cacher telle une maraude qui craindrait la potence.

— Songe plutôt qu'avant longtemps Louis s'étranglera de colère en apprenant ton remariage. À ce propos, ne crois-tu pas qu'il serait bienséant qu'Henri aille lui demander ta main ? la taquinai-je.

— Qu'il aille au diable ! Lui et son royaume de clerc ! Il apprendra la nouvelle en même temps que les autres ! Et tant mieux s'il s'en courrouce !

— Je croyais que tu ne lui en voulais plus ?

— Je ne lui en veux plus. Mais j'ai fini de courber l'échine devant un roi !

Un long silence s'installa entre nous. Les gardes postés en guet autour de l'endroit s'amollissaient sous l'ombre du chêne. Sans que je la cherche vraiment, la voix perdue de Jaufré se mit à chanter dans mes oreilles. Mon cœur se serra lorsque se substituèrent à elle ces accents rauques chargés de « je t'aime » dont Jaufré m'avait abreuvé avant de regagner Blaye. Ce fut à mon tour de soupirer, si tristement qu'Aliénor tourna vers moi son beau front où dansait une mèche d'or échappée du peigne.

— À quoi songes-tu ?

— À Jaufré, répondis-je d'une voix émue. Il me manque.

— Bientôt. Bientôt, toi et moi serons auprès de ceux que nous aimons.

Je la regardai et lui souris avec tendresse.

— Aimes-tu Henri, Aliénor ?

Ses yeux pétillèrent de malice. Elle éclata d'un rire frais comme une cascade.

— Si je l'aime ? Oui. Oui, je l'aime. Mais ne me demande pas pourquoi. Pas davantage que je ne pourrais te dire comment il se fait que chaque troubadour qui passe me rappelle Bernard de Ventadour, et me crie son absence. Ne trouves-tu pas étranges ces caprices du cœur ? Peut-on adorer deux êtres aussi opposés d'un amour différent et pourtant si fort ?

— On le peut, oui. J'en suis sûre.

En disant cela, je pensais à ces sentiments qui m'avaient écartelée tant de fois envers elle comme envers Jaufré, sans parler de Denys dont le souvenir ne s'éteignait pas. Je faillis demander à Aliénor quelle place je tenais désormais en son cœur, mais je connaissais déjà la réponse. Elle n'avait plus besoin de moi. Je pouvais partir sans crainte. Je la laisserais entre ses deux amours. Bernard de Ventadour veillerait à ses côtés aux moments difficiles. Il y en aurait inévitablement. Son époux et elle étaient d'un même feu, d'une même fougue, d'une même énergie. Ils s'affronteraient autant qu'ils s'aimeraient. Mais grand serait leur destin. C'était écrit. Mon rôle s'achevait là. J'avais choisi. Et Jaufré avait besoin de moi.

Un bruit de sabots interrompit le cours de mes pensées.

— C'est messire Geoffroi, annonça un guetteur sur une des branches du chêne.

Il était seul et mit pied à terre aussitôt.

Aliénor se précipita.

— Vous aviez raison, Loanna. Pas moins de quarante soldats se tiennent en embuscade au pont. Impossible de passer sans avoir à découdre et, par Dieu, si nous nous étions engagés sur cette voie, à l'heure qu'il est, duchesse, vous seriez ligotée et contrainte.

— Où sont nos hommes ?

— Ils veillent aux mouvements de ces fourbes et nous rejoindront en un point convenu, car il va de soi qu'il nous faut passer ailleurs.

— Avez-vous pu voir qui nous réservait pareil accueil ? demandai-je, curieuse.

— Parbleu, damoiselle, et c'est là toute la raison de ma prudence. Il ne s'agit pas moins que de Geoffroi d'Anjou !

— Geoffroi ? Mais il n'a que seize ans !

— Qui est ce freluquet ? s'inquiéta Aliénor, agacée.

— Le propre frère d'Henri. Je m'étonnais aussi de le voir traîner autour de nous lorsque Henri traça notre parcours à Angers. Personne ne prêtait attention à lui, cela lui a fait la part belle ! Il est vrai qu'Henri ne lui laisse qu'une part infime de l'héritage paternel. Ce bougre n'est point sot. Il aura vite compris qu'annexer l'Aquitaine, c'était à la fois agrandir ses terres et se venger de son frère. Te voilà un ami de plus, Aliénor. Et pour le reste, Geoffroi, vous avez raison. Si nous lui échappons ici, il aura d'autres ruses, car il est mieux informé que quiconque.

— Je ne peux croire qu'Henri ignore ce complot, grommela Aliénor, et tenterais bien l'aventure, pour juger de son amour.

— Je vous conseille de n'en rien faire. Il est inutile de risquer un affrontement qui attirerait sur nous des regards. La nouvelle se répandrait vite et Louis ne manquerait pas d'être informé de l'intérêt qu'on vous porte. N'oubliez pas qu'il peut placer sur votre route quelqu'un qui lui serait fidèle et ramènerait en France ce que vous voulez passer à l'Angleterre.

Quelques minutes plus tard, nous reprenions la route, en évitant soigneusement les endroits où Geoffroi d'Anjou avait posté des guetteurs. Il nous fallut traverser la Vienne à gué, en aval du confluent, non sans peine, car à plusieurs reprises, effrayés par l'eau qui leur arrivait au licol, les chevaux furent pris de panique et se cabrèrent. Un des seigneurs fut même projeté à l'eau, soulevant un éclat de rire général, mais nul n'aurait pu dire s'il était dû au seul comique de la situation ou bien à la tension nerveuse.

Sitôt l'autre rive atteinte, nous nous activâmes à brûler les étapes, sans tenir compte de la fatigue qui commençait à tirailler mon ventre. Lorsque les murailles de Poitiers apparurent enfin, un soupir de soulagement nous échappa. Nous étions sauvées.

Les fêtes pascales ne seraient pas comme les autres en cet an 1152.

Aliénor était redevenue duchesse d'Aquitaine, et toutes ses terres et possessions lui avaient été rendues avec ce titre. Marie et Alix, arrivées avec leurs nourrices bien avant nous et par des chemins plus tranquilles, jouaient paisiblement dans les jardins et s'inquiétaient peu de la suractivité qui régnait au palais. Car tout, jusqu'au moindre détail des épousailles, était tenu secret et seuls quelques initiés savaient qu'Aliénor ne réglait pas entre ces murs que de simples affaires.

À peine s'étonna-t-on lorsque parut aux portes de la ville la large silhouette d'Henri Plantagenêt. D'ailleurs, d'autres seigneurs lui firent suite. Et, tout naturellement, on pensa que la duchesse s'apprêtait à mettre de l'ordre sur ses domaines et à renouer les alliances avec ses vassaux ou ses voisins.

Ce n'en fut que plus savoureux.

Lorsque Jaufré franchit à son tour les portes de la ville, mon cœur se serra. Il avait rencontré en route quelques comparses troubadours qui ne l'avaient pas reconnu et chantaient à pleine voix. Il les avait quittés fort jeunes, avant la croisade, alors qu'ils étaient encore ses disciples, à lui et à Panperd'hu. Panperd'hu dont j'étais sans nouvelles. Il avait disparu peu de temps après avoir appris mon intention d'épouser Geoffroi de Rancon, promettant de revenir pour assister à ce mariage. Mais il me manquait. Combien il aurait été heureux de revoir Jaufré à mes côtés !

Le chemin des troubadours jusqu'au palais fut jalonné d'enfants et de badauds qui leur faisaient une escorte joyeuse. Derrière eux, Jaufré se tenait raide et fier sur son cheval, le regard fixé sur ces diables chantants, claquant des tapes affectueuses sur les fesses de quelques filles frivoles. Je les accueillis en plaisantant et les dirigeai vers les cuisines où un repas leur était toujours réservé selon les coutumes de la maison. Puis, retenant un élan de tendresse déplacé en ce lieu, je m'avançai vers Jaufré, qui se forçait à sourire. Il me tardait de me trouver seule avec lui.

— Viens, murmurai-je en l'entraînant.

Il me suivit sans résistance. Lorsque la porte de ma chambre se referma sur nous, je nouai passionnément mes bras autour de son cou. Alors, il m'enlaça avec force, m'arrachant un souffle de surprise tant je m'attendais peu à cette vigueur, après l'apathie qui avait été sienne dans les corridors. Mais Jaufré le rude s'était déjà repris.

— Pardon, ma douce. J'aurais voulu venir plus tôt, mais j'avais grand-peine à m'extraire de tout ce qu'il me faut accomplir pour rendre à mes gens ce qu'on leur a pris pendant mon absence. De lourds impôts ont été levés par l'intendant en vue de constituer une défense par l'achat d'armes et de mercenaires. J'ignore ce qu'il comptait faire véritablement de cette somme, mais il devra s'en expliquer devant Aliénor et Uc, car je doute que ce fût sur leur demande. Quant au reste, il me faudrait bien plus d'une journée pour te faire l'inventaire, quand je n'ai qu'un désir, celui de te retrouver plus belle et désirable que jamais.

— Oh, Jaufré ! Je t'aime tant !

Nos lèvres se joignirent avec violence. Mais, dans cette violence même, je reconnus celle qu'il cachait, faite de souffrance, de rancœur et de tristesse à l'encontre de tout ce qu'il avait perdu avec sa voix. Il me prit à même le froid de la muraille, debout contre elle, mon ventre tendu dans ses mains qu'écorchaient les pierres.

Ensuite seulement, le visage dans mes cheveux, il se mit à pleurer doucement. Je le berçai sans mot dire, le cœur chaviré, car je savais combien ce fardeau serait lourd encore jusqu'à ce qu'enfin s'anéantissent les souvenirs, dans l'amour constant et la reconnaissance que je lui offrirais au quotidien.

En étant son épouse et, tout à la fois, sa mère, sa sœur et sa maîtresse.

Plus tard, lorsqu'il redressa la tête et me fit faire volte-face, il fouilla mon regard avec hantise, mais il n'y lut que ma patience et ma passion. Cela le rassura. Il sourit à son tour et murmura dans mon oreille :

— Te voilà bien, mon aimée, avec deux enfançons à porter.

— J'ai la patience d'une mère. Et bien assez d'amour pour que ce ne soit un fardeau.

— Alors, je suis le plus heureux des hommes. Sais-tu ce qui a rythmé ma route depuis Angoulême ? L'histoire d'un troubadour qui s'en fut en terre lointaine pour rejoindre sa bien-aimée et mourut dans ses bras à peine débarqué. Je suis en train de devenir une belle légende. Quelle ironie !

— Quelle chance aussi ! Songe que, sans cela, tu serais peut-être tombé dans l'oubli trop tôt. Aucun de leurs chants ne me fera oublier les tiens, Jaufré. Mais ils me manquent bien moins que tu ne m'as manqué ces derniers jours. D'autres les chantent, et cette légende accentue leur fierté à ne pas les laisser mourir. Entends-les. Comme pour cet enfant que j'attends, il est un temps où l'on doit léguer aux autres le meilleur de ce qu'on a été. Ne pleure pas sur toi-même, Jaufré le tendre, Jaufré le rude, ta musique est plus vivante encore qu'hier, et il ne tient qu'à toi de retrouver l'émotion vraie qu'elle procure. Tu ne peux chanter, Jaufré, mais tes doigts n'ont rien perdu. N'est-ce pas toi qui disais qu'il était du corps d'une femme comme d'un instrument ? Seul l'amour savait le faire vibrer. L'amour de la musique est toujours en toi. Ne l'éteins pas.

Il poussa un profond soupir et m'écarta délicatement.

— N'en parlons plus, veux-tu ? Tu es belle. Infiniment belle. Et je t'aime, ajouta-t-il en caressant mon ventre.

— Moi aussi je t'aime, Jaufré.

— Alors, accompagne-moi aux cuisines. Je meurs de faim.

— Le temps de remettre un peu d'ordre dans ma toilette.

Quelques minutes plus tard, je lui faisais servir une tranche de rôti épaisse de trois doigts et des haricots fumants dans lesquels baignaient des morceaux de lard. Il régnait dans la cuisine un vent de bonne humeur, car les troubadours ne pouvaient s'empêcher d'enchaîner plaisanteries et ragots, couplets et coquineries. L'un d'entre eux avait même assis sur ses genoux une servante dodue comme une oie, dont les tresses brunes dansaient au rythme des soubresauts d'un pied qui battait la mesure.

— Damoiselle de Grimwald, lança le plus âgé, un dénommé Bernard Marti qui avait maintes fois accompagné Panperd'hu, venez-vous nous faire remontrance de tout ce bruit ?

— Point, mon ami, point. Riez, jouez, divertissez-nous autant que vous le voudrez, mais prenez garde de ne point trop alourdir vos estomacs avant de vous présenter devant votre duchesse, sans quoi, ma foi, vous gargouillerez bien davantage que vos instruments !

Un rire accueillit ma tirade. Je saisis un pichet de vin et en servis une rasade à Jaufré, qui n'avait pas même souri et mangeait à un coin de table sans seulement lever les yeux sur eux.

L'un d'eux s'en étonna et crut bon d'en faire la remarque :

— Par Dieu, mon bon ami, vous voici bien sombre. Iriez-vous à quelque enterrement ?

Jaufré ne répondit pas. J'hésitai à intervenir, mais y renonçai. Jaufré devait apprendre à affronter sa réalité. S'il avait demandé à venir en ce lieu après ce que je lui avais dit, ce n'était pas sans raison. Peut-être cherchait-il en lui-même cette confrontation qui l'effrayait.

— Dame ! insista le jouvenceau ! Discrétion parfois n'est point courtoise, messire. Seriez-vous muet ?

Il assortit sa question d'une grimace qui déclencha un rire massif. Des larmes me montèrent aux yeux. Délibérément, je tournai le dos à la table pour inspecter le garde-manger et me donner une contenance.

— Nous direz-vous votre nom ? À moins que vous ne préfériez l'écrire ?

Il y eut un nouveau rire, provoqué, je le supposai, par une nouvelle mimique. C'est alors que la voix brisée de Jaufré s'éleva et le fit taire :

— Apprenez, jeune sot, qu'il est des fois où il n'est pas nécessaire de parler pour ne rien dire. Et, puisque ne point me connaître vous indispose, sachez que je me porte fort bien de vous ignorer.

Il y eut un grondement de réprobation. Je me tournai vers lui en tremblant.

— Par Dieu tout-puissant, messire, n'aimeriez-vous point la musique ? reprit le jeunot vexé.

Jaufré le toisa d'un regard furieux.

— Ce que vous appelez musique n'est qu'un vulgaire bouillon de notes entre vos mains. Souffrez donc que je ne partage pas votre repas.

Piqué au vif, le troubadour se dressa d'un bond. Cette fois, je devais intervenir avant que cela ne tourne au pugilat. Je m'interposai :

— Allons, cette querelle est sans objet. Paix ! mes amis, paix. Ou vous offenseriez grandement votre hôtesse et cette table.

— Pour l'heure, c'est notre talent qui est offensé, dame Loanna, et malgré tout le respect que je vous dois, je ne puis souffrir un tel langage de la part d'un inconnu. Qu'il me fasse ses excuses.

Mais le timbre de Jaufré tomba comme un couperet :

— Je vais faire mieux, jeune prétentieux. Je vais vous donner une leçon.

D'un geste pesé, il se pencha en avant au-dessus de son assiette et s'empara de la mandore qu'un des troubadours y avait abandonnée pour un verre. Le jouvenceau partit d'un rire clair, aussitôt suivi par le chœur de ses amis. Moi, j'avais la gorge nouée de tendresse. Mais je n'avais plus peur. Lorsque les premiers accords s'élevèrent au milieu des railleries, ils égratignèrent l'oreille tant cela faisait longtemps que les doigts osseux n'avaient pas joué. Pourtant, cela ne dura que quelques secondes, car Jaufré avait fermé les yeux et retrouvé en lui cet amour dont il débordait, ce contact dont il avait été privé. Et, lorsque tout son talent éclata sous la caresse des cordes, les rires se turent.

Il n'y eut personne aux cuisines qui ne cessât sur l'instant sa tâche pour tendre l'oreille. Et l'émotion qui me gagna fut la même que lorsque je l'avais entendu jouer pour la première fois à l'Ombrière. Comme cette fois-là, malgré toute la douleur qui passait dans la lente plainte de l'instrument, le visage de Jaufré s'éclaira de l'intérieur. Lorsqu'il laissa le silence retomber, une salve d'applaudissements salua sa prouesse. Le jouvenceau, troublé et ému, s'avança respectueusement.

— Ah ça, messire, c'est moi qui vous dois des excuses ! Je méritais cette leçon, mais enfin, saurons-nous qui vous êtes, car vous valez le meilleur d'entre nous ?

— Je ne suis pas un troubadour, lâcha Jaufré, qui avait tourné vers moi un long regard de reconnaissance. Ma voix, d'ailleurs, ne s'y prête guère et ferait bien davantage fuir que se pâmer. Mais, vous avez raison, il est peu correct de ne se point présenter : on me nomme Gérard Rudel, comte de Blaye.

À ces mots, il y eut un murmure. Bernard Marti blêmit et demanda d'une voix blanche :

— J'ai bien souvent entendu mon maître, le sire Panperd'hu, parler d'un ami qui lui était cher, troubadour de son état, qui portait ce titre et avait hélas péri en Terre sainte. Seriez-vous de sa parentèle ?

— J'en suis. Ce qui vous permettra de comprendre que j'aie eu moi aussi le meilleur des maîtres en matière de musique.

— Quelle tragédie pour notre confrérie de mauvais sujets que la perte de ce grand parmi les grands. Il serait fier, je crois, de vous entendre, messire. Et, si vous ne pouvez chanter ainsi qu'il le faisait, sachez que vous possédez parfaitement la dextérité et l'émotion qu'il faisait naître.

Jaufré hocha la tête. Une des servantes s'approcha et remplit son gobelet d'un rouge léger. Il le vida d'un trait, aussitôt imité par les troubadours qui, sans plus attendre, s'emparèrent de leurs instruments, reprenant leurs partitions que notre arrivée avait dérangées.

Lorsque Jaufré se leva de table, je lui emboîtai le pas. Il sortit du palais et se dirigea en silence vers la rivière. Je ne voulus pas troubler le cours de ses pensées. Je savais à quel point il lui avait fallu faire violence à sa peur pour oser s'affronter lui-même.

Lorsqu'il parvint au pied d'un aulne, en bordure du Clain, Jaufré se tourna vers moi et m'enlaça tendrement. Alors, doucement, comme si de ces mots dépendait tout mon devenir, je murmurai dans un souffle :

— Merci.

Trois jours plus tard, soit ce 18 mai 1152, les cloches de la cathédrale Saint-Pierre s'ébranlèrent au grand vent. Dans le chœur où seuls quelques intimes étaient rassemblés, ceux, fidèles, sur lesquels Aliénor savait pouvoir compter, la duchesse d'Aquitaine, le regard empli d'une fièvre passionnée, se laissait passer au doigt l'anneau nuptial par Henri, comte d'Anjou et duc de Normandie.

Lorsque ces deux-là s'embrassèrent, une joie immense m'envahit. Aussitôt suivie par une douleur violente dans mon ventre, qui m'arracha un cri. Les regards convergèrent vers moi, coupant court à l'étreinte fougueuse des jeunes épousés. Je levai vers Jaufré un regard effaré, car je venais de comprendre ce qui m'arrivait. Entre mes cuisses, un liquide chaud et poisseux coulait en abondance, tandis qu'une nouvelle contraction me pliait à genoux.

— Seigneur Jésus ! s'écria la voix aiguë de dame Mathilde, qui n'avait pas manqué de venir assister à la cérémonie. Elle va enfanter !

Elle se précipita, précédant Aliénor et Henri qui s'exclama d'une voix forte mais joyeuse :

— Voyez, mes amis, combien mon mariage est un don de Dieu ! Mais, bon sang, Loanna de Grimwald, saurez-vous un jour faire les choses comme tout le monde ?

Éloïn, ma fille, reposait sur mon sein, rose et jolie comme un bouton de printemps. Sa venue au monde avait été longue et douloureuse, mais à présent j'étais bien. Il faisait grand jour dans la chambre et la petite tétait goulûment mon sein. C'était ce picotement inconnu qui m'avait tirée du sommeil.

— Ta mère serait fière de toi, Canillette, me lança dame Mathilde en caressant mon front.

Je souris à sa tendresse. Mathilde la dure, Mathilde l'intransigeante, avait pour moi le regard d'une mère. Aliénor souriait elle aussi. Son visage rayonnait d'un bonheur immense.

— Tu dois mourir de faim, je vais te faire porter collation. D'ailleurs, le petit ange est endormi, affirma-t-elle.

En effet, Éloïn reposait la bouche entrouverte, béate contre mon sein que la chemise découvrait.

— Ma fille, ma lumière, murmurai-je, tandis que dame Mathilde se penchait pour l'emporter délicatement vers un berceau qui avait atterri là durant mon sommeil.

Lorsque je fus de nouveau seule, des larmes de bonheur se mirent à couler, tandis que mon regard s'attachait au berceau où ma fille dormait. Puis Jaufré parut, et elles redoublèrent de tendresse. Il m'embrassa fougueusement, et ce fut lui qui cette fois murmura contre mon oreille :

— Merci.

Moins d'un mois plus tard, le 10 juin 1152, je prenais la route de Blaye, abandonnant à jamais Henri et Aliénor à leur destin qui n'était plus le mien.

J'avais épousé Jaufré en leur présence, discrètement, car une fille mère n'était au regard de l'Église pas de celles qui se doivent montrer, mais cela m'était égal. Merlin nous avait unis sur l'autel de pierre plus sûrement qu'elle ne le ferait jamais. Aussitôt le baptême d'Éloïn, Jaufré était retourné dans ses terres pour préparer ma venue et celle de notre enfant, dont Henri et Aliénor étaient parrain et marraine.

À mes côtés chevauchaient Geoffroi de Rancon, qui avait tenu à m'accompagner, et Panperd'hu. Panperd'hu qui avait paru quelques jours après le départ de Jaufré, vieilli et fatigué, sortant péniblement d'une histoire d'amour qui l'avait misérablement aliéné, et contraint pour cela de prendre repos dans un monastère. À lui, je n'eus pas le cœur de cacher la vérité ; d'ailleurs, quand bien même je l'aurais fait, son amitié pour Jaufré aurait reconnu sans faillir celui qu'il avait perdu. Il pleura son frère retrouvé et resta à mes côtés pour me faire escorte et le rejoindre. J'allais vers mon nouveau destin, mais j'y allais sereine.

Désormais, j'étais entière. La petite fée de Brocéliande était devenue une femme. Une vraie femme. Emportant contre son sein une autre petite fée de lumière.

Un groupe d'oies sauvages nous survola dans un ciel sans nuage, tandis qu'une louve hurlait dans la forêt proche. Mais cela n'éveilla pas Éloïn. Le pas tranquille de la vieille Granoë berçait son sommeil. C'est alors que je vis tournoyer devant moi une myriade de papillons multicolores dont, seule, j'entendis le rire léger.

Un sourire me vint, tandis que du fond de moi montait cette chanson que Panperd'hu reprit avec moi :

Lanquan li jorn lonc en mai
M'es bèlhs dous chans d'auzèlhs de lonh
E quan me sui partitz de lai
Remembra'm d'un'amor de lonh...

BIBLIOGRAPHIE

De nombreux ouvrages m'ont aidée à approcher la réalité historique de ce roman. Je ne citerai donc que les plus importants, afin qu'ils puissent servir de référence aux lecteurs qui souhaiteraient aller par eux-mêmes au-delà de cette histoire.

Qu'un immense merci soit rendu à tous ceux qui m'ont permis de les consulter, ainsi qu'aux historiens qui m'en ont indiqué les références.

Je saluerai encore la mémoire de Mme Régine Pernoud, pour avoir, la première, grâce à son ouvrage sur Aliénor d'Aquitaine, éveillé mon intérêt.

Audiau J. et Lavaud R., *Nouvelle anthologie des troubadours*, Delagrave, Paris, 1928.

Bailey Alice A., *Traité sur la magie blanche*, Lucis, Genève, 1976.

Barber R., *Henri II Plantagenêt*.

Belperron P., *La joie d'amour*, Plon, Paris, 1948.

Berry A., *Bernart de Ventadour*, choix de chansons, Rougerie, Mortemart, 1958.

Birolleau-Brissac, *Histoire de Blaye*, 1968.

Bordonove G., *Les croisades et le royaume de Jérusalem*, Pygmalion, Paris, 1992.

Boutiere J. et Schutz A.-H, *Biographies des troubadours*, Nizet, Saint-Genouph, 1973.

Candé (de) R., *Histoire universelle de la musique*, éditions du Seuil, 1978.

Carrière V., *Histoire et Cartulaire des Templiers de Provins*, Paris, 1919.

Cauzons (de) Th., *La magie et la sorcellerie en France*, Paris, 1901-1913.

Chambure (de) Maillard, *Règle et Statuts secrets des Templiers*, Paris, 1840.

Curzon (de) H., *La règle du Temple*, Paris, 1886.

Daniel-Rops (H. Petiot, dit), *Saint Bernard et son message*, Paris, 1943.

Dejeanne J.-M.-L, *Poésies complètes du troubadour Marcabru*, Privat, Toulouse, 1909.

Depping, *Histoire de la Normandie*, 2 vol., Édouard Frères, Rouen, 1835.

Duby G. / Perrot M., *Histoire des femmes en Occident*, t. II, *Le Moyen Âge*, Plon, 1991.

Faral E., *Les jongleurs en France au Moyen Âge*, H. Champion, Paris, 1987.

Frappier J., *Amour courtois et Table ronde*, Genève, 1973.

Goyau G., de l'Académie française, *Saint Bernard*, Flammarion, 1927.

Grousset R., *Histoire des croisades et du royaume franc de Jérusalem*, Paris, 1935.

Harvey J., *Les Plantagenêt*, Plon, Paris, 1930.

Higonnet, *Bordeaux pendant le haut Moyen Âge*, 1963 ; *Histoire de l'Aquitaine*, 1971.

Jeanroy A., *Jongleurs et troubadours gascons des XIIe et XIIIe siècles*, H. Champion, Paris, 1957.

Lacroix P., *Mœurs, Usages et Costumes au Moyen Âge*, Firmin-Didot, Paris, 1877.

Lavocat M., *Procès des frères et de l'ordre du Temple*, Paris, 1888.

Leguay J.-P., *La rue au Moyen Âge*, Ouest-France, Rennes, 1984.

Michelet J., *Le procès des Templiers*, 2 vol., Paris, 1841-1851 ; *La sorcière*, Flammarion, Paris, 1966.

Montaigu H., *Histoire secrète de l'Aquitaine*, Albin Michel, Paris, 1979.

Pernoud R., *Les croisés*, Hachette, Paris, 1959 ; *Aliénor d'Aquitaine*, Albin Michel, Paris, 1978.

Reznikov R., *Les Celtes et le druidisme*, Dangles, Saint-Jean-de-Bray, 1993.

Roy J.-J., *Histoire des Templiers*, Tours, 1853.

Saint Bernard de Clairvaux, *De laude novae militae ad milites Templi*, *in* Migne, *Patrologia latina*, t. 182, Paris, 1879 ; *Exhortations*, lettre 56 au pape Eugène.

Schlumberger G., *Récits de Byzance et des croisades*, Paris, 1932.

Vacandard E., *Vie de saint Bernard*, Paris, 1910.

Vaublanc, *La France au temps des croisades*, Paris, 1847.

Vetault A., *Suger*, Mame, Tours, 1877.

REMERCIEMENTS

À Régine Gonnet et Francine Bureau, pour leur travail, sans lequel rien n'eût pu aboutir.

À la C.L.I., au Conseil régional d'Aquitaine et au Centre régional des Lettres, pour leur soutien.

À Philippe Plisson et Daniel Picotin, pour leur aide.

À la municipalité de Saint-Martin-Lacaussade, et à son maire, Jacques Narbonne.

À Michel Duvernay, pour sa confiance en moi.

À mes enfants, pour leur patience et leur amour.

À ce troubadour du présent, qui m'a rendue entière.

À ma mère enfin, pour l'héritage de son savoir et son abnégation.

"Signature funeste"

Monaldi & Sorti

IMPRIMATUR

POCKET

(Pocket n°11929)

En 1683, dans l'auberge romaine du Damoiseau, un voyageur français, Mourai, périt d'une mort violente. Aussitôt, l'hypothèse de la peste est envisagée : l'auberge et ses douze résidents sont mis en quarantaine. Loin de se laisser gagner par la terreur ambiante, l'abbé Mélani décide de mener l'enquête. Il découvre que Mourai a été empoisonné. Quelqu'un serait donc en possession du mystérieux manuscrit de Kircher dévoilant le moyen de diffuser la peste. Si c'était le cas, l'Italie du pape Innocent XI courrait un terrible danger...

Il y a toujours un Pocket à découvrir

Impression réalisée sur Presse Offset par

BRODARD & TAUPIN

GROUPE CPI

24652 – La Flèche (Sarthe), le 10-06-2004
Dépôt légal : mars 2003
Suite du premier tirage : juin 2004

POCKET – 12, avenue d'Italie - 75627 Paris cedex 13
Tél. : 01.44.16.05.00

Imprimé en France